BASTEI
LÜBBE

David James Smith

Der Schlaf der Vernunft

Ins Deutsche übertragen
von Rolf Kalenberg

TRUE CRIME
Der wahre Kriminalfall

BASTEI LÜBBE

BASTEI-LÜBBE-TASCHENBUCH
BAND 13 753

Erste Auflage
Oktober 1995

Deutsche Lizensausgabe 1995
Bastei-Verlag Gustav H. Lübbe
GmbH & Co., Bergisch Gladbach
Originaltitel: The Sleep of Reason
Titelbild: Press Association Ltd.
Umschlaggestaltung:
Quadro Grafik, Bensberg
Satz: KCS GmbH,
Buchholz/Hamburg
Druck und Verarbeitung:
Brodard & Taupin,
La Flèche, Frankreich
Printed in France

ISBN 3-404-13753-1

Der Preis dieses Bandes
versteht sich einschließlich der
gesetzlichen Mehrwertsteuer

Für Petal

Danksagungen

Die Menschen, denen der größte Dank für Verdienste an diesem Buch zukommt, bleiben besser anonym. Sie wollten, daß die Geschichte wahrheitsgemäß und vorurteilsfrei erzählt wird. Sie gaben mir ihr Vertrauen und ihre Freundschaft. Weder Geld noch Gefälligkeiten wurden verlangt, angeboten oder gegeben. Viele andere Menschen rund um Merseyside zeigten sich bereit, mir ihre Zeit und Mitarbeit zur Verfügung zu stellen, trotz der Empfindsamkeit des Themas. Ihnen allen schulde ich ein Dankeschön. Die Polizei von Merseyside bot beträchtliche Unterstützung an, jedenfalls innerhalb der Grenzen ihrer eigenen Sorge, vor dem Prozeß schon Beweismaterial herauszurücken, denn der größte Teil des Buches wurde vor Prozeßbeginn recherchiert und geschrieben. Ich bin allen Beamten dankbar, die mir geholfen haben, aber besonderer Dank gebührt Jim Fitzsimmons, Albert Kirby, Brian Whitby und Ray Simpson. Ich habe in dem Buch ein oder zwei Polizeibeamte beschrieben. Das heißt nicht, daß sie den Fall allein gelöst haben. Ich hoffe, daß die Leser sie als Vertreter der vielen Polizeibeamten verstehen, die an den Ermittlungen beteiligt waren. Dank auch an Dominic Lloyd und Jason Lee von Paul Rooney and Co., den Anwälten für Robert Thompson, und an Sean Sexton, der die Familie von James Bulger vertritt. Ich war dankbar für die Ratschläge und die Unterstützung meines Lektors Mark Booth und meiner Freunde Dominic Ozanne und John Pickering. Dominic hat mehr als jeder andere zur Struktur und Form des Berichts beigesteuert. Dank auch – aufs Geratewohl – an Jane Gregory, Georgina Capel, Julian Brown, Tim Hulse, Rosie Boycott und Sue Douglas. Dank an Jamie Bruce, er hat ihn verdient. Einige Zeit vor dem Tod von James Bulger traf ich Dr. Gwyneth Boswell von der Universität von East Anglia, die für The Prince's Trust einen Bericht über junge Menschen angefertigt hatte, die Schwerverbrechen begehen. Ich habe von Gwyneth und dem Bericht eine Menge gelernt, auf eine Weise waren ihre Einblicke für mich der Ausgangspunkt für *Der Schlaf der Ver-*

nunft. Aber meine beste und weiseste Verbündete war, wie gewöhnlich, Petal, die zuhörte, las, übertrug und mein völliges Versinken in den Fall tolerierte. Ich wollte die Pein der Eltern und der weiteren Familie von James Bulger deutlich machen. Ich hoffe, daß sie die Haltung anerkennen können, in der dieses Buch geschrieben wurde, und daß sie mir vergeben, wenn ich auch das Leiden der beiden Jungen, die für den Mord verantwortlich waren, und ihrer Familien, zu würdigen versuche.

Alles in diesem Buch ist nach meinem besten Wissen wahr. Dies ist ein Sachbuch, es enthält keine Vorstellungen, Erfindungen oder Ausschmückungen des Geschehens.

Es sind einige Namen geändert worden, um in Übereinstimmung mit richterlichen Anordnungen die Identität zu schützen.

Respektiert die Kindlichkeit und beurteilt sie nicht voreilig – weder im Guten noch im Schlechten. Laßt den Ausnahmen Zeit, sich anzukündigen, erkannt und bestätigt zu werden, bevor ihr besondere Methoden auf sie anwendet. Gebt der Natur genug Zeit zu handeln, bevor ihr darangeht, an ihrer Statt zu handeln, aus Furcht, ihr Wirken zu durchkreuzen. Ihr sagt, daß ihr den Wert der Zeit kennt und sie nicht verlieren wollt. Dabei überseht ihr, daß man Zeit eher verliert, wenn man sie schlecht verwendet, als wenn man sie überhaupt nicht verwendet, und daß ein schlecht unterwiesenes Kind weiter von der Vernunft entfernt ist als ein ganz und gar unbelehrtes Kind. Ihr seid beunruhigt, wenn es seine ersten Jahre mit Nichtstun verbringt. Aber was denkt ihr denn! Ist es etwa nichts, glücklich zu sein? Ist es nichts, den ganzen Tag herumzuspringen, zu spielen und zu rennen? Es wird in seinem ganzen Leben nicht wieder so beschäftigt sein. Plato, in seinem Staat, der als streng gilt, erzieht die Kinder nur durch Feste, Spiele, Gesänge und Zeitvertreib. Man könnte sagen, daß er alles Nötige getan hat, wenn er sie richtig lehrte, sich zu freuen. Und Seneca sagt über die römische Jugend der alten Zeit: Sie war immer auf den Beinen, man lehrte sie nichts, das sie sitzend hätte lernen müssen. Taugte sie darum im Mannesalter weniger? So laßt euch doch durch diesen sogenannten Müßiggang nicht so sehr erschrecken. Was würdet ihr von einem Menschen sagen, der niemals schliefe, nur um alle seine Zeit auszunützen? Dieser Mensch ist wahnsinnig, würdet ihr sagen, er nutzt nicht die Zeit aus, er stiehlt sie sich selbst; um dem Schlaf zu entfliehen, rast er in den Tod. Bedenkt also, daß dies hier dasselbe ist, denn die Kindheit ist der Schlaf der Vernunft.

aus *Emile* von Jean-Jacques Rousseau, 1762

Einführung

Als ich zum erstenmal Albert Kirby traf, den Beamten, der die Ermittlungen im Mordfall James Bulger leitete, sagte ich ihm, dies sei kein einmaliger Fall. Er sagte, er sei einmalig: Die beiden Jungen waren die jüngsten, die man je des Mordes beschuldigt hatte. Er hatte so etwas noch nie erlebt und hoffte, es auch nie wieder erleben zu müssen.

Kirby artikulierte damit das Gefühl des Augenblicks, eine Empfindung, die weit geteilt wurde. Ein einmaliger Fall, geboren von einer gesetzlosen Generation. Dieser Mord war scheinbar ein Symbol der Zeit, der verfallenen Moral, der Werteverluste, des Respektmangels, des Zusammenbruchs der Familie, der zu zahlreichen alleinerziehenden Mütter, des Versagens des Wohlfahrtsstaates, des Zusammenbruchs der Gesellschaft, des moralischen Vakuums … moralische Panikmache.

Wenn die Jungen schuldig waren, wovon waren sie dann besessen, daß sie ein so schreckliches Verbrechen begehen konnten? Waren sie schlecht, böse geboren, von Erwachsenen verführt, von der Gewalt im Fernsehen beeinflußt, von Computerspielen und gruseligen Videos abgestumpft? Wollten sie ein Spiel spielen, das ihnen entglitt, waren sie die Herren der Fliegen, die die Niedertracht von Kindern (jene latente Grausamkeit, die in uns allen schlummert) austoben wollten, oder waren sie einfach nur besessen? Diese Theorien wurden weniger als Spekulationen angeboten, sondern als Tatsache. Viele Menschen, so schien es, brauchten eine Erklärung für den Tod von James Bulger – für sich und für die anderen. Aber wenn es womöglich keine schnelle Erklärung gibt, was dann?

Nur zwei Menschen können zum Verstehen beitragen. Aber da sie jetzt gerade elf Jahre alt sind, werden sie das noch eine lange Zeit nicht schaffen können – und ohne psychiatrische Hilfe gelingt es vielleicht nie.

Die wenigen Untersuchungen, die es auf diesem Gebiet gibt, lassen den Schluß zu, daß die meisten jungen Menschen, die derart schwere Verbrechen begehen – Mord, Totschlag,

Vergewaltigung, Brandstiftung –, eins gemeinsam haben: Sie sind in ihrer Kindheit körperlich oder sexuell oder beides zusammen und emotional mißbraucht worden. Nicht alle jungen Menschen, die schwere Verbrechen begehen, sind mißbraucht worden. Und nicht alle jungen Menschen, die mißbraucht wurden, begehen schwere Verbrechen. Aber es gibt ein Muster.

Viele Menschen halten diesen Gedanken für lachhaft oder lahm. Sie wittern die Suche nach Entschuldigungen. Sie glauben, daß Kinder vortäuschen, geschlagen worden zu sein, um verschont zu werden. Nach dem Motto, ein kräftiger Klaps hat noch keinem geschadet. Jeder, der die Auswirkungen von Mißbrauch gesehen oder erfahren hat oder junge Straftäter beobachtet oder ihnen zuhört, wird das nicht so leicht abtun wollen.

Vielleicht sind nicht die beiden Jungen die unglücklichen Produkte des Fernsehzeitalters, sondern die weltweite Zuschauergemeinde, die das Filmstück der Überwachungskamera über die Entführung des Kindes angeschaut hat und von einer nie dagewesenen Medienberichterstattung zu nie dagewesenen Reaktionen von Schrecken und Entsetzen provoziert wurde.

Die traurige Wahrheit ist, daß vergleichbare Verbrechen sich in Großbritannien vor kurzer Zeit, vor nicht so kurzer Zeit und auch schon ganz früher ereignet haben. Kinder haben all die Jahrhunderte hindurch getötet, und wer hätte diese Morde je mit dem allgemeinen gesellschaftlichen Mißstand in Verbindung gebracht oder sie für ein Zeichen des Verfalls gehalten? Wo war die nationale Auseinandersetzung? Welcher frühere Premierminister hätte erklärt, wie John Major es im Februar 1993 getan hat: »Wir müssen ein bißchen mehr verurteilen und ein bißchen weniger Verständnis haben.«?

Um die Perspektive wieder geradezurücken, beginnt dieses Buch mit einer Auflistung der britischen Fälle über Morde oder angebliche Morde von Kindern, die ich ausfindig machen konnte. Abgesehen vom ersten Jungen – das letzte Kind, das gehängt wurde –, waren alle unter vierzehn Jahre alt. Die älteren Aufzeichnungen sind die Früchte der Nachforschungen eines anderen: 1973 schrieb Patrick Wilson, angeregt vielleicht vom Fall Mary Belle, *Children Who Kill*, ein Buch, das längst nicht mehr lieferbar ist. Die neueren Fälle fand ich im Archiv der *Sunday Times*.

In der Neufassung des Kinder- und Jugendlichen-Gesetzes von 1963 wurde die Strafmündigkeit auf das Alter von zehn Jahren festgesetzt. Dreißig Jahre zuvor war das Mindestalter von Straftätern von sieben auf acht Jahre heraufgesetzt worden; bei sieben lag es seit dem Mittelalter.

Das Gesetz hat auch bestimmt, daß mit dem vierzehnten Geburtstag aus dem Kind ein Jugendlicher wird. Im Alter von zehn bis vierzehn Jahren sollen Kinder *doli incapax* sein, was wörtlich bedeutet, daß sie unfähig sind, Unrechtes zu tun. In der Praxis heißt das, die Legislative geht davon aus, daß sie die Ernsthaftigkeit ihrer Taten nicht begreifen. Um eine Verurteilung zu erreichen, muß die Staatsanwaltschaft diese Annahme des Gesetzgebers widerlegen, sie muß dem Gericht überzeugend darlegen, daß das Kind sehr wohl wußte, daß sein Handeln unrecht war und nicht nur ungezogen oder schädlich.

Im März 1831 raubte John Any Bird Bell, vierzehn Jahre alt, einen dreizehnjährigen Jungen aus, der für seinen Vater Geld einkassierte, und schnitt ihm anschließend die Kehle durch. Beim Prozeß in Maidstone wurde Bell nach einer zweiminütigen Beratung der Geschworenen, die dazu nicht einmal ihre Plätze verließen, für schuldig befunden. Die Jury empfahl eine Begnadigung zu lebenslanger Haft angesichts der erschreckenden Unwissenheit des Jungen und der barbarischen Erziehungsmethoden seiner Eltern. Der Richter behauptete, es sei seine unumgängliche Pflicht, die Todesstrafe zu verhängen. Bell wurde an einem Freitag verurteilt und am Montag morgen draußen vor dem Gefängnis von Maidstone gehängt. Kurz bevor die Klappe geöffnet wurde, rief Bell: »All ihr Leute seid wegen mir gekommen!« Was wohl zutraf, denn es hatten sich an die fünftausend versammelt, um ihn sterben zu sehen. In jenem Jahr wurden zweiundfünfzig Menschen in England gehängt. Bell war das letzte Kind, das gehängt wurde.

Der erste aufgezeichnete Mord von einem Kind unter vierzehn Jahren ereignete sich 1748. Der zehnjährige William York, der in einem Arbeitshaus in Suffolk wohnte und sein Bett mit einem fünfjährigen Mädchen teilte, tötete das Mädchen mit einem Messer und einem Schürhaken, weil es ins Bett gemacht hatte. Er behauptete in seinem Geständnis, der Teufel hätte ihn zu der Tat angestiftet. Nachdem er für schuldig befunden und zum Tode verurteilt war, wurde ihm königliches Pardon gewährt unter der Bedingung, daß er sich sofort bei der Marine bewarb.

1778 wurde in Huntington drei Mädchen, acht, neun und zehn Jahre alt, der Prozeß gemacht. Sie hatten ein dreijähriges Mädchen getötet. Es hieß, die ›Art, in der sie die Tat begingen, bestand darin, daß sie drei Nadeln an ein Stockende befestigten, womit sie auf den Körper des Kindes einschlugen, dessen Unterleib aufriß, was bald zu einer Nekrose führte, an der das Kind einige Tage litt, bevor es starb‹. Die Mädchen wurden für *doli incapax* befunden und freigesprochen.

1847 stahl William Allnut Brown, zwölf Jahre alt, in Hackney zehn Sovereigns aus seinem Elternhaus, feuerte mit einem Gewehr auf seinen Großvater, traf nur knapp daneben und vergiftete den alten Mann schließlich mit dessen Arsen. Brown wurde als kränklicher und schwieriger Junge beschrieben. Er wurde des Mordes angeklagt und trotz eines Antrags auf Unzurechnungsfähigkeit von der Jury für schuldig befunden. Er wurde zum Tode verurteilt, später aber begnadigt.

1854: Alice Levick, zehn Jahre alt, lebte bei einer Tante und hütete deren Baby. Sie sollte mit ihm auf einem Botengang einige Messer und Gabeln abholen. Später wurde sie von einer Gruppe Männer aufgefunden, wie sie weinend das Baby wiegte, dessen Kehle durchschnitten war. Sie sagte, ein Fremder wäre hinter ihr im Wald aufgetaucht und hätte das Baby getötet. Die Geschworenen der Voruntersuchung befanden Alice Levick des vorsätzlichen Mordes für schuldig, aber im Hauptprozeß wurde sie freigesprochen.

1855 spielten in Liverpool neun kleine Jungen ein Hüpfspiel auf dem Gelände einer Ziegelei. Zwischen dem neunjährigen Alfred Fitz und einem siebenjährigen Jungen brach ein Streit über einen angeblichen Regelverstoß aus. Fitz schlug den anderen Jungen mit einem Ziegelstein. Als der Angegriffene zu Boden stürzte, schlug Fitz noch einmal zu. Fitz rief dann dem ebenfalls neunjährigen John Breen zu: »Werfen wir ihn in den Kanal, sonst sind wir dran.« Sie trugen den Siebenjährigen vierzig Meter zum Leeds-Liverpool-Kanal und warfen ihn hinein, während die anderen zuschauten. Sie blieben stehen, bis der Junge verschwand. Vier Tage später wurde die Leiche in Stanley Dock gefunden.

Fitz und Breen wurden in Liverpool wegen Mordes vor Gericht gestellt. Sie wurden des Totschlags für schuldig befunden und zu zwölf Monaten im Kerker zu Liverpool verurteilt, wo sie, wie der Richter sagte, einen Lehrer und einen Kaplan zur Verfügung haben würden, die sie so unterrichten sollten, daß sie ihren eigenen Lebensunterhalt verdienen könnten.

1861 verschwand ein Zweijähriger, nachdem er in der Nähe seines Zuhauses gespielt hatte. Am nächsten Tag wurde seine Leiche in einer Entfernung von einer Meile nahe der Love Lane gefunden, mit dem Gesicht in einem Bach und nackt bis auf seine Pantinen.

Eine Frau sagte aus, sie hätte zwei Jungen, beide etwa acht Jahre alt, mit einem weinenden Kleinkind gesehen. Einer der Jungen hielt das Kind an der Hand. Die Frau hatte die Jungen gefragt, wohin sie unterwegs wären, und sie hatten geantwortet, sie wollten zur Love Lane. Eine andere Frau hatte sie auf einem Feld gesehen, wobei das Kind zu dem Zeitpunkt nackt war. Sie fragte, was das denn sollte mit dem nackten Kind, aber die Jungen ignorierten sie und zogen weiter. Der Sohn der Frau sagte aus, er hätte gesehen, wie einer der Jungen das Kind mit einem Zweig geschlagen hätte.

James Bradley und Peter Barrett, beide acht Jahre alt, wurden von Polizeibeamten vernommen. Sie gaben zu, das Kind entkleidet, ins Wasser gezerrt und mit Stöcken geschlagen zu haben, bis der Kleine tot war. Sie sprachen von ihm nur als

›es‹. Im Gericht von Chester waren sie die Jüngsten, die je des Mordes angeklagt waren, und auch die Jüngsten, denen die Todesstrafe drohte. Ihr Verteidiger: »Es muß als jungenhafter Übermut begonnen haben, und dann konnten sie nicht mehr Recht von Unrecht unterscheiden.« Sie wurden des Totschlags für schuldig befunden und zu einem Monat Kerker sowie zu fünf Jahren in einer Besserungsanstalt verurteilt.

1861 erschoß der zwölfjährige John Little, Helfer auf einem Bauernhof in der County Durham, nach einem Streit eine junge Frau, die als Haushälterin auf dem Hof arbeitete. Er hatte die Flinte seines Herrn benutzt. Er wurde des Totschlags angeklagt, erhielt aber einen Freispruch, weil bewiesen werden konnte, daß er von Feuerwaffen nichts verstand.

1881 wurde ein dreizehnjähriges Mädchen in Carlisle von einer Bauernfamilie eingestellt, um die drei Kinder zu hüten. Der Zweijährige ertrank plötzlich, und kurz darauf erstickte das Baby der Familie in einem Schlammloch. Zuerst behauptete das Mädchen, ein Mann hätte ihr das Baby entrissen, aber schließlich gestand es: »Ich nahm das Baby und legte es hin; niemand hat mir geholfen.« Das Mädchen wurde des Mordes angeklagt und für schuldig befunden, allerdings mit einer Empfehlung der Geschworenen, es nicht zum Tode zu verurteilen. Der Richter verhängte die Todesstrafe, die dann zu einer lebenslangen Haftstrafe gemildert wurde. Der Tod des Zweijährigen zog keine Anklage nach sich.

1920 drohte ein siebenjähriger Junge in London einem anderen Kind, er würde es ertränken, wenn er nicht dessen Spielzeugflieger bekäme. Als das Kind sich weigerte, schubste der Junge sein Opfer in den Kanal und trat gegen seine Hände, als es sich wieder ans Ufer hinaufziehen wollte. Schließlich ertrank das Kind. Bei der gerichtlichen Untersuchung wurde der Tod als Unfall gewertet. Die Wahrheit kam erst später heraus, als der Junge zur Behandlung seiner Anfälle von Jähzorn zu einem Psychologen geschickt wurde. Es gab keinen Prozeß; der Junge kam in Pflege.

1921 erschlug ein dreizehnjähriger Junge in Redbourn, Hertfordshire, seine Nachbarin mit einem Hammer und einem Stock. Seine Absicht war es, sie zu berauben. Nach der

Tat kletterte er in einen Brunnen, um sich zu ertränken, besann sich anders und stieg wieder hoch. Er wurde des Mordes für schuldig befunden und lebenslänglich eingesperrt.

1938 verschwand ein vierjähriges Mädchen, nachdem es vor seinem Elternhaus gespielt hatte. Am anderen Morgen wurde seine Leiche im Wintergarten des Nachbarhauses gefunden, wo eine Witwe mit fünf Kindern wohnte. Das Mädchen war sexuell mißbraucht und danach erdrosselt worden. Der dreizehnjährige Sohn der Witwe wurde befragt, aber er leugnete jede Schuld, bis seine Mutter ihn mahnte, die Wahrheit zu sagen. Dann gab er zu, dem Mädchen befohlen zu haben, sich auszuziehen, und daß er es erdrosselt hätte, als es zu schreien begann. Der Junge galt als ›zurückgeblieben‹ und war als Schulschwänzer bekannt. Im Prozeß wurde erörtert, ob der Junge wußte, daß das, was er tat, ›ernstes, schweres Unrecht‹ war. Er wurde freigesprochen und in eine Besserungsanstalt eingeliefert.

1947 verschwand ein vierjähriger Junge aus einem walisischen Bergarbeiterdorf, nachdem er draußen gespielt hatte. Später am Abend wurde er ertränkt in einem nahe gelegenen Bach gefunden, Hände und Füße gefesselt. Drei Wochen nach dem Mord wurde der neunjährige Spielgefährte des Jungen von der Polizei befragt. »Ich habe ihn mit den Schnürsenkeln seiner eigenen Schuhe gefesselt und ihn durch einen Kanalschacht in den Bach geworfen, in dem er ertrank. Ich ging nach Hause und hatte Angst, es jemandem zu erzählen.« Er wurde von der Mordanklage freigesprochen, aber wegen Totschlags zu zehn Jahren Haft verurteilt.

1947 stellte eine Frau den Kinderwagen mit ihrem Baby vor dem Geschäft ihres Mannes in einer nördlichen Küstenstadt ab, während sie im Geschäft bedient wurde. Kinderwagen und Baby verschwanden. Bei einer organisierten Suche wurde das Baby in einer wassergefüllten Grube gefunden, es war ertrunken. Ein neunjähriger Junge wurde von der Polizei befragt. Er gestand: »Ich habe den Kinderwagen mitgenommen. In dem Kinderwagen lag ein Baby. Ich habe es herausgenommen und ins Wasser geworfen. Mir war einfach danach.« Der Junge wurde nicht wegen Mordes, sondern wegen Totschlags verurteilt und sollte höchstens fünf Jahre eingesperrt bleiben.

1961 tötete ein zwölfjähriger Junge in einem Westlondoner Vorort seine dreiundfünfzigjährige Mutter im Streit mit einem Messer. Beim Streit ging es angeblich um ein Schinkensandwich. Der Junge war das jüngste von drei Kindern. Das Leben zu Hause wurde als ›nicht ganz glücklich‹ beschrieben. Seine Eltern hatten sich getrennt und wieder versöhnt. Zur Tatzeit lag der Vater, ein Taxifahrer, im Krankenhaus. Es hieß, daß Mutter und Sohn sich regelmäßig stritten und daß der Junge ein hitziges Temperament hatte. Es wurde nicht auf Mord, sondern auf Totschlag erkannt. Der Junge wurde den örtlichen Behörden übergeben.

1967 wurde ein zehnjähriger Junge in Crewe angeklagt, einen anderen Zehnjährigen auf dem Schulspielplatz erstochen zu haben. Über den Gerichtsprozeß und seinen Ausgang ist nichts bekannt. Im gleichen Jahr wurde in Wakefield ein zwölfjähriger Junge zu einer siebenjährigen Freiheitsstrafe verurteilt, weil er einen Siebenjährigen in einem Bach ertränkt hatte. Es wurde auf Totschlag erkannt.

1968 beschäftigte sich der Gerichtsmediziner von Islington mit dem Unfalltod eines sieben Monate alten Kleinkindes, das zu Tode geschlagen worden war. Der Gerichtsmediziner sagte, daß zwei Brüder, drei und vier Jahre alt, wegen Mordes vor Gericht gestellt worden wären, hätten sie das strafmündige Alter gehabt.

1968 wurde Mary Bell, elf Jahre alt, und Norma Bell, dreizehn Jahre alt, in Newcastle der Prozeß gemacht. Die beiden nicht miteinander verwandten Nachbarinnen wurden angeklagt, einen vier- und einen dreijährigen Jungen erwürgt zu haben. Der eine Junge wurde einen Tag vor Mary Bells elftem Geburtstag getötet, der andere zwei Monate später. Beide Mädchen bekannten sich der Morde nicht schuldig. Nach der Beweisaufnahme und den einzelnen Aussagen vor Gericht entschied die Jury, daß Norma nicht schuldig und Mary des Totschlags in zwei Fällen schuldig sei. Mary Bell wurde zu einer lebenslangen Haft verurteilt. 1980 wurde sie freigelassen, eine Woche vor ihrem dreiundzwanzigsten Geburtstag.

Sie lehnte es ab, ihren Namen zu ändern. Sie ist jetzt die Mutter eines zehnjährigen Kindes und lebt irgendwo mit einem neuen Namen. Eine gerichtliche Anordnung sorgt dafür, daß ihre neue Identität nicht bekannt wird.

1972 bekannte sich ein elfjähriger Junge aus South Yorkshire nicht für schuldig am Tod eines sechsjährigen Jungen, den er ertränkt haben soll. Der Angeklagte litt angeblich an einem ›organischen Gehirnschaden‹ und wurde freigesprochen, nachdem der Richter die Geschworenen angewiesen hatte, nur dann zu einem Schuldspruch zu gelangen, wenn sie sicher wären, daß der Junge das Unrecht seiner Tat erkennen konnte. In Dundee wurde ein dreizehnjähriges Mädchen zu zehn Jahren Haft verurteilt, nachdem es für schuldig befunden wurde, ein dreijähriges Mädchen, das seiner Obhut anvertraut war, erstickt zu haben.

1973 erstach in Portsmouth ein zwölfjähriger Junge seine Mutter und bekannte sich des Totschlags schuldig. Er wurde vom Gericht freigesprochen, nachdem es Beweise gehört hatte, daß der Junge wegen Schulaufgaben von seinen Eltern unter Druck gesetzt worden war. Er wurde unter eine dreijährige Aufsicht in seinem Internat gestellt.

1973 bekannte sich in Liverpool ein elfjähriger Junge des Totschlags an einem zweijährigen Kind schuldig. Er hatte den Jungen versehentlich mit einem Stein getroffen. Da er zu große Angst hatte, den Jungen nach Hause zu bringen, hielt er sein Gesicht so lange in eine Regenpfütze, bis er tot war. Der Junge wurde den örtlichen Behörden überstellt.

1975 erschlug in Sheffield ein dreizehnjähriger Junge eine ältere Frau mit einer Eisenstange. Der Junge wohnte in der Nähe der Frau und erledigte manchmal Botengänge für sie. Er war in ihre Wohnung eingedrungen, um Geld für Feuerwerkskörper zu stehlen. Er gestand, sie ermordet zu haben, und wurde zu einer Haftstrafe verurteilt, deren Dauer von den Gutachtern abhängen wird.

1975 erstach ein dreizehnjähriger Junge im Osten von London ein zweijähriges Mädchen und verletzte dessen fünfjährige Schwester schwer. Die Tat geschah, während die Geschwister allein in ihrer Wohnung vor dem Fernseher saßen. Der Junge sagte der Polizei, er wäre immer beschuldigt worden, den Mädchen das Fluchen beigebracht zu haben. Er wurde des Totschlags und des versuchten Mordes für schuldig befunden und zu einer vierzehnjährigen Freiheitsstrafe verurteilt.

1976 verletzte ein dreizehnjähriger Junge in Dunfermline ein zwölfjähriges Mädchen schwer mit einem Messer und erwürgte es dann. Er erklärte später, er hätte sich beim Angeln zu dem Mädchen gesellt, weil er geglaubt habe, es handelte sich um einen Jungen. Nachdem er in ein Gebüsch gegangen war, um zu urinieren – in voller Sicht zum Mädchen –, entdeckte er, daß sie kein Junge war und fiel voller Wut und Verlegenheit über sie her. Der Junge gestand den Mord und wurde zu einer Haftstrafe verurteilt, deren Dauer von der Entwicklung des Jungen abhängen wird.

1977 war ein zwölfjähriger Junge der jüngste von vier Tätern, die in Peckham einen obdachlosen Mann in einem verfallenen Haus angriffen und töteten. Ein Teenager wurde wegen Totschlags verurteilt, die drei anderen Angeklagten wurden des Mordes für schuldig befunden. Der Zwölfjährige erhielt eine Haftstrafe auf unbestimmte Zeit.

1978 sollen zwei Jungen, vier und sechs Jahre alt, in Wolverhampton eine vierundachtzigjährige Frau, die allein in ihrer Wohnung lebte, zu Tode geprügelt haben. Es heißt, sie hätten einer Gruppe einheimischer Kinder angehört, die schon früher die Frau in ihrer Wohnung belästigt und gequält hatten. Die Täter waren zu jung, um vor ein Gericht gestellt werden zu können.

1979 gestand ein neunjähriger Junge aus Leicester der Polizei, daß er seine acht Monate alte Schwester getötet hatte, indem er sie mit einem Taschenmesser und einem Kugelschreiber attackierte, während sie in ihrer Wiege lag. Der Junge war nicht alt genug, um vor Gericht gestellt werden zu können.

1982 tötete ein neunjähriger Junge in Birkenhead einen zwölfjährigen Jungen, der einer einzigen Stichwunde erlag. Die beiden Jungen hatten sich auf der Straße in der Nähe ihrer Häuser gestritten. Der Neunjährige behauptete, der Messerstich sei ein Versehen gewesen. Obwohl diese Aussage bei der gerichtlichen Voruntersuchung bestritten wurde, ging der Neunjährige straffrei aus: Er war zu jung, um vor Gericht gestellt werden zu können.

1986 soll ein fünfjähriges Mädchen aus Sussex, das sich in Begleitung einer Freundin befand, ein drei Wochen altes Baby aus einem Kinderwagen geholt, an den Beinen angepackt und gegen eine Mauer geschwungen haben. Das Baby wurde getötet, aber die beiden Mädchen waren zu jung, um vor ein Gericht gestellt werden zu können.

1988 entführte ein zwölfjähriger Junge aus Borehamwood ein zweijähriges Mädchen von einem Spielplatz und ging mit ihm über eine Meile bis zu einer Eisenbahnböschung, wo er das Gesicht des Kindes so lange in den weichen Grund drückte, bis es erstickte. Insgesamt siebzehn Menschen hatten die beiden auf dem Vierzigminutenweg zur Eisenbahn gesehen. Der Junge war bis dahin nicht aufgefallen, war auch nicht gewalttätig gewesen. Seine Eltern lebten getrennt, und zur Tatzeit befand er sich in Pflege. Er wurde wegen der Entführung und der Ermordung des Mädchens zu einer unbefristeten Haftstrafe verurteilt.

1990 ertrank ein dreijähriges Kind in Glasgow, nachdem ein zwölfjähriger Junge den Kopf des Kindes gegen Steine in einem Bach geschlagen hatte. Es heißt, daß der Junge aus ›reichlich traurigen Familienumständen‹ stamme. Die Mordanklage wurde zugunsten einer Anklage wegen Körperverletzung mit Todesfolge fallengelassen, der Junge zu einer unbefristeten Haftstrafe verurteilt.

1992 tötete ein elfjähriges Mädchen aus Northumberland das achtzehn Monate alte Kind, dessen Babysitter es war. Als das Baby nicht zu schreien aufhörte, schlug das Mädchen es ein paarmal gegen die Gitterstäbe des Bettchens, dann erstickte die Elfjährige es, indem sie ihre Hand über Mund und Nase des Opfers hielt. Das Mädchen wurde wegen Totschlags verurteilt.

1

Jon war spät dran für die Schule. Ein paar Minuten vor neun scheuchte seine Mutter ihn aus der Tür und vergewisserte sich noch einmal, daß er den Zettel bei sich hatte, den sie für seinen Lehrer geschrieben hatte: War es in Ordnung, daß Jon die Hamster mit nach Hause brachte, da es nächste Woche die Halbjahrsferien gab?

Jon war schon unterwegs zum Verbindungsweg unter der Straßenüberführung. Er verschwand hinter den Büschen auf dem Rondell des Kreisverkehrs, und als er auf der anderen Seite wieder auftauchte, hatte er seine Schultasche nicht mehr bei sich. Es war die schwarze mit den roten Streifen auf dem Griff, und sie war wie immer gefüllt mit seinen Naturbüchern, den Wrestling-Magazinen und den Turnsachen. Die Büsche waren Jons bevorzugtes Versteck für die Tasche.

Er traf Bobby oben im Dorf an der Kirche. Bobby hatte seinen kleinen Bruder Ryan dabei. Er war bereits bei Gummy Gee vorbeigegangen, aber der hatte Bauchschmerzen und ging nicht zur Schule. Gummy hatte Bobby gesagt, er hätte Durchfall.

Jon und Bobby sprachen nicht viel miteinander.

»Schwänzt du?«

»Ja.«

Ryan wollte nicht schwänzen. Er wollte zur Schule gehen. Gestern hatte Jon ihm zwei Pfund angeboten, wenn er heute die Schule schwänzte, aber davon wollte er nichts wissen. Freitags hatten sie Töpfern in der Schule, und Ryan freute sich schon darauf. Also ließen sie ihn allein die Bedford Road hinuntergehen, und Jon und Bobby verdrückten sich in die schmalen Gassen zwischen den Häuserzeilen, um nicht gesehen zu werden, wenn sie an der Schule vorbei mußten.

Trotzdem wurden sie von ihrer Klassenkameradin Nicola aus der 5R entdeckt. Sie sagte es Miss Rigg, die im Klassenbuch zwei rote Kreise um ihre Namen zog und das unentschuldigte Fernbleiben der beiden Jungen auch der Schulleiterin meldete, als sie diese auf dem Weg zur Aula traf.

Gestern abend, nachdem die Kinder nach Hause gegangen waren, hatte Miss Rigg das Pult von Jon ganz nach hinten im Klassenzimmer verrückt. Gestern war er besonders aufsässig gewesen, schlimmer denn je zuvor, zappelig und aufgeregt, als ob er kaum an sich halten könnte, während die Klasse elektrische Stromkreise mit Batterien und Glühlampen zusammenfügte. Sie hatte mit ihren Kollegen darüber gesprochen und sich vorgenommen, ihn heute besser einzubinden.

Nach der morgendlichen Versammlung sprach Irene Slack, die Schulleiterin, mit Nicola, die bestätigte, daß sie Jon und Bobby in der engen Gasse hinter dem Kiosk gesehen hatte, wie sie an der Schule vorbeigelaufen waren. Miss Slack rief das Education Welfare Office an und versuchte, Jons Mutter zu erreichen. Keine Antwort.

Jon und Bobby waren auf dem Weg hinunter nach Breeze Hill und aus Walton heraus, am Reservoir vorbei und geradeaus zur Merton Road und ins Zentrum von Bootle. Sie überquerten Stanley Road und den Kanal und erreichten den Busbahnhof. Es waren fast dreieinhalb Kilometer.

Beim Gehen redeten sie übers Schwänzen und Klauen. Jon überlegte, was wohl passierte, wenn sie von einem Lehrer oder einem Polizisten geschnappt würden. Bobby sagte, dann würden sie wohl auf einem Polizeirevier landen.

Sie trugen beide fast die komplette Schuluniform. Schwarze Hosen, weißes Hemd, grauer Pullover mit V-Ausschnitt, blau-gelb gestreifte Krawatte. Beide Jungen trugen ihre derben Straßenschuhe. Bobby hatte sein schwarzes Jackett an mit dem grünen Besatz und den blauen Flicken. Jons Jackett war senffarben, es war erst vor kurzem bei Dunn's gekauft worden.

Jon hatte eine Topffrisur, Bobby einen Stoppelschnitt, einfach drüber mit der Schere. Jon war ein Meter vierzig groß, Bobby fünf Zentimeter kleiner. Sie waren beide zehn Jahre alt, ihre Geburtstage lagen zwei Wochen auseinander im August.

Als die Verkäuferin von Clinton Cards die Uniformen bemerkte, rief sie nach den Jungen von ihrem Platz hinter der

Kasse. Bobby und Jon standen da, betrachteten die große Auswahl der Trolle. Bobby, der Trolle mochte, hätte gern einen oder zwei mitgehen lassen, wenn sich die Gelegenheit ergab.

»Habt ihr denn keine Schule?«

»Nein, wegen Baker's Day«, sagte Bobby.

»Du meinst wohl Inset Day?«

»Nein, es ist wegen den Halbjahresferien.«

In welche Schule gingen sie denn? St. Mary's. Wo war die denn? In Walton. Als er das sagte, bekam Bobby den Fuß von Jon zu spüren. »Wir sind mit unserer Mutter hier«, sagte Bobby, und dann verschwanden sie aus dem Kartenladen.

Im Superdrug stahl Bobby einen Spielzeugsoldaten. Es war ein Scharfschütze zum Aufziehen, und wenn er aufgezogen war, robbte er über den Boden. Bobby nahm ihn mit auf die Rolltreppe und versuchte, ihn über das Gummiband des Geländers robben zu lassen. Als der Scharfschütze fiel oder geworfen wurde und die Rolltreppe hinunterpurzelte, wurden sie von einer Kundin gescholten. Sie sollten besser aufpassen. Die Rolltreppe könnte blockieren. Bobby und Jon ignorierten sie.

Die Kundin saß ein paar Minuten später auf einer Bank vor Boots, wo sie auf ihre Schwiegermutter wartete, als sie Jon und Bobby wieder sah. Sie kamen aus TJ Hughes, dem Warenhaus auf der Einkaufsstraße Strand, und ein kleines Kind folgte ihnen. Sie lachten alle, die beiden älteren Jungen liefen voraus, hielten an und wandten sich um, während das Kind ihnen lachend entgegenlief. Die Frau sah dann, wie die Mutter des Kindes im Eingang auftauchte und aufgebracht ihr Kind zurückrief, um dann mit ihm zu schimpfen. Die beiden älteren Jungen tauchten irgendwo unter.

Bobby und Jon waren von der Rolltreppe ins TJ Hughes gegangen, lungerten an den Auslagen mit den Taschen herum und versuchten, Rucksäcke, Handschuhe und Schultertaschen zu klauen.

Mrs. Powers war mit ihrer dreijährigen Tochter und dem zweijährigen Sohn zum Einkaufen gegangen. Sie hatte sich

Sweatshirts angesehen, während sich ihre Kinder nahebei mehr für die Geldbörsen interessierten. Sie sah, daß auch die beiden Jungen, Bobby und Jon, dort knieten. Sie öffneten und schlossen Taschen und Portemonnaies – es sah ganz so aus, als spielten sie mit den Kindern.

Als sie sich für ein Sweatshirt entschieden hatte, ging Mrs. Powers hinüber, um ihre Kinder wieder einzusammeln. Sie hörte, wie Jon sagte: »Thommo, nimm eins von diesen.« Bobby kniete noch vor den Geldbörsen. Beide Jungen zuckten zusammen, als sie sich näherte und mit ihren Kindern zur Kasse ging.

An der Kasse hatte sich eine Schlange gebildet, und Mrs. Powers' Kinder wanderten wieder herum. Mrs. Powers fing sie ein, aber erneut stöberten sie durch die Gegend. Die Tochter tauchte schließlich allein auf.

»Wo ist dein Bruder?«

»Er ist mit den Jungen hinausgegangen.«

Mrs. Powers ging rasch an der Theke mit den Geldbörsen und Taschen vorbei, bevor sie zum Ausgang hastete, wo sie ihren Sohn entdeckte, nur ein paar Schritte vor ihr, wie er Bobby und Jon nachlief. Jon stand an einem der mit Spiegeln ausgelegten Pfeiler des Strand und winkte den Jungen zu sich.

Mrs. Powers rief, und ihr Sohn blieb stehen.

»Geh zurück zu deiner Mutter«, sagte Jon, und der Junge ging zurück. Während Mrs. Powers mit ihm schimpfte, überquerten Jon und Bobby die Straße und betraten Mothercare. Kamera acht der Sicherheitsüberwachung des Strand fing sie dort ein. Es war 12 Uhr, 34 Minuten und 34 Sekunden.

2

Ralph und Denise Bulger gingen gewöhnlich spät ins Bett und standen morgens spät auf. Gestern abend war es auch wieder spät geworden. Ihr zweijähriger Sohn James war kurz vor Mitternacht auf der Couch eingeschlafen; sie ließen ihn dort liegen bis gegen halb zwei, dann hob Ralph ihn auf, und sie begaben sich alle zu Bett.

Denise, fünfundzwanzig Jahre alt, behielt James gern an ihrer Seite. Sie würde sofort zugeben, daß sie eine sehr beschützende Mutter war. Kurz vor ihrer Eheschließung auf dem Standesamt vor drei Jahren hatte ihre erste Schwangerschaft mit einer Totgeburt geendet; es war ein Mädchen, das sie Kirsty hatten nennen wollen. Sie lebten schon drei Jahre zusammen, als Ralph ihr an dem Tag, an dem sie ihr Baby verlor, einen Heiratsantrag machte. Denise glaubte, daß es dieser Verlust war, der sie so gluckenhaft an James hängen ließ. Sie wollte nicht, daß ihre Verwandten oder Freunde ihn mitnahmen, und sie schickte ihn auch nicht in die Spielschule. Er ging mit seiner Mutter zu Bett und stand mit ihr auf.

Am Donnerstag morgen standen die Bulgers um halb elf auf. Gegen Mittag verließen sie ihre kleine Einliegerwohnung, in der es nur ein Schlafzimmer gab. Denise wollte, wie gewöhnlich, mit James zu ihrer Mutter gehen. Ralph begleitete sie bis Kirkby, dort bog er ab zu Denises Bruder Paul. Mit seinen sechsundzwanzig Jahren gehörte Ralph zu den Langzeitarbeitslosen. Er schätzte, schon siebzehn Umschulungs- und Arbeitsbeschaffungsmaßnahmen mitgemacht zu haben, aber nichts hatte zu einem neuen Job geführt. Heute wollte er Paul helfen, ein paar Möbelstücke zu renovieren. Ralph konnte fast alles, ein Arbeitstier ohne Arbeit.

Denises Mutter war ausgegangen, aber eine ihrer Schwestern war zu Hause, und im Fernsehen lief *Neighbours*. James spielte mit Antonia, seiner Kusine, während eine Reihe von Verwandten ein- und ausgingen. Denise war das zweitjüngste von dreizehn Kindern, und ihre Mutter war eins von zehn Kindern gewesen. Das Herz der Familie lag in Kirkby, und John, Denise, Paul und die anderen ließen sich immer wieder mal bei der Mutter sehen.

Pauls Lebenspartnerin Nicola hütete an diesem Tag Johns dreijähriges Töchterchen Vanessa. Sie kam vorbei und fragte, ob Denise mit ihr zum Strand fahren wollte. Nicola wollte bei TJ Hughes Unterwäsche umtauschen, aber sie hatte keinen

Babysitz in ihrem Auto. Denise könnte das Problem lösen, wenn sie sich mit Vanessa auf den Rücksitz setzte. James fuhr gern in Nicolas Auto, deshalb sagte Denise zu. Nicola sagte, sie würde sie in einer halben Stunde abholen.

Um Viertel nach zwei saßen Nicola, Denise und die beiden Kinder im bordeauxroten Ford Orion, fuhren durch Walton, am Gefängnis vorbei, zur Einkaufsstraße Strand. Sie parkten in der ebenerdigen Etage des Parkhauses, gingen die Treppe hoch zur Fußgängerbrücke und betraten das Einkaufszentrum durch Woolworths. Kamera sechzehn fing sie dort ein. Es war 14 Uhr, 30 Minuten, 34 Sekunden.

Von Woolworths gingen sie hinaus in die Fußgängerzone. Denise und Nicola ließen die Kinder für zwanzig Pence auf der mechanischen Wippe reiten, bevor sie TJ Hughes betraten, wo Nicola die Unterwäsche umtauschen wollte.

Während Nicola zur Wäscheabteilung ging, konnte Denise sehen und hören, wie James und Vanessa im Kaufhaus herumliefen und spielten. James ging zur Tür, verlor seine Mutter aus den Augen und schrie ängstlich. Denise lief zu ihm, hob ihn hoch und hielt ihn auch noch auf den Armen, als sie das Geschäft verließen.

James war fast auf den Tag genau zwei Jahre und elf Monate alt. Am 16. März würde er drei Jahre alt. Er hatte eine helle Haut und hellbraune, fast blonde Haare. Seine Augen waren blau mit einem Hauch von Braun im rechten Auge.

An diesem Tag trug er einen blauen, wasserabstoßenden Baumwollanorak mit gestepptem Futter und einer Kapuze. Unter dem Anorak hatte er einen grauen Trainingsanzug mit weißen Litzen an den Hosenbeinen an, und darunter trug er ein weißes T-Shirt mit blauen Streifen auf dem Rücken und grünen Streifen vorn, die das Wort ›Noddy‹ einrahmten. Er hatte weiße Puma-Turnschuhe an, und um seinen Hals hatte Denise einen blauen Wollschal mit gelben Streifen und einem aufgestickten Katzenkopf geschlungen; an jedem Ende baumelte ein weißer Quast.

3

Jon und Bobby flitzten durch die Geschäfte, stibitzten hier und da, warfen das meiste Zeug gleich danach wieder weg, um in ihren Taschen Platz zu schaffen für die nächste Beute. Bobby hatte es auf einen Troll in einer Schachtel abgesehen, den er bei TJ Hughes entdeckt hatte, aber dann hatte ein Wachmann ihn aufgefordert, das Kaufhaus zu verlassen. Jon klaute ein paar Filzstifte und ließ sie auf einem ausgestellten Herd zurück.

Sie schauten sich bei Tandy, Rumbelows, Dixons und Woolworths die Computerspiele und das Zubehör an. Der Verkäufer bei Tandy zeigte Jon einige Tricks für die Sega-Spiele und erklärte ihm, wie man auf einem Commodore Lieder abspielen kann. Sie verließen Tandy mit einem Viererpack von 1,5-Volt-Batterien von Everready.

Bei Woolworths machte es keinen Spaß, denn man durfte mit den Computern nicht spielen. Jon und Bobby schauten sich das Spielzeug von Thunderbird an, aber Bobby war nicht beeindruckt. Das zu klauen, lohnte sich kaum, meinte er.

Gegenüber vom Strand, in der Stanley Road, alberten sie bei McDonald's herum und nebenan in der Bausparkasse von Bradford und Bingley. Der Filialleiter der Bausparkasse fragte die Jungen, was sie wollten, und sie antworteten ihm, daß sie auf ihre Mutter warteten. Als sie anfingen, über die Stühle zu springen, riet der Filialleiter ihnen, bei McDonald's zu warten. Bobby sagte, dort hätte man sie schon hinausgeworfen, aber Jon meinte: »Komm, gehen wir.« Der Filialleiter hatte seinen Frieden, und die beiden liefen hinunter zu Kwikkie und klauten Chocolate Dips und Iced Gems. Wieder zurück auf der Stanley Road, liefen sie dem Filialleiter über den Weg, der in seine Mittagspause ging. Bobby bettelte ihn um zwanzig Pence an. Der Filialleiter lehnte ab und ging weiter.

Zurück zum Strand gingen sie durch Lunn Poly, wo sie sich eine Weile herumdrückten und vorgaben, sich für teure Reisen zu interessieren. Jon ließ einen Füller mitgehen und warf einen Ständer um – als wollte er ihren Rauswurf provozieren.

Auch bei Rathbones, der Bäckerei, ließen sie einen Füller mitgehen, und dann waren die beiden Jungen wieder im Kartenladen von Clinton. Die Verkäuferin achtete genau auf sie, während sie um die Auslage der Trolle herumlungerten. In diesem Moment betrat eine Frau im mittleren Alter das Geschäft.

»Sagt schon, wo ist der Füller, den ihr der Frau bei Rathbones gestohlen habt?«

Bobby klopfte leicht auf seine Taschen. »Was für'n Füller? Ich hab' keinen Füller.«

Die Frau sagte, sie wollte die Polizei rufen. Daraufhin angelte Bobby den Füller aus seiner Tasche und lieferte ihn ab. Die Frau riet der Verkäuferin, gut auf die beiden aufzupassen. Die Verkäuferin forderte Jon und Bobby auf, ihr Geschäft zu verlassen.

Am Hauptplatz des Einkaufszentrums machten sie sich an der Tür zum Feuerhydranten zu schaffen, der in einen Pfeiler eingelassen war. Sie öffneten die Tür und schlugen sie wieder zu, wiederholten das immer wieder, wobei sie hysterisch lachten und schrien. Ein vierzehnjähriger Junge trat auf sie zu und fragte, was sie dort anstellten, aber er wurde von seinem älteren Bruder zurückgerufen.

Jon sagte, sein Mund sei knochentrocken, er bräuchte dringend was zu trinken. Sie gingen hinüber zu Tesco, wo Jon seine Taschen leeren mußte, um Platz für einige Joghurtbecher zu schaffen. Bobby stahl ebenfalls einige Becher. Draußen setzten sie sich auf ein Gerüst und stärkten sich.

Am Hauptplatz gab es einen kleinen Stand, der den Organisatoren einer Gesundheitskampagne gehörte, die es sich zur Aufgabe gemacht hatten, das Bewußtsein für die Wirkungen von Beruhigungs- und Schlafmitteln zu schärfen. Am Stand gab es mehrere Bücher, Broschüren und Audiokassetten. Jon und Bobby fühlten sich vom Stand angezogen. Sie nahmen ein Buch in die Hand, es trug den Titel *Back To Life* und zeigte Wege auf, sich von Beruhigungsmitteln zu entwöhnen.

Der Stand wurde von einer Mutter mit ihrer Tochter betreut, die sich gerade mit einer älteren Frau unterhielten.

Als sie Jon und Bobby sahen, sagte die Mutter, sie sollten das Buch zurücklegen, es wäre für sie nicht von Interesse. Die Jungen täuschten vor, nach anderen Büchern zu greifen, aber die ältere Frau schalt sie und sagte, sie sollten weggehen und nicht so frech sein. »Ihr solltet in der Schule sein«, fügte sie hinzu. Jon und Bobby neckten die Frau, klopften ihr auf den Rücken und rannten weg, wenn sie sich umdrehte. Klopfen und weglaufen, klopfen und weglaufen. Als es der Frau genug war, holte sie mit ihrer Einkaufstasche aus und schrie den Jungen hinterher. Sie rannten davon und riefen obszöne Dinge, die aber wegen der Schwerhörigkeit der Frau nicht bei ihr ankamen.

Bobby wollte Jon den sprechenden Troll bei Toymaster zeigen, aber als sie gerade das Geschäft betreten wollten, wurden sie von einer Verkäuferin weggeschickt: Sie könnten ohne Begleitung ihrer Eltern nicht herein. Die Jungen warteten und rannten hinein, während die Verkäuferin bediente, und rannten mit einigen Dosen Lackfarben – Azurblau und Bronze Antique – wieder hinaus.

Mit einer Dose spielten sie auf dem Gehweg Fußball. Die Dose krachte gegen eine Schaufensterscheibe und kullerte den Passanten vor die Füße. Die Jungen fingen sie wieder ein, als die Farbe auszulaufen begann. Die andere Dose mit Bronze Antique rollte in eine Ecke bei Tym's, der Metzgerei. Dort wurde sie von einem Mann gefunden, der mit seinem Rad zum Strand gefahren war. Er nahm die Farbe mit nach Hause, um eine angeschlagene Stelle an seinem Bierkrug aus Ton zu reparieren.

4

Denise hatte James getragen, als sie mit Nicola und Vanessa das TJ Hughes verließ und hinüber zu Sayers ging, wo sie beide ein Wurstbrötchen für die Kinder kauften.

Denise setzte ihren Sohn ab, brach das Wurstbrötchen in

zwei Hälften und reichte James die eine Hälfte. Er aß es, während er durch das Einkaufszentrum lief, immer seiner Mutter voran.

Bei Marks and Spencer wurden James und Vanessa in einem Einkaufswagen gefahren, während Nicola ein paar Lebensmittel einkaufte. Wieder draußen, lief James so weit voraus, daß eine ältere Frau ihn aufhalten mußte, als er allein auf eine Rolltreppe zugehen wollte.

Denise hielt James nun an der Hand und gab ihn erst wieder frei, als sie bei *ethel austin* waren, dem Kinderbekleidungsgeschäft. James hatte seinen Spaß mit einem Strampelanzug, der von einer Verkäuferin, die auf einem Stuhl stand, hinuntergeworfen wurde. James lachte und warf nun alle Sachen, derer er habhaft werden konnte, durch den Laden. Denise nahm ihn bei der Hand und ging mit ihm hinaus, wo sie auf Nicola und Vanessa wartete.

James begann wieder herumzulaufen, aber Denise gefiel das Aussehen eines schlampig angezogenen Mannes nicht, der auf einer Bank saß und ihm nachschaute. Sie hielt James nun wieder an der Hand fest, bis Nicola und Vanessa aus dem Geschäft von *ethel austin* kamen. Gemeinsam gingen sie hinüber zu Tesco.

Jetzt war James wieder in seinem Element, er trat gegen einen leeren Karton, stibitzte ein Röhrchen mit Smarties und einen Behälter mit Apfelsaft und stellte allen möglichen Unsinn an. Denise war das peinlich, sie glaubte, alle Augen müßten auf sie gerichtet sein, und so verließen sie Tesco rasch, nachdem Nicola ein Paket Zucker gekauft hatte.

James wurde von seiner Mutter gescholten und erhielt einen Klaps auf die Beine. Nicola betrat den Laden von Superdrugs, um Süßigkeiten für Vanessa zu kaufen. Diesmal blieb Denise gleich draußen. Nun wendeten sie sich Tym's zu, der Metzgerei. Kamera zehn fing sie um 15 Uhr, 37 Minuten, 51 Sekunden ein.

A. R. Tym's ist eine beliebte Metzgerei, die stets in orangefarbener Leuchtschrift die Sonderangebote des Tages verkündet: Lammbraten neunundsechzig p/Viertel, Saftiger Schinkenbraten neunundsechzig p/Viertel, Gebratene Rippchen,

Dänische Spitzenqualität neunundneunzig p/Pfund, vier Wurstbrötchen ein Pfund – Traditionelle Fleischgerichte für Ihr Fest zu Hause.

Es war ungewöhnlich ruhig, als Denise und Nicola den Metzgerladen betraten, was Denise sehr recht war, wenn sie an James' Aufgedrehtheit dachte. Sie nahm das Geld aus dem Portemonnaie, um das Fleisch zu bezahlen. Nicola, die Vanessa an der Hand hielt, blickte sich um und sah James an der Tür mit einer Zigarettenkippe spielen, die noch brannte. Dann wurde sie abgelenkt, weil sie nun bedient wurde, nachdem Denise bezahlt hatte und hinausgegangen war. Im nächsten Moment stand sie wieder im Laden, Panik im Gesicht.

»Wo ist James?«

»Er ist doch draußen«, sagte Nicola.

5

Jon und Bobby hatten genug von ihren Spielen mit den Lackdosen. Sie drückten sich jetzt wieder vor TJ Hughes herum, gleich neben dem Stand mit den Süßigkeiten, der aber heute geschlossen hatte. Dabei hatten sie es von Anfang an auf ein paar Süßigkeiten abgesehen. Direkt vor ihnen lag A. R. Tym's.

Vor dem Metzgerladen sahen sie einen kleinen Jungen in einem blauen Anorak. James knabberte noch an seinen Smarties. Es war Jons Idee, auf ihn zuzugehen.

»Komm her, Baby.«

James ging ihnen entgegen, und Jon nahm seine Hand. Sie gingen auf TJ Hughes zu. Eine Frau, die gerade in ihrem Schuhgeschäft Feierabend gemacht hatte, sah sie im Vorbeigehen. Sie lächelte James zu, weil er sie an ihren Neffen erinnerte.

Sie betraten TJ Hughes und schlenderten durch das Kaufhaus, dann ging es die Treppe hinauf. Sie verließen das Geschäft und wandten sich auf dem Verbindungsweg nach links, Richtung Hauptplatz. Eine Frau, die bei Sayers saß und ein Getränk vor sich stehen hatte, während sie auf den Bus wartete, sah hoch, denn im ersten Moment glaubte sie, ihr Enkel ginge vorbei. James hüpfte aufgeregt herum. Die Frau erkannte, daß es nicht ihr Enkel war, und wunderte sich einen Augenblick, daß der Junge allein war, aber als sie die beiden größeren Jungen dann sah, die ihm folgten, war sie beruhigt. Einer der größeren rief das Kind, und es hüpfte zu ihnen zurück.

»Komm, Baby.«

Bobby schritt vor Jon, der jetzt wieder James' Hand hielt. Sie gingen an Mothercare vorbei, dann an Marks and Spencer und schließlich zum Eingang des Strand. Kamera acht zeigte, daß es 15 Uhr, 42 Minuten, 32 Sekunden war.

6

»Er ist doch draußen«, sagte Nicola.

Denise ging wieder hinaus, während Nicola weiter bedient wurde. Denise betrat wieder den Metzgerladen.

»Ich kann ihn draußen nicht finden.«

Sie ging wieder zur Tür, als eine der Verkäuferinnen bemerkte, daß etwas nicht stimmte.

»Was ist denn?«

»Mein kleiner Junge ist verschwunden. Er war draußen vor der Tür.«

Die Verkäuferin riet ihr, zum Wachdienst zu gehen und es sofort zu melden. Denise wußte nicht, wo sich der Wachdienst befand. Die Verkäuferin beschrieb den Weg: rechts herum um den Block, der hintere Eingang.

Denise und Nicola rannten hinaus, Richtung Wachdienst. Sie blickten in einige Geschäfte hinein, es waren Superdrug und ein Schreibwarenladen, und sie fragten auch jeden, dem sie unterwegs begegneten: »Hat jemand einen kleinen Jungen gesehen?«

Es war etwa Viertel vor vier, als Denise das Büro des Wachdienstes erreichte, Nicole und Vanessa im Schlepptau. Sie war jetzt, als sie mit dem Wachmann sprach, sehr aufgeregt. James war das erste verschwundene Kind, das an diesem Tag gemeldet wurde. Es kam immer wieder zu solchen Vermißtenmeldungen, aber sie hatten bisher nie einen ernsthaften Hintergrund gehabt; gewöhnlich wurden die vermißten Kinder nach fünfzehn bis zwanzig Minuten wiedergefunden. Bis jetzt war der Freitag ein ruhiger Tag im Strand gewesen. Um halb zwei hatte es bei Dixons einen Feueralarm gegeben, aber es hatte sich herausgestellt, daß sich Angestellte ein paar Brotscheiben zum Essen getoastet hatten.

Der Wachmann nahm eine Beschreibung von James auf und wo er zuletzt gesehen worden war, dann gab er die Einzelheiten über die Rundspruchanlage des Strand weiter. Denise und Nicola begaben sich wieder auf die Suche, aber sie kehrten nach fünf Minuten zurück und baten den Wachmann, die Meldung über den Lautsprecher zu wiederholen. Er hatte sich inzwischen die Bilder der Sicherheitsüberwachungskameras angesehen, aber nichts entdeckt. Er wiederholte die Durchsage, und Denise und Nicola suchten weiter.

Denise rief den Wachmann von TJ Hughes aus an. Hatte man den Jungen schon gefunden? Nein. Der Wachmann gab James' Beschreibung für eine interne Lautsprecherdurchsage im Kaufhaus durch.

Es war fast Viertel nach vier, als Denise mit einem Sicherheitsmann des Kaufhauses zum Büro des Wachdienstes kam. Irgendwelche Nachrichten? Nein. Daraufhin rief der Wachmann die Polizeistation auf der Marsh Lane an, die gleich um die Ecke lag, und meldete ein vermißtes Kind. In sein Wachbuch trug er ein: ›16.15: Vermißtes Kind im Einkaufszentrum. Etwa seit dreißig Minuten. Polizei informiert, Beschreibung gegeben. Polizei kommt baldmöglichst.‹

7

Die ersten paar Meter die Stanley Road hinunter wurde James getragen, weg vom Strand. Es war ein unbeholfenes Tragen, der Junge wurde mit beiden Armen gegen den Oberkörper des Großen gedrückt. Ein Taxifahrer sah diese Szene und mußte über die Unerfahrenheit des älteren Jungen im Umgang mit Kindern lachen. Als James wieder abgesetzt wurde, irgendwo zwischen dem Postamt und der Brücke über den Kanal, begann er zu weinen.

»Ist alles in Ordnung? Du weißt doch genau, daß du nicht weglaufen sollst!« sagte einer der Jungen laut genug, daß die Umstehenden es hören konnten.

»Ich will zu meiner Mum«, sagte James.

Sie bogen von der Stanley Road ab, an den Schienen vorbei und dann zum Treidelpfad entlang des Kanals. Eine Frau, die gerade die Telefonrechnung ihrer Mutter bezahlt hatte, trat aus dem Postamt. Sie sah die drei Jungen und bemerkte, daß sie es eilig hatten. Sie beobachtete, daß James voraus lief und dann von den größeren Jungen zurückgerufen wurde. Ihrer Meinung nach sah der kleine Junge verwirrt aus, und die größeren schienen ihr nicht alt genug zu sein, um ihnen den kleineren anvertrauen zu können. Sie müssen Brüder oder sonstwie verwandt sein, dachte die Frau.

Unten am Kanal traten Jon und Bobby unter die Brücke. Sie setzten James auf das Sicherheitsgeländer, das den Treidelpfad vom Wasser trennt. Sie diskutierten, ob sie ihn ins Wasser stoßen sollten. Dann hob einer von ihnen James auf und ließ ihn mit dem Kopf voran auf den Boden fallen. Seine Stirn wurde geschrammt, und James begann zu weinen.

Jon und Bobby rannten die Böschung hoch und ließen James weinend zurück. Eine Frau schritt in Richtung Strand über die Brücke, hörte den Jungen und schaute hinunter. Sie sah James weinend auf dem Pfad stehen und ging davon aus, daß andere Kinder bei ihm sein müßten, vielleicht die da unten auf dem Treidelpfad, es waren drei oder vier. Hier draußen gab es immer spielende Kinder.

Als Jon und Bobby zurückkamen, um James zu holen, ging er ihnen schon entgegen. »Komm, Baby.« Sie stülpten die Kapuze seines Anoraks über seinen Kopf, um die Schramme auf der Stirn zu verdecken. Einer von ihnen trug ihn über die Stanley Road, brav an der Stelle des Zebrastreifens, und setzte ihn auf der anderen Straßenseite wieder ab. Eine Frau wurde auf sie aufmerksam, und trotz der Kapuze sah sie die Schramme auf James' Stirn. Sie fand, daß der Kleine bedrückt aussah, als wenn er in Not wäre, obwohl er jetzt nicht mehr weinte. Die Frau ging weiter, aber ihr war unbehaglich zumute, und so kehrte sie noch einmal um, aber da waren die drei Jungen schon verschwunden.

Sie waren von der Hauptstraße abgebogen und befanden sich jetzt in der Park Street, gingen vorbei an der Halle der Zeugen Jehovas. Am Ende der Straße wandten sie sich nach rechts, dann links an der Jawbone Tavern. Sie überquerten den Parkplatz einer Wohnanlage, hoben James über eine Mauer und fanden sich auf der Merton Road wieder, auf der sie auch zum Strand gegangen waren. Sie waren unterwegs zurück nach Walton.

Der Doppeldeckerbus 67a nach Bootle stand am Kreisverkehr beim Breeze Hill, als Jon und Bobby dort die Straße überquerten. Eine Frau, die unten vorn im Bus saß, blickte nach rechts. Sie sah zur Christuskirche an der Ecke und das Schild davor: »Man muß nicht in die Knie gehen, um zu beten.« Sie sah die beiden Jungen, zwischen ihnen ein Kind, das sie im Gehen an den Händen hielten und hin und her schwenkten. Sie bemerkte noch, daß einer der Jungen die Hand des Kindes losließ, aber dann fuhr der Bus an, und sie verlor sie aus den Augen.

Jon und Bobby hielten nicht auf den Breeze Hill zu, sondern nahmen die linke Gabelung vom Kreisverkehr. Oxford Road. Sie führte am AMEC-Gebäude vorbei, eine Baufirma, die ihren Parkplatz an der Straße von einer Kamera überwachen ließ.

Drei junge Frauen, Teenager noch, kamen von Bootle herein, sie überquerten hinter den drei Jungen die Straße. Der Fahrer eines örtlichen Reinigungsunternehmens nahm die

Jungen wahr, als er mit seinem Lieferwagen vorbeifuhr. Er sah, wie Jon und Bobby an James' Armen zogen, als wenn sie ihn zum Weitergehen zwingen wollten. James hatte ein aufgequollenes, rotes Gesicht, und der Fahrer erkannte, daß er weinte. Er sah noch, wie Bobby dem kleinen Jungen einen Tritt in die Rippen gab. Empört murmelte der Fahrer: »Mieser Typ.«

Die jungen Frauen sahen dies nicht, aber eine von ihnen bestätigte, daß Jon und Bobby vorangingen und James an den Händen gefaßt hielten.

Die beiden anderen Teenager nahmen kaum Notiz von den Jungen, ihre Aufmerksamkeit wurde abgelenkt von einem Burschen, den sie von der Schule her kannten und der auf seinem Rennrad vorbeiraste, den Kopf tief gebeugt. Er hastete den Hügel der Oxford Road hinauf. Er raste direkt auf einen geparkten Nissan Kombi. Die beiden jungen Frauen, die das beobachteten, lachten, und sie lachten noch lauter, als ihnen bewußt wurde, daß ihre Freundin von der Kollision nichts mitbekommen hatte. Sie hatte den drei Jungen nachgeschaut.

Der Radfahrer sah die drei Frauen, als er aufstand und sich den Staub aus den Kleidern klopfte. Er sah auch Jon und Bobby, aber James bemerkte er nicht. Jon sah die drei jungen Frauen lachen, und Bobby hatte verfolgt, wie der Radfahrer gegen das Auto krachte.

Sie führten James von der Oxford Road zum Breeze Hill und lungerten eine Weile am Geländer der Bushaltestelle herum. Eine Frau, die mit ihrem Mann in einem blauen Ford Orion vorbeifuhr, hatte den Eindruck, daß sie ein Spiel spielten; Bobby am Geländer, Jon den Hügel hinunter, offenbar in der Absicht, James auf Bobby zuzutreiben. Die Kapuze von James' Anorak bedeckte immer noch seinen Kopf.

James begann zu weinen, als sie Breeze Hill an der Kreuzung mit Southport Road überquerten.

»Ich will zu meiner Mum.« Heulen. »Ich will meine Mum, ich will meine Mum.«

Er rannte davon, und ein Fahrer, der von einer roten Ampel aufgehalten wurde, befürchtete, er könnte über die Straße laufen. Dann war aber Bobby da, hob James hoch und nahm ihn von der Straße. Der Fahrer sah James weinen und nahm an, daß er ungehalten darüber war, nicht frei herumlaufen zu können.

Jon und Bobby hielten beide James an der Hand, als sie später die Straße überquerten. Dort wurden sie von einem Autofahrer gesehen, der zu einer Klempnerarbeit in Orrell unterwegs war. Er konnte sehen, daß James weinte, und fand es seltsam, daß kein Erwachsener bei ihm war.

Die Jungen verließen die Straße am Reservoir, kletterten die hohen Steinstufen hoch, wobei sie das Kind trugen. Jon hielt James' Beine, und Bobby hatte die Arme um James' Oberkörper geschlungen. Als sie die Höhe des Reservoirs erreichten – vor langer Zeit einmal ein Wasservorratsspeicher, jetzt eine grasbewachsene Hochebene –, setzten sich Jon und Bobby auf die oberste Stufe und nahmen James zwischen sich.

Als eine Frau, die ihren Hund auf der Hochebene ausgeführt hatte, sich an ihnen auf den Stufen vorbeigewunden hatte und die Treppe hinunterging, lachte James. Die Jungen standen nun auf und gingen zur anderen Seite des Deiches, von dem aus man über einige Häuserreihen hinwegblicken konnte.

James wurde dort oben von Jon geboxt. Allmählich setzte die Dämmerung ein. Eine Frau, die in einem der Häuser weiter unten die Vorhänge zuzog, sah, wie Jon den kleinen Jungen an den Schultern, dicht beim Hals, packte und ihn heftig schüttelte, als ob er versuchen wollte, ihn zu beruhigen. Eine Nachbarin beobachtete, wie Jon und Bobby die Hände des Kleinen hielten, als wollten sie ihm die Böschung hoch helfen. Sie erkannte auch, wie eine ältere Frau, die ihren großen schwarzen Hund ausführte – man konnte sie regelmäßig auf dem Reservoir sehen –, sich der Gruppe näherte.

Die ältere Frau war sofort besorgt, weil James zu schluchzen angefangen hatte.

»Was ist denn los?«

»Wir haben ihn unten am Fuß des Hügels aufgelesen.«

Sie sah dann, daß James zwei Beulen hatte, eine auf der Stirn, die andere auf dem Kopf.

»Kennt ihr ihn?«

»Nein«, sagten die Jungen.

Die Frau sagte ihnen, daß James' Verletzungen behandelt werden müßten, darauf fragten sie die Frau nach der nächsten Polizeistation. Sie erklärte ihnen den Weg zur Station an der Walton Lane.

Die Nachbarin, die aus dem Fenster geschaut hatte, sah die Frau zeigen und gestikulieren. Sie nahm an, daß sich das Kind verlaufen hatte. Es überraschte sie, daß die Jungen in die entgegengesetzte Richtung gingen, und sie dachte, die Frau müßte wohl besorgt sein, denn sie wandte sich zu den Jungen um und rief ihnen offenbar etwas zu.

Die ältere Frau war in der Tat besorgt, aber eine Freundin, die sie kurz darauf traf, beruhigte sie wieder. Auch diese Frau hatte die Jungen vor kurzem gesehen, und da war James gut gelaunt gewesen. Sie war davon ausgegangen, daß es sich um drei Brüder handelte.

8

Ser. Nr. 925BO2V Tel. von 3642 um 16.21 12/02/93
Nachricht: dreijähr. Junge – James Patrick Bulger – seit dreißig in. im Strand vermißt – Gebiet mit Kameras abgesucht – keine Spur – Mutter jetzt bei Wachdienst Strand, Washington Parade, Bootle.
Informant: Strand Wachmann 944 2222
Bemerkungen: Durchsagen im Rundspruchsystem ohne Erfolg.
Anweisung von 3642 BO2V um 16.22: BM 11 losgeschickt.

Der Computer der Abteilung B schnatterte drauflos, nachdem der Anruf von Peter Beatham, dem Wachmann des Strand, eingegangen war.

Police Constable Mandy Waller arbeitete in der Schicht von 14 bis 24 Uhr und fuhr mit Bravo Mike Eins Eins (BM 11), einem Fiesta mit Hecktür, in Bootle herum und reagierte auf Rufe von der Zentrale. Sie fuhr erst seit einem

Monat Streife, seit sie die Führerscheinprüfung bestanden hatte.

Als der Auftrag über Funk durchgegeben wurde – vermißtes Kind im Strand, bitte kümmern –, lenkte sie den Wagen zuerst zur Marsh Lane, um einen Satz MFH-Formulare* abzuholen. Vermißtes Kind, dachte sie, klar, da schicken sie eine Frau hin.

Es ärgerte sie, daß die Polizei manchmal eine unerträgliche Arroganz an den Tag legte, wenn es um den Einsatz von Frauen ging. Wenn jemand eingesperrt wurde und ein Kind hinterließ, wurde Mandy gerufen, sich um das Kind zu kümmern. Mandy hatte keine eigenen Kinder, und mit ihrem mütterlichen Instinkt war es nicht weit her. ›Ich hab' nichts gegen Kinder‹, pflegte sie zu sagen, ›aber ein ganzes wäre mir zuviel.« Sie fand, daß einige der Männer, selbst Väter, für solche Aufgaben geeigneter wären als sie. Sie hatte in der Vergangenheit einige offene Debatten mit den Sergeants geführt: ›He, warum ruft ihr mich? Vielleicht kann ich den Job nich' besser als sonst einer.‹ Mandy kam aus South Yorkshire, aus einem kleinen Dorf bei Barnsley. Sie arbeitete schon seit neun Jahren an der Merseyside, aber ihr Akzent hatte sich noch nicht verfärbt.

Bis vor einem Jahr hatte Mandy sogar im Strand gewohnt, in einem der Flachdachhäuser in der Nähe von Marks and Spencer. Damals war die Gegend bei Ladendieben und Handtaschenräubern noch beliebter gewesen als heute. Seither war der Strand zu einem modernen Einkaufszentrum ausgeweitet worden, jetzt gab es die Überwachungskameras, und die Türen an den Eingängen machten die Flucht nicht mehr so leicht wie früher. Mandy hatte damals in der Fußgängerzone vor ihrer Tür manche Verhaftung außerhalb ihrer Dienstzeit vorgenommen. Sie trauerte ein wenig der Zeit nach, als sie ein so großes Kaufhaus wie Marks and Spencer als ›Laden an der Ecke‹ hatte.

In diesem Jahr beging Strand sein fünfundzwanzigjähriges Jubiläum, aber so wie die Dinge sich entwickelten, war es kein gutes Jahr zum Feiern. Vor einem Vierteljahrhundert war es

* MFH missing for hours – Seit Stunden vermißt

als Modell des frisch importierten amerikanischen Konzepts eines Einkaufszentrums gebaut worden. Eine Lokalzeitung hatte einen Wettbewerb zur Namensgebung ausgeschrieben; Klein-Amerika war von New Strand geschlagen worden – die Strand Road schneidet die Stanley Road unweit des Zentrums.

Es wurde 1968 eröffnet, begleitet von einer angemessenen Feier, an der auch der Bürgermeister von Mons in Belgien, Schwesternstadt von Bootle und Namensgeber des größten Platzes innerhalb des Strand, teilnahm. In diesen Tagen gab es ehrgeizige Ausbaupläne; man wollte auch noch den angrenzenden Teil der Stanley Road in die Fußgängerzone einbeziehen und auf der anderen Seite des Zentrums eine neue Durchgangsstraße anlegen, also zur Washington Parade hin. Der Haupteingang zum Strand, das Hexagon, weist deshalb auch zur Washington Parade. Als die großen Pläne in sich zusammenfielen und Stanley Road die Hauptverkehrsader blieb, war es so, als wäre der Strand gestrandet – denn der Haupteingang ist eigentlich hinten.

Der Originalentwurf sah fast ausschließlich Beton vor, und von jedem Geschäftseingang sollten Baldachine in die Fußgängerzone hineinreichen. Trotzdem würden viele Flächen den Naturelementen ausgesetzt sein. Es waren keine Türen vorgesehen, so daß der New Strand besonders nachts von Betrunkenen und wilderen Exemplaren der Spezies Mensch heimgesucht wurde.

Zur Zeit des großen Aufpolierens Ende der achtziger Jahre hatte die Psychologie des Einkaufens große Fortschritte erzielt. Es war eine der Aufgaben des Managers des New Strand, Peter Williams, dem Einkaufen alles Negative zu nehmen. Er leitete die Umwandlung, bis sich der Strand einem amerikanischen Einkaufszentrum angenähert hatte.

Die Neuentwicklung zielte darauf ab, ein Gefühl des Wohlbehagens und der Sicherheit zu erzeugen, um das Einkaufen zu einem Erlebnis zu machen. Die gesamte Fläche wurde überdacht, an vielen Stellen mit Glas, um einen gewissen Grad an natürlichem Licht zu erhalten, und dann wurden auch Eingangstüren hinzugefügt. Der größte Teil des Betons verschwand hinter Aluminiumverkleidungen, wodurch ein heller, warmer Eindruck entstand, fast wie Chrom. Italienische Keramikplatten ersetzten den alten Boden, und Granitsteine wurden am Mons Square verlegt.

Um die falsche Gewichtung zwischen den Eingängen Stanley Road und Washington Parade zu korrigieren, wurden über dem Eingang an der Stanley Road mehrere Bögen errichtet, eine Art Tonnengewölbe.

Es gab Sitzbänke, Blumenkübel und Kinderrutschen. Eine Lautsprecheranlage wurde installiert für die Musikberieselung oder für die gelegentliche Durchsage eines vermißten Kindes. Es gab eine Sprinkleranlage, Rauchmelder und eine Fernsehüberwachung: zwanzig Kameras, aber nur sechzehn zeichneten auch tatsächlich auf, und jede einzelne bot alle zwei oder drei Sekunden ein stehendes Bild. Bei Bedarf konnte man alle sechzehn Bilder gleichzeitig auf einem Monitor sehen, oder auch nur eins oder jede andere Kombination. Ein privater Sicherheitsdienst, Guardrite, stellte ein kleines Team von Männern, die mit Walkie-talkies unterwegs waren und für zusätzliche Sicherheit sorgten.

Aus New Strand wurde das Strand Shopping Centre. Man entschied sich für ein Logo, das einen Anker zeigte, um die nautischen Begriffe zu unterstreichen, die man für die Bezeichnungen der Wege im Zentrum gewählt hatte: Esplanade, Mariners Way und Medway. Es gab auch noch andere Wege – Raven Way, Palatine und Hexagon, aber bei denen war der nautische Hintergrund eher versteckt.

Peter Williams organisierte eine *Grand Opening Extravaganza* zur Wiedereröffnung im Herbst 1989. Garfield der Kater und Rupert der Bär waren da, und auf dem Mons Square gab es eine Reihe von Auftritten. Diese Tradition wurde beibehalten, und gelegentlich treten Gruppen der Morris Dancers oder die Bootle Village Pipe Band auf. Der Platz wird gelegentlich auch für kommunale Veranstaltungen genutzt, was die Verbindung des Einkaufszentrums mit den Bewohnern der Gegend unterstreicht. Schließlich kommt der allergrößte Teil der Kunden des Strand aus einem Dreimeilenradius.

Der Strand beherbergt einhundertvierzehn Geschäfte; die drei großen sind Marks and Spencer, TJ Hughes und Woolworths. Es gehört zum Zeichen der Zeit, daß es immer mehr Diskontläden gibt. Peter Williams sagt dazu, daß man der Gegend angemessen handeln muß – der Strand ist nun mal nicht Harrod's. Ein paar Meilen oberhalb, in Southport, wo die Leute piekfein sind, mochte man ein hochqualitatives Damenkostüm kaufen können, aber in Bootle gab es dafür keinen Bedarf.

Peter Williams ist ein Bewunderer der neuen kombinierten Einkaufs- und Freizeit-Zentren wie Metro in Gateshead mit seinem Kino und den Bowlingbahnen, den Brunnen und Teichen. In Gateshead gibt es verschiedene Themenkomplexe – besonders das Römische Forum hat es Peter Williams angetan –, aber so etwas würde im Strand nie möglich sein. Für solche Themenkomplexe war es einfach nicht groß genug. Jedes Jahr kamen mehrere Millionen Menschen nach Gateshead. Der Strand war zufrieden mit den einhundertzwanzigtausend Kunden in der Woche. Samstags war der größte Betrieb, werktags um die Mittagszeit, wenn die Beschäftigten der Umgebung ihre Besorgungen erledigten.

Wie alle Einkaufszentren war der Strand eine beliebte Zuflucht für die Älteren und die Jungen. Die älteren Menschen saßen auf Bänken und verbrachten ihre Zeit dort. Die jungen bildeten Gruppen, ja, und manchmal waren Schulschwänzer darunter, die ab und an Böses im Schilde führten. Die Männer von Guardrite beobachteten sie auf den Monitoren oder wenn sie auf Streife gingen, und viele Geschäfte hatten inzwischen ihren eigenen Sicherheitsdienst, aber trotzdem breitete sich der Ladendiebstahl immer mehr aus.

Der Strand gab sein Bestes, um für Schutz und Sicherheit zu werben. Im September vorigen Jahres hatte Peter Williams eine Kampagne gestartet, die Kinder auf die Gefahren, die von Fremden drohten, aufmerksam machte. Das Zentrum hatte zahlreiche Schulgegenstände wie Lineale und Bleistiftkästen aus Plastik verteilt, alle mit dem Slogan versehen: Sprich nicht mit Fremden.

Mandy Waller drückte die Tasten des Cyfas-Terminals in ihrem Auto, als sie eintraf. Der Code 04 gab ihre Ankunftszeit im Strand automatisch in den Computer des Reviers ein. 16 Uhr 37. Um diese Zeit saß Denise im Büro des Zentrumleiters. Während Mandy sich Einzelheiten und die Beschreibung notierte und die MFH-Formulare vervollständigte, wurde offenkundig, daß James seit über einer halben Stunde vermißt wurde. Genaugenommen seit fast einer Stunde, und das war bedenklich lange. Mandy wußte, daß die vermißten Kinder gewöhnlich gefunden wurden, bevor die Polizei überhaupt benachrichtigt werden mußte, oder die erleichterten Eltern zogen ihnen gerade die Ohren lang, als die Polizei eintraf.

Mandy gab über Funk eine Beschreibung durch und unterstrich die Dauer, die James bereits vermißt wurde. Dann ging sie mit Denise zurück zum Strand, um noch einmal zu suchen. Sie konzentrierten sich auf Punkte wie zum Beispiel die Zoohandlung, zu denen Kinder sich hingezogen fühlten.

Denise, sehr bekümmert, konnte nicht verstehen, wie schnell alles geschehen war. »Ich war nur ein paar Sekunden im Geschäft. Ich drehte mich um, da war er verschwunden.« Sie war voller Schuldgefühle und Selbstanklagen. Wenn sie doch nur dies oder jenes nicht getan hätte ... Mandy, die sich nicht als ideale Trösterin empfand, versuchte immer wieder, ihr Mut zu machen. Die Maschinerie der Polizeisuche war angelaufen. Alles, was getan werden konnte, wurde getan.

Eine der Putzfrauen im Strand teilte dem Büro mit, daß ein anderes Kind, ein vierjähriger Junge, etwa zur gleichen Zeit verschwand wie James. Der Vierjährige war wiedergefunden worden und hatte seinen Eltern erzählt, ein Mann in einem weißen Mantel hätte versucht, ihn in sein Auto zu locken.

Als James' Verschwinden in den Lokalnachrichten des Rundfunks gesendet wurde, rief ein anonymer Anrufer die Polizei an. Er hatte früher am Tag einen Mann mit Pferdeschwanz im Strand gesehen, den er verdächtigte, etwas mit der Entführung von Kindern zu tun zu haben. Der Mann mit Pferdeschwanz war der Polizei bekannt, und es begann eine Suche nach ihm.

Ein anderer Anrufer teilte der Polizei mit, daß er James wahrscheinlich in Southport in einem Auto gesehen hatte. Southport lag vierzig Autominuten vom Einkaufszentrum entfernt. Auch dieser Spur wurde nachgegangen – ohne Erfolg.

Die Bestrebungen, James zu finden, gewannen rasch und methodisch an Schwung. Die lokalen Medien, Taxiunternehmen, Bus- und Eisenbahnverbindungen wurden angerufen. Beamte suchten zu Fuß und mit Streifenwagen, zuerst im Strand und dann außerhalb, den Kanal entlang und in den Straßen in unmittelbarer Nähe des Einkaufszentrums, in den Fußwegen und auf den Parkplätzen, in den angrenzenden Geschäften und den Spielhallen.

Denise meinte, wenn es James gelungen wäre, einen Weg aus dem Strand hinauszufinden, dann wäre er immer weiter gegangen. Aber man konnte annehmen, daß ein Zweijähriger ohne Hilfe nicht allzu weit kommen würde.

Vielleicht war es, wie manchmal bei Fällen von verschwundenen Kindern, eine Familienstreitigkeit? Nicolas Ford Orion, der immer noch an seinem Platz im Erdgeschoß des Parkhauses stand, wurde untersucht, der Kofferraum geöffnet und überprüft. Jemand wurde zu der Adresse geschickt, die Denise angegeben hatte. Ralph war noch nicht da. Er hatte noch keine Ahnung von den Geschehnissen.

Der Computer auf der Wache hatte viel zu tun, er hielt die Anfragen, Handlungen, Informationen und negativen Ergebnisse fest.

17.31 *von 6796 BO4V – Parkhaus überprüft – keine Spur von 7208.*

17.31 *von 3642 BO2V – TB 12 dehnte Suche aus – Strand Road/TA Centre – Irlam Road – Marsh Lane – Merton Road.*

17.31 *von 6796 BO4V – Anlieferungsweg überprüft – keine Spur von 7208 – Café negativ.*

17.32 *von 6796 BO4V – 6847 überprüfen Merseybus Café.*

17.35 *von 9173 HO4 – Von Insp. Owen informiert, daß TS 33 Lautsprecher einsetzt. 17.36 von BO2V – Kanal-*

	ufer Carolina Street überprüft von 3991 – keine Spur.
17.38	*von 6796 BO4V – Gebäudezeile durchsucht – keine Spur.*
17.39	*von 3642 BO2V – TJ Hughes ist von Angestellten durchsucht worden, keine Spur, schließen jetzt ...*

Ein Polizist brachte einen Lautsprecher zum Strand, damit die Leute dort angesprochen werden konnten. Suchtrupps der Operational Support Division wurden eingesetzt. Von angrenzenden Stationen wurden Flutlichtlampen angefordert. Der Polizeihubschrauber Mike One stieg auf, damit die abzusuchende Fläche angestrahlt werden konnte.

Es gab weitere Hinweise auf den Mann mit dem Pferdeschwanz, aber er war noch nicht gefunden worden. Seine Anwesenheit im Strand wurde bestätigt, und diejenigen, die ihn gesehen hatten, bezeichneten sein Verhalten als auffällig.

Die Polizei bemühte sich immer noch, Ralph Bulger ausfindig zu machen, der zu Verwandten in Kirkby unterwegs war. Mandy Waller nahm Denise mit zur Polizeistation an der Marsh Lane, wo sie eine Tasse Tee tranken und auf weitere Nachrichten warteten.

9

Als Jon und Bobby vom Reservoir hinuntergingen, wandten sie sich wieder zurück zum Breeze Hill und hielten auf die Überführung zu, Richtung Walton. Eine Frau in einem Haus nahe des Reservoirs hörte draußen auf der Straße ein Geräusch, das sich nach dem Jammern eines Kindes anhörte. Sie blickte hinaus und sah das Trio auf dem Bürgersteig gleich vor ihrem Haus. Jon und Bobby hatten James in ihre Mitte genommen, jeder hielt eine Hand des Jungen.

Sie wurden auch wieder gesehen, als sie am Zeitungsladen an der Ecke Imrie Street vorbeigingen. Eine Frau hörte, wie einer der Jungen »James!« rief, »komm weiter!« Sie fand, daß

James, die Kapuze über dem Kopf, ein wenig verwirrt aussah. Sie betrat den Laden, und als sie wieder auf der Straße stand, waren die Kinder verschwunden.

Unter der Straßenüberführung, auf den Fußwegen und später auf der County Road, wurde James immer noch von den Jungen an den Händen gehalten. Die Dunkelheit brach jetzt rasch ein.

Dann trafen sie auf eine weitere Frau mit einem Hund; und sie war neugierig. Sie sagten ihr, daß sie James im Strand gefunden hätten, und sie fragte, warum sie nicht mit ihm zur nächsten Polizeistation gegangen wären. Sie antworteten ihr, daß sie zur Polizeistation an der Walton Lane gingen.

»Zur Polizeistation an der Walton Lane?«

Dicht vor Gayflowers, dem Blumenhändler, hörte eine jüngere Frau der Unterhaltung zu und schaltete sich ein. Sie war gerade mit ihrer Tochter einkaufen gewesen, und die Kleine war müde und hatte gequengelt, daß sie nach Hause und dort die Kinderstunde im Fernsehen sehen wollte.

Die jüngere Frau schaute hinunter auf James und sah, daß auch er müde war und vielleicht auch bekümmert, aber sie konnte nicht erkennen, daß er mißhandelt worden war. James schaute zu Bobby hoch.

»Was ist los?« fragte die jüngere Frau. »Gibt es ein Problem?«

»Sie haben mich gerade nach dem Weg zur Polizeistation an der Walton Lane gefragt«, sagte die Frau mit dem Hund.

»Warum wollt ihr zur Polizei?«

»Wir haben den Kleinen im Strand gefunden«, sagte Jon.

»Wenn ihr ihn im Strand gefunden habt, warum habt ihr ihn dann nicht dort bei der Polizei abgegeben?«

»Das habe ich sie auch gefragt«, warf die Frau mit dem Hund ein.

»Ich weiß nicht, wo sie ist«, antwortete Jon.

»Ihr habt einen langen Weg hinter euch, wenn ihr vom Strand kommt und noch zur Walton Lane wollt.«

»Ein Mann hat uns diesen Weg gezeigt.«

Die jüngere Frau fand das alles ungewöhnlich. Sie wandte sich an Bobby. »Warum wollt ihr zur Polizeistation an der Walton Lane?«

»Ein Mann hat uns den Weg gezeigt.«

»Wo wohnt ihr?«

Bobby öffnete schon den Mund, aber Jon kam ihm zuvor. »Die Polizeistation liegt auf unserem Weg nach Hause.«

Bobby ließ James' Hand los und wandte das Gesicht ab. Die jüngere Frau fand, daß er nervös aussah und sich unbehaglich zu fühlen schien.

»Nimm seine Hand«, wies Jon ihn ruhig an. Bobby tat es.

»Walton Lane liegt in dieser Richtung«, sagte die jüngere Frau und streckte den Arm aus. Jon schaute hoch, sah die Frau an und nickte.

»Ist alles in Ordnung, Junge?« fragte die Frau, aber James reagierte nicht.

»Wo geht es lang?« fragte Jon und schaute über die Straße hinweg zur St. Mary's Church. »Sagten Sie, daß das der richtige Weg ist?«

Die andere Frau hatte sich etwas abgewandt und mit ihrem Hund geredet. »Komm ihm nicht zu nahe«, warnte sie. »Er mag keine Kinder.«

»Der einfachste Weg«, sagte die jüngere Frau, »ist quer durch bis hinter die Walton Church.« Dort lag Walton Village.

»Nein, da ist es zu dunkel«, widersprach die Frau mit dem Hund. Sie sagte ihnen, sie sollten die County Road entlanggehen und dann links in die Church Road West.

Die drei Jungen gingen den Fußweg zurück unter der Überführung. Die jüngere Frau rief ihnen nach, sie sollten stehenbleiben, denn sie hielt es nicht für sicher, die drei Jungen durch die Dunkelheit gehen zu lassen. Sie bat die andere Frau, auf ihre Tochter und die Einkaufstaschen zu achten, während sie die Jungen begleiten würde, bis sie die andere Straßenseite erreicht hätten. Die Frau sagte, sie könnte das nicht, denn ihr Hund mochte keine Kinder.

»Welchen Weg sollen wir nun nehmen, Missus?« fragte Jon.

»Zum Village«, sagte die jüngere Frau und wies auf die Kirche.

»Church Road ist heller«, sagte die Frau mit dem Hund. Die Jungen überquerten die Straße zum mittleren Grünstreifen.

»Seid ihr sicher, daß ihr den Weg kennt?« rief die jüngere Frau.

Jon drehte sich um und zeigte auf County Road. »Ich nehme diesen Weg, Missus.«

»Unser Ken kennt sich aus«, sagte Bobby laut. Er hatte keinen Bruder namens Ken.

Als sie endlich die andere Straßenseite erreicht hatten, war die jüngere Frau beruhigt. Sie wandte sich um und ging über den Fußweg zur Brücke, während die Frau mit dem Hund stehenblieb und den Jungen nachschaute. »Sie sind jetzt an der Bushaltestelle«, rief sie der jüngeren Frau nach, die die Jungen nicht mehr sehen konnte.

Es war kurz nach fünf Uhr, als Jon und Bobby den Heimwerkerladen an der County Road betraten. Sie waren an der Church Road West vorbeigegangen und waren auf der County Road geblieben. Der Laden war klein und vollgestopft, ein typisches Eisenwarengeschäft von früher. Das Schild draußen bot ›Glas, Verglasungen, Wintergartentüren‹ an, ein anderes ›Maßgeschneiderte Fensterrahmen‹.

Jon hielt noch James' Hand, als sie eintraten. Der Besitzer stand hinter der Ladentheke und war sofort hellwach. Er hatte in den letzten Wochen eine Menge Waren an Jungen in diesem Alter verloren, deshalb behielt er die beiden im Auge.

Er richtete seine Aufmerksamkeit auch auf James, der einen leicht verwirrten Eindruck machte. Der Besitzer führte das auf die Schramme an der Stirn zurück, die feucht glänzte und wohl noch frisch war, wie auf den roten Striemen auf der rechten Wange. Bobby trat vor und fragte, ob der Laden irgendeine bestimmte Ware führte. Es war irgendwas Albernes wie: »Verkaufen Sie fischige Höschen?« Das war eine von Bobbys Lieblingsfragen, wenn er Leute ärgern wollte.

»Wissen Sie, wo der nächste Laden mit Süßigkeiten ist? Wie wollen unserem Bruder ein paar Bonbons kaufen.«

»Einer liegt gleich um die Ecke, und auf der anderen Straßenseite gibt es auch einen.«

Sie verließen den Heimwerkerladen und gingen weiter die County Road entlang bis zur Tierhandlung ›Animate – Pet and Aquatic Centre‹, in dem es in mehreren Reihen von rechteckigen Bassins exotische Fische gab, alle von gleißend fluoreszierenden Röhren angestrahlt und erwärmt. Jon und Bobby hielten James' Hände, als sie das Geschäft betraten, und die Verkäuferin sah sofort die Schramme auf der Stirn des Jungen.

Sie gingen hinüber zu den Fischbassins, und Bobby ließ James' Hand los. Sie standen vor einer Schmerle, einem stillsitzenden Fisch, der die meiste Zeit regungslos auf dem Boden des Bassins ruht.

»Er ist tot«, sagte Bobby.

»Er ist nicht tot, er liegt nur da«, sagte die Verkäuferin.

Aber Bobby bestand darauf und brachte die Verkäuferin so weit, daß sie die Schmerle berührte, bis sie sich bewegte.

Ihre Kollegin kam aus dem Lager. Ihr fiel gleich auf, daß Jon den kleinen Jungen an der Hand hielt. Kleine Kinder, die ins Geschäft kommen, liefen gewöhnlich herum, um sich alle Tiere aus der Nähe anzuschauen. Die andere Verkäuferin, die von Bobbys Frechheiten genug hatte, schickte sie alle hinaus.

Draußen, ein paar Häuser weiter auf der County Road, herrschte große Aufregung. Das Haus, in dem William Hill, der Buchmacher, sein Geschäft betrieb, hatte Feuer gefangen, und es hatten sich viele Schaulustige eingefunden, um das emsige Treiben zu verfolgen. Feuerwehrwagen, Polizeistreifen, Krankenwagen. Jon und Bobby blieben mit James eine Weile stehen, bevor sie zurück zur Straßenüberführung gingen und die County Road wieder überquerten.

Jon bemerkte eine Frau, eine Bekannte seiner Eltern, die vor einer Bank mit einigen anderen Frauen stand und plauderte. Die Frau erkannte Jon nicht, aber sie sah, wie die drei Jungen die Straße überquerten, und war besorgt um ihre Sicherheit. Sie wirkten so klein gegen den starken Verkehr, zwei Jungen und ein Kleinkind. Sie nahm die Hand einer Freundin und unterbrach die Unterhaltung. »Oh, schau dir doch die Jungen mit dem Kleinen an, die gerade über die

Straße gehen.« Der Anblick machte sie so nervös, daß sie sich abwenden mußte und auch nicht mehr hinsah, als die Kinder die andere Straßenseite erreicht hatten.

Ihre Freundin registrierte, daß die Jungen es eilig hatten, und fand es nicht richtig, den beiden Jungen, die selbst noch so klein waren, ein Kind anzuvertrauen.

Jon und Bobby bogen am SOGAT-Gebäude nach rechts in die Church Road West. Als sie dort hinuntergingen, wurden sie von zwei älteren Jungen angesprochen, Stephen, elf, und Ibrahim, zwölf Jahre alt. Sie standen auf der anderen Straßenseite vor dem Zeitungsladen.

Ibrahim kannte Bobby vom Sehen und mit Namen, er hatte ihn an diesem Morgen zusammen mit Ryan gesehen, offenbar auf dem Schulweg. Er wußte, daß Jon auch aus dieser Gegend war, aber er kannte seinen Namen nicht. Stephen, der im vergangenen Juli die Schule, auf die auch Bobby und Jon gingen, verlassen hatte, erkannte sie beide, aber er wußte nicht, wie Jon hieß.

Ibrahim spielte mit einem Paar Handschellen, die er im Army & Navy Store gekauft hatte. Er und Stephen hielten es für einen gelungenen Streich, den Jungs drüben auf der anderen Straßenseite die Handschellen zu verpassen und ihnen einen Schrecken einzujagen.

Als sie sich ihnen näherten, sahen sie, daß James in keiner guten Verfassung war. Ibrahim entdeckte die Schwellung über dem Auge und fand, daß er traurig aussah. Bobby und Jon hielten weiter James' Hände und ließen ihn nicht los.

»Was ist mit dem Jungen geschehen?«

»Er ist oben hingefallen«, sagte Bobby.

»Wo?«

»Oben.«

Ibrahim glaubte, daß Bobby oben von der County Road sprach.

»Bist du in Ordnung?« sprach Ibrahim den kleinen James an. Der Junge wandte sich ab und begann zu weinen. Ibrahim konnte rote Striemen unter James' Haaransatz sehen.

»Wer ist das?«

»Sein Bruder«, sagte Bobby und zeigte auf Jon.

»Wohin bringt ihr ihn?«

»Nach Hause.«

»Wenn ihr ihn nicht nach Hause bringt, verprügeln wir euch.«

Die drei Jungen gingen dann weiter und entkamen den Handschellen. Sie bogen nach rechts in die City Road ein, dem Stadion von Everton entgegen und über die schmale Eisenbahnbrücke.

Als sie sich auf der Brücke befanden, begegneten sie einer jungen Frau, die ihr kleines Töchterchen in einem Kinderwagen schob. Sie hatte es eilig auf dem Weg zu ihrer Mutter, aber die Jungen fielen ihr auf, auch wie sie James an den Händen faßten, und sie dachte für sich, daß die Jungen noch zu klein wären, um auf ein Kind aufzupassen. Sie machte ihre Tochter auf James aufmerksam.

»Schau, Lori, da ist ein kleiner Junge.«

Die Tochter drehte den Kopf und schaute, aber von Jon und Bobby kam keine Reaktion. Die Jungen bogen auf der anderen Seite in einen schmalen Weg längs der Eisenbahn ein.

Sie waren erst wenige Schritte in die Gasse hineingegangen, als Jon die Kapuze von James' Anorak abriß und auf einen Baum warf. Sie gingen weiter, auf die Straße am Ende der Gasse zu, Walton Lane, und genau gegenüber lag die Polizeistation.

Als sie fast das Ende der Gasse erreicht hatten, bog direkt vor ihnen aus einer der Seitenstraßen ein Motorrad auf ihren Weg ein. Die Jungen starrten gebannt auf die Maschine, eine rote Yamaha XS 250, auf der ein junger Mann saß, unkenntlich unter einem schwarzen Lederanzug und einem leuchtenden weißen Sturzhelm. Er lenkte das Motorrad auf den Hof seines Hauses und dachte noch, daß die Jungen sehr erschrocken gewirkt hatten.

James weinte wieder, als sie das Ende der Gasse erreichten. Jon und Bobby trödelten herum. James stand nahe bei einem der beiden, als ein Mann vorbeiging und ein Jammern oder Schluchzen von dem Kind hörte. Der Junge neben James sah dem Mann ins Gesicht und sagte: »Ich bin es leid, mich immer um meinen kleinen Bruder kümmern zu müssen, es ist immer dasselbe mit ihm.« Er wandte sich an den anderen Jungen und sagte: »Ich bringe ihn nicht wieder mit.«

Während er weiterging, dachte der Mann, daß die beiden Jungen wohl schon seit Schulschluß um vier Uhr auf das Kind hatten aufpassen müssen. Das war nichts Ungewöhnliches. Ein Junge, der sich über seinen kleinen Bruder ärgerte.

Jon und Bobby verließen die Gasse und betraten Walton Lane, gegenüber lag die Polizeistation, links die Eisenbahnbrücke. Ein junges Mädchen, das ihnen entgegenkam, sah James lachen. Einer der Jungen schob James auf die Straße. Als die Jungen das Mädchen sahen, begleitet von seinem Vater, lief einer von ihnen zurück in die Gasse, während der andere James von der Straße holte und ihn aufhob, indem er beide Arme um den Oberkörper des Kindes schlang. James lachte immer noch, als der Junge ihn zurück in den kleinen Weg trug.

Als sie wieder auf die Walton Lane stießen, stand einer der Jungen mit James an der Hand am Straßenrand. Eine Frau, die vorbeiging, hatte den Eindruck, als versuchten die beiden, die Straße zu überqueren. Der andere Junge ließ sich zurückhängen, hielt sich noch im Schatten der Gasse auf. Als die Jungen die Frau bemerkten, wichen sie zurück in die Gasse. Fünf Minuten später war die Frau zu Hause; sie hatte im Dorf eine Freundin besucht. Flüchtig dachte sie über die Gefahren für ein kleines Kind nach, das mit zwei Jungen in der Dunkelheit auf einer so vielbefahrenen Straße unterwegs war.

Zu Hause schaute die Frau auf die Uhr. Es war halb sechs am Nachmittag.

10

19.07 von 6796 BO1V-Cover D/I Mr. Fitzsimmons piepste auf Anfrage von DS Dolan.

Es war sein erstes Wochenende als Chef der Kriminalabteilung CID. Jim Fitzsimmons hatte seinen Dienst um neun Uhr an diesem Morgen begonnen und würde um elf in der Nacht Feierabend haben. Der Montag war sein erster Tag als Detective Inspector gewesen, und der Dienstplan hatte ihn für dieses Wochenende eingeteilt.

Um sieben Minuten nach sieben Uhr an diesem Abend, als sein Piepser, den er im Hosenbund trug, sich meldete, saß er in seinem Haus in Crosby vor einer Tasse Tee und einem Sandwich, bevor er die Tour der Polizeistationen seines Bezirks fortsetzen wollte.

Nachdem er die Station an der Copy Lane verlassen hatte, beschloß er, auf dem Weg nach Southport rasch nach Hause zu fahren. Es gab nichts Dringendes, und während einer so langen Schicht besuchte er gern mal kurzfristig seine Familie, falls sich die Gelegenheit ergab.

Vorgesehen war nur eine kurze Einführung in seine neue Aufgabe. Vom nächsten Montag an sollte er an einem Sechs-Wochen-Management-Kurs in Preston teilnehmen. Bis dahin blieb gerade noch Zeit, sich mit den angefallenen Straftaten, mit dem neuen Computersystem und den Kollegen der Kriminalabteilung vertraut zu machen.

Dieser Abend war typisch für alle Touren, die er an seinen Wochenendeinsätzen fahren würde. Er nahm sich eine Station nach der anderen vor, sah nach, wer Dienst hatte, ob es irgendwelche Probleme gab, welche Festnahmen vorgenommen worden waren, ob irgend etwas außer der Reihe geschehen war, irgend etwas, von dem er Bescheid wissen sollte. Gehend und redend leiten, wie sein Chef Albert Kirby das nannte.

Als der Piepser piepste, hob Jim den Hörer ab und rief die

Leitstelle an. Es gab ein vermißtes Kind, zwei Jahre alt. Im Strand verschwunden. Okay, nichts schrecklich Ungewöhnliches. Er stellte die Fragen. Wer war das Kind, wo wohnte es, seit wann vermißt? Es hieß James Bulger, kam aus Kirkby und wurde seit drei Stunden vermißt.

Es war schon alarmierender, wenn ein Kind so lange vermißt wurde, so weit weg von zu Hause in einer fremden Umgebung. Was hatten sie bisher herausgefunden? Jim erfuhr von dem Mann mit dem Pferdeschwanz und dem anderen Kind, das bisher noch nicht ausfindig gemacht worden war, das aber behauptet hatte, ein Mann in einem weißen Mantel hätte es locken wollen. Eine Suche nach dem Kind hatte begonnen, und Detektive hatten sich energisch auf die Spur des Mannes mit dem Pferdeschwanz gesetzt, hechelten alle bekannten Adressen und Anlaufstellen ab. Okay, gut, ich bin schon unterwegs. Jim fuhr zur Marsh Lane.

Obwohl ihm als Dienstältestem schon öfter in der Vergangenheit Verantwortung übertragen worden war, hatte die Beförderung vom Sergeant zum Inspector lange auf sich warten lassen, hauptsächlich, weil er einen Umweg zur Karriere gemacht hatte. Vor vier Jahren, im Alter von zweiunddreißig, hatte sich Jim Fitzsimmons an der Universität von Liverpool als Student einschreiben lassen – das Gehalt der Polizei lief weiter, aber nun war er nur noch Student, wenn auch ein reifer.

Normalerweise müssen Polizisten, die ein Studium aufnehmen, während der langen Sommerferien in den Polizeidienst zurückkehren. Jim hatte sich zusätzlich zum Studienfach Polizeistudien und Management für einen Spanischkurs entschieden, deshalb verbrachte er die Sommer in Spanien – was natürlich dem Kurs zugute kam.

Er hatte sich das Spanische hart erarbeitet, aber lange noch mit der Grammatik zu kämpfen gehabt. Trotzdem schloß er als Bachelor of Art ab. Am 3. Juli des vergangenen Jahres war er fertig geworden, und einen Tag darauf hatte er seine Karriere als Detective Sergeant wiederaufgenommen. Er arbeitete im Hauptquartier am Canning Place. Im September war er befördert worden, im Januar hatte man ihn über sein neues

Einsatzgebiet benachrichtigt, und am Montag hatte er seinen Dienst begonnen.

Es fiel ihm nicht schwer, die Arbeit wiederaufzunehmen, obwohl er so lange weggewesen war. Er hatte nicht aufgehört, sich als Polizisten zu sehen. Er glaubte schon, daß die Erfahrung eines Universitätsabschlusses ihn irgendwie verändert hatte, konnte das aber nicht genau artikulieren. Es hatte etwas mit der Erweiterung seiner Ansichten über das Leben zu tun, schätzte er.

Jims Vater war Hafenarbeiter gewesen und Jim das älteste von sechs Kindern. Eine große katholische Familie aus Bootle ist nichts Ungewöhnliches. Eine enge Gemeinschaft, überflutet von Kindern. Jim war der verträumte, verrückte Junge mit einer Leidenschaft für Fußball und Anfield, aber ohne genug Talent, um selbst spielen zu können.

Sein Dad kaufte ihm eine Jahreskarte, als er in die Oberstufe aufgenommen wurde. Oder genauer: Jim erhielt die Tribünenkarte seines Vaters, während sich sein Dad eine Stehplatzkarte kaufte, denn zwei Tribünenkarten konnte er sich nicht erlauben. Jim fuhr auf dem Sozius der Honda mit seinem Dad ins Stadion.

Nach ein paar Jahren auf einem katholischen Gymnasium, dem Salesian College, entwickelte sich Jim rasch, er wurde ein guter Sportler, besonders ein geschickter Fußballer, und nach einigen Schülermannschaften bei Liverpool erhielt er als Sechzehnjähriger einen Ausbildungsvertrag.

Als Jim dreizehn Jahre alt war, erkrankte sein Vater, der immer starker Raucher gewesen war, an Lungenkrebs. Aber er nahm nie zur Kenntnis, daß seine Krankheit tödlich war. Er ließ sich von seinem ältesten Sohn versprechen, daß er nie mit dem Rauchen anfangen würde. Jim war auf dem Platz bei den Jungs, als sein Vater starb, denn im Krankenhaus war er nicht erwünscht. Jim erinnerte sich des Verlustes, aber nicht der Trauer. Er behielt seinen Vater als starken Mann in seinen Gedanken.

Als Familienversorger war sein Vertrag mit Liverpool ein Geschenk des Himmels. Zwanzig Pfund in der Woche, zusätzlich zwanzig Pfund Spesen, die er seiner Mutter gab. Er war von Bill Shankly unter Vertrag genommen worden und hatte die Philosophie des großen Mannes über das Spiel und das Leben aufgesogen. Er lernte, Fußball zu spielen, auf Liverpooler Art: einfach spielen, drängen, in Bewegung bleiben. Das war Shanklys Erkenntnis: Alles, was im Leben Erfolg hat, ist einfach.

Als sein Vertrag auslief, wurde Jim von Liverpool freigegeben. Er hatte es nie bis in die erste Mannschaft geschafft und akzeptierte die Tatsache, daß ihm der große Ruhm als Fußballer wohl nicht beschieden sein sollte. Jetzt brauchte er einen Job.

Der Vater seiner damaligen Freundin – sie ist jetzt seine Frau, Fran – war bei der Polizei. Jim mochte seinen zukünftigen Schwiegervater, und angesichts der Tatsache, daß er den Gedanken an einen reinen Schreibtischjob nicht ertragen konnte, bewarb er sich bei Polizei und Feuerwehr. Die Polizei nahm ihn, und im November 1975 wurde er zur Ausbildung geschickt. Sein erster Posten war in Anfield.

Danach arbeitete er an der Walton Lane Station und meldete sich zur Kriminalabteilung, aber dann wurde er zum Sergeant befördert und trug wieder Uniform. Es dauerte nicht lange, und er war erneut bei der Kriminalabteilung, zuerst mit Sonderaufgaben im Hauptquartier betraut, eine beschönigende Bezeichnung für die Special Branch, dann arbeitete er im ganzen Land, ab und zu auch in Europa, wenn es um Nachforschungen für die Regional Crime Squad ging.

Jim war jetzt sechsunddreißig Jahre alt, seit rund vierzehn Jahren verheiratet, zwei Jungen, Daniel, zwölf, und Joe, zehn, sowie eine Tochter, Louise, sechs Jahre alt. Ein Lottogewinn vor ein paar Jahren hatte das Leben der Familie etwas komfortabler gestaltet; das Haus war wohl etwas schöner, als es sonst gewesen wäre. Der älteste Sohn besuchte die Merchant Taylors Schule in Crosby.

Jim war ein untersetzter, kräftig gebauter Mann, er spielte immer noch Fußball bei der Polizei und trainierte eine Schülermannschaft. Er war herzlich und locker im Umgang und bevorzugte einen unauffälligen Führungsstil bei der Polizei. Bei Kollegen hieß er überall nur Jim oder Jimmy Fitz.

In Erinnerung daran, daß Bill Shankly im Fußball eine Art Metapher für das Leben sah, wußte sich Jim in der Halbzeit und setzte alles daran, um eine gute zweite Hälfte zu spielen. Deshalb auch die Rückkehr zur akademischen Ausbildung. Er glaubte immer noch an die Politik des Einfachen, er schätzte ehrliche Spieler, echte Menschen.

Während er mit seinem Cavalier zur Marsh Lane fuhr, hatte er Zeit, über seine kindliche Wanderlust nachzudenken. Einmal war er aus Woolworths an der Stanley Road verschwunden, als er mit seiner Mutter einkaufen war. Zwanzig Minuten später hatte man ihn auf dem Weg in die City von Liverpool aufgelesen. Ein anderes Mal war er auf einen Bus gesprungen und in Allerton gefunden worden. Und als der *Hornet* ein Bild des Liverpooler Teams abgedruckt hatte, war er ausgerissen und hatte jeden Zeitungsladen von Bootle bis zum südlichen Stadtrand angelaufen, um ein Exemplar der Comiczeitschrift zu kaufen. Die Polizei hatte zweieinhalb Stunden nach ihm gesucht. Nun hoffte er, daß so etwas auch hinter der Geschichte von James Bulger stecken würde.

Als er an der Marsh Lane eintraf, wurde Jim von den uniformierten Einsatzleitern über den neuesten Stand informiert. Als Reaktion auf das Verschwinden von James schien nichts übersehen worden zu sein, aber nun, da die Sorge um das Wohlergehen eines so kleinen Kindes wuchs, würde die Kriminalabteilung die Ermittlungen übernehmen.

Jim telefonierte alle Stationen in seinem Bezirk an und rief alle verfügbaren Detectives zusammen. Pro Station ließ er nur einen Detective für Notfälle zurück.

Eine letzte und gründliche Suche im Strand wurde organisiert. Die Schlüsselinhaber jedes einzelnen Geschäftes wurden zu Hause angerufen, damit sie ihre Läden noch einmal öffneten.

Ralph Bulger war inzwischen auch an der Marsh Lane eingetroffen. Er hatte erst von James' Verschwinden erfahren, als er bei seiner Schwiegermutter angerufen hatte, weil er sich dort mit Denise und James treffen wollte. Nach dem Anruf ging er sofort zu Ray, seinem Schwager, denn Ray hatte ein Auto und konnte Ralph nach Bootle fahren.

Mandy Waller und ein weiterer Polizist wurden beauftragt, mit Ralph nach Kirkby zu fahren, um das Haus der Bulgers abzusuchen. Ralph sah diese Notwendigkeit nicht ein – James hätte wohl kaum selbst den Weg nach Hause gefunden –, aber er akzeptierte Mandys Erklärung, daß dies zu den Routinemaßnahmen bei jedem Fall eines verschwundenen Kindes gehörte.

Ralph hatte einige neuere Fotos von James auf einer Filmrolle, die sie mit zurück zur Marsh Lane brachten. Andere Familienmitglieder trafen jetzt auch in der Polizeistation ein und boten Hilfe und Unterstützung bei der Suche an.

Der Mann mit dem Pferdeschwanz meldete sich schließlich beim Wachhabenden der Polizeistation. Er hatte gehört, daß man ihn suchte. Er war an diesem Tag im Strand gewesen, aber es wurde bald deutlich, daß er mit James' Verschwinden nichts zu tun hatte. Er war der erste TIE* der Ermittlungen – er war aufgespürt, vernommen und aussortiert worden.

11

Nachher kamen Jon und Bobby vom Eisenbahndamm nahe Walton Lane hinunter, gleich neben der Brücke an der Polizeistation. Sie rutschten den Damm hinunter und folgten der Brückenstützmauer. Auf der Mauer griffen sie nach dem Lampenmast und hangelten sich daran hinunter, etwa drei Meter, bis sie wieder Grund unter den Füßen hatten.

Sie gingen quer hinüber ins Dorf und lungerten dort herum, drückten sich durch die schmalen Gassen. Sie beschlossen, bei Gummy Gee zu klopfen, aber niemand meldete sich, deshalb setzten sie sich eine Weile auf ein paar Stufen in der Nähe von Gummys Haus. Ein anderer Junge, den sie kannten, kam vorbei und sagte ihnen, Gummy wäre im

* TIE = traced, interviewed, eliminated; etwa: aufgespürt, vernommen, aussortiert

Haus. Nein, sagten sie, das glauben wir nicht. Aber sie klopften trotzdem noch einmal; immer noch keine Antwort. So gingen sie Gummys Straße hoch und ins Walton Village, trieben sich wieder in den Gassen herum, bis sie beim Videoladen des Village herauskamen. Sie gingen hinein.

Wie viele der einheimischen Kinder hielt sich auch Bobby oft im Videoladen auf, manchmal plauderte er mit einer der jungen Frauen, die dort arbeiteten, manchmal stützte er sich auf die Theke und sah sich einen Film oder einen Zeichentrickfilm an, manchmal wurde er zu frech, dann warf man ihn hinaus. Das Haus seiner Eltern lag nur ein halbes Dutzend Türen weiter, und seine Mutter war Mitglied des Ladens. Ab und zu lieh Bobby sich selbst einen Film aus, dazu benötigte er nur die Mitgliedskarte seiner Mutter.

Die zwei Frauen im Videoladen wechselten sich ab. Dorothy öffnete dienstags, donnerstags und sonntags, Joanne arbeitete an den übrigen Abenden. Bobby erledigte schon mal Botengänge für Joanne und erhielt dafür ein Trinkgeld. Er schaute öfter vorbei, um zu sehen, ob Joanne etwas aus dem Imbißladen brauchte.

Joanne war aufgefallen, daß Bobby gewöhnlich dreckig und schlampig daherkam, eben wie kleine Jungen, die draußen gespielt haben. Auch an diesem Abend sah sie sofort, daß Bobbys Fingernägel schmutzig waren und sein Gesicht verdreckt war. Im Gesicht schien er eine frische Schramme zu haben, sie war ebenfalls verdreckt. Trotzdem fand sie sein Aussehen nicht ungewöhnlich, es war fast normal. Jon kannte sie nicht.

Nach ein paar Minuten bat sie die Jungen um einen Gefallen. In der Haggerston Road zwei war eine Videokassette überfällig. Die Überziehungszeit wurde mit einer Strafe von 4,75 Pfund belegt, und wenn Jon und Bobby mit dem Geld, der Kassette oder beidem zurückkamen, würde sie ihnen je fünfzig Pence geben.

Die Jungen gingen hinaus, und nicht lange danach kam Joannes Arbeitskollegin Dorothy auf einen Schwatz herein.

Jon und Bobby gingen hoch ins Walton Village und bogen rechts in die Haggerston Road ein. Karen in Nummer zwei hatte Anfang der Woche die Kassette *Rosie and Jim* ausgeliehen, eine spannende Kinderserie, in der zwei Stoffpuppen lebendig werden. Sie wußte, daß die Kassette überfällig war, aber ihr Sohn wollte sie noch nicht zurückgeben.

Karen war noch nicht lange von der Arbeit zurück, als es an die Tür klopfte. Jon und Bobby standen da.

»Der Videoladen schickt uns. Sie schulden 4,75 Pfund.«

Karen ließ sie draußen stehen und ging ins Haus, um Geld zu holen. Sie kam mit drei Pfund zurück.

»Gebt es ihnen aber auch!«

Die Jungen gingen den Weg zurück, am Videoladen vorbei, zur chinesischen Frittenbude an der Ecke. Bobby wartete draußen, während Jon hineinging. Dann gingen sie zusammen zurück zum Videoladen, und Bobby händigte Joanne die drei Pfund aus.

Joanne nahm das Geld und legte eine Pfundmünze zur Seite. Sie hatte sie noch in der Hand, um sie Bobby zu reichen, als die Tür geöffnet wurde und Jons Mutter hereinstürmte. Sie war wütend, schrie die Jungen wegen ihres Schulschwänzens an und drohte, daß sie mit ihnen zur Polizei gehen wollte. Sie packte Jon bei den Haaren und Bobby am Handgelenk und zerrte sie beide aus dem Laden.

Joanne hielt immer noch die Münze in der Hand.

Jons Mutter, Susan Venables, hatte die Jungen gesehen, als sie aus Walton Village kamen, und sie hatte beobachtet, wie Jon zur Frittenbude gegangen war. Zusammen mit ihrem ältesten Sohn Mark hatte sie Jon gesucht, und als sie ihn endlich entdeckt hatten, konnte sie sich noch rasch verstecken – für den Fall, daß er weglief, wenn er sie sah. Als dann aber Jon und Bobby im Videoladen waren, hatte sie die Chance ergriffen, denn dort konnten sie ihr nicht entwischen.

An diesem Morgen war sie mit ihrem Exehemann Neil zum Einkaufen gefahren, nachdem Jon zur Schule gegangen war. Nach dem Einkauf hatten sie ihre Mutter besucht, die sie am Nachmittag zurückgebracht hatte. Neil wurde an seinem Haus abgesetzt, so daß er Jon rechtzeitig von der Schule abholen konnte, und Susan zu ihrem Haus in Norris Green gebracht, damit sie da war, wenn Mark und Michelle mit dem Bus von ihrer Schule zurückkehrten.

Neil hatte um halb vier vor der Schule in der Bedford Road gestanden und mit den anderen Eltern auf die Kinder gewartet. Eine der Essenausgeberinnen hatte ihm gesagt, daß Jon gegen Mittag aus der Schule abgehauen wäre. Neil hatte versucht, Susan anzurufen, aber sie war schon wieder unterwegs mit Mark und Michelle.

Als Susan bei Neil eintraf, sagte er ihr: »Kein Jon zu sehen.« Er sagte auch, was er von der Frau aus der Schulküche wußte: Jon war mit Bobby Thompson abgehauen. Die Frau hatte Bobby als ›verdammten kleinen Mistkerl‹ bezeichnet und auch gesagt, daß Jon ein guter Bursche sei, wenn Bobby nicht dabei war.

Neil war dann ausgegangen und hatte Jon erfolglos auf der County Road gesucht. Als er allein nach Hause zurückkehrte, fragte er Susan, ob sie es für angebracht hielte, daß er zur Polizei ginge, aber sie hatte gesagt, sie sollten bis halb sieben warten, ob Jon nach Hause käme.

Um halb sieben hatte sich Susan mit ihrem dreizehnjährigen Sohn Mark zur Polizeistation aufgemacht. Sie waren durch Walton Village gegangen, an Bobbys Haus vorbei. Susan hatte es sich erspart, dort anzuklopfen, weil sie wußte, daß sie keine gescheite Antwort aus der Familie des Jungen herausholen würde.

Am Fuß von Walton Village war ihr eingefallen, wie Jon das letzte Mal mit Bobby die Schule geschwänzt hatte. Damals war er mit Bobby zur Eisenbahn gegangen, der dort irgendwo ein Versteck hatte.

Susan hatte am Zaun entlang der Eisenbahntrasse gestanden und ein paar Minuten lang Jons Namen gerufen. Bobbys Namen hatte sie nicht gerufen.

Dann war sie unter der Eisenbahnbrücke durch und zur Polizeistation gegangen. Sie sagte dem Officer im Dienst, PC Osbourne, daß ihr Sohn verschwunden sei, nachdem er am Mittag mit Bobby von der Schule abgehauen war. Sie sagte, das sei schon mal passiert, und auch damals hätte sie es gemeldet.

PC Osbourne blätterte zurück im MFH-Register und fand alte Eintragungen:

Sub Div Ref. Nr. 05 C2 1999 92. Jon Venables, geb. 13. 08. 1982. Vermißt gemeldet seit 11 Uhr am 26. 11. 1992. Er war zusammen mit Bobby Thompson, 223 Walton Village, Liverpool 4, und beide sind an diesem Tag von der Schule weggelaufen. Um 17.30 Uhr wurden Jon Venables und Robert Thompson von Nachbarn vor Kwik Save, County Road, gesehen. Als sie angesprochen wurden, machten sie obszöne Gesten. Gegen 20 Uhr an diesem Tag wurden sie in Walton Village, Liverpool 4, gestellt.

PC Osbourne hatte dann ein neues Blatt im MFH-Register aufgeschlagen und trug ein:

Walton Lane Sub Div Ref. Nr. 05 C2 29 93. Jon Venables, geb. 13. 08. 1982, vermißt am 12. 02. 93 seit 12 Uhr. Männlich, 1,40 m groß, Geburtsort Liverpool, rechtes Auge schielt, trägt Uniform der Bedford Road St. Mary's Schule. Ist zusammen mit einem Robert Thompson davongelaufen. Von Mutter um 19.00 Uhr am 19. 02. 93 als vermißt gemeldet. Freunde, Verwandte, die überprüft werden müssen: 22 Walton Village, Liverpool.

PC Osbourne hatte Susan Venables versprochen, daß er die Einzelheiten durchgeben und ein Beamter Robert Thompsons Adresse überprüfen würde. Die Mutter hatte PC Osbourne von ihren bisherigen Suchaktionen auf der County Road und der Walton Lane berichtet. Dann hatte sie dem Diensthabenden ein Bild von Jon in seiner Schuluniform gegeben, das erst kurz vor Weihnachten aufgenommen worden war.

Susan und Mark hatten die Polizeistation verlassen und waren unter der Eisenbahnbrücke zurück- und gerade um die Ecke gegangen, Richtung Walton Village, als Susan Jon und Bobby sah und sich rasch versteckte.

Bobby leistete Widerstand, als sie den Laden verließen, schließlich ließ er sich schreiend auf den Boden fallen. Susan

Venables ließ ihn los, und Bobby rannte davon, während sie Jon fest im Griff behielt und ihm ein paar Ohrfeigen gab.

»Wo bist du gewesen?«

»County Road.«

»Den ganzen Nachmittag?«

»Ja.«

Als Susan Venables ihren Sohn zur Polizeistation brachte, konnte sie im Licht sehen, daß er sehr schmutzig war und daß etwas an seinem Ärmel klebte.

»Was ist das?«

»Farbe. Robert hat sie nach mir geworfen.«

»Woher kommt die Farbe?«

»Er hat sie aus einem Geschäft an der County Road gestohlen.«

Susan sah die Farbe an seinen Händen und bemerkte, wie schmutzig sie waren. Gewöhnlich kam er immer sauber nach Hause. Sie wandte sich an PC Osbourne.

»Sehen Sie sich mal an, wie er aussieht.«

PC Osbourne fragte Jon, wo er gewesen war. Bei einem Freund. Ist das Robert Thompson? Ja. PC Osbourne brüllte Jon dann an wegen der Zeit, die die Polizei mit ihm vergeudete und wegen des Papierkrams. Jon begann zu weinen, aber es fiel PC Osbourne auf, daß keine Tränen in seine Augen traten.

PC Osbourne schrieb auf die Rückseite des MFH- Berichts: *Von Mutter gefunden, Walton Lane L4, 19.15 Uhr, 12. 02. 93.* Er gab das Bild von Jon zurück, und Susan Venables verließ mit ihrem Sohn die Polizeistation.

Als sie bei Neil waren, erzählte Susan ihrem Sohn von dem Bericht, den sie im Fernsehen verfolgt hatte. Ein zweijähriger Junge war aus dem Einkaufszentrum Strand entführt worden. Jon war entsetzt und fragte, wo die Mutter des Jungen gewesen war. Susan sagte ihm, sie wäre im Geschäft gewesen, hätte den Jungen nur für eine Minute allein gelassen. Er fragte, wer das Opfer war, und Susan antwortete, es sei ein kleiner Junge gewesen, aber es hätte genausogut ihn erwischen können.

Sie redete Jon noch einmal gründlich ins Gewissen, ordnete an, daß er sich ausziehen und ins Bett gehen sollte. Sie bemerkte noch mehr Farbe an seiner Hose, als sie seine Sachen in eine Ecke warf, und wurde immer wütender. Jon entschuldigte sich fortwährend, und als Susan nach unten ging, konnte sie ihn länger als eine halbe Stunde weinen und schluchzen hören.

Er kam hinunter und entschuldigte sich wieder, daß er seine Mum so beunruhigt hätte. Susan brühte ihm eine Tasse Tee auf, die er mit in sein Zimmer nehmen sollte, aber sie weigerte sich, ihm ein Essen zuzubereiten, denn zur Essenszeit war er nicht zu Hause gewesen. Jon ging zu Bett, immer noch weinend. Susan erschien er untröstlich – aber er hatte seine Mum auch noch nie so zornig gesehen.

Als sie später bei ihm hereinschaute, hatte er sich beruhigt und bat Susan, die Zimmertür zu schließen. Als sie dann noch einmal nach ihm schaute, war er eingeschlafen.

Neil war ausgegangen, um Freunde in der Nachbarschaft zu besuchen. Die Frau war gerade aus dem Krankenhaus entlassen worden. Ihre Tochter traf kurz nach Neil ein. Er erzählte ihnen, daß Jon die Schule geschwänzt hatte. Dann klopfte es an die Tür, und Susan kam herein. Sie berichtete von ihrem Besuch auf der Polizeistation und daß sie Jon im Village gefunden hätte. Sie erwähnte außerdem die Ladendiebstähle, die er mit Robert Thompson begangen hatte und die Farbe an seiner Kleidung. Sie erzählte auch, daß er an der Eisenbahn gewesen war.

Als er sich aus den Fängen von Susan Venables freigeschlängelt hatte, rannte Bobby tränenüberströmt nach Hause. Mrs. Venables hatte ihn geschlagen, sagte er zwischen Schluchzern. Seine Mutter, Ann, bemerkte die Schramme auf seiner Wange und die Rötung um ein Auge, die von einem Schlag mit der Hand herrühren konnte. Mrs. Venables hatte dazu kein Recht, sagte sie und beschloß, zur Polizei zu gehen.

Ann Thompson wußte bereits, daß Bobby nicht in die Schule gegangen war. Ryan hatte es ihr gesagt, als er um vier Uhr nach Hause gekommen war. Das war aber in diesem Trubel vergessen.

Ann schickte Ryan auf die andere Straßenseite, um ihre Freundin Lesley zur Unterstützung zu holen. Lesley traf sie vor dem Haus und untersuchte Bobbys Verletzungen. Sie fand, daß die Schramme eher wie ein Riß aussah, der von dem Nagel des kleinen Fingers verursacht worden sein könnte.

»Jon Venables' Mum hat mich aus dem Videoladen gezerrt«, sagte Bobby ihr.

Sie machten sich auf zur Polizei und hielten unterwegs am Videoladen an. Ann Thompson fragte Joanne, ob sie gesehen hätte, wie Mrs. Venables Bobby geschlagen hatte. Joanne verneinte. Bobby hätte die Schramme schon vorher gehabt, aber Mrs. Venables hatte die Jungen tatsächlich aus dem Laden gezerrt. Joanne fiel auf, daß Bobbys Gesicht nun sauberer war.

Draußen vor dem Geschäft sah Bobby zwei junge Mädchen, die, so sagte er seiner Mutter, beobachtet hätten, wie Mrs. Venables ihn angegriffen hatte. Sie bestätigten Ann, daß Mrs. Venables Bobby am Boden gehabt hatte. Das reichte Ann, die Jons Mutter jetzt anzeigen wollte.

Als sie die Polizeistation betraten, ging Brian Whitby, der lokale Jugendbeauftragte der Polizei, ebenfalls gerade hinein. Er kannte Ann und Bobby Thompson. »Hallo«, sagte er und schaute dann auf Bobbys Wange. »Was hast du denn getrieben?«

Bobby murmelte etwas Unverständliches. Ann schien wütend auf ihn zu sein, und Bobby kam ihm reichlich nervös vor. Brian Whitby sagte, sie sollten auf den Diensthabenden warten, und ging hinein.

PC Oughton kam heraus, und Ann Thompson spulte ihre Geschichte ab, daß Bobby von einer Frau namens Venables angegriffen worden sei. PC Oughton besah sich Bobbys Gesicht und konnte nur Schmutz sehen. Er sagte Bobby, er solle sich auf der Herrentoilette mal das Gesicht waschen. Ann führte Bobby zur Damentoilette und präsentierte ihn dann am Schalter zur Begutachtung.

Nach einer nennenswerten Verletzung sieht es nicht aus, dachte PC Oughton. An Bobbys linkem Auge konnte er nur ein kleines Stück eingerissene Haut sehen. Er sagte Ann

Thompson, dies rechtfertige noch nicht die Beschuldigung eines Angriffs.

Ann redete weiter über Mrs. Venables. Sie sei eine Alkoholikerin, verleumdete Ann, sie wohne drüben an der Straßenüberführung am Breeze Hill und lebe von ihrem Mann getrennt. »Ich weiß, warum sie das getan hat«, sagte Ann. »Ihr Sohn hat mit meinem die Schule geschwänzt, und sie glaubt, daß Robert ihren Jon verführt.«

PC Oughton versuchte zu erklären, daß eine Ermittlung wegen Tätlichkeit kaum wahrscheinlich sei. Ann Thompson sagte, es gehe ihr auch nicht um eine Anzeige, aber jemand solle Mrs. Venables aufsuchen und mit ihr sprechen. Dann verließen Ann und Bobby die Polizeistation.

Später ging einer von Bobbys Freunden in den Videoladen, um von Joanne für Bobby die Einpfundmünze abzuholen.

12

Die Anzahl der Meldungen, daß James irgendwo gesichtet worden war, vervielfachte sich, seit die Berichte über sein Verschwinden fortgesetzt wurden. Einige Meldungen trafen aus Bootle ein, andere aus weiter entfernten Orten. Eine Frau rief die Polizei in Cambridge an und meldete, daß sie auf der M 11 ein Kind in einem Auto gesehen hatte. Eine andere Frau glaubte, sie hätte James auf dem Bahnsteig des Bahnhofs von Leeds gesehen. Ein Bauunternehmer hatte einen verdächtig aussehenden Mann mit einem Kind an einer Baustelle in Widnes in einem Ford Orion gesehen. Der Mann hatte gesagt, er suche Zweige, um für den Jungen Bogen und Pfeile zu basteln.

Alle Meldungen wurden ins Logbuch eingetragen. Jede einzelne mußte auf ihre Wahrscheinlichkeit überprüft werden, danach erhielt sie einen Platz in der Prioritätenliste.

Ein Streifenpolizist in Bootle wurde von einem jungen Burschen angesprochen. Er sagte, er habe etwas über das vermißte Kind gehört, und er glaubte, eine Nachbarin habe etwas gesehen. Seine Nachbarin war die Frau, die am Nachmittag die Brücke über den Kanal überquert hatte. Sie hatte James unten am Treidelpfad weinen sehen. Als der Polizist bei ihr anklopfte, erzählte sie ihre Geschichte, tief betroffen von der Möglichkeit, daß es sich um etwas Ernsthaftes handeln konnte. Sie war sich sicher gewesen, er habe zu der Gruppe der Kinder weiter unten gehört. Sie hatte nicht geglaubt, daß es einen Grund zum Eingreifen gäbe.

Zwei leitende Beamte der CID unterstützten Jim Fitzsimmons an der Marsh Lane. Es war kalt, es war spät, und ein Zweijähriger war allein und in Gefahr. Sie waren davon überzeugt, daß der Junge, den die Frau gesehen hatte, James war. Es war die erste zuverlässige Meldung, daß er gesichtet worden war. Es gab keinen Anhaltspunkt, wie er zum Kanal gekommen war. Jim Fitzsimmons behielt den Gedanken für sich, daß James wahrscheinlich im Kanal ertrunken war.

Man konnte keine Möglichkeit außer acht lassen, obwohl es keinen Grund gab anzunehmen, daß James' Verschwinden eine kriminelle Ursache hatte. Nachdem der Mann mit dem Pferdeschwanz aussortiert worden war und James allein am Kanal gesehen wurde, war es jetzt unwahrscheinlicher geworden, daß es sich um eine Entführung handelte, wie es zu Beginn des Falles am frühen Abend ausgesehen hatte.

In der Dunkelheit machte es keinen Sinn, den Kanal selbst abzusuchen. Jim forderte für morgen früh eine Tauchstaffel an. Er glaubte, sie würden eine Leiche finden.

Denise und Ralph Bulger wußten nichts von diesen Entwicklungen. Denise wurde ausführlich von Detective Sergeant Jim Green aus Southport und seiner Kollegin Detective Constable Janet Jones vernommen. Die Beamten fragten sich behutsam durch und klärten ein für allemal, daß mit der Familie alles stimmte und daß es keine häuslichen Motive gab für James' Verschwinden.

Denise war ruhig und in sich gekehrt, sie hatte den Kopf gesenkt. Sie suchte eine Bestätigung. »Sie werden ihn finden, nicht wahr? Wird er in Ordnung sein?« Es war alles so schnell geschehen. Sie konnte nicht begreifen, wo James sein mochte.

Nach der Vernehmung fuhr Jim Green mit Denise und Ralph zum Strand, damit Denise genau zeigen konnte, wo James verschwand. Als er die Eltern das erste Mal zusammen sah, fragte sich DS Green, ob es Streit zwischen den beiden geben würde, ob Ralph seine Frau auf die eine oder andere Art beschuldigen würde für das, was geschehen war. Aber Ralph legte einen Arm um Denise, als sie nebeneinander auf dem Rücksitz saßen; er bot ihr Trost an.

Der Strand wurde noch abgesucht, als sie zu Tym's, der Metzgerei, schritten. Es ging auf Mitternacht zu, aber die Aktivitäten der Polizei wurden unvermindert fortgesetzt.

Zwei weitere Meldungen gingen ein, daß James angeblich gesichtet wurde. Eine der Frauen, die ihre Hunde auf dem Breeze Hill Reservoir ausgeführt hatte, rief die Polizeistation Walton Lane an. Sie berichtete, die Beschreibung des Jungen in den Fernsehnachrichten passe auf den Jungen, den sie gesehen habe. Er war in Begleitung zweier wenig älterer Jungen gewesen. Der kleine Junge war offenbar gefallen und hatte sich das Gesicht aufgeschürft.

Der andere Anrufer hatte in einer Werkstatt an der Berry Street in Bootle gearbeitet, als ein schmuddeliger, nervöser Teenager mit kurzgeschorenen Haaren hereingekommen war und um Feuer gebeten hatte. Ein anderer Junge und ein kleines Kind waren bei ihm gewesen. Das Kind wurde auf den Schultern eines der Jungen getragen, als sie wieder hinausgingen. Der Anrufer sagte, er habe das Gefühl gehabt, daß das Kind nicht zu den beiden gehörte. Berry Street lag hinter der Stanley Road, auf dem Weg zu den Docks – in entgegengesetzter Richtung zu Walton.

Die beiden Meldungen widersprachen sich. Es gab keine Garantie, daß überhaupt eine davon James betraf, und mit Sicherheit konnten sie sich nicht beide auf James beziehen. Wenn man sie miteinander verglich, schien die letztere wahrscheinlicher zu sein. Die Werkstatt lag näher am Einkaufszentrum. Wie konnte James mit zwei Jungen, die nur wenig älter waren als er selbst, den langen Weg zum Reservoir zurückgelegt haben?

Vielleicht, aber auch nur vielleicht, lag er doch nicht im Kanal?

Als Denise und Ralph Bulger vom Strand zurückkehrten, versuchten Jim Green und Jim Fitzsimmons sie zu überreden, nach Hause zu gehen und sich auszuruhen. Es waren fast neun Stunden vergangen, seit James verschwunden war, und die Eltern verzagten. »Wir haben ihn verloren. Er ist weg, nicht wahr?«

»Nein, denken Sie nicht an so was. Wir können ihn immer noch finden.« Die Beamten wußten kaum, was sie sagen sollten.

Denise und Ralph wollten nicht nach Hause gehen. Sie wollten bleiben und auf Meldungen warten. Sie waren still und angespannt. Denise klang schroff, wenn sie sich jäh an die Beamten wandte, aber sie ließ sich rasch von deren ruhiger Art beeinflussen. Schließlich gingen sie und Ralph doch nach Hause.

In den frühen Morgenstunden verlor die Suche an Intensität und Kraft. Die Operational Support Division hatte dreiundsiebzig der hundertvierzehn Geschäfte des Einkaufszentrums abgesucht. Die Polizisten gingen wieder hinaus zu den Kanalufern und den angrenzenden Straßen.

Einer der leitenden Beamten der OSD rief vom Strand aus die Station an der Marsh Lane an. Er hatte Männer zur Verfügung, die nichts mehr zu tun wußten – gab es eine andere Aufgabe für sie? Ja, sie sollten sich die Videofilme des Sicherheitsdienstes ansehen und mit der Kamera beginnen, die den Ausgang bewacht, der dem Kanal am nächsten liegt.

Es war ein Uhr vorbei, und Jim Fitzsimmons war allein in einem der oberen Diensträume an der Marsh Lane. Jeder war entweder nach Hause gegangen oder zu Nachforschungen unterwegs. Fitzsimmons wartete auf Nachricht von zwei Beamten, die er nach Kirkby geschickt hatte.

Das Telefon klingelte. Ein Sergeant der OSD rief aus dem Einkaufszentrum an, leichte Erregung in der Stimme. »Ich glaube, wir haben ihn. Er ist auf dem Video, wie er den Strand verläßt. Wollen Sie sich das mal anschauen?«

Jim zog seinen Mantel an, einen preiswerten Barbour, und

verließ die Polizeistation. Er ging an der Mauer rund um den Polizeiparkplatz entlang, am zivilen Parkplatz vorbei und überquerte den Busbahnhof zum Hintereingang des Strand, am Taxistand der Washington Parade vorbei. Dies war die trübe Rückansicht von Bootle, bestenfalls ruhig, jetzt verlassen und öde. Rundum asphaltierte Fläche, trübe Beleuchtung, im Hintergrund der Betonklotz des Parkhauses und die wenig anziehende Silhouette der Häuser an der Stanley Road. Es fror, und ein scharfer Atlantikwind blies vom Mersey über die freien Flächen.

Jim dachte an den vermißten Jungen, der bisher nicht mehr als ein Name für ihn war. Er glaubte immer noch, daß sie ihn morgen im Kanal finden würden.

Vor dem Einkaufszentrum drängte sich ein kleiner Haufen von Menschen. Einige waren Verwandte von James, aber die meisten waren einheimische Frauen, Leute aus Bootle, unzureichend gekleidet gegen die Kälte, so daß sie zitternd von einem Fuß auf den anderen traten und warteten. Sie waren besorgt, sie wollten helfen. Irgendwie. Sie wollten irgendwo suchen. Der Himmel wußte, wie lange sie schon hier standen.

Jim Fitzsimmons war gerührt über die Anwesenheit der Menschen, er ging an ihren vorbei und ins Einkaufszentrum hinein. Man zeigte ihm den Weg ins Büro, wo es einen Monitor gab,und dort, kaum zu identifizieren wegen der zuckenden Zeitaufzeichnung im Bild, war James zu sehen, wie er durch die Türen des Strand von den beiden Jungen hinausgeführt wurde.

Jim war bestürzt, als er James sah. Jetzt war er nicht mehr nur ein Name, jetzt war er real. In diesen wenigen Augenblicken war sein Schicksal wahrscheinlich schon besiegelt worden.

Fälle, in die Kinder verstrickt sind, nehmen einen immer mit. Er erinnerte sich daran, als er, damals noch ein junger, uniformierter Bobby, in ein Haus nahe der City Road gerufen worden war, wo er eine hysterisch schreiende Frau vorgefunden hatte. »Oh, mein Baby ist tot, mein Baby ist tot.« Sie war oben im Schlafzimmer gewesen und hatte ihr Kind in den Armen gehalten. Jim hatte ihr das Baby abgenommen. Es war tot. Krippentod. Er hatte der Mutter das Baby aus den Armen genommen, und diese Szene verfolgte ihn noch heute.

Zurückspulen. Noch einmal von vorn. Zurückspulen. Noch einmal von vorn. Die Beamten starrten eine Weile gebannt auf den kurzen Ausschnitt, dann setzten sie ihre Suche fort, um weitere Aufzeichnungen von James zu entdecken.

Die Bilder mußten vergrößert werden. Es war beinahe unmöglich, irgendwelche Unterscheidungsmerkmale der beiden Jungen auszumachen, in deren Begleitung sich James befand. Sie sahen wie Heranwachsende aus, vielleicht dreizehn oder vierzehn Jahre.

Jim Fitzsimmons rief den Mann aus der Werkstatt an der Berry Street an, weil er hoffte, daß er James oder die älteren Jungen auf dem Video wiedererkannte. Es war zwei Uhr in der Früh, und der Mann war im Bett, aber er stand auf und begab sich zum Einkaufszentrum, um sich die Aufzeichnungen anzuschauen. Er betrachtete sie und dachte nach. Er wüßte es nicht, sagte er. Kann sein, daß es die Jungen sind, kann aber auch sein, daß nicht.

Alan Williams und Colin Smith aus der Einheit der Polizei-Fotografen, wurden auch in dieser Nacht aus ihren Betten geholt und zum Strand beordert. Die Einheit hatte vor kurzem einen neuen Computer erhalten, mit dem man Bilder beliebig vergrößern konnte. Sie würden die Nacht durcharbeiten, um die Qualität des Ausschnitts zu verbessern und um brauchbare Standbilder zu produzieren, auf denen man James' mutmaßliche Entführer erkennen würde.

Alles hatte sich geändert. Es war nun nicht mehr ein einfacher Vermißtenfall. Jim Fitzsimmons glaubte zwar immer noch, daß James tot war, aber wenn man ihn entführt hatte, selbst wenn man ihn allein am Kanal zurückgelassen hatte, bevor er ertrunken war, dann hatten sie es mit einer schweren Straftat zu tun.

Er ging den Weg vom Strand zur Marsh Lane zurück und forderte das komplette HOLMES-Team für morgen früh an. Es war kurz nach drei Uhr, als er nach Hause fuhr.

13

Am Samstagmorgen steckte Jack von nebenan sein Exemplar der *Sun* durch Neils Briefschlitz. Susan stand gegen Viertel nach zehn auf und gab Jon die Zeitung. Sie sagte noch, daß sie im Fernsehen Berichte über den vermißten Jungen zeigen würden.

Normalerweise warf ihr Sohn nur einen flüchtigen Blick in die Zeitung, ihn interessierte nur der Fernsehteil und der Sport. An diesem Morgen, stellte Susan fest, las er intensiv den Bericht über den vermißten Jungen.

Ja, sie zeigten im Fernsehen den ganzen Tag die neuesten Nachrichten über die Entführung. Jon verfolgte sie alle, er sah auch den Videoausschnitt, wie der Junge aus dem Strand hinausgeführt wurde.

Jon fragte seine Mutter: »Haben sie die Jungen schon?« Er sagte immer wieder: »Wenn ich die Kerle zu packen kriegte, schlüge ich ihnen den Schädel ein.«

Den ganzen Tag über zeigte sich Jon von seiner besten Seite. Er machte eine Tasse Tee für seine Mutter, was sehr selten geschah, und sagte ihr, daß er sich von nun an besser benehmen würde, denn er wollte sie nicht mehr so in Sorge erleben. Susan glaubte, daß er endlich begriffen hatte.

Als Neil ihn auf die Farbe an seinen Kleidern ansprach, sagte er wieder, daß Robert ihn damit beworfen hätte, nachdem er die Dose von einem Heimwerkerladen hatte mitgehen lassen. Er hatte seiner Mutter erzählt, das Geschäft wäre Taskers gewesen, und sie nahm an, daß er Fads an der County Road meinte. Jon sagte, Robert hätte auch Tapetenborte gestohlen, einige Rollen. Sie hätten die Farbdose in eine Gasse nahe der Olney Street geworfen, die parallel zur County Road verlief.

Am Nachmittag traf Jons Großmutter ein, um sie abzuholen. Sie gingen auf der Prescott Road einkaufen. Danach lud die Großmutter sie zu sich nach Hause zum Tee ein, dann saßen sie vor dem Kabelfernsehen, bis es Zeit war, nach Hause zu gehen, etwa um halb acht. Am Abend blieben sie alle im Haus, und Jon ging nach zehn ins Bett.

Am Sonntag holte sich Neil die Ausgabe der *News of the World*. Jon sagte: »Laß mich mal sehen. Gibt es weitere Neuigkeiten über den kleinen James? Wenn ich diese Kerle zu packen kriegte, schlüge ich ihnen den Schädel ein.«

Jon fuhr mit dem Rad hinunter ins Village, zu St. Mary's, wo er einige Jungen aus der Schule traf, die gerade ihre Chorprobe hinter sich hatten und nun auf dem Kirchhof Fußball spielten.

Jon raste mit dem Rad über die Gräber, und einer der Jungen, wegen seiner Augen mit dem Spitznamen Frosch belegt, sagte, er solle damit aufhören. »Halt die Klappe, Frosch«, sagte Jon, warf ein paar Kiesel auf die Jungen und radelte weiter.

Am Nachmittag spielte er eine Weile mit seinem Bruder Mark draußen. Als Jon hineinging, sagte ihm seine Mutter, daß man den verschwundenen Jungen tot aufgefunden habe, unten bei der Eisenbahn, wo er und Bobby gewesen waren. Susan sah, daß er wie vor den Kopf geschlagen war. »Seine arme Mum«, sagte er. Danach blieb er vor dem Fernseher sitzen, um zu hören, ob sie die Jungen schon gefaßt hatten.

Normalerweise wären sie an diesem Abend zurück zu Susans Haus gefahren, bereit für die neue Schulwoche. Aber wegen der Halbjahresferien blieben sie über Nacht und kehrten erst am Montag zurück. Susan nahm Jons dreckige Kleider in einer Tüte mit und wusch sie in der Maschine. Anfang der Woche besuchte Neil ein paarmal die Freunde, bei denen er auch am Freitag abend gewesen war. Sie sprachen über den Mord, und die Tochter der Freundin erwähnte, daß Jon an jenem Tag die Schule geschwänzt hatte. Neil sagte, Jon hätte sich an der County Road aufgehalten, und außerdem wäre der Junge auf dem Video größer als ihr Jon. Am Dienstag wurde darüber berichtet, daß man am Tatort Farbe sichergestellt hatte, und Neil sprach von dem Zufall, daß Jon an diesem Abend mit leuchtendblauer Farbe am Ärmel seines Mantels zurückgekommen war. Noch mehr Wäsche für Jons Mutter.

Bobby, Ryan und ein Junge von der anderen Straßenseite stürmten am Samstag nachmittag in den Videoladen, kaum, daß er geöffnet hatte. Sie plauderten, und Joanne lud sie ein, hinter den Tresen zu kommen und einen Film zu sehen. Sie blieben bis zum Schluß, schauten sich Bugs-Bunny-Comics sowie *1001 Tales* und *Feivel goes West* an. Danach half Joanne Ryan bei den Hausaufgaben, es ging ums Rechnen. Als auf ITV *Die Schöne und das Biest* gezeigt wurde, schalteten sie ein, aber sie mußten das Ende verpassen, weil der Laden um acht Uhr schloß. Davon genervt wurde Bobby unverschämt und machte sich an den Jalousien zu schaffen, als Joanne abschloß, aber schließlich schaffte sie es, ihn loszuwerden.

Obwohl Bobby nicht viel über die Entführung des kleinen James sagte, erzählte er Ryan, daß er gesehen hatte, wie zwei Jungen sich des Kindes im Einkaufszentrum angenommen hätten. Seiner Mutter fiel auf, daß Bobby den Berichten über das Verschwinden im Fernsehen und in den Zeitungen besondere Beachtung schenkte. Sie bemerkte auch, daß einer der Jungen auf dem Videoband eine gewisse Ähnlichkeit mit ihrem Sohn hatte. Der sieht fast aus wie du, sagte sie und fragte Bobby, wo er am Freitag gewesen sei. Er sagte, daß er im Strand war, bevor er sich auf den Weg zur Bücherei gemacht habe. Er war mit Jon Venables zusammen, behauptete er.

Als Ann Thompsons Freundin Lesley Henderson aus ihrem Haus auf der anderen Straßenseite herüberkam, fragte Ann sie nach ihrer Meinung dazu. Lesley sagte, der Junge sähe wie Bobby aus, aber es könnten auch viele andere Jungen sein. Ann wusch Bobbys Jacke, die er vor die Waschmaschine gelegt hatte.

An diesem Sonntag, 14. Februar, gab Bobby dem Nachbarsmädchen Kelly – Lesley Hendersons Tochter – einen pinkfarbenen Teddybär, dessen Innenleben aus einer Kette aus imitiertem Gold bestand – ein Geschenk zum Valentinstag, das er im Blumengeschäft im Village gekauft hatte.

Er, Kelly und die anderen Kinder spielten den ganzen Tag draußen, und am Nachmittag rannten sie alle zu Lesley, um ihr die Nachricht zu bringen, daß die Polizei die kopflose Leiche eines Mannes auf den Schienen gefunden hatte.

Als Bobbys Großmutter gestorben war, war die Familie zu knapp bei Kasse, um Blumen zu kaufen. Ann hatte Bobby gesagt, wenn man jemandem seine besondere Liebe zeigen wolle, genüge eine einzige rote Rose. Bobby hatte eine rote Rose für seine Großmutter gekauft und sie auf den Sarg gelegt.

Am Mittwoch kaufte er im Blumengeschäft eine rote Rose und brachte sie hinunter zum Damm, wo er sie neben all die anderen Blumen legte, die die Menschen zum Gedenken an James Bulger gebracht hatten.

An diesem Abend fragte Ann Thompson ihren Sohn, ob er James Bulger mit aus dem Strand genommen hätte. Warst du es, der den kleinen Jungen aus dem Strand geführt hat? Nein. Sie drohte, ihn am nächsten Morgen zur Polizeistation zu bringen, und dachte, wenn er etwas mit der Sache zu tun hätte, würde diese Drohung ihn zu einem Geständnis bringen. Er sagte nichts.

14

Alan Williams rief Jim Fitzsimmons kurz nach acht am Samstagmorgen zu Hause an. Er und Colin Smith hatten die ganze Nacht an den Videoaufnahmen gearbeitet. Er hatte jetzt die Standbilder; sie waren nicht sehr deutlich, aber sie waren das beste, was sie aus dem Videoband herausholen konnten.

Als Jim Fitzsimmons an der Marsh Lane eintraf, rief er seinen direkten Vorgesetzten an, Geoff MacDonald, ein Detective Chief Inspector, der statt einer Beförderung nur die Aufgaben eines Superintendents hatte. Geoff MacDonald war zu Hause.

Wir haben es mit einem harten Fall zu tun. Ein verschwundenes Kind. Haben Sie davon gehört? Nein. Nun, das Kind wird vermißt, die Umstände sind ungewöhnlich. Wenn Sie vielleicht zur Station kommen könnten, dann teile ich Ihnen die Einzelheiten mit.

Andere Superintendents waren bereits an der Marsh Lane im Einsatz, das HOLMES-Team versammelte sich, und Uniformierte und Detektive trafen aus allen Divisions rund um Merseyside zur Unterstützung ein. Das Taucherteam hatte begonnen, den Kanal zu durchkämmen, und die OSD hatte Planquadrate rund um Bootle zur Suche eingeteilt. Sie arbeiteten sich außen von der Stanley Road heran.

Als Denise und Ralph Bulger eintrafen, mußte man ihnen beibringen, daß James entführt worden war. Geoff MacDonald und Jim Fitzsimmons sprachen mit ihnen im alten Fernsehraum auf dem CID-Korridor. Sie teilten ihnen mit, was auf dem Videoband zu sehen war, und versuchten, die Folgerungen positiv darzustellen. Wenigstens war James nicht allein gewesen. Er war von zwei Größeren mitgenommen worden. Vielleicht sollte es nur ein Jux sein, kann doch sein, daß James jetzt mit den beiden irgendwo hockt. Denise und Ralph waren ein wenig beruhigt. Sie baten, die Fotos der beiden Jungen zu sehen.

Jim Fitzsimmons holte die Bilder, und das Paar betrachtete sie lange, während Jim kurz den Raum verließ.

Als er zurückkam, zeigte Denise aus dem Fenster, drüben auf das niedrige Gebäude neben dem Brachland an der Washington Parade. Schauen Sie, da drüben, das sind die beiden Jungen. Jim schaute hin, aber er konnte niemanden sehen. Vor einer Minute waren sie noch da, sagte Denise, sie müssen hinter das Gebäude gegangen sein. Sie sahen genauso aus wie die Jungen auf den Bildern.

Fitzsimmons verließ die Station und überquerte die Straße, und hinter dem Gebäude fand er die beiden Jungen, zusammen mit einem Mädchen. Sie rauchten. Er fragte die Jungen, wo sie gestern nachmittag gewesen waren. Sie waren im Einkaufszentrum. Er brachte sie zur Vernehmung mit auf die Station.

Natürlich waren sie nicht James' Entführer. Jim Fitzsimmons fühlte sich in einen Alptraum versetzt: die verzweifelte Erwartung von Denise und Ralph auf der einen Seite, die

Suche nach den beiden Jungen, die auf undeutlichen Bildern aus einer Videoaufzeichnung basierte, auf der anderen Seite. Jeder zweite Junge aus Merseyside hätte auf dem Videoband abgelichtet sein können.

Es war schwierig, das Alter der beiden Jungen auf dem Video festzulegen. Immer wieder wurde das Band abgespult. Immer wieder wurden Größenvergleiche mit Gegenständen oder anderen Personen auf dem Band herangezogen. Schließlich war die übereinstimmende Meinung, daß sie zwischen dreizehn und vierzehn Jahren alt sein mußten. Durchaus möglich, daß sie ein bißchen älter waren; vielleicht auch ein bißchen jünger. Die meisten, aber nicht alle Zeugen, die die Jungen angeblich gesehen hatten, schlossen sich der Schätzung des Alters an.

Mandy Waller hatte an diesem Tag wieder die Schicht von vierzehn bis vierundzwanzig Uhr, aber sie traf schon um elf Uhr ein und löste eine Polizistin aus Crosby ab, die sich um Denise gekümmert hatte. Ralph verbrachte die meiste Zeit des Tages damit, zusammen mit anderen Familienmitgliedern auf die Suche zu gehen. Im Fernsehraum herrschte ein ständiges Kommen und Gehen, Nachrichtenfetzen wurden ausgetauscht, jeder versuchte, irgendwas Tröstliches zu sagen. Mandy behielt die Neuigkeiten, die aus dem CID-Korridor sickerten, im Blick und bemühte sich, die spärlichen Informationen zu filtern, die sich aus den bedauerlich unproduktiven Suchaktionen ergaben.

Als das Schleppnetz auf dem Grund des Kanals durchgezogen war und keine Leiche gefunden wurde, versuchte Mandy Waller (die geglaubt hatte, man würde James dort finden), das als gute Nachricht zu überbringen, als ein positives Zeichen. Jim Fitzsimmons, Geoff MacDonald und die anderen Beamten sahen darin nur eine Fortsetzung der Ungewißheiten. Konnte eine Leiche von der Strömung woanders hingetrieben werden? Wenn ja, in welche Richtung? Wenn James nicht im Kanal lag, wo war er dann? Ob er wirklich in der Berry Street gesehen worden war? Befand sich James in der Nähe, oder trafen einige der angeblichen Sichtungen zu, die aus größeren Entfernungen gemeldet worden waren? Es mußte noch eine Chance geben, daß er lebte, und die Polizisten klammerten sich an diese Hoffnung, auch wenn ihnen der Verstand sagte, daß sie nur sehr gering sein konnte.

Mitten in die Spekulationen und Überlegungen platzten immer wieder dringend zu erledigende Aufgaben des methodischen Ablaufs; alle eingehenden Informationen mußten überprüft und bewertet werden. Namen von potentiellen Verdächtigen gingen ein, und Detektive wurden beauftragt, sie zu überprüfen.

Am Samstag abend besuchten Beamte endlich die ältere Frau, die ihre Hunde auf dem Reservoir ausgeführt hatte. Ihre Beschreibung der beiden Jungen beschränkte sich darauf, daß sie zehn oder elf Jahre alt waren und mit einem einheimischen Akzent sprachen. Sie hatte James als zwei- oder dreijährigen Jungen in Erinnerung, blondes Haar und ein rundes Gesicht. Sie erinnerte sich an einen dunklen Anorak mit orangefarbenem Futter, an eine helle Hose und weiße Schuhe. Man zeigte ihr ein Bild von James, und sie fand, daß es Ähnlichkeit hatte mit dem Kleinkind, das sie gesehen hatte. Sie sagte, daß sie nach Viertel nach vier auf dem Reservoir war, weniger als eine Stunde, nachdem man James entführt hatte.

Es war sicher nicht der letzte Beweis, aber als die Aussage auf der Station verlesen wurde, stand für alle fest, daß die Frau James gesehen hatte, auch wenn sie anscheinend das Alter der beiden Jungen bei ihm unterschätzt hatte.

Dies lenkte die Suche in eine neue Richtung, weg von Bootle und hin nach Walton, und eröffnete ein völlig neues Feld für Spekulationen. In der Gegend gab es Friedhöfe, auch ein Stück Kanal, Krankenhäuser, alte Eisenbahnlinien, große offene Flächen, Bauernhöfe …

Für Jim Fitzsimmons war der Samstag ein schwieriger und frustrierender Tag gewesen, gezeichnet von minimalen Fortschritten und weiteren Unsicherheiten. Sie brauchten irgendwas, das sie weiterbrachte. Einen direkten Draht zum Papst.

Bevor Jim um ein Uhr in der Früh Feierabend machte, sprachen er und Geoff MacDonald wieder mit Denise und Ralph und überredeten sie erneut, daß es Zeit war, nach Hause zu gehen. Sie bemühten sich auch, wieder ermutigend zu klingen. Wenn James im Kanal wäre, hätten wir ihn gefunden. Er muß in der Obhut von jemandem sein, die Dinge stehen positiv. Denise fragte: »Glauben Sie, daß wir noch eine Chance haben?«

Jim konnte ihre Verzweiflung sehen und spüren. Sie klammerten sich an den letzten Strohhalm. Ja, sie konnten ihn noch finden, ja, er konnte noch leben.

Albert Kirby war an diesem Wochenende zu Hause, er hatte die Ereignisse in Bootle in den Nachrichten verfolgt und war auch durch gelegentliche Anrufe einiger seiner Beamten, die an der Suche beteiligt waren, auf dem neuesten Stand.

Am Freitag hatte er an seinem Schreibtisch am Canning Place gearbeitet, wo er als Detective Superintendent zuständig war für Schwerverbrechen. Er hatte am Nachmittag von James' Verschwinden gehört und gehofft, daß man den Jungen bald finden würde. Als die Zeit verstrich, begann er sich zu fragen, ob dies ein Fall für ihn werden könnte. Er hatte im Kopf alle Möglichkeiten überschlagen – vielleicht hatte ein Verwandter James zu sich genommen. Vielleicht versteckte sich das Kind irgendwo, möglicherweise wurde es auch gegen seinen Willen versteckt – aber tief in seinem Innern war ihm bewußt, daß diese Möglichkeiten schwanden, je weiter die Zeit fortschritt.

Er hatte am Samstag für sich entschieden, wenn James bis zum Nachmittagstee noch nicht gefunden war, würde er am Sonntag zum Dienst gehen, entweder, um zu helfen, oder um die Ermittlungen zu übernehmen.

Wie ein Bereitschaftsarzt hatte auch Kirby immer eine schwarze Ledertasche für den Notfall zu Hause stehen. Sie enthielt Kugelschreiber, Notizblöcke, Piepser, ein Mobiltelefon und das jeweils aktuelle Spiraltagebuch, DIN-A4-Format, immer rot, in das er notierte, was sich während seiner Arbeit ereignet hatte. Oft nahm er auch ein vorbereitetes Essen in einer kleinen Tupperware-Schüssel mit.

Albert Kirby war ein peinlich genauer, selbstbeherrschter Mensch. Er hatte nie geraucht und vor zehn Jahren, als er mit dem Training für den London Marathon begonnen hatte, auch das gelegentliche Glas Bier aufgegeben. Früher hatten die Leute den einen oder anderen häßlichen Kommentar über seine Abstinenz abgegeben. Albert hatte daraus geschlossen, daß sie Probleme mit ihren eigenen Schwächen hatten. Und heute akzeptierte jeder, daß er sich mit einem alkoholfreien Bier begnügte.

Er lief immer noch zwei- oder dreimal die Woche. Durch die Straßen von Blundellsands, im Norden der Stadt, nahe bei seinem Haus. Wenn die Arbeit ihn bekümmerte, konnte er sich in einer halben Stunde die Probleme aus dem Leib laufen. Die Küste, die See, die frische Luft und gelegentlicher Sonnenschein bauten ihn nach einem Tag am Schreibtisch ungeheuer auf. In Ruhestellung betrug sein Pulsschlag sechsunddreißig.

Seine Eltern waren beide an Problemen gestorben, die mit hohem Blutdruck zu tun hatten, als er noch ein Junge war. Sie waren Vetter und Cousine gewesen, entstammten einer Familie in Widnes und wohnten in Liverpool, wo sein Vater als Seemann gearbeitet hatte, als Albert geboren wurde. Nachdem er Hafenmeister geworden war, zog die Familie nach Barrow-in-Furness um. Dort war sein Vater an Alberts viertem Geburtstag gestorben.

Als seine Mutter fünf Jahre später starb, nahm eine Tante ihn auf und schickte ihn in ein Internat. Er empfand es als Glück, daß man sich um ihn gesorgt hatte. Die Schule wurde ausschließlich von Waisen und Halbwaisen besucht.

Albert brachte den Verlust der Eltern nicht in Verbindung mit seinen Bemühungen um Fitneß und Körperstählung, aber im Internat hatte er verschiedene Fähigkeiten entwickelt, darunter auch diejenige, die Stärken und Schwächen anderer Menschen zu erkennen, was ihm während seiner Polizeikarriere zugute gekommen war.

Als junger Mann hatte er seine Kameraden beneidet, die aus ›normalen‹ Familien kamen, besonders jene mit einer guten Vater-Sohn-Beziehung. Er freute sich darüber, das in seiner Ehe zu replizieren: Sein Sohn Ian, jetzt einundzwanzig Jahre alt, studierte an der St. Andrew's University – angenehm für Albert, der vor kurzem mit Golf begonnen hatte.

Seine Frau Susan war Polizeibeamtin gewesen, als sie sich kennengelernt und geheiratet hatten, aber nach Ians Geburt hatte sie sich eine chronische rheumatische Arthritis zugezogen, die sie sehr behinderte. Sie hatte sieben oder acht größere Operationen über sich ergehen lassen müssen, damit neue Gelenke eingesetzt werden konnten, darunter auch Handgelenke und Schultern.

Daß er seine Frau leiden sah und ihr nicht helfen konnte, schmerzte Albert Kirby. Er haßte die Ironie der beiden Gegensätze: Susan mit ihrem Leiden, Albert mit seinem gestählten, gesunden Körper. Er bewunderte sie dafür, daß sie trotz ständiger Schmerzen ihre fröhliche Art beibehielt.

Die Kirche und die Unterstützung von Freunden, die sie dort fanden, halfen ihnen. Sie waren beide in katholischen Familien aufgewachsen, aber als sie in ihr jetziges Haus eingezogen waren, besuchten sie die in der Nähe liegende Kirche der Church of England. Roy, der Pfarrer, kannte sie und akzeptierte die Ursprünge ihres Glaubens. Sie waren gute Freunde geworden. Und natürlich waren die Werte des Christentums universal. Um ehrlich zu sein, dachte Albert, es machte überhaupt nichts, welcher Religion man angehörte. Er pflegte Dave Allen vom Fernsehen zu zitieren: »Möge Dein Gott mit Dir gehen.«

Albert Kirby arbeitete mit Männern zusammen, die starke, praktizierende Christen waren. Er hielt das unter Polizeibeamten nicht für ungewöhnlich. Noch vor ein paar Jahren hätte man es vielleicht stirnrunzelnd als ein Zeichen von Schwäche ausgelegt, aber heute nicht mehr – nicht in diesen Zeiten.

Er war nicht verpflichtet, an diesem Sonntag zur Arbeit zu gehen, aber Albert konnte nicht aus seiner Haut, er mußte einfach hin. Es hatte etwas mit Verantwortung und Verpflichtung zu tun, sogar mit Hingabe zum Job. Albert wußte, daß seine Frau nach fast fünfundzwanzig Jahren Ehe dafür Verständnis hatte.

In dieser Beziehung hatte Albert Kirby Glück. Susan hatte gelernt, mit der Unberechenbarkeit und den ständigen Störungen zu leben. Es war eben ein Vierundzwanzigstundentag bei einer Siebentagewoche. Er kannte den Druck, der auf den Beamten der CID lag, und hatte die Auswirkungen gesehen, die er auf ihre Beziehungen ausübte. Gescheiterte Ehen waren alles andere als selten, und Albert fand den Kern der Wahrheit in dem witzigen Spruch, den er an dem Schreibtisch eines seiner Detektive gesehen hatte: ›Du kriegst nur eine Chance bei der CID – eine neue Frau kriegst du immer wieder.‹

Es war ungewöhnlich, aber Albert Kirby war fast die gesamte Zeit bei der Polizei ein Detektiv gewesen. Mit sechzehn Polizeischüler, mit neunzehn Polizist in Liverpool, Stadtmitte. Das war 1964 gewesen, und innerhalb von zwei Jahren war er zur Kriminalpolizei gegangen, erst zum Sittendezernat, dann zur CID, wo er, abgesehen von einem kurzen Intermezzo als Inspector in Uniform, geblieben war.

Als Manager sah sich Albert Kirby lediglich als Leiter eines Teams. Er sagte immer, daß er die Straftaten nicht ermittelte, es waren die Beamten vor Ort, die dafür verantwortlich waren, die Fälle zu lösen. Er glaubte einfach daran, daß die Menschen lieber unter einer Führung arbeiteten, die die Richtung vorgab. Er war mit diesem Prinzip groß geworden, war als Jugendlicher gut damit zurechtgekommen und sah keinen Grund, warum es in der Erwachsenenwelt anders sein sollte. Er hielt sich an die alten Prinzipien und erzielte gute Ergebnisse mit ihnen.

Er wußte, daß es Leute gab, die ihm vorwarfen, grob zu sein, arrogant und schroff. Aber so war er nun einmal. Das war sein Stil in Beruf und Leben; er war stets gleich. Er wollte, daß die Leute wußten, woran sie bei ihm waren. Er sagte, was er dachte, und das konnte auch bedeuten, daß er jemanden zusammenschiß, wenn derjenige Mist gebaut hatte. Wenn er Dampf abgelassen hatte, war die Sache vergessen. Nachtragend war er nicht.

Seine Kollegen sagten, daß man sich mit Albert besser nicht anlegte. Er konnte wütend werden, dann glühten seine kalten, tiefliegenden Augen, und die Lippen waren dünn zusammengepreßt. Für die meisten Menschen war er nicht Albert, sondern Mr. Kirby. Aber er war nicht ohne Humor und Wärme, er neckte gern und konnte Geschichten erzählen –

und vor allem war er ein guter Detektiv und ein positiver Manager.

Am Sonntag morgen verließ Albert Kirby das Haus mit seiner Ledertasche und fuhr zur Marsh Lane, bereit, die Rolle des Einsatzleiters zu übernehmen. Den Morgen verbrachte er damit, sich über das zu informieren, was bisher geschehen war, dann besprach er mit anderen Beamten die nächsten Schritte der Untersuchung. Sie wollten an einer weiteren Verbesserung der Videoaufzeichnungen arbeiten, das Bewußtsein der Öffentlichkeit für James' Verschwinden schärfen und das Gedächtnis derer wachrütteln, die die Jungen gesehen hatten, dadurch vielleicht sogar eine Identifizierung erlangen. Man würde die Medien noch stärker einschalten, Plakate verteilen und dem Einkaufszentrum besondere Aufmerksamkeit zuteil werden lassen. Ein leerstehendes Ladenlokal war als vorübergehende Polizeistation eingerichtet worden.

Die Suche nach James, aller Wahrscheinlichkeit nach die Suche nach einer Leiche, dehnte sich aus, ging hinüber nach Walton, ohne daß Bootle vernachlässigt wurde. Es gab keine Gewißheiten, nur eine nicht zu bändigende Fülle von Möglichkeiten.

Gegen Mittag hatte Albert Kirby das Gefühl, auf dem laufenden zu sein. Am Nachmittag würde er sich mit Geoff MacDonald und Jim Fitzsimmons zusammensetzen. Die Zwischenzeit nutzte Jim, um zum Walton Hospital zu fahren, wo seine Mutter, eine hartnäckige und unverbesserliche Raucherin, nach einer leichten Herzattacke behandelt wurde. Sie hielt sich für unverwüstlich; Jims Mutter hatte vor ein paar Jahren eine Gehirnoperation überlebt, bei der ein Tumor entfernt worden war, aber rauchte auch noch, als feststand, daß sie Probleme mit dem Herzen hatte. Jim machte sich Sorgen um sie, aber instinktiv fühlte er, daß sie auch diesmal überleben würde.

Er blieb fünf Minuten bei seiner Mutter im Krankenhaus. Seine Gedanken kamen nicht los von James. »Ich muß fahren«, sagte er entschuldigend. Auf dem Rückweg entschied er sich spontan zu einer Suche auf eigene Faust, als er das

Ödland hinter den Krankenhausbauten sah. Er suchte zwanzig Minuten lang, fand nichts und fuhr in die Marsh Lane zurück, rechtzeitig zum Gespräch mit Geoff MacDonald und Albert Kirby.

15

In den frühen Stunden des Sonntag morgen, kurz vor fünf Uhr, wurde ein Lokomotivführer der British Rail mit dem Personalbus in Orrell Park abgeholt und zum Bahnhof Formby gebracht, wo sein Dienst begann. Die Lokomotive dort war über Nacht eingesetzt worden, um Material von Tuebrook zu holen, das für Reparaturen gebraucht wurde.

Der Lokomotivführer mußte noch warten, während ein Kran vom Triebwagen abgehängt und die Lok auf den anderen Schienenstrang gesetzt wurde. Als die Begleiter eingestiegen waren, fuhr er los, es war etwa sieben Uhr. Er verließ die Liverpool-Southport-Strecke am Knotenpunkt bei Bootle und befuhr nun die Nebenstrecke nach Bootle. Jeder vom Begleitpersonal ließ sich irgendwann mal im Führerhaus sehen. Der Lokführer achtete darauf, daß er das Tempolimit von zwanzig Meilen pro Stunde einhielt.

Die Nebenstrecke nach Edge Hill wurde schon seit vielen Jahren nur noch von Güterzügen befahren. Sie war in den 1860er Jahren gelegt worden, und 1870 hatte man den Bahnhof an der Walton Bridge Lane eingeweiht. Ursprünglich hatte der Bahnhof Walton for Aintree geheißen, später war er in Walton & Anfield umbenannt worden. Es war ein ruhiger Bahnhof, zwei niedrige Gebäude mit Schornsteinen und Markisen über den Türen flankierten die Schienenstränge. Nach Spielen im Goodison Park beleuchteten Laternen entlang der Bahnsteige an den Winterabenden die Fans, die zum Bahnhof zurückgekehrt waren, um ihre Stars zu treffen.

Während des Zweiten Weltkriegs waren alle US-Soldaten, die mit Schiffen in Großbritannien eintrafen, über diese

Strecke weitertransportiert worden, und obwohl der Personenverkehr seither längst eingestellt wurde, stand die Strecke immer noch auf einer Liste des Verteidigungsministeriums als wichtige Transportverbindung für Kriegszeiten.

Der Bahnhof wurde 1948 geschlossen, die Gebäude wurden abgerissen. Die erhöhten Bahnsteige blieben, waren aber längst von Gras und Büschen überwuchert. Der Hinterhof der Walton Lane Polizeistation grenzt an den Bahndamm.

Heute sind es selten mehr als ein Dutzend Züge, die dort vorbeifahren, die meisten zu und von den Häfen von Gladstone und Seaforth. Einige liefern oder bringen Container nach oder von Süd- und Nordirland, andere transportieren offene Waggons mit kolumbianischer oder polnischer Kohle nach Fiddler's Ferry, dem Elektrizitätswerk in Warrington.

Manchmal, wie an diesem Sonntag, befuhr British Rail die Strecke mit ihrem eigenen technischen Dienst. Die meisten Stunden des Tages blieb es auf der Strecke ruhig; der Schienenstrang war seit einigen Generationen Abkürzung und Spielplatz für die einheimischen Kinder, trotz zunehmend entschlosseneren Versuchen, den Eisenbahndamm einzuzäunen. Die mittlerweile erwachsenen Nachbarn der Strecke störten sich immer mehr an dem übermütigen Lärm spielender Kinder.

Wenn die Strecke eine kriminelle Bedeutung hatte – abgesehen davon, daß man das Gelände verbotenerweise betrat oder dort Platz fand, in Ruhe Hasch zu rauchen –, dann als Beobachtungspunkt für das Einbruchpotential der angrenzenden Häuser. Es war möglich, vom Damm aus Zugang zu einigen Eigenheimen zu finden, und außerdem bot die Strecke einen nützlichen Fluchtweg.

Der Lokomotivführer des Frühzuges achtete auf den Schienenstrang vor ihm, während die Lok den Abzweig bei Walton nahm und in Richtung Edge Hill fuhr, immer noch nicht schneller als zwanzig Meilen pro Stunde. Er fuhr auf dem Bergaufstrang, der Polizeistation abgewandt, als er die Brücke überquerte. Er sah, daß auf der anderen Strecke etwas lag, und er beugte sich vor, um besser sehen zu können.

Der Gegenstand sah wie eine Puppe oder wie eine Schaufensterpuppe aus. Kinder ließen oft ihre Sachen neben den Gleisen liegen.

Als der Zug in Edge Hill einlief, erhielt der Lokführer den Befehl, die Lok zum Rangierbahnhof Arpley in Warrington zu fahren, um ein paar Waggons zu holen. Er fuhr hin, koppelte die Waggons an und kehrte nach Edge Hill zurück. Dort wurde er von einem Kollegen abgelöst, aber er blieb auf der Lok, während der Zug auf der Talstrecke zurück nach Formby fuhr. Er stand auf der Rückseite des Führerhauses, als sie durch Walton rollten, und er vergaß, wieder auf die Strecke zu achten, als sie den alten Bahnhof passierten.

Doch die Sichtung eines Gegenstandes auf der Strecke ließ ihm keine Ruhe. Irgend etwas daran war nicht in Ordnung. Ihm fielen die Zeitungsberichte über den vermißten Jungen ein. Später an diesem Abend, als er die Bahnpolizei anrief, wußte er genau, was er gesehen hatte.

Am Sonntag nachmittag setzte Becketts Mutter ihn bei Rileys ab. Osty kam zur Tür, nachdem Beckett geklopft hatte, und sagte, daß sie noch nicht fertig seien. Sie saßen noch beim Essen, und Osty wollte auch noch versuchen, von seiner Mutter etwas Geld zu bekommen.

Beckett wartete draußen an der Gartenmauer der Rileys, bis Osty und sein Bruder Pitts herauskamen. Sie waren immer zusammen, Osty und Pitts, wie Brief und Briefmarke, wie ein anderer Junge mal gesagt hatte. Sie beschlossen, bei George vorbeizugehen, der bei der Sporthalle an der Walton Hall Avenue wohnte.

Auf dem Weg dorthin trafen sie Stee, der in der Halle seine Muskeln trainiert hatte. Er sagte, er habe eben bei George geklopft und keine Antwort erhalten, aber er schloß sich ihnen trotzdem an, und als sie jetzt bei Georgie klopften, war immer noch niemand zu Hause.

Sie schauten nach Kelly und Emma, die immer beim Zeitungsladen herumhingen, und fanden sie dort zusammen mit drei Jungen. Osty ging hinein und kaufte eine Schachtel mit zehn Embassy Filter. Später konnten sie dann, wenn sie auf den Steinen des Friedhofs saßen, eine qualmen.

Als Kelly, Emma und die drei anderen Jungen abzogen, hockten sie sich eine Weile auf den Sims des Zeitungsladens, dann sagten Osty und Pitts, komm, wir holen bei der Polizei unsere Kappen ab. Die Kappen hingen schon seit Wochen auf der Polizeistation, seit einem Kind das Fahrrad geklaut worden war: Das Kind hatte ausgesagt, die jungen Diebe hätten Kappen getragen, daraufhin hatte die Polizei ihre Mützen zur Identifikation mitgenommen: Ostys Lederkappe mit den Ohrenschützern und dem Fellfutter sowie Pitts Baseballkappe von Puma. Sie gingen zur Polizeistation an der Walton Lane, und der Wachhabende sagte ihnen, sie sollten am Montag wiederkommen. Also gingen sie die Walton Lane zurück bis zum Queen's Drive, wo sie Stees Bruder Lee trafen, der eine Weile bei ihnen blieb.

Sie waren jetzt zu fünft und klopften bei Chris nahe der Ebenezer-Kapelle an, und als sie keine Antwort erhielten, gingen sie weiter zu Leon's im Village, saßen eine Weile dort vor der Tür und unterhielten sich mit Leon.

Danach ging Lee seiner Wege, und sie versuchten es noch mal bei George, aber er war nicht da. Als sie sich vom Haus abwandten, kam Joanne, die in der Nähe wohnte, heraus. Osty und Pitts waren am Abend vorher mit Mick bei Joanne gewesen. Jetzt sagte Joanne, daß sie eine Uhr vermißte, die sie zurückhaben wollte.

Osty hatte eigentlich zu seiner Oma gehen wollen, weil sie ihm vielleicht etwas Taschengeld geben würde, aber sie glaubten, daß Mick ihnen etwas über den Verbleib der Uhr sagen konnte, deshalb gingen sie hinüber zur Chepstow Road, wo sie eine Weile mit Natalie und Jenny plauderten, ehe sie die Brücke überquerten. Micks Schwester kam an die Tür und sagte ihnen, daß er ausgegangen war. Sie vermutete, daß er bei seiner Freundin Amanda sein könnte.

Amanda sagte, daß Mick nicht bei ihr wäre, sie wüßte auch nicht, wo er war. Sie standen vor der Tür und redeten noch mit Amanda, bis ihre Mutter herauskam und die Jungen verscheuchte.

Zurück zu Mick. Sie hinterließen eine Nachricht, daß sie zum Park gingen. Hinunter zur County Road, in deren Nähe die Oma wohnt. Ach, sagte Osty, pfeif auf die Oma, und statt dessen drückten sie sich in den schmalen Häuserdurchgang bei der Pizzeria hinein, dann in einen weiteren Häuserdurchgang und standen schließlich am Zaun vor dem Bahndamm.

Pitts sagte, daß manchmal Fußbälle von der Schule oder von der anderen Seite auf dem Bahndamm landeten, also kletterten sie hinüber und stiegen die Böschung hoch. Ein Zug fuhr vorbei, offene Güterwaggons mit weißen Steinen beladen.

Eine Frau trat aus ihrem Haus und rief ihnen zu, sie sollten von den Gleisen kommen. Sie ignorierten sie und suchten, bis Pitts einen Fußball gefunden hatte. Er war nur aus Plastik, aber sie spielten eine Weile damit zwischen den Schienen. Als sie sich auf der Höhe von Church Road befanden, kurz vor der Brücke bei der Polizeistation, sahen sie unten auf der Straße einen Jungen mit seinen Eltern, und Osty trat den Ball zu dem Jungen.

Sie überlegten, sich hier oben, in den Büschen entlang der Schienenstrecke, eine Bude einzurichten.

Als sie die Brücke überquerten, hörten sie in den Zwingern auf dem Hinterhof der Polizeistation die Hunde bellen. Sie gingen den Pfad hinunter, weil sie versuchen wollten, zu den Hunden vorzustoßen. Manchmal hatten sie Pittbulls da drinnen, aber heute waren es nur ein paar gewöhnliche Köter. Sie stiegen den Pfad wieder hoch, befanden sich jetzt auf den alten Bahnsteigen, und Beckett sagte, he, schau dir das an, eine tote Katze oder so. Sie sahen alle hin. Es war ein Bündel, eingepackt in einen Mantel. Steine lagen darauf. Beckett berührte es vorsichtig mit dem Fuß, aber es bewegte sich nicht. Dann sah er den Schienenstrang entlang und rief, seht mal, da sind seine Beine.

Pitts sagte, sie sehen wie Puppenbeine aus. Beckett hatte Angst und wollte weglaufen. Pitts trat näher an die Beine heran. Er sagte, das sind keine Puppenbeine. Ein Paar kleine Turnschuhe lag daneben. Jemand stellte fest, es sähe nach einem Baby aus. Stee antwortete, ich glaube auch, es ist ein

Baby, und dann rannte er schreiend und in Panik die Schienen entlang, Richtung Polizeistation. Jetzt hatten sie alle Angst und rannten hinter Stee her. Hinter der Polizeistation rutschten sie die Böschung hinunter, dann stürmten sie auf die Wache.

Beckett war schreiend und brüllend zur Polizeistation vorangelaufen und hatte auf die Klingel des Auskunftschalters gedrückt. PC Osbourne kam aus seinem Büro hinter dem Einwegglas und fragte, was los sei. Die Jungen waren sehr verstört und aufgeregt. Da liegt ein Baby zerstückelt auf dem Bahndamm, riefen sie, direkt hier unten.

Bleibt hier, sagte PC Osbourne und ging in sein Büro zurück, um sein Funkgerät zu holen. Er gab die Meldung an zwei Kollegen weiter. Ein Baby auf dem Bahndamm. Dann rannte er hinaus zum Hauptausgang, gefolgt von seinen Kollegen. Die Jungen riefen, es ist direkt hinter der Polizeistation.

Die Beamten liefen über den Hinterhof, stiegen auf die Hundezwinger, von dort auf die Böschung. Sie sagten den Jungen, sie sollten zurückbleiben, aber sie hielten sich nicht daran. Sie wurden Zeugen, wie PC Osbourne sich zusammenkrümmte, als er die Leiche sah.

Um 15 Uhr 13 gab er an die Einsatzleitung der C-Division eine dringende Meldung durch. Polizeiaufsicht und CID sollten benachrichtigt werden, und British Rail sollte die Strecke bis auf weiteres stillegen.

16

Am Sonntag wußten Denise Bulger und Mandy Waller nicht mehr, was sie einander sagen sollten. Zusammen mit Nicola Bailey saßen sie im Fernsehraum. Mandy hatte es zunehmend schwierig gefunden, Zuversicht auszustrahlen. »Wir finden ihn nicht mehr, oder?« wiederholte Denise immer wieder. »Doch natürlich«, antwortete Mandy dann, aber sie wußte, wie billig das klang. Bei aller Hoffnung, die sie aussprach, wußte sie, daß James nicht mehr lebte.

Man konnte nur eine begrenzte Anzahl Tassen Tee trinken. Es wurde klaustrophobisch in dem Raum. Es gab nichts zu sagen, es gab nichts zu tun. Sie gingen einander auf die Nerven.

Ralph Bulger war draußen, suchte mit anderen Familienmitgliedern weiter. »Warum gehen wir nicht hinaus?« wandte sich Mandy an Denise und Nicola. Die Abwechslung würde ihnen guttun, dachte sie, und der Tag würde dann nicht so endlos lange dauern. Sie nahm ein Funkgerät mit und sagte auf der Wache Bescheid, daß sie eine Spazierfahrt unternahmen.

Sie kamen nicht weit, gerade an Bootle vorbei. Das Funkgerät war eingeschaltet und rief Mandy. »Kannst du sofort zurückkommen?« Es war Noel von der Einsatzzentrale, ein Waliser mit schwerem Akzent. Später erfuhr Mandy, daß er dann noch hinzugefügt hatte: »... und stell dein Funkgerät aus.«

Sie hatte ihn gehört, aber nicht verstanden, was er gesagt hatte. Glücklicherweise hatte sie sowieso sofort das Gerät ausgeschaltet.

Denise hatte den ersten Teil der Durchsage gehört. Sie wollte wissen, was passiert war. Mandy sagte, sie wisse es nicht, aber sie dachte bei sich, daß wohl eine Leiche gefunden worden war. Sie bogen zurück in die Marsh Lane.

Albert Kirby, Jim Fitzsimmons und Geoff MacDonald saßen in MacDonalds Büro und bewerteten den Stand der Nachforschungen, bevor sie über die nächsten Schritte sprachen. Ein Beamter klopfte und trat ein. »Sir, wir haben Nachricht von einer Leiche, hinter dem Hof von Walton Lane.« Während der Beamte die Einzelheiten vortrug, zogen die drei Männer schon ihre Mäntel an. Sie eilten zum Parkplatz und fuhren zum Fundort.

Als Mandy Waller wieder an der Marsh Lane eintraf, erwartete ein Inspector sie auf dem Parkplatz. Denise sollte die Nachricht nicht zufällig aufschnappen; man wollte sie schonen, bis eine Bestätigung vorlag. Der Inspector führte Denise und Nicola vom Parkplatz zum Hintereingang der Station. Mandy folgte ihnen.
Die Gruppe betrat das Gebäude genau in dem Moment, als die Bosse hinausgingen. »Was ist los? Was ist los?« Denise geriet in Panik, als sie die drei leitenden Polizeichefs sah.

»Es ist alles in Ordnung«, sagte Fitzsimmons. »Machen Sie sich keine Sorgen.« Was sollte er auch sonst sagen? Sie gingen an Denise vorbei, dann verließ Geoff MacDonald die Gruppe und sprach gedämpft mit Mandy. »Sie haben eine Leiche auf dem Bahndamm gefunden. Wir glauben, daß es James ist.«

Mandy wußte es nun, aber sie konnte nichts sagen. Sie konnte sehen, daß Denise zwei und zwei zusammenzählte. Sie erkundigte sich immer wieder, was los sei, aber sie fragte nicht direkt, ob man James gefunden hatte. »Wir müssen abwarten«, sagte Mandy.

Geoff MacDonald fuhr die paar Meilen bis zur Bahnstrecke. Er bog an der Cherry Lane in die Sackgasse ein. Eine Absperrkette war schon angebracht, der Zaun am Fuß der Böschung war geöffnet worden, um Zugang zur Strecke zu haben. Jim Fitzsimmons hoffte, daß es nicht James war, aber er wußte, daß er es sein würde. Er versuchte, in Gedanken ein überzeugendes Szenario zu entwerfen. James war irgendwie auf den Bahndamm geklettert und von einem Zug erwischt worden. Er entschied für sich, daß es so gewesen war. Aber er glaubte es nicht.

Sie klommen mühsam die Böschung hoch, während ein Polizist ihnen die dürftigen Einzelheiten berichtete. Sie sahen im ersten Moment, daß es James war. Der Anorak, der Schal, die Anzughose waren ihnen inzwischen allzu vertraut.

Niemand sprach für einige Augenblicke. Es gab nur Stille und Schweigen. Dann sagte Geoff MacDonald: »Ich tu's.« Es gab keine Diskussion darüber, kein Abwägen, wer von den leitenden Polizeibeamten die Pflicht erfüllen sollte. Jim Fitzsimmons und Albert Kirby sagten nicht: »Das ist tapfer von

Ihnen, Geoff«, denn so funktioniert das nicht. Aber sie beide dachten es.

Geoff MacDonald wandte sich ab. Er würde zu seinem Wagen gehen, zur Marsh Lane fahren und Denise eröffnen, daß sie James' Leiche gefunden hatten.

Es war eine lange und schwierige Stunde im Fernsehraum. Denise wollte immer wieder wissen, was los war. Mandy fragte sich, wie lange es noch dauern würde, bis die Bestätigung kam. Schließlich, als sie es nicht mehr aushalten konnte, ging Mandy über den Flur, um Nachrichten aufzuschnappen.

Als sie zurück in den Fernsehraum gehen wollte, war Geoff MacDonald einen Augenblick vor ihr an der Tür. Gleich nachdem er den Raum betreten hatte – Mandy hinter ihm –, sagte er: »Ja, es tut mir leid, wir haben James gefunden.« Denise schrie auf. Mandy schien es, als klappte Denise innerlich zusammen. Sie weinten alle. Mandy ging, um Toilettenpapier zu holen, denn es gab keine Papiertaschentücher.

Ralph war immer noch draußen und konnte nicht erreicht werden. Die Polizei fürchtete, daß er bei seiner Rückkehr die Nachricht von einem der zahlreichen Medienvertreter hören würde, die die Polizeistation umlagerten. Aber sie konzentrierten sich jetzt auf den Bahndamm, und so hatte Ralph noch nichts erfahren, als er später durch den Haupteingang die Station an der Marsh Lane betrat. Er wurde zu Geoff MacDonald geführt, der ihm die Nachricht überbrachte. Ralph schlug und trat gegen einen Fernseher, der in der Nähe stand.

Später, nachdem Denise nach Hause gebracht worden war, lief Ralph Bulger auf und ab und warf Fragen auf. Er wollte wissen, was passiert war, wie James gestorben war. Es gab noch keine Antworten, aber schon eine Menge Spekulationen.

Albert Kirby hatte seinen roten Spiralblock mit zum Fundort genommen. Er begann nicht bei jedem Fall einen neuen Notizblock, sondern schlug einfach die nächste Seite auf. Dieser Block war schon zu einem Drittel gefüllt. Die alten – nur der liebe Gott mochte wissen, wie viele es waren – lagen im Schreibtisch seines Büros. Er nannte sie seine fortgeschriebene Bibel der Ermittlungen.

Die letzte Seite vor den Bulger-Nachforschungen bestand aus Notizen über eine zukünftige Managerstruktur bei der Polizei, an deren Entwicklung er arbeitete. Die erste Seite des Bulger-Falles waren seine einführenden Notizen in kleiner, präziser Handschrift, und auf der zweiten Seite legte er eine Zeichnung der Szene auf dem Bahndamm an.

Er notierte die Lage der unteren Körperhälfte zwischen Gleis und Böschung auf der Seite zur Polizeistation, dann die Lage des Oberkörpers, sieben Schwellen weiter in Richtung Edge Hill, zwischen den Gleisen.

Nichts wurde bewegt, alles blieb, wie es war. Den Fundort im originalen Zustand belassen, steril. Der Pathologe war auf dem Weg, und bis zu seinen Untersuchungen konnte niemand sagen, wie James gestorben war.

Während er schaute und dachte und notierte, gestattete sich Albert Kirby keine Gefühlsreaktionen auf den Anblick der Leiche: Er fürchtete sich, darüber nachzudenken, wie viele er im Laufe der Jahre gesehen hatte. Seit Beginn seiner Laufbahn mußte er mit fünfunddreißig oder vierzig Morden beschäftigt gewesen sein. Er erinnerte sich an die drei in einer Woche, als er noch Detective Inspector gewesen war, und er wußte inzwischen, daß sie immer in Serie vorkamen, und immer in den Wintermonaten, von Oktober bis Jahresanfang. Tatorte suchte man niemals bei schönem Wetter und an langen Sommerabenden ab. Das war etwas, woran er sich nie gewöhnen würde: Die Szene eines Mordes. Sie war immer verschieden, schon durch Alter und Geschlecht des Opfers und durch die Umstände des Todes – aber es war immer eine harte Sache.

Er hatte die Erfahrung gemacht, daß der Gefühlseinschlag erst später kam. Zu Beginn mußte er unterdrückt werden, weil dadurch nur die Arbeit beeinträchtigt wurde. Es war seine Pflicht, Profi zu sein. Es war seine Pflicht herauszufinden, wie und warum jemand gestorben war und wer für seinen Tod verantwortlich war. Da gab es keinen Platz für Gefühle. Er mußte seinen Autopiloten einschalten.

Für Jim Fitzsimmons traf das auch zu. Es gab keinen bewußten Prozeß, Gefühle zu unterdrücken. Man wußte, daß man einen Job zu tun hatte. Sichten, welche Beweisstücke am Fundort zusammengetragen werden konnten. Darauf achten, daß alles vorschriftsmäßig erledigt wurde. Es war schon merkwürdig; als beobachtete man eine Szene aus großer Entfernung.

Das Tageslicht würde rasch schwinden, deshalb mußten sie schnell arbeiten. Jim war dauernd unterwegs, den Bahndamm rauf und runter, zwischen Fundort und Polizeistation. Dann mußte er auf die Zwinger klettern, drinnen auf der Wache Leute informieren oder anweisen. An einem der Büsche zerriß er sich die Jacke.

Beamte der SOCO trafen ein, um die Beweisstücke und die Sicherung der forensischen Beweise zu überwachen. Sie fotografierten die Szene und nahmen auch ein Video auf. Ein Logbuch über die Beweissuche wurde angelegt, und Mannschaften der OSD bildeten entlang der Schienen mehrere Ketten, jede einzelne auf Beweissuche. Gerichtsmediziner deckten den Oberkörper mit einem Leichentuch ab, und die Feuerwehr setzte Rettungstücher, Pfähle und Seile ein, um den Platz abzusichern, wo die untere Hälfte der Leiche lag.

Ein Pressefotograf schaffte es, auf den Bahndamm zu gelangen, und wurde dabei entdeckt, wie er Fotos von der Leiche schießen wollte, noch bevor sie bedeckt worden war. Er wurde das Ziel, auf das sich die Wut einiger Polizisten richtete.

Es schien so, als habe der Körper im rechten Winkel über der Schiene auf der Seite der Polizeistation gelegen, die untere Hälfte zwischen den Schienen. Es schien auch, als sei der Körper mit Steinen bedeckt gewesen. Als der Zug den Körper an der Hüfte durchtrennte, schleifte er die untere Hälfte, die nackt war, etwa fünf Meter – sieben Schwellen – weit mit, die Strecke hinunter.

Die ausgezogenen Kleidungsstücke lagen verstreut um den Oberkörper herum. Die graue Hose eines Trainingsanzugs, leicht mit Blut und Farbe verschmiert, weiße Turnschuhe, bei dem linken Schuh fehlte der Schnürsenkel, der rechte war noch zugeschnürt, weiße Söckchen mit blauen Streifen und hellen Blutflecken. Eine Unterhose, voller Blutflecken, wurde unter Steinen gefunden.

Eine schwere Stahlplatte lag auf den Steinen. Es war eine Lasche, etwa sechzig Zentimeter lang, die benutzt wird, die Schienen an den Schwellen zu befestigen. Sie wog über zehn Kilo und war voller Blut.

Der weiße Schal, auch blutverschmiert, lag zwischen dem Schienenstrang und der Böschung auf der Gegenstrecke. Einer der Quasten war vom Schal abgetrennt, er wurde auf der anderen Strecke gefunden, nahe der Brücke.

Drei Batterien der Marke Tandy Evergreen, Größe AA, 1,5 Volt, lagen verstreut um den Schal herum, zwei von ihnen wiesen Blutflecken auf; eine vierte Batterie steckte noch im Zellophan der Verpackung. Die Schwellen und die Steinschlacken rund um den Schal waren blutbefleckt, und Blutspritzer gab es auch an der angrenzenden Mauer des alten Bahnsteigs. Eine Blutspur führte von der Strecke zum Oberkörper. Dort lag auch eine S-förmige Pandrol-Sicherheitsklemme, an der Blut und ein paar blonde Haare klebten. Die Klemmen wurden gewöhnlich benutzt, um die Laschen an den Schienen zu befestigen. British Rail hielt einen Vorrat an Laschen und Klemmen für Notfälle entlang der Strecken bereit.

Eine Farbdose, Azure Blue von Humbrol, wurde auf der Strecke gefunden, auf der anderen Seite der Brücke, und rundherum waren blaue Farbspritzer zu sehen. Weiter unterhalb des Fundorts der Leiche stellte man eine Schachtel Quality Street mit einigen Süßigkeiten sicher.

Der Arzt, der vor dem Pathologen eintraf, um den Tod formell festzustellen, durfte den Körper nicht berühren, und da er den Kopf in der Kleidung nicht sehen konnte, glaubte er, der Kopf sei vom Rumpf abgetrennt worden.

Als um siebzehn Uhr der Pathologe des Innenministeriums, Alan Williams, eintraf, konnte die Bekleidung entfernt werden, und es wurde deutlich, daß der Kopf an mehreren Stellen verletzt war. Es gab viel Blut, und blaue Farbe hatte James' linke Gesichtshälfte, Ohr und Hals sowie seinen Anorak befleckt.

Später, am Abend, brachten zwei Männer vom Co-op-Beerdigungsdienst James mit einem Leichenwagen zur Identifizierung und Obduktion ins Schauhaus des Broadgreen Hospitals. Ray Bulger, Ralphs Bruder, identifizierte die Leiche um einundzwanzig Uhr. Geoff MacDonald und Jim Green nahmen beide an der Leichenöffnung teil, mit der Alan Williams um 22 Uhr 15 begann. Sie dauerte bis 1 Uhr 30. Es war das erste *post mortem*, an dem Jim Green in seiner Zeit bei der Polizei teilnahm.

Für die leitenden Polizeibeamten trat so etwas wie eine Flaute ein. Sie mußten jetzt auf den Bericht des Pathologen warten. Die Suche nach James, nach seiner Leiche, war vorüber, jetzt würden sie die Täter suchen, die für den gewaltsamen Tod – sicherlich Mord – verantwortlich waren. Alle Bemühungen würden sich auf die beiden Teenager vom Video konzentrieren.

In der Polizeistation Marsh Lane war die Atmosphäre so still und ernst, wie sie oben auf dem Bahndamm gewesen war. Jeder hatte gehofft, daß man James lebend finden würde, aber insgeheim eine Leiche erwartet. Doch niemand hatte mit dieser Gewalttätigkeit gerechnet. Es gab nur wenige Einzelheiten, aber sie sprachen sich schnell herum.

Jim Fitzsimmons nahm den Anruf von Geoff MacDonalds Frau entgegen. Sie hatte noch nicht mit ihm gesprochen, aber sie hatte gehört, daß man die Leiche gefunden hatte. Sie hatte zu Bett gehen wollen, aber jetzt würde sie wohl aufbleiben, denn sie wußte, daß ihr Ehemann niedergeschlagen sein würde. Jim Fitzsimmons stimmte zu. Es wäre besser, wenn sie auf ihn wartete. Er hatte eine schwierige Aufgabe zu erfüllen gehabt. Polizisten fragen sich nicht ständig, wie sie sich fühlten, aber Jim wußte, wie Geoff MacDonald zumute sein mußte.

Albert Kirby wußte es auch. Zuerst die Gespräche mit der Familie, dann die Leichenöffnung. Albert kannte niemanden, der ein *post mortem* leichtnahm. Der Geruch war so schlimm wie das andere, die Antiseptika, die Chemikalien, dieser

Gestank, der sich in deine Kleider nistet und später auch an dir haftet. Albert Kirby versuchte immer, diskret im Hintergrund zu bleiben und redete lieber mit dem Pathologen.

Diesmal war ihm die Obduktion erspart geblieben, er würde nach Hause gehen und wohl trotzdem nicht gut schlafen. Es war immer das gleiche in den schwierigen Stadien einer Ermittlung. Man arbeitete viele Stunden, das Gehirn war voll aufgedreht, und dann kam man nach Hause und konnte nicht abschalten. Albert lag dann in der Dunkelheit im Bett, sich dessen bewußt, daß er wenigstens ruhen konnte, und versuchte, seinen Gedanken eine süßere Richtung zu geben, zum Beispiel, einen Golfball gerade hinunter zum Fairway zu schlagen.

Er redete mit seiner Frau nicht über die Ereignisse eines Tages. Oder nur ganz selten. Wenn er Probleme mit nach Hause bringen mußte, wollte er sie dort nicht abladen. Seine Frau Susan hatte ihn deswegen im Laufe der Jahre oft gescholten, aber Albert änderte sich nicht. Wenn Susan spürte, daß er mit seinen Gedanken beschäftigt war, riet sie ihm zum Laufen, aber heute abend würde es dafür zu spät sein.

Für Jim Fitzsimmons war der Sonntagabend eine willkommene Gelegenheit, früh Feierabend zu machen. Relativ früh – es war 23 Uhr. Er verließ das Büro und ging auf den Parkplatz zu seinem Cavalier. Als er im Auto saß, plötzlich allein und nicht mehr beschäftigt, geriet er aus der Fassung. Es überkam ihn einfach, und er begann zu weinen.

Verwirrt und betroffen fuhr er nach Hause. Er konnte seine Reaktion nicht verstehen. Was habe ich mit der ganzen Sache zu tun?

Auf dem Bahndamm war alles in Ordnung mit ihm gewesen, keine Bestürzung über das, was er sehen mußte. Und doch war es ihm in den letzten Tagen so gewesen, als hätte er James kennengelernt, als hätte er etwas für ihn empfunden. Jetzt, am ersten und letzten Abend des Falles, an dem er vor Mitternacht zu Hause war, wurde er immer verwirrter.

Seine Frau hatte auf ihn gewartet, und Jim setzte sich und unterhielt sich mit ihr, wobei er ein oder zwei Dosen Bier trank. Sie saßen bis zwei Uhr zusammen, und es schien zu helfen. Am nächsten Morgen fühlte er sich besser.

Ein Reporter von ITN fuhr mit Osty, Pitts und Stee zum Park, um ein Interview mit ihnen über die Entdeckung der Leiche zu filmen. Osty und Pitts trugen wasserdichte Jacken, die eine grün, die andere purpurfarben, mit Kapuzen und hohen Kragen, die fast ihren Mund bedeckten. Stee, größer als die beiden, hatte eine schwarze Bomberjacke an und stand zwischen ihnen.

Als die Kamera zu surren begann, sagte Pitts, wir werden TV-Stars. Sie riefen anderen Kinder, die sich um sie scharten, zu, sie sollten abhauen.

Reporter: Okay, wollt ihr mir erzählen, wie es dazu kam, daß ihr die Leiche gefunden habt?
Stee: Weil wir an der Bahn entlanggegangen sind und … äh …
Pitts (lächelnd): Wir haben uns an der Bahn einen Glimmstengel reingezogen.
Reporter: Was habt ihr?
Pitts: Wir haben uns an der Bahn einen Glimmstengel reingezogen.

Außerhalb des Kameraausschnitts versammeln sich Kinder und lachen. Osty ruft: Hört auf zu lachen, haut alle ab.

Stee: Er hat sein Geld verloren, er da, an der … äh … Brücke, so war's doch, und er konnte es nicht finden, äh, und wir sind alle zurück, weil wir vorgegangen waren. Er sagt, ich hab' mein Geld verloren, und dann haben wir alle sein Geld gesucht und … äh … was ist dann passiert, eh? Und dann, na ja, hab' ich's halt gefunden.
Pitts (lachend): Er sagt, ich finde alles.
Reporter: Ja. Wenn … äh … was … äh … wann habt ihr das erste Mal die Leiche gesehen?
Stee: Etwa zu der Zeit, als wir die Hunde im Hof haben bellen hören.

Pitts: Bei der Polizeistation.
Stee: Also sind wir hin, sind zuerst vorbei und haben nichts gesehen, äh, dann haben wir nach den Hunden geguckt, sind wieder rauf und so, da hab' ich's dann gesehen, in einem Mantel oder so, wie 'n Pferd, wo die Organe rauskommen.
Osty: Alle Organe kamen raus, wie dicke, fette Würmer.
Stee: Und ich sagte, hier, schaut euch das mal an, sieht das nicht wie 'n Baby aus?

Sie lachen alle, nur der Reporter nicht. Stee krümmt sich vor Lachen und fällt aus dem Bild.

Stee: Können wir noch mal anfangen?
Reporter: Ja, wir fangen noch mal an. Erzähl mir, wie es kam, daß ihr die Leiche gefunden habt.
Stee: Also, wir gingen die Bahn entlang, und ... äh ... wir ... äh ... (*lachend*) er da ließ was fallen, und er sagte, oi, kommt zurück, ich hab' mein Geld verloren. Das war an der Brücke, also gingen wir zurück, und er warf Steine und alles von der Strecke, und einer sagte, das wirste nie finden, und ich sagte, hier sind ... ich meine, hier ist, und dann ...
Pitts: Er sagt, ich finde alles, und dann ging er hoch und fand das Baby.
Stee: Ja, wir haben nach den Hunden gesehen und dann das Baby gefunden.
Pitts: Ja, zuerst sind wir an ihm vorbeigegangen, direkt an ihm vorbei.
Reporter: Ihr seid zuerst an dem Kind vorbeigegangen?
Pitts: Ja, wir wären vorbeigegangen, aber dann sagt er, komm, wir gehen mal zu den Hunden auf den Hof, vielleicht haben sie große Viecher und so.
Reporter: Wie sah das Baby aus?
Stee: Schrecklich. Wir konnten das Gesicht nicht sehen. Wir konnten das Gesicht nicht sehen.
Pitts: Es war in was gewickelt, Mantel oder so.
Reporter: Okay, fangt noch mal damit an, wie die Leiche aussah, als ihr sie gefunden habt.

Pitts: In einen Mantel gehüllt, mit Ziegelsteinen drauf und Stangen.
Stee: Und alle Organe hingen von den Hüften raus.
Pitts: Ja, sie quollen nicht raus, sie lagen da wie 'n riesiger Berg.
Stee: Und dann drehte er sich um, nein, er sagte, es ist 'ne Katze. Es ist eine eingepackte Katze. Dann sahen wir die Beine.
Pitts: Nein, wir sagten, nein, du warst es, der das sagte, oder nein, ich sagte, es ist 'ne tote Katze, und du sagtest nein, ist es nicht, es sind Würste.
Reporter: Sagt mir, aber jetzt ernsthaft, was ihr gedacht habt, was es ist, als ihr es das erste Mal gesehen habt.
Stee: Ein Baby. Ja, ehrlich. Habe ich nicht gesagt …
Osty: Söckchen und Schuhe.
Stee: Schuhe, ja. Klar, ich hab' gesagt, es ist ein Baby, weil ich die Beine gesehen hab'.
Pitts: Dann siehst du Puppenbeine, und sie sind alle abgehauen, und ich sagte, nein, Puppenbeine sind das nicht, und ich bin rüber, und es hatte keine Hose, es hatte gar nichts an und Dreck an den Füßen, und da habe ich nur gesagt, es ist ein Baby.
Stee: Und dann sind wir alle auf die Brücke zugerannt, hinunter und zur Walton Lane.
Reporter: Was habt ihr getan, nachdem ihr es gefunden habt? Wem habt ihr es gesagt?
Stee: Der Polizei. Walton Lane, weil wir ja auf der Rückseite waren.
Osty: Direkt daneben.
Reporter: Ernsthaft jetzt: Wart ihr überrascht, als ihr so etwas auf dem Bahndamm gefunden habt?
Stee: Ja, eh, schon, weil eigentlich findet man ja keine Leichen auf den Schienen. Als wir sie gesehen haben, sind wir zur Polizei gerannt.

Der Reporter legt für ein paar Augenblicke eine Pause ein. Kinder drängen sich näher heran, umkreisen die Jungen, stellen sich vor die Kamera, mogeln sich zu zweit oder zu dritt ins Bild. Schließlich sind es beinahe zwanzig, alle um Osty,

Pitts und Stee geschart. Sie schubsen, schieben und lachen. Ein Mädchen in einem roten T-Shirt trägt Ohrstöpsel, die mit einem Walkman verbunden sind. Auf der Wiese im Hintergrund führt ein Mann seinen Hund spazieren.

Reporter: Also, was hast du … äh … was hast du gedacht, als du es gefunden hast?
(Pitts schaut sich um.)
Reporter: Laß dich von den Leuten hinter dir nicht stören. Sei ernsthaft. Es ist nicht zum Lachen.
Stee: Er dachte, es wäre eine eingewickelte tote Katze.
Pitts: Puppenbeine.
Reporter: Sag mir, du auf der rechten Seite, sag mir, was du gedacht hast, als du das erste Mal die Leiche gesehen hast.
Osty: Weiß nicht. Wir haben's gesehen und sind abgehauen.
Reporter: Warst du überrascht, als du es gefunden hast?
Osty: Nein.
Reporter: Also, sagt mir noch einmal so ernsthaft ihr könnt, und vergeßt die anderen um euch herum, was von Anfang an passiert ist.
Stee: Wir gingen die Bahn entlang … von Anfang an?
(Der Reporter nickt.)
Stee: Wir gingen die Bahn entlang, ein Kumpel von uns verlor sein Geld, und ich hab's gefunden. Dann sagte ich … äh, kommt, suchen wir. Er lag schon auf dem Boden, warf Steine und alles weg, und ich sagte, da ist es doch, äh, hob's auf und sagte, ich finde alles. Gingen ein bißchen weiter, hörten Hunde bellen, stimmt's?
Osty: Wir gingen also hin und sahen mal nach.
Stee: Ja, wir gingen hin und sahen nach den Hunden und so.
Pitts: Als wir wieder hoch kamen, müssen wir durch die Leiche durchgegangen sein, zwischen Körper und Beinen und so, alles lag da auf dem Boden. (Zu den umstehenden Kindern:) Haut ab.
Reporter: So ernst es geht: Wann habt ihr die Leiche das erste Mal gesehen?
Stee: Als ich von den Hunden kam. Ich schaute nach den Hunden, und da sah ich es.

Pitts: Es ist so, wenn man da oben geht, kommt man an eine Mauer. Wir schauten hin, und da war's.
Reporter: Okay, danke sehr, Jungs. Großartig. Können wir noch eine Einstellung haben, wie du deinen Freund ansiehst? Nicht lachen. Lach nicht, es ist was Ernstes. Es soll so aussehen, als ob er mit dir spricht. Nicht lachen. Fein. Gute Jungs. Und jetzt das gleiche andersherum. Guter Junge.

Das Interview dauerte acht Minuten, aber nur ein paar Sätze wurden gesendet.

Am Montag morgen, acht Uhr, waren alle mit dem Bulger-Fall befaßten leitenden Polizeibeamten im Kasino der Leitenden an der Marsh Lane zu einer Einsatzbesprechung versammelt. Die Tische waren zu einem Karree zusammengestellt, am Kopfende saßen die Bosse. Es war wie in einer Offiziersmesse.

Es würde von jetzt an zwei solcher Einsatzbesprechungen am Tag geben, die zweite um zwanzig Uhr, und danach folgten Besprechungen mit dem ganzen Ermittlungsteam.

Albert Kirby war nun formell als leitender Ermittlungsbeamter bestätigt, Geoff MacDonald sein Stellvertreter. Kirby übernahm die alleinige Verantwortung für alles, was passierte. Er führte das *Management Policy Book*, in dem jede seiner Entscheidungen dokumentiert wurde und das einen vollständigen Überblick der Ermittlungen festhielt.

Geoff MacDonald hatte mit Albert Kirby und Jim Fitzsimmons über das *post mortem* gesprochen, und Kirby hatte entschieden, der Familie Bulger, der Presse, der Öffentlichkeit und der ganzen Ermittlungsmannschaft, auch vielen leitenden Beamten, die Beschreibung der Verletzungen, die James Bulger erlitten hatte, vorzuenthalten. Das einzige Detail, das offiziell bekanntgegeben wurde, hieß, der Körper sei von einem Zug durchtrennt worden.

Kirby wußte, daß es die Familie irgendwann erfahren mußte, aber es ihr jetzt zu sagen, könnte der Tropfen sein, der das Faß zum Überlaufen bringt, überlegte er. Auch war die öffentliche Gemütslage schon überhitzt, und die Bekanntgabe so schrecklicher Einzelheiten würde die Emotionen noch mehr schüren. Die Ermittler hatten schon genug, womit sie fertig werden mußten.

Aber auch Kirbys Entscheidung konnte nicht verhindern, daß sich rasch Gerüchte verbreiteten, sie wucherten eher noch mehr, trieben von den bekannten Fakten zu unheimlichen Blüten der Phantasie. Die Geschichten waren immer anders, und sie waren immer falsch. Denise Bulger war angeblich auf Ladendiebstahlstour, als James entführt wurde, und konnte sein Verschwinden erst verspätet melden, weil sie zuerst die Waren loswerden mußte, die sie gestohlen hatte. James wurde in einem Haus festgehalten und gefoltert, bevor er auf dem Bahndamm zurückgelassen wurde. Er war von Jungen für einen Ring von Pädophilen entführt worden. Er war an einen Baum gebunden und geschlagen worden. Er war erwürgt und angezündet worden. Genitalien, Finger und Kopf waren abgetrennt worden.

Diese Märchen begannen oft mit: ›Jemand, der einen Polizisten kennt, hat mir erzählt …‹

Das *post mortem* hatte ergeben, daß James an schweren Kopfverletzungen gestorben war. Mehrere Schädelbrüche wurden festgestellt, von einer Reihe von Schlägen mit einem schweren, stumpfen Gegenstand verursacht. Der Tod war einige Zeit nach dem Beibringen der Verletzungen eingetreten, aber bevor der Zug den Körper durchtrennt hatte.

Überall an Kopf und Gesicht waren Verletzungen, mehr als zwanzig verschiedene Blutergüsse, Kratzer, Abschürfungen und Risse. Eine gemusterte Quetschung auf der rechten Wange deutete auf einen Fußtritt hin. Die Unterlippe war teilweise vom Kiefer weggezogen, vielleicht nach einem Schlag oder Tritt.

Es gab Quetschungen und einige Schnitte am ganzen Körper, an den Schultern, am Brustkorb, an Armen und Beinen. Es fanden sich keine schlüssigen Beweise irgendeines sexuellen Übergriffs, aber es gab eine kleine blutige Stelle an der Hüfte, nahe dem Rektum, und die Vorhaut schien ›abnorm‹ zu sein, teilweise zurückgezogen. Es gab lineare Abschürfungen quer über das Gesäß, aber sie konnten dadurch verursacht worden sein, daß der Körper mitgeschleift worden war.

Steinstaub und Steinteilchen wurden an der Leiche und an der Kleidung gefunden. Andere Verletzungen gab es nicht.

Die Polizeimanager im Kasino konzentrierten sich auf die Möglichkeiten, die zur Identifizierung der beiden Jungen führten, und auf die Untersuchung der forensischen Beweise vom Fundort der Leiche, um eine spätere Anklage zu unterstützen. Es würde eine Haus-zu-Haus-Befragung geben, Plakate, eine Liste der Schüler, die am vergangenen Freitag eine der lokalen Oberschulen geschwänzt hatten, und eine sich fortsetzende Folge von Pressekonferenzen, die Kirby leiten würde, um die Medien zu füttern und das Interesse der Öffentlichkeit wachzuhalten. Irgendwer mußte irgendwo diese Jungen wiedererkennen.

Um die gerichtliche Beweissicherung zu unterstützen, entschied Kirby, daß jeder Verdächtige aufgefordert werden sollte, verschiedene Proben abzugeben. Blut, Fingerabdrücke, Haare, Fingernägel – und ein Foto. Jeder Verdächtige würde auch als PDF ins HOLMES eingehen. PDF steht für Personal Description File, etwa: Persönliche Erkennungs-Akte. Sie enthält Vor- und Zunamen, Geburtsort, Geburtsdatum, Alter, Geschlecht, Schulbildung, Größe, Statur, Haarfarbe, Haarschnitt, Augen- und Gesichtsfarbe, Gesichtsbehaarung, Schmuck, Akzent, Narben und besondere Kennzeichen.

Dieser Prozeß der Informationssammlung nach einer peinlich genauen Methode war die Realität detektivischer Arbeit. Es amüsierte Jim Fitzsimmons immer wieder, wenn er diesen Burschen im Fernsehen sah, diesen einen, den sie in den Anzeigen verulkten. John Thaw, ja, Inspector Morse. Er saß immer allein da und bekam alles heraus. Wenn es nur so einfach wäre. Man schaffte es nicht allein. Man brauchte ein System und die Zusammenarbeit im Team. Und heutzutage benötigte man einen Computer.

HOLMES, das Home Office Large Major Enquiry System, das Untersuchungssystem des Innenministeriums bei großen, bedeutenden Fällen, war aus den Erkenntnissen der eklatanten Pannen bei den Ermittlungen im Falle des Yorkshire-Rippers vor mehr als einem Jahrzehnt entwickelt worden. Menschliche Fehler und die Unzulänglichkeiten althergebrachter Polizeimethoden hatten es Peter Sutcliffe gestattet, seine Mordserie noch fortzusetzen, nachdem er als Yorkshire-Ripper schon längst hätte entlarvt sein müssen.

Eine Untersuchungsgruppe des Innenministeriums hatte das HOLMES-Programm entwickelt, um alle eintreffenden Informationen zu einem wichtigen Fall in einer Datenbank zu speichern, die auch alle möglichen Querverweise anbot. Theoretisch konnte so keine Einzelheit verloren gehen, ignoriert oder seine potentielle Bedeutung übersehen werden, wie es im Fall Sutcliffe geschehen war.

Das HOLMES-Verfahren sieht vor, alle Informationen nochmals zu überprüfen, bevor sie in den Computer eingespeist werden. Wenn eine Aktion anläuft, werden alle Leitstellen informiert, deren Beamte an den Ermittlungen beteiligt sind. Die Beamten teilen ihre Ergebnisse dann wieder der Datenerfassung mit.

Nach sechsundzwanzig Jahren bei der CID gab es für Albert Kirby nichts Besseres als HOLMES. Als Führungsinstrument war es allererste Klasse. Unschätzbar. Enorm, was es an Zeit und Aufwand einsparte. Als SIO konnte er nie davon ausgehen, daß er alles wußte, was in jeder Minute ablief. HOLMES garantierte ihm, daß er wenigstens wußte, daß nichts übersehen wurde.

Die Rechenzentrale befindet sich im Hauptquartier, wo auch das Equipment installiert wurde. Jede der sieben Abteilungen der Polizei verfügt über einen Computeranschluß, der mit der Bull-Hardware verbunden ist. In den einzelnen Stationen gibt es keinen zusätzlichen Platz, der für größere Fälle reserviert wird. Die Anlage wird installiert, und die bisherigen Benutzer der Räume müssen umziehen.

An der Marsh Lane war es der Parade Room, der zum Epizentrum der Ermittlungen im Fall Bulger wurde, vorübergehende Bleibe des HOLMES-Terminals. In der Nähe befanden sich die Zimmer G/48 und G/49, in denen normalerweise Sergeants und Constables sitzen, die jetzt aber der Datenerfassung und den Weisungsbefugten zur Verfügung gestellt wurden. Den Flur hinunter befand sich Zimmer G/46, der Umkleideraum der Inspectors. Dort wurden jetzt Regale für alle Beweisstücke des Falles gebaut.

Die Telefone standen nicht still, und im Parade Room häuften sich die Namen von Jungen. Die einheimischen Polizeibeamten gingen die Namen der auffälligen und aufgefallenen Jugendlichen in der Nachbarschaft durch und nannten die Namen derjenigen, die eventuell in den Fall verwickelt sein könnten. Freunde, Nachbarn, Verwandte – Mütter, Väter, Brüder, Schwestern – riefen an und nannten ihre eigenen Verdachtspersonen. Einige Namen tauchten immer wieder auf. Es überraschte, daß man so viele Jugendliche eines solchen Verbrechens für fähig hielt.

Osty und Pitts, die beiden Brüder, die James gefunden hatten, waren auf ihre Weise berüchtigt, und der unglückselige Zufall, daß sie die Leiche gefunden hatten, half ihrem Ruf nicht. Sie gehörten zu den ersten TIEs. Sie waren ohne Mühe aufgespürt worden, da sie bereits am Sonntag auf der Polizeistation gewesen waren, man hatte sie ausführlich vernommen und dann aussortiert. Ihr Freitag war ähnlich verlaufen wie ihr Sonntagnachmittag. Aber sie hatten sich nicht in der Nähe des Strand aufgehalten.

Am Montag wurde ein Junge, der bei einer Pflegefamilie in Bootle lebte, zur Polizeistation gebracht. Er hatte schon eine Menge auf dem Kerbholz – in diesem Fall auf der Karte, denn die Jugendvertrauenspolizisten führten ein Kartensystem bei den Jugendlichen, die ihnen aufgefallen waren –, eine ganze Reihe von Beschuldigungen vorausgegangener Straftaten. Ein sexuelles Delikt, einige körperliche Angriffe – es hieß, er hätte einer Lehrerin den Arm gebrochen –, Führen einer Angriffswaffe, ein Messer mit einer vierzehn Zentimeter langen Klinge. Er wurde auch verdächtigt, ein Baby an die hintere Stoßstange eines Taxis gebunden zu haben. Er war Vergewaltigungsopfer eines Mannes auf dem Friedhof von Anfield.

Er hätte für seine Straftaten wohl mit Anklagen rechnen müssen, wäre er nicht im strafrechtlichen Sinne minderjährig gewesen. Er war erst zehn Jahre alt.

Es gab keinen anderen Jungen, der aufgrund seiner Eintragungen mehr für den Mord in Frage kam. Albert Kirby sagte, wenn es nach der Wahrscheinlichkeitslehre ginge, müßte es dieser Junge wohl sein. Fall abgeschlossen. Aber Kirby ging nicht nach der Wahrscheinlichkeitslehre. Er zog es vor, sich alle Optionen offenzuhalten.

Einer der Beamten erhielt den Auftrag, den Jungen in der Arrestzelle, wo er festgehalten wurde, zu vernehmen.

»Verpiß dich.«

Phil Roberts, ein Detective Sergeant mit beträchtlicher Erfahrung im Umgang mit Jugendlichen, sah sich in gespielter Verblüffung um. Da stand niemand hinter ihm.

»Mit wem redest du?«

Phil Roberts hielt den Jungen für völlig unkontrollierbar, aber er schaffte es, die Unschuld des Zehnjährigen zu beweisen. Er hatte zum Zeitpunkt von James Bulgers Entführung ein Fahrrad geklaut.

Wie auch immer, das Alter dieses Jungen sprach gegen ihn als Verdächtigen. Er mochte einem der beiden Jugendlichen auf dem Videoband zwar ähneln, aber er war einfach zu jung, um als Täter in Frage zu kommen.

Der Hausmeister des AMEC, eines Bürogebäudes am Kreisverkehr von Hawthorne Road und Oxford Road, hatte die Nachrichten und Berichte über den Tod von James Bulger gesehen und gelesen, als er am Montag morgen zur Arbeit ging.

Das Gebäude wurde von einem Überwachungssystem mit drei Kameras gesichert, die vierundzwanzig Stunden am Tag eingeschaltet waren. Kamera eins war an der Front des Gebäudes installiert, überwachte Oxford Road, den firmeneigenen Parkplatz und dort besonders das Auto des Managers.

Als der Hausmeister seinen Dienst begann, dachte er, es könnte Sinn machen, sich anzuschauen, was Kamera eins am Freitag nachmittag aufgezeichnet hatte. Richtig, da waren drei Mädchen, die auf das AMEC-Gebäude zukamen, und vor ihnen gingen zwei Jungen, die zwischen sich ein Kind an den Händen schwangen.

Der Hausmeister rief die Polizei an, und am Montag nachmittag kam ein Detective vorbei, um das Videoband abzuholen.

Albert Kirby, Geoff MacDonald und Jim Fitzsimmons sahen sich die Aufzeichnung gespannt an. Die Qualität war schlecht, noch schlechter als das Material vom Strand, aber es gab keinen Zweifel, daß es sich um die gleichen drei Jungen handelte. Als sie am AMEC vorbeigingen, befanden sie sich direkt neben einer Mauer. So war es möglich, anhand der Mauerhöhe die Größe der Jungen festzulegen. Sie schien relativ hoch zu sein, denn sie reichte den größeren Jungen etwa bis zu den Hüften.

Am Dienstag morgen, nachdem die drei Männer sich das Video noch einmal angeschaut hatten, fuhren sie mit dem Band zu Hargreaves, einem Geschäft, das sich auf Videozubehör spezialisiert hatte, um zu versuchen, die Qualität des Bandes verbessern zu lassen. Trotz aller High-Tech-Anlagen konnte Hargreaves wenig tun, um die Aufzeichnung deutlicher zu machen. Die Beamten fuhren daraufhin zu AMEC, um sich vor Ort umzusehen.

Sie parkten und gingen hinüber zu dem Blumenbeet. Albert Kirby stellte sich an die Mauer und nahm Maß. Sie reichte ihm nur bis kurz unterhalb des Knies. Er hatte sie für deutlich höher gehalten. Er setzte sich auf die Mauer.

»Himmel, das sind kleine Kinder.«

Zum ersten Mal wurde es offensichtlich, daß die beiden Jungen viel jünger sein mußten, als sie bisher geschätzt worden waren. Das Strand-Video hatte sie in die Irre geführt.

An diesem Nachmittag nahm eine Polizistin an der Marsh Lane um fünf nach vier den Anruf eines Mannes entgegen, der sagte, daß das Bild des Jungen der Zwilling seines Sohnes sein könnte. Er wisse nicht, was er tun solle. Sein Sohn glich dem Dunkelhaarigen verblüffend. Andere Leute hätten auch schon gesagt, er sei es, aber der Junge wolle nicht darüber reden. Er war einfach nur in sein Zimmer gegangen. Der Mann wollte nicht zur Marsh Lane kommen, weil dort zu viele Kameras warteten. Er sagte, er riefe vom Haus eines Freundes an und würde sich in einer halben Stunde erneut melden. Seinen Namen wollte er nicht sagen.

Aufgeregt hastete die Polizistin zu Geoff MacDonalds Büro, und Geoff gab die Meldung an Jim Fitzsimmons weiter.

Als der Mann fast eine Stunde später zurückrief, hatte die Polizistin ein Tonband ans Telefon angeschlossen. Der Mann wiederholte, daß er seinen Sohn für den Täter hielt. Er sagte, am Freitag sei er mit dem Bus am Strand vorbeigefahren und habe seinen Sohn dort gesehen, obwohl er in der Schule hätte sein sollen. Der Mann behauptete, seine Frau und seine Schwiegermutter wüßten es auch, aber sie versuchten, den Jungen zu decken, indem sie seine Jacke gewaschen hätten, um Beweismaterial zu vernichten. Als der Mann am Freitag abend nach Hause gekommen war, hatte er seinen Sohn angeblich dabei überrascht, wie er selbst versucht hatte, seine Jacke zu waschen. Jetzt sei die Jacke im Haus seiner Schwiegermutter. Der Anrufer gab seinen Vornamen an und versprach, noch einmal zurückzurufen.

Um zwanzig nach fünf rief er ein drittes und letztes Mal an, und diesmal wurde der Anruf zurückverfolgt. Der Mann sagte, er wolle seinen Sohn zur Polizei bringen, wolle sich nur vorher Klarheit verschaffen. Seine Frau wisse nichts von diesen Anrufen, und sie stehe auf der Seite des Sohnes. Er habe keine Ahnung, wer der andere Junge sei, aber sein Sohn treibe sich oft im Strand herum. Nach dem Bericht des Mannes hatte der Junge zu Weihnachten ein Spiel bekommen, für das er neue Batterien benötigte, und der Vater konnte ihm das Geld für die Batterien nicht geben. Sein Sohn war dreizehn. Er war am Freitag nicht in der Schule gewesen, obwohl seine Mutter das Gegenteil behauptete. Schließlich sah der Mann ein, daß es besser wäre, wenn die Polizei zu seinem Sohn ginge, und gab seine Adresse an: Snowdrop Street in Kirkdale. Der Anruf wurde zurückverfolgt zu einer Adresse in Bootle.

Es schien Eile geboten, und es gab keinen Grund, länger zu warten. Jim Fitzsimmons rief ein Team von Detectives zusammen, und zwanzig Minuten später verließen sie Marsh Lane in drei neutralen Fahrzeugen der Serious Crime Squad.

In der Snowdrop Street fuhr ein Wagen zur Rückseite des Hauses, ein zweiter parkte weiter die Straße entlang, und Jim Fitzsimmons stellte sein Auto zwanzig Meter von der Haustür entfernt ab. Es war Teezeit und die Straße nicht sehr belebt.

Da er wußte, daß es noch zwei weitere Kinder im Haus gab, ging Jim Fitzsimmons mit zwei Detectives und einer Polizistin zur Haustür. Die Mutter ließ sie ein und stand dabei, als er ihrem Sohn erklärte, daß er festgenommen sei aufgrund des Verdachts, in James Bulgers Tod verwickelt zu sein. Der Junge verlor die Fassung und begann zu schreien, und so legte Fitzsimmons einen Arm um ihn, als er ihn zum Wagen brachte. Die Mutter kam auch mit. Sie fuhren zur St. Anne Station in der Stadtmitte. Die beiden Detectives und die Polizistin blieben im Haus und warteten auf das Eintreffen des Spurensicherungsteams der OSD.

Kurz nachdem Jim Fitzsimmons davongefahren war, klopfte es an die Haustür. Einer der Detectives öffnete und stand in grellem Scheinwerferlicht einem Fernsehteam gegenüber.

»Sind Sie Polizeibeamter? Haben Sie hier jemanden wegen des Mordes an James Bulger verhaftet?«

Inzwischen waren auch andere Menschen in der Straße darauf aufmerksam geworden, daß etwas los war, und bald hatte sich eine Menschenmenge versammelt, die immer größer wurde und immer aufsässiger. Es kamen auch mehr und mehr Reporter zusammen, die beobachteten, wie der Zorn in der Menge anschwoll. Es wurden mehr Polizisten angefordert, um die Menge zu kontrollieren, und es gab einige Festnahmen wegen Verstößen gegen die öffentliche Ordnung. In den Abendnachrichten fand sich das unschöne Spektakel wieder.

Die Polizei kam mit einem geschlossenen Wagen, um den sicheren Abtransport der bisher im Haus verbliebenen Personen zu gewährleisten. Der Vater wurde in Bootle abgeholt und auch zur St. Anne Station gebracht. Er traf seinen Sohn, als ein Arzt die Flüssigkeitsproben des Jungen nahm. »Mach schon«, drängte der Vater seinen Sohn, »sag ihnen, daß du es warst. Ich weiß, daß du verantwortlich bist.«

Aber nicht nur der Vater war unnachgiebig, sondern auch die Mutter. Sie beharrte darauf, daß ihr Sohn nichts mit dem

Tod von James Bulger zu tun hatte, weil es gar nicht sein konnte. Sie gab eine harmlose Erklärung für das Waschen der Jacke ab und fuhr mit einigen Beamten zu ihrer Mutter, um sie zu holen.

Während Vater, Mutter und Junge ihre Aussagen machten, wurde Jim Fitzsimmons klar, daß die Geschichte nicht so lief, wie es sein sollte. Es klang falsch. Es schien, daß der Vater – aus welchem Grund auch immer – fälschlicherweise von der Schuld des Sohnes überzeugt war.

Der Junge wurde über Nacht festgehalten. Um drei Uhr morgens ging Jim Fitzsimmons nach Hause, um halb acht war er wieder im Dienst. An diesem Morgen sickerte die Wahrheit durch. Der Junge hatte die Schule geschwänzt, und der Vater hatte den Sohn im Strand gesehen, als er mit dem Bus vorbeigefahren war. Aber dies war am Donnerstag gewesen, nicht am Freitag. Als er mit dieser Aussage konfrontiert wurde, räumte der Vater ein, daß er die Tage vielleicht verwechselt haben könnte. Der Junge wurde freigelassen.

Später sah sich die Familie gezwungen, ihr Haus zu verlassen. Es gab Kritik an der Polizei und die Unterstellung, daß ihr Großeinsatz der Familie Schaden zugefügt hatte. Jim nahm die Kritik persönlich. Er hielt sie zwar nicht für angebracht, aber er war doch wütend und verletzt.

Bis zum Mittwoch abend hatten die Ermittlungen fünfundfünfzig TIEs* ergeben, und obwohl über ein oder zwei Namen noch der Hauch eines Verdachts schwebte, war die Polizei den Jungen nicht näher gekommen. Es schien unbegreiflich, daß niemand sie angezeigt hatte und daß trotz all ihrer Laufarbeit, der Pressekonferenzen, der Wiederholungen der Videobänder im Fernsehen, der Tausende von Anrufen, manchmal zweihundert und mehr in der Stunde, ihre Identitäten ein Geheimnis blieben.

Nach dem Drama in der Snowdrop Street machte sich

* TIE = traced, interviewed, eliminated; etwa: aufgespürt, vernommen, aussortiert

zunächst Enttäuschung breit, wegen der Kritik setzte auch Frustration ein. Innerhalb der Polizei von Merseyside gab es die politische Sorge, daß die Kritik das Vertrauen und die Unterstützung der Öffentlichkeit beeinträchtigen könnte. Der Druck, ein Ergebnis zu erzielen, war enorm, es gab eine intensive nationale und internationale Überwachung der Ermittlungen, und das letzte, was die Polizei brauchen konnte, war die Aushöhlung ihres Ansehens durch die wachsende Empfindung, daß sie übereifrig oder stümperhaft arbeite.

Die leitenden Beamten hatten nicht die Zeit und auch nicht die Absicht, die Berichte im Fernsehen und in den Zeitungen zu verfolgen. Es war, als arbeiteten sie im luftleeren Raum. Aber sie konnten unmöglich die immer noch anwachsende Zahl der Fotografen, Kamerateams und Reporter übersehen, die vor der Marsh Lane Station warteten und über die Story herfielen. Albert Kirby erlebte sie dreimal täglich bei den Pressekonferenzen.

Er erhielt auch Briefe von Leuten, die er nie getroffen hatte, oder die er vor Jahren hinter Gitter gebracht hatte und mit denen er eigentlich nicht in Korrespondenz stand. Sie hatten ihn in den Nachrichten gesehen. Er war eine Repräsentationsfigur der Ermittlungen und ein Horchposten für ihre Ansichten über den heruntergekommenen Zustand der Gesellschaft, den Zusammenbruch der Familie. Kirby brachte diesen Meinungen eine gewisse Sympathie entgegen. Er war gerührt, emotional berührt, daß Menschen sich die Mühe machten, ihm ihre Gedanken anzuvertrauen.

Dann, am Mittwoch nachmittag und erneut am Donnerstag morgen, ging er hinaus, um sich den Tatort am Bahndamm anzusehen und den Weg, den die Jungen möglicherweise gegangen waren. Leute kamen auf ihn zu, boten Hilfe und Ermutigungen an und äußerten die besten Wünsche. Sie alle erkannten ihn. Er spürte die sich einschleichende Bürde der Verantwortung, das Empfinden, öffentlicher Besitz zu sein.

Kirby ließ sich nicht entmutigen. Er wußte, daß die Jungen gefunden würden. Wenn keine Lehrer, Freunde oder Verwandte sie erkannt hatten, war es unwahrscheinlich, daß die

Jungen von ihren Eltern gedeckt wurden. Kirby fragte sich, ob er es mit dem grotesken Fall zu tun hatte, daß zwei Jungen von außerhalb gekommen waren. Er fragte sich, ob vielleicht doch erwachsene Pädophile involviert waren.

Die bisherigen Indizien sprachen dafür, daß die Jungen, die James entführt hatten, auch für seinen Tod verantwortlich waren. Kirby hatte sich des Rats von Paul Britton bedient, einem Psychologen, mit dem er schon in der Vergangenheit zusammengearbeitet hatte. Britton war dabei, die Theorie und Praxis von Straftäter-Profilen zu entwickeln. Er kam zu dem Schluß, daß die Jungen in der Nähe des Tatortes lebten. Das ergab Sinn, aber keine Gewißheit.

Kirby würde am Donnerstag nachmittag nach London fliegen, um am Abend im *Crimewatch** aufzutreten. Vielleicht brachte diese BBC-1-Sendung den Durchbruch.

Jim Fitzsimmons war an diesem Mittwoch abend ziemlich auf sich allein gestellt, als gegen halb elf ein uniformierter junger Polizist mit einem abgerissenen Notizblatt in sein Büro trat. Eine Frau hatte gerade angerufen. Die Freundin ihrer Mutter habe einen Sohn, der am Freitag zusammen mit einem anderen Jungen die Schule geschwänzt hatte.

Die Jungen hießen Jon Venables und Robert Thompson. Jon, der Sohn der Freundin, sei an diesem Freitag abend spät nach Hause gekommen – und er habe Farbe an seiner Jacke gehabt. Die Anruferin habe das Video gesehen und glaube, eine Ähnlichkeit zwischen der Figur in der hellen Jacke und dem Sohn der Freundin ausgemacht zu haben. Namen und Adresse habe sie angegeben, aber es sei ihr nicht recht, daß die Polizei sie besuchte. Sie wolle nicht weiter in die Sache verwickelt werden.

Normalerweise wäre die Nachricht ins Computersystem eingegangen, erst zur Informationsannahme, dann zu HOLMES, und von dort hätte sie eine Aktion nach sich gezogen. Zu dieser späten Stunde konnte das System übergangen werden. Fitzsimmons saß da und überprüfte einige TIEs, die in den vergangenen Tagen abgelegt worden waren, und

* Crimewatch – Fahndungssendung

außerdem brütete er noch ein bißchen an der Snowdrop-Street-Geschichte.

Er ging hinunter in den HOLMES-Raum und traf dort einige Detectives der Serious Crime Squad. Sie wußten nicht so recht, was sie mit der Information anfangen sollten. Jim Fitzsimmons war argwöhnisch und wollte eine übereilte Aktion wie in Snowdrop Street vermeiden. Trotzdem, die Information klang gut. Schließlich entschied er, sie zu verfolgen.

Gegen den Willen der Anruferin wurde jemand zu ihr geschickt, der ihre Aussage zu Protokoll nahm. Jim fragte bei den Stationen nach, ob die beiden Namen irgendwo registriert waren. Er ging zur Bar, um zu sehen, welche Beamten noch da waren, denn er wollte gleich morgen früh die Festnahmen durchführen lassen.

Neben anderen war Phil Roberts da, ein Detective Sergeant, der ein paar Bier getrunken hatte. Roberts hatte den Jungen von der Snowdrop Street vernommen und brauchte jetzt ein Bier.

»Willst du dich morgen früh darum kümmern?« fragte Fitzsimmons ihn.

»Ja, okay.«

»Gut. Bleib noch eine Weile, wir müssen noch ein paar Vorkehrungen treffen.« Jim bat alle Detectives in der Bar, auf seine Rückkehr zu warten.

Wieder eine Festnahme. Wieder ein Junge. Phil Roberts fragte sich, ob Jimmy Fitz es auf ihn abgesehen hatte. Seit ein paar Wochen war er von den Glimmstengeln weg. Es kostete ihn ein Vermögen an Nikotinpflastern. Wie lange würde er noch durchhalten?

Es gab keine Eintragungen über die beiden Jungen, aber Thompson hatte einen älteren Bruder mit kleineren Straftaten. Es gab ein Foto des Bruders, und wenn man wollte, konnte man eine Ähnlichkeit mit dem Videobild des Jungen in der dunklen Kleidung erkennen.

Als die protokollierte Aussage der Frau zurückkam, hatte sie angegeben, daß die Jungen die Bedford Road School besuchten. Die Schulleiterin wurde zu Hause angerufen und ergänzte die eine oder andere Information. Sie bestätigte auch, daß die beiden Jungen zehn Jahre alt waren. Venables hatte zwei Adressen, die seiner Mutter in Norris Green und die seines Vaters in Walton. Fitzsimmons fand den Wachhabenden der Nachtschicht und bat ihn, sich um die Durchsuchungsbefehle zu kümmern. Morgen würden sie noch genug Zeit haben, sich mit dem sozialen Hintergrund der Verdächtigten zu beschäftigen.

Kurz vor ein Uhr rief Fitzsimmons die Detectives aus der Bar, und nachdem alle verfügbaren Beamten versammelt waren, ging er voraus zur Kantine, die nachts geschlossen war. Er schaltete die Beleuchtung ein, und dann setzten sich die zwölf Männer an die runden Tische, alle ein wenig erschöpft um diese Zeit. Jagdfieber wollte sich nicht einstellen. Es war kein Durchbruch. Nur zwei weitere Jungs, die man zur Station zu bringen hatte.

Zwei Teams wurden gebildet, zwei Teamleiter ernannt: Phil Roberts für die Festnahme Thompsons, Mark Dale für Venables'. Dale war ein Detective Constable, der schon die Funktion eines Sergeants wahrnahm und bald befördert werden sollte. Da die Erinnerung an Snowdrop Street noch sehr frisch und die Angst vor einer Wiederholung allgegenwärtig war, hielt Fitzsimmons es für klüger, wenn die Beamten am Morgen aus Stationen kamen, die von der Marsh Lane entfernt lagen – das Thompson-Team sollte von Walton Lane aus agieren, das Venables-Team von Lower Lane. Dorthin würden die Jungen auch zur Vernehmung gebracht werden. Dies und die frühe Morgenstunde, so hoffte Jim Fitzsimmons, würden helfen, die Festnahmen vor der Presse geheimzuhalten.

Jim Fitzsimmons entschied, nicht selbst bei den Festnahmen zugegen zu sein. Er würde das Management-Team am Morgen unterrichten müssen. Aber danach wollte er sofort erfahren, wie die Festnahmen verlaufen waren und ob die Beamten glaubten, daß Thompson und Venables aussichtsreiche Kandidaten waren.

17

Um halb acht am Donnerstag morgen wurde Ann Thompson von ihrem Sohn Bobby geweckt. »Mum, da stehen vier Männer vor der Tür, es ist besser, wenn du aufstehst.«

Ann Thompson ging zur Tür und sah Phil Roberts und drei weitere Detectives auf der Treppe stehen. Zwei Kollegen von ihnen hatten sich durch einen Häuserdurchgang auf die Rückseite des Hauses begeben. Phil Roberts hielt einen Durchsuchungsbefehl hoch und erklärte, warum sie da waren. Ann Thompson war durcheinander und verängstigt, aber sie bat sie ins Haus. Die Detectives folgten ihr den Flur hinunter ins Wohnzimmer, vorbei an Baby Ben, Bobbys achtzehn Monate altem Bruder, der im Kinderwagen lag.

Ryan saß im Wohnzimmer und holte Bobby, der dann hereinkam und sich auf den Rand des Sofas setzte. Phil Roberts, über einsachtzig groß, ging vor Bobby in die Knie und erklärte ihm, daß er festgenommen würde, weil man ihn verdächtige, in den Mord an James Bulger verwickelt zu sein. Die Polizei habe Grund zur Annahme, daß er schuldig sei.

Bobby begann zu weinen. »Ich habe ihn nicht umgebracht«, sagte er. Seine Mutter weinte auch.

Während Bobby hinausging, um sich umzuziehen, sprach Phil Roberts mit Ryan, der ihm sagte, Bobby habe ihm anvertraut, daß er James Bulger mit zwei Jungen am Strand gesehen hatte. Phil hielt das für sehr unwahrscheinlich, eine Einbildung von Ryan und Bobby.

Später würde ein Spurensicherungsteam der OSD das Haus durchsuchen, aber die Detectives waren in erster Linie daran interessiert, Bobbys Schuhe und seine Schuluniform zu finden. Sie nahmen ein Paar Schuhe, ein paar Laufschuhe, eine schwarze Hose, ein weißes Hemd, einen grauen Pullover und Bobbys schwarze Jacke mit. Oben fanden sie eine Tasche mit seinen Stiefeln, aber in der Eile ließen sie die Tasche stehen. Später wurde jemand geschickt, sie abzuholen. Als die Stiefel untersucht wurden, genügte schon der Augenschein, um festzustellen, daß sie vermutlich mit Blut bespritzt waren.

Ann Thompsons Freundin Lesley Henderson wurde von der anderen Straßenseite herübergerufen, um das Haus, Ben und Ryan zu hüten, weil Ann Thompson mit Bobby zur Polizeistation an der Walton Lane fuhr.

Als sie um zehn Minuten vor acht vor der Einliegerwohnung von Jons Vater eintrafen, hatten Mark Dale und seine fünf Kollegen keine Ahnung, ob Jon dort oder bei seiner Mutter in Norris Green sein würde.

Neil Venables ließ sie in die Wohnung. Michelle und Mark waren bei ihm, aber Jon war bei seiner Mutter. Zwei Detectives blieben zurück, um das Team der OSD einzuweisen und die Suche zu leiten, während die vier anderen hinüber zu Susans Haus fuhren, dem alten Familienbesitz an der Scarsdale Road in Norris Green.

Mark Dale präsentierte seinen zweiten Durchsuchungsbefehl, und Susan Venables führte sie in den Flur. »Ich wußte, daß Sie kommen würden«, sagte sie. »Ich habe ihm gesagt, Sie würden ihn sehen wollen, weil er am Freitag die Schule geschwänzt hat.«

»Wen sehen?« fragte Mark Dale.

»Unseren Jon.«

In diesem Augenblick kam Jon die Treppe herunter, und zusammen betraten sie das Wohnzimmer. Susan wandte sich an Jon. »Da siehst du es, das hast du vom Schwänzen. Ich habe dir gesagt, sie würden kommen.«

Sie wandte sich wieder an Mark Dale. »Er ist am Freitag abend nach Hause gekommen, und seine Jacke war voller Farbe.«

Dann, wieder zu Jon gewandt: »Farbe. Schuleschwänzen. Ich habe dir gesagt, sei würden kommen.«

Mark Dale bat Susan Venables, ihm die Jacke zu zeigen. Sie gingen alle zurück in den Flur, wo es einen Verschlag unterm Treppenhaus gab. Jon nahm seinen senffarbenen Anorak von einem der Haken und warf ihn dem Beamten vor die Füße. George Scott, einer von Dales Kollegen, hob ihn auf. Er und Mark Dale sahen sofort die blaue Farbe am

Ärmel. Mrs. Venables bestätigte, daß es sich um Jons Anorak handelte.

Wieder im Wohnzimmer, sagte Mark Dale zu Jon, daß er festgenommen sei wegen des Verdachts, an der Entführung und Ermordung von James Bulger beteiligt gewesen zu sein.

Jon warf sich an seine Mutter und heulte und schrie.

»Ich will nicht ins Gefängnis, Mum. Ich habe das Baby nicht umgebracht.«

»Sei nicht albern, Jon, du wirst nicht ins Gefängnis gehen. Sie tun nur ihre Pflicht.«

Es schien, als ob Susan Venables den Ernst von Jons Verhaftung nicht begreifen konnte oder wollte. Mark Dale und George Scott nahmen sie mit in die Küche und sprachen mit ihr, erklärten ihr die Rechtsmittelbelehrung, die man Jon mitgeteilt hatte.

Jon weinte immer noch. Die anderen Polizisten versuchten, ihn zu beruhigen, indem sie von der Schule sprachen.

»Es ist dieser Robert Thompson«, sagte Jon. »Er bringt mir nichts als Ärger.«

Als Mark Dale und George Scott wieder ins Wohnzimmer traten, fragte Jon: »Werdet ihr auch mit Robert Thompson sprechen?«

»Warum? Glaubst du, das sollten wir tun?«

»Ja.« Jon, immer noch sehr aufgeregt, ging hinauf, um sich zu waschen und sich anzuziehen.

Nachdem Jon das Zimmer verlassen hatte, blieben Mark Dale und George Scott bei Susan Venables und überwachten die Durchsuchung des OSD-Teams. Sie fragten Mrs. Venables, was Jon am Freitag angehabt hatte, und sie zog aus einem Stapel frischer Wäsche in einer Wohnzimmerecke eine schwarze Hose hervor. Auch in der Maschine war der blaue Farbfleck am Hosenbein nicht entfernt worden.

Jon wurde zur Polizeistation an der Lower Lane gebracht. Im Wagen sagten die Beamten zu Jon, daß er auf der Wache frühstücken könne. Was wollte er haben? Er wollte Rice Krispies.

»Ist jetzt jemand bei Robert Thompson?« wollte er wissen. »Zu welcher Polizeistation wird er gebracht?«

Als sie an der Lower Lane eintrafen, wurde er im Zellenblock eingetragen und dann im Jugendhaftraum mit einer Tasse Tee und einem Teller mit Toastscheiben aus der Kantine versorgt. Der Gewahrsamsraum war klein und karg, wirklich nur eine Zelle, mit unifarbenen Wänden, an denen die Graffiti früherer Insassen prangten. Es gab ganz oben ein Fenster mit verstärktem Glas und nur ein Möbelstück – eine lange Holzbank, fest in die Wand eingelassen. Jon setzte sich auf die Bank und frühstückte.

Jim Fitzsimmons rief an, sobald er Gelegenheit dazu hatte. Er war begierig zu wissen, wie die Festnahmen abgelaufen waren und noch begieriger, die Meinung über die zwei Jungen zu hören. Es war nicht allzu ermutigend.

»Was glaubst du?« fragte er Phil Roberts.

»Ich habe keine Ahnung«, antwortete Roberts. Er wußte, wie nervös Bosse sein konnten, aber er wollte sich nicht festlegen. Ein zehnjähriger Junge sollte für diesen Mord verantwortlich sein? Phil Roberts fiel es schwer, das zu glauben, obwohl er die Möglichkeit nicht ausschloß.

Als er Dave Tanner erreichte, einen der Beamten, die Jon zur Lower Lane gebracht hatten, fand Fitzsimmons keinen größeren Optimismus. Sie hatten eine Jacke, die der auf dem Video ähnelte. Mit blauer Farbe am Ärmel. Aber sie konnten, wenn überhaupt, nur eine geringe Ähnlichkeit zwischen Jon und dem Jungen auf dem Video erkennen.

Als Jim Fitzsimmons zur Lagebesprechung am Morgen an der Marsh Lane eintraf, um das Management-Team über die Ereignisse der Nacht aufzuklären, war er alles andere als zuversichtlich. Zwei weitere Jungen festgenommen, nur ein paar Indizienfragmente, um sie mit James Bulgers Ermordung in Verbindung zu bringen. Sie mußten einfach abwarten, was sich aus den Vernehmungen ergeben würde. In der Zwischenzeit waren eine Menge Vorarbeiten geleistet worden, und Albert Kirby steckte in einem Dilemma: Sollte er zu *Crimewatch* gehen oder nicht?

Vor ein paar Tagen war eine Polizistin im Strand von einem

Angestellten der Bausparkasse Bradford & Bingley angesprochen worden. Er hatte die Veröffentlichungen zur Entführung verfolgt und glaubte, daß die zwei Jungen an diesem Freitag nachmittag in der Filiale der Bausparkasse gegenüber der Stanley Road gewesen waren. Er übergab zwei Videobänder vom Sicherheitssystem der Firma. Die Jungen müßten auf den Bändern sein.

Die Bänder waren zur Marsh Lane gebracht und zusammen mit den anderen Beweisstücken in die Regale von Zimmer G/46, dem Umkleideraum der Inspectors, gestellt worden. Am späten Mittwoch nachmittag nahm sich ein Detective Constable der Bänder an und ließ sie abspielen. Er konnte zwei Jungen sehen, die herumalberten und dabei die Wände, die Einrichtung und die Fenster berührten.

Der Detective rief einige Beamte der SOCO hinzu und zeigte ihnen die Videos. Dann gingen sie gemeinsam zur Filiale der Bausparkasse, wo die SOCO-Beamten mit ihrem weißen Pulver und den Klebestreifen neun Finger- und Handflächenabdrücke vom Schaufenster nahmen. Sie wurden zum Fingerprint Bureau im Hauptquartier gebracht, wo sie Seriennummern erhielten, bevor sie in die Ablage kamen. 1048/93E war der Abdruck eines kleinen linken Daumens, und 1048/93F war der Abdruck eines kleinen Mittelfingers der linken Hand.

Es war am späten Donnerstag morgen, als die Beamten Zeit fanden, Bobby und Jon die Fingerabdrücke abzunehmen. Die Polizeiärztin war auf dem Weg zu den beiden Stationen, um die anderen erforderlichen Proben zu nehmen, aber für die Prints brauchte man sie nicht.

Als die Walze mit der Tinte über Jons Finger gerollt wurde, fragte er: »Hinterläßt man immer einen Abdruck, ganz egal, was man anfaßt? Macht ihr das auch bei Robert Thompson?«

Die fertigen Prints wurden zum Bureau im Hauptquartier gebracht und dort mit denen aus der Bausparkasse Bradford & Bingley verglichen. Es gab keine Übereinstimmungen bei Bobbys Abdrücken, aber der Untersuchungsleiter zweifelte nicht, daß Jons linker Daumen und der linke Mittelfinger identisch waren mit 1048/93E und 1048/93F. Zumindest war das der Beweis, daß Jon am vergangenen Freitag nachmittag in der Stanley Road beim Strand gewesen war.

Kurz nach Mittag traf die Ärztin in der Walton Lane ein und nahm die verschiedenen Proben von Bobby: Blut, ein Fingernagelschnipsel von jeder Hand, ein ausgezupftes Kopfhaar, ein glattes Haar. Die Ärztin mußte die Jungen auch untersuchen und sich davon überzeugen, daß sie gesund genug waren, um festgehalten und vernommen zu werden. Bobby, bemerkte sie, war wohlgenährt, ohne sichtbare Verletzungen. Sie fand Schmutz an seinen Händen und an seinem linken Ohr.

Während der Untersuchung saß Bobbys Mutter draußen und weinte still.

Bobby wurde in den Jugendhaftraum der Walton Lane Station zurückgebracht, und obwohl er mit vielleicht noch mehr Graffiti verziert war, unterschied er sich sonst kaum von seinem Gegenstück an der Lower Lane. Nach einer Weile begann Bobby zu weinen und klopfte gegen die Tür. Ein Sergeant, der die Aufsicht hatte, sah nach, was los war.

»Warum bin ich hier? Ich will nach Hause.«

»Komm schon, Junge. Du weißt, warum du hier bist.«

»Ich habe ihn nicht getötet. Ich habe ihn einmal bei seiner Mum gesehen.«

Der Sergeant sagte Bobby, daß er belehrt worden sei, und es klüger wäre, nichts mehr zu sagen. Er bemühte sich, ihn zu beruhigen und verschloß die Tür.

An der Lower Lane fand die Polizeiärztin einen schlanken, gesunden Jungen vor mit einem Kratzer am rechten Knie. Sie nahm Jon die Proben ab, und dabei fragte er sie: »Wenn man jemandes Haut berührt, hinterläßt das einen Fingerabdruck? Wenn man jemanden richtig hart zerrt, hinterläßt man dann seine Fingernägel in der Haut?«

18

Die Nachricht sickerte durch zur Marsh Lane Station. Blaue Farbflecken auf den Kleidern, mögliche Blutflecken auf Schuhen, bizarre Kommentare der Jungen ... Jim Fitzsimmons begann zu glauben, daß sie auf der richtigen Spur waren. Aber er mußte sich bremsen. Snowdrop Street hatte auch gut ausgesehen.

Hier, im Zentrum der Ermittlungen, lag Spannung in der Luft. Müde Menschen, denen die Energie entzogen schien, mit gerade noch so viel Adrenalin, daß sie sich auf den Beinen halten konnten, fragten sich, ob dies die letzte Strecke war. Sie warteten ungeduldig darauf, daß die Vernehmungen begannen, aber sie wollten in der Hetze auch nicht stolpern. Es gab so viele Dinge, die bedacht werden mußten.

Auf der Station wimmelte es von leitenden Beamten. Chief Constable Jim Sharples war mit Pauline Clare, Assistant Chief Constable, zuständig für Gewaltverbrechen, und George Bundred, Vorsitzender der Merseyside Police Authority, aus dem Hauptquartier gekommen. Sie waren nicht da, um das Kommando zu übernehmen, sie wollten nur Mut und Unterstützung aussprechen und sich selbst davon überzeugen, was ablief.

Die Vernehmungsteams mußten zusammengestellt werden. Sie mußten ins Bild gesetzt und instruiert werden. Die Vernehmungen konnte man auf Video aufzeichnen, aber die einzigen mit Videokameras und Aufzeichnungsgeräten ausgerüsteten Zimmer lagen in anderen Stationen. War es besser, die Jungen aus ihrer Umgebung zu reißen und das Risiko einzugehen, sie in Unruhe zu versetzen, oder sollte man das Video vergessen und sich mit der konventionellen Tonbandaufnahme begnügen?

Es gab auch ein neues Downstream-Übertragungsgerät. Ein doppelter Kassettenrecorder, ähnlich denen, die in den Vernehmungszimmern installiert sind, aber tragbar und mit einem zusätzlichen Anschluß, der es Polizisten gestattete, in die Vernehmung hineinzuhorchen. Dieses System ermöglichte auch, daß die Niederschrift der Vernehmung quasi zeitgleich erfolgen konnte. Merseyside besaß zuvor ein Downstream-Übertragungsgerät, aber nur eine Anlage. Sie konnte eingesetzt werden, wenn man die Vernehmungen der beiden Jungen hintereinander durchführte und die Anlage von einer Station zur anderen brachte. Außerdem war das Gerät irgendwo im Einsatz, und sie hatten zu warten, bis es verfügbar war.

Albert Kirby hielt immer ein Auge und ein Ohr auf diese Diskussion, während er sich für seinen Auftritt in *Crimewatch* vorbereitete. Er wußte immer noch nicht, ob er hingehen sollte oder nicht, aber war für den Flug um halb fünf von Manchester gebucht. Er wollte nicht über Nacht wegbleiben. George Bundred schaltete sich ein und sagte, die Polizeiverwaltung übernäme die Kosten für den Helikopter Mike One, der außerhalb Londons stehen und Kirby nach der Sendung nach Hause fliegen würde. Dies half ihm zwar, beseitigte aber nicht das eigentliche Dilemma.

Es war dann Jim Sharples, der eine Klärung herbeiführte.

»Sind Sie davon überzeugt«, fragte er Albert Kirby, »daß dies die richtigen Jungen sind?«

Die Antwort mußte sein und war: »Nein, Sir, ich kann nicht sagen, daß ich davon überzeugt bin.«

»Nun, dann fliegen Sie hin.«

Und Albert Kirby brauste auf der Überholspur die M 62 in einem Polizeiwagen hinunter, bog in die M 56 zum Flughafen ein und erwischte gerade noch seinen Flieger.

Auf dem Flughafen Heathrow wurde er von einem Redakteur von *Crimewatch* abgeholt. Die beiden saßen im Fond des Wagens, der sie durch West-London ins Television Centre fuhr, und tauschten Notizen aus. Kirby war beeindruckt von der peinlichen Beachtung der Einzelheiten. Aber die Reise und die Anspannung forderten ihren Tribut. Er fühlte sich groggy.

Während des ganzen Tages waren die Durchsuchungsteams der OSD zu und von den drei Adressen unterwegs und durchstöberten alles, um irgendwas zu finden, das sich vielleicht als bedeutungsvoll erweisen könnte. Sie hatten zahlreiche weitere Kleidungsstücke sowie mehrere Paare Schuhe und Laufschuhe eingetütet und beschriftet.

In Bobbys Haus fanden sie ein Bambusrohr, einen Kupferzylinder mit hervorstehenden Spießen, zwei mit Nieten versehene Lederhalsbänder, einen Gürtel, eine Tragetasche von Sainsbury voller Kassetten sowie das Oberteil eines Trainingsanzugs von Manchester United. In der Einliegerwohnung von Jons Vater fand ein Beamter eine Kinderzeichnung auf dem Boden des Kleiderschranks. Die Zeichnung stellte eine Szene aus dem Film *Halloween* dar. Aus dem Haus seiner Mutter nahmen Beamte Jons Computerspiel *Thunderbird* mit und seinen Zeichenblock.

Nachdem die Durchsuchungen der OSD-Teams beendet waren, trafen sich die Beamten zu einem letzten Informationsaustausch vor den Vernehmungen. Die Videoaufzeichnungen waren gestorben, und sie konnten nicht länger auf das Downstream-Übertragungsgerät warten. Es wäre auch zu lästig gewesen, die Vernehmungen nur wegen der besseren Ausrüstung nacheinander durchzuführen.

Jim Fitzsimmons wäre zu gerne einer der vernehmenden Beamten gewesen. Alle Detectives halten sich für Vernehmungsspezialisten, und Jim war da keine Ausnahme, aber er wußte, daß es diesmal nicht sein Job war. Er würde in der Marsh Lane bleiben und als Koordinator fungieren. Das würde den Druck von beiden Teams nehmen, und er konnte dem einen Team Informationen vom anderen zukommenlassen.

Phil Roberts blieb der Leiter in der Mannschaft, die sich um Bobby kümmerte. Roberts wurde von Bob Jacobs unterstützt, und in der Station warteten zwei weitere Kollegen, wenn Hilfe vonnöten sein sollte. Mark Dale und George Scott bildeten die andere Mannschaft, und auch sie hatten Ersatzleute in der Station.

Es fiel niemandem ein, ihnen zu sagen, wie man eine Vernehmung durchführt. Sie waren alle erprobt und erfahren, und sie wußten, worauf es ankam. Aber das Alter der Jungen durfte nicht ignoriert werden, auch nicht die Tatsache, daß die ganze Welt zuzuschauen schien. Die Sache jetzt noch in den Sand zu setzen, wäre eine Katastrophe gewesen.

In Vernehmungen geht es darum, zur Wahrheit vorzustoßen. Manchmal bedeutet das, Leute unter Druck zu setzen, sie über die letzte Hürde zu treiben. Man provoziert vielleicht einen Wutausbruch oder Tränen, wenn dies zu einer ehrlichen Reaktion führt. Bei Vernehmungen spielt die richtige Einschätzung eine große Rolle, man muß instinktiv der Stimmung des Moments folgen.

Aber diese Strategie konnte jetzt nicht greifen. Kein Treiben, kein Druck, nicht durch das gequälte Bewußtsein eines Kindes pflügen. Das wäre falsch und könnte unheilvoll sein. Die Anwälte der Jungen würden anwesend sein, sie sollten entscheiden. Man mußte auf Müdigkeit achten und auf Hunger, und man mußte sich mit den Anwälten verständigen: Können wir noch weitermachen?

Also, viel Glück. Haltet mich auf dem laufenden. Auf geht's.

19

Roberts: Diese Vernehmung wird auf Band aufgenommen. Ich bin Detective Sergeant Roberts …

Nikotin sickert in Phil Roberts' Nervenbahnen, ausgestrahlt vom Pflaster an seinem Arm. Es ist nicht viel Nikotin. Wenn er mit diesem Jungen rasch zurechtkäme, könnte er vielleicht durchhalten.

Roberts: … und der andere anwesende Beamte ist …
Jacobs: Detective Constable Jacobs.

Bob Jacobs gehört der Serious Crime Squad an. Es war das erste Mal, daß er und Phil Roberts eine Vernehmung gemeinsam durchführten.

PACE (Police And Criminal Evidence Act)* verlangte, daß Vernehmungen aufgezeichnet wurden. Jede Vernehmung konnte nicht länger andauern als eine Dreiviertelstunde, was von der Länge einer Bandseite vorgegeben wurde. Der Recorder hatte zwei Aufnahmedecks, die beiden Kassetten zeichneten die Vernehmung simultan auf. Die Kassetten befanden sich noch in der Verpackung, sie durften erst im Vernehmungszimmer geöffnet werden. Am Schluß würde eine Kassette für Polizeizwecke aufbewahrt, die andere mit einem Klebeband umwickelt, versiegelt und mit den Unterschriften des vernehmenden Beamten und des Anwalts des Verdächtigen versehen werden. Ein Summer ertönte, wenn die Maschine aufzuzeichnen begann, und er ertönte noch einmal, wenige Sekunden vor Ablauf des Bandes.

Roberts: Wie lautet dein vollständiger Name?
Bobby: Robert Thompson.
Roberts: Und wann bist du geboren, Robert?
Bobby: Am dreiundzwanzigsten Achten, glaube ich.
Roberts: August also?
Bobby: Zweiundachtzig.
Roberts: Sag ja, du hast gerade nur genickt.
Bobby: Ja. *(Die Stimme ist leise, scheu und ungebrochen.)*
Roberts: Okay. Heute ist der achtzehnte Februar 1993, meine Uhr zeigt 17.57, also drei Minuten vor sechs. Ebenfalls anwesend in diesem Zimmer ist deine Mutter. Wenn Sie sich bitte vorstellen würden …
Ann: Ann Thompson.
Roberts: … und dein Rechtsvertreter …
Lee: Jason Lee von Paul Rooney and Company.

Lee war ein gewandter junger Angestellter bei Rooney, einer Anwaltskanzlei in der Stadt. Er arbeitete in der Zweig-

* Beweisführungsgesetz

stelle Stanley Road in Bootle, ganz nah beim Strand. Er wurde gerufen, weil er schon zuvor für Familie Thompson gearbeitet hatte. Das Telefon am Morgen holte ihn aus dem Bett, dann begab er sich gleich in die Walton Lane. Er läßt die Sache laufen und wartet, wie sie sich entwickelt.

Roberts: Gut. Diese Vernehmung wird in einem Vernehmungszimmer der Walton Lane Polizeistation durchgeführt …

Das Vernehmungszimmer, dicht vor dem Zellentrakt auf der Rückseite der Station, ist kaum groß genug für die fünf Leute, die sich jetzt in ihm drängen. Es gibt ein kleines, gesichertes Fenster. Das Aufnahmegerät ist an der Wand installiert, das Mikrophon hängt rechts davon an einem Haken. Unter dem Gerät steht ein Tisch mit einer Kunststoffoberfläche. Die fünf haben sich um den Tisch gruppiert. Bob Jacobs sitzt dem Mikrophon am nächsten, neben Phil Roberts, der sich ein wenig seitwärts gesetzt hat, Bobby direkt gegenüber, um eine Vertraulichkeit zwischen ihnen entstehen zu lassen. Bobbys Füße berühren so gerade den Boden. Phil Roberts wird noch bemerken, daß er sie über den Boden rutschen läßt, wenn er ausweichen will. Ann Thompson sitzt neben Bobby, dann folgt Jason Lee, der sich über den Tisch lehnt und Notizen macht.

Roberts: Am Ende der Vernehmung werde ich dir einen Zettel geben, der dir erklärt, was nachher mit diesen Bändern geschieht, verstehst du? Gut. Hör mir jetzt genau zu. Du bist nicht verpflichtet, irgend etwas zu sagen, es sei denn, du willst es. Aber was immer du auch sagst, kann als Beweis gegen dich verwendet werden – verstehst du? Das bedeutet, was du hier sagst, und du brauchst gar nichts zu sagen, liegt allein bei dir. Sag ja, nicht einfach nicken. Sag ja.
Bobby: Ja.
Roberts: Hast du verstanden?
Jacobs: Nur, daß du auch alles verstanden hast …
Roberts: Geht es dir gut? Verstehst du, was ich meine? Äh, daß,

wenn du was sagst, es vor Gericht gebracht werden kann, als Beweis gegen dich verwendet werden kann. Verstehst du das alles?

Das war die Vorsichtsmaßnahme. Sie mußte zu Beginn jeder Vernehmung wiederholt werden. Die Beamten und der Anwalt müssen davon überzeugt sein, daß Bobby den Sinn begriffen hat.

Jacobs: Du verstehst also, was …
Roberts: Da nickst du wieder mit dem Kopf, Robert.
Bobby: Ja.
Roberts: Wie nennt man dich? Robert oder Bobby?
Bobby: Beides.
Jacobs: Aber eher Bobby, nicht?
Roberts: Beide Namen. Bobby ist aber freundlicher, findest du nicht auch? Da, du hast es wieder gemacht.
Bobby: Ja.
Roberts: Also gut.
Jacobs: Ja, wir werden dir ein paar Fragen stellen, und du brauchst sie nicht zu beantworten, wenn du nicht willst, ja? Aber wenn du sie beantwortest, können sie später vor Gericht verwendet werden. Verstehst du das, Bobby?
Roberts: Du hast wieder genickt.
Bobby: Ja.
Roberts: Mrs. Thompson, geht es Ihnen gut?
Ann: Ich habe Kopfschmerzen.
Roberts: Wie bitte?
Ann: Ich habe schreckliche Kopfschmerzen.
Roberts: Sie haben schreckliche Kopfschmerzen. Sind Sie soweit in Ordnung, daß, nun, daß wir die Vernehmung fortsetzen können? Ja? Jetzt haben Sie genickt.
Ann: Ja.
Roberts: Gut, okay. Bobby, ich bin heute morgen zu eurem Haus gekommen, stimmt's?
Bobby: Ja.
Roberts: Und was habe ich zu dir gesagt?
Bobby: Ich nehme dich fest.

Roberts: Korrekt. Weswegen?
Bobby: James.
Roberts: James. Was ist mit James?
Bobby: Sie sagten, wegen des Verdachts, ihn ermordet zu haben.
Jacobs: Das stimmt.
Roberts: Das hast du sehr gut behalten, wirklich sehr gut behalten. Ich sage dir jetzt noch etwas, es ist mehr oder weniger dasselbe. Ich nehme dich auch fest, verstehst du, wegen der Entführung von James, okay?
Bobby: Was heißt denn Entführung?
Roberts: Wegen des Verdachts der Entführung, das heißt, ihn mitgenommen zu haben.
Bobby: Ich habe ihn nie mitgenommen.

Phil Roberts belehrt Bobby über seine Rechte, was die Entführung von James Bulger betrifft. Er braucht nichts zu sagen, aber wenn er etwas sagt …

Bobby sagt ja, er versteht das, und Roberts beginnt, ihn über vergangenen Freitag auszufragen, wie der Tag begann. Bobby beschreibt, wie er bei Gummy Gee angeklopft hat, wie er Jon auf der County Lane getroffen hat und mit ihm zum Strand gegangen ist. Als sie über die Strecke zu sprechen beginnen, die Bobby und Jon zum Strand gegangen sind, gibt es einige Verwirrung, weil die beiden Polizisten gewisse lokale Bezeichnungen nicht kennen.

Bobby sagt, im Strand seien er und Jon herumgegangen, in Geschäfte hinein, aber er könne sich nicht mehr an die Läden erinnern, und schließlich seien sie zur Bücherei gegangen. Als die Polizisten sich wundern, wie lange das alles gedauert haben muß und fragen, ob er nicht hungrig gewesen sei, fällt Bobby ein, daß sie zu McDonald's gegangen sind. Danach gefragt, ob er an diesem Tag nach dem Frühstück überhaupt etwas gegessen hat, springt Bobby zum Abend, als sie für das Mädchen im Videoladen einen Botengang erledigten und dann Jons Mutter kam und auf ihn einprügelte. Das war so gegen sechs Uhr.

Roberts sagt, daß er sich mit der Zeit herumschlägt. Bobby

will wissen, was er damit meint, herumschlagen. Roberts erklärt, daß er gern wisse, wann was geschehen sei.

Sie sprechen über die Bücherei, und Bobby sagt, sie seien in der Kinderecke gewesen. Dann fragt Roberts, ob Bobby von James weiß. Bobby sagt, gestern habe er Blumen hingebracht. Roberts fragt, ob er James im Strand gesehen habe. Bobby sagt ja, am Morgen. An diesem Freitag. Als er und Jon die Treppe hochgegangen sind. James war bei seiner Mutter, und er hatte einen blauen Mantel an. An James' Haarfarbe kann er sich nicht erinnern. Er glaubt, sie war schwarz oder so.

Roberts macht einen Zeitsprung und beginnt mit dem Videoladen. Er fragt nach Susan Venables und warum sie nach Bobby und Jon gesucht habe. Sein Tonfall hat sich nicht verändert, aber Roberts' Herz schlägt ein paar Takte schneller, seit Bobby erwähnt hat, daß er James und seine Mutter gesehen hat. Das muß doch heißen ... nein, Ruhe bewahren. Tunnelblick. Keine Reaktion zeigen.

Sie reden eine Weile über die Kleider, die die Jungen an diesem Tag getragen haben. Beschreibungen von Jacken und Schuhen. Kannst du dich an sonst noch etwas erinnern, was James getragen hat? Nein, nur an den Mantel. Er habe ihn nie zuvor gesehen und nie wieder danach, außer in der Zeitung.

Bobby wird gefragt, ob er den Unterschied zwischen Wahrheit und Lüge kennt, und er behauptet ja. Für welchen Fußballverein schwärmt er? Everton. Wenn es hieß, daß Everton vergangenen Samstag zehn zu null gewonnen hätte, was wäre das? Eine Lüge. Wenn es hieß, daß fünf Menschen sich in diesem Zimmer aufhielten, was wäre das? Die Wahrheit.

Bobby stimmt zu, daß er den Unterschied zwischen Recht und Unrecht kennt. Er stimmt zu, es war unrecht, daß James getötet wurde.

Er hat sich nicht sonderlich um James gekümmert, als er ihn im Einkaufszentrum gesehen hat. Er hat ihn nur zufällig gesehen.

Es geht hin und her, immer wieder um den Punkt, daß James und seine Mutter ihm aufgefallen sind. Wo standen die beiden, wo standen Bobby und Jon. Wie hat Bobby den kleinen Jungen angeschaut, wie seine Mutter? Dann beschreibt

Bobby, wie sie den Strand verlassen haben, zur Bücherei gegangen sind, Richtung zurück nach Hause. Es wurde schon dunkel. Sie sind in keine anderen Geschäfte mehr hineingegangen.

Der Summer ertönt. Ende der Vernehmung. 18 Uhr 40. Phil Roberts verläßt das Vernehmungszimmer. Jetzt brauche ich eine Schachtel Zigaretten.

In der Polizeistation an der Lower Lane beginnt die erste Vernehmung von John Venables fünf Minuten nach Bobbys, kurz nach sechs Uhr. Die Prozedur ist gleich, und obwohl das Vernehmungszimmer nur wenig größer ist, sieht es sonst genauso aus wie das an der Walton Lane. Es könnte der gleiche Tisch mit der Kunststoffoberfläche sein, der da in der Ecke unterhalb des Fensters steht. Das Bandaufzeichnungsgerät, das Mikrophon am Haken, Jon, seine Mutter Susan, ihr Anwalt Lawrence Lee – fast vierzig, schütterer Haarwuchs, Kanzlei außerhalb der Stadt an der West Derby Road – und die vernehmenden Beamten Mark Dale und George Scott.

Jon ist sehr verschüchtert. Seine Stimme ist kaum mehr als ein nervöses Quieken.

Scott: Weißt du, was die Wahrheit ist, Jon?
Jon: Ja.
Scott: Dann sag uns, was du für Wahrheit hältst.
Jon: Etwas, was du getan hast, ist wahr.
Scott: Und wenn du Lügen erzählst, was würdest du dann tun?
Jon: Ich weiß es nicht.
Scott: Erklär mal, was Lügen erzählen für dich bedeutet.
Dale: Ist es falsch, Lügen zu erzählen?
Jon: Ja.
Dale: Und das ist wichtig, ja?
Jon: Ja.
Dale: Wenn ich also sage, Jon Venables hat ein grünes Gesicht und pinkfarbene Haare, wäre das eine Lüge?
Jon: Ja.

Dale: Du verstehst also, was eine Lüge ist?
Jon: Ja.
Dale: Und du verstehst auch, was die Wahrheit ist, ja?
Jon: Ja.
Dale: Okay, sie ist das Gegenteil. Vor dem heutigen Morgen sind wir uns nie begegnet, nicht wahr?
Jon: Nein.
Dale: Ich weiß also nichts über dich, stimmt's?
Jon: Nein.
Dale: Deshalb werde ich dir ein paar Fragen über dich stellen.
Jon: Gut.

Jon beschreibt seine beiden Zuhause, seinen Bruder, seine Schwester. Er sagt, er sei glücklich in der Schule, aber manchmal wird er von den Jungen herumgestoßen, besonders von einem. Aber dieser Kerl legt sich mit jedem an. Jon zählt seine Freunde auf, schließt auch Robert Thompson mit ein und sagt, daß er während der Schule nichts mit ihm zu tun haben will, weil Robert nur Ärger bringt. Sie sind in einer Klasse, aber sie sitzen nicht zusammen. Er stichelt gern. Er hat nicht viele Freunde, weil er zu frech ist. Er spielt nur mit Mädchen, weil sonst niemand mit ihm spielt.

Jon und Robert haben sich zuerst heftig bekämpft, und dann wurden sie Freunde, bevor Jon wußte, daß er schwänzt und solche Dinge macht. Jon sieht Robert außerhalb der Schule nur, wenn Jon bei seinem Vater ist. In Norris Green spielt er draußen mit dem Rad und mit anderen Kindern. Gewöhnlich muß er früh drinnen sein, aber wenn er mit Robert zusammen ist, wird es höllisch spät, weil Robert immer sagt, sie könnten noch ein paar feine Sachen machen, zum Beispiel auf den Bahndamm gehen. Manchmal bleibt Robert die ganze Nacht draußen, er hält sich dann in den Häuserdurchgängen auf, macht ein Feuer, um sich zu wärmen, und wandert auf dem Bahndamm entlang. Er sagt, daß er einmal bis nach London gegangen sei, aber das glaubt Jon ihm nicht.

Dale: Würdest du sagen, er ist ein guter Freund?
Jon: Nein.
Dale: Warum nicht?
Jon: Oh, ich weiß nicht. Weil er mich immer in Schwierigkeiten bringt und so.
Dale: Glaubst du nicht, daß du dich selbst in Schwierigkeiten reitest?
Jon: Ja.
Dale: Wirklich?
Jon: Ja.
Dale: Dann ist das also nicht fair zu Robert.
Jon: Nein.
Dale: Weil du ihm ein bißchen die Schuld gibst, nicht wahr?
Jon: Manchmal sage ich, er soll was tun, und dann tut er das auch.
Dale: Also bist du in Wirklichkeit genauso schlimm wie er.
Jon: Nein. Wenn ich ihm sage, er soll schwänzen, dann tut er es nicht. Er sagt, ich tu's nicht, weil du's nicht tust. Man kriegt 'ne schlechte Bildung.
Dale: Wer hat das gesagt?
Jon: Ich. Und er sagt, also gut. Aber die Lehrer haben sich über ihn lustig gemacht. Er sagt, eine Lehrerin hätte ihm mal gesagt, wenn du eine ganze Woche in der Schule bist, kriegst du einen Preis, aber das hat sie nie getan.

Jon sagt, daß er nicht länger Roberts bester Freund sei, daß er das aber mal war, als Robert ihm Sachen gegeben hatte, zum Beispiel Spielzeugtrolle.

Dale: Was sind das?
Jon: Wissen Sie, das sind die Dinger, denen die Haare zu Berge stehen, diese kleinen Dinger, wissen Sie, diese kleinen Trolle, und ihre Haare stehen hoch in den verschiedensten Farben.
Dale: Aber es sind Puppen? Sind sie wie kleine Puppen?
Jon: Ja.
Lee: Gonks.
Dale: Oh, die Dinger die wir früher Gonks genannt haben?
Jon: Ja.

Dale: Jetzt weiß ich Bescheid.
Jon: Sie zeigen ihren Hintern und so.
Dale: Ach? Das ist aber ein bißchen derb, was?
Jon: Ja.
Dale: Ich hoffe, du hast nicht drunter geguckt?
Jon: Nein.

Er wußte zuerst nicht, daß Robert die kleinen Trolle stahl. Jon warf sie weg, aber eigentlich waren sie zum Sammeln da.

Dale: Sammelt Robert sie denn?
Jon: Ja. Er ist wie'n Mädchen.
Dale: Hm.
Jon: Doch, er ist wie ein Mädchen, er nuckelt auch am Schnuller.
Dale: Du hältst ihn für ein Mädchen?
Jon: Und er lutscht am Daumen.
Dale: Nun, das ist noch nicht so schlimm, am Daumen zu lutschen. Ich meine, man sollte es nicht tun, aber ...
Jon: Er tut's die ganze Zeit.

Manchmal würden sie draußen zusammen mit Roberts Kameraden spielen, und manchmal zögen sie alleine los, verdrückten sich in Hausdurchgängen, liefen über Mauern und kletterten in die Gärten anderer Leute. Er wisse, daß es sich nicht gehöre, aber es mache Spaß. Nur einmal habe er zusammen mit Robert geklaut, und das sei letzten Freitag gewesen.

Sie sprechen dann über Ladendiebstahl und was auf der County Road am Freitag abgelaufen ist. Jon sagt, Robert versäume die Schule fast jeden Tag. Einmal sei er mit seinem Bruder Ryan zum Strand gegangen, hatte ihn aber verloren, und die Lehrerin mußte Ryan suchen und zurückbringen. Jon sagt, daß er ohne Robert die Schule noch nie geschwänzt hat, doch, einmal, in seiner alten Schule. Normalerweise, wenn er mit Robert schwänzt, laufen sie in der Pause davon. Nur am vergangenen Freitag, da seien sie erst gar nicht in die Schule gegangen. Schwänzen, das macht man eben. Gewöhnlich können sie nicht in die Pause gehen, weil sie sich während des

Unterrichts schlecht benommen haben. Er ist auch bei den Arbeiten nicht so schnell und muß oft die Pausen nutzen, um sie zu beenden. Trotzdem mag er die Schule.

Das Band ist zu Ende, und Mark Dale sagt, daß ein neues eingelegt wird, dann will er mit Jon über die drei Tage sprechen, die er bisher in seinem dritten Schuljahr versäumt hat.

In der Viertelstunde zwischen den Vernehmungen nimmt Jon einen Mars-Riegel und eine Dose Coke zu sich. Das zweite Band läuft um sieben Uhr. Dale beginnt mit Jons Erfahrungen übers Schuleschwänzen.

Er sagte, daß er im September mit Robert im Park gewesen war. Ein Junge und ein Mädchen, die Robert kannten, hatten sie dort entdeckt. Sie wollten ihn nach Hause bringen, aber Robert begann zu weinen, weil er nicht nach Hause wollte. Daraufhin nahmen ihn der Junge und das Mädchen und trugen ihn nach Hause. Jon ging zur Wohnung seines Vaters zurück, der aber ausgegangen war, und so wartete er bei Freunden.

Eigentlich hatten sie an diesem Tag in einer Molkerei Milch stehlen wollen, aber ein Mann sah sie und fing an zu schreien. Danach schlenderten sie dann durch Walton.

Beim nächsten Mal waren sie in der ersten Pause davongelaufen. Es war ihre gemeinsame Idee gewesen, aber Jon hatte sie zuerst geäußert. Zwölf Stunden lang ging er nicht nach Hause, bis halb elf blieb er an diesem Abend draußen. Sie waren zur County Road gegangen, um zu klauen, hatten Leuten Schimpfnamen nachgerufen und solche Sachen gemacht. Bei Kwik Save hatten sie Kartoffelchips und ein paar Getränke gestohlen. Robert kippte den Inhalt einer Pralinendose in die Innentasche seiner Jacke. Jon aß etwa zehn davon und fühlte sich schlecht danach.

Sie gingen in ein Tapetengeschäft, wo Robert einige Borten stahl. Robert sagte, er wolle die Borten werfen wie eine Luftschlange, aber Jon meinte, das sei doch albern. Dale fragt sich, ob er das wirklich gesagt hatte, oder ob Jons Antwort nicht eher ja, das wäre ein toller Spaß, gewesen war. Als Dale ihn darauf anspricht, lacht Jon. Dale sagt, komm schon, du fandest es zum Lachen, nicht wahr? Hm, ja, ein bißchen, räumt Jon ein. Du schiebst immer alles auf Robert, nicht wahr? Ja, manchmal bin ich es, sagt Jon.

Dale: Du findest es wirklich aufregend, mit Robert zusammen zu sein, was?
Jon: Ja, ein bißchen.
Dale: Sei ehrlich, sei ehrlich zu mir.
Jon: Ja.
Dale: Liegt es daran, daß du mit ihm Dinge tust, die du mit deinen anderen Freunden normalerweise nicht tun würdest?
Jon: Ja, ich würde nichts von dem mit anderen Freunden tun.
Dale: Warum nicht?
Jon: Weil die gut sind.
Dale: Sind sie es wirklich?
Jon: Ja.
Dale: Würdest du diese Dinge denn tun, wenn du alleine wärest?
Jon: Nein.
Dale: Warum nicht?
Jon: Ich hab' zu große Angst.

Sie springen zurück zu dem Tag des Verbrechens, und John berichtet, wie sie später, nachdem die Geschäfte geschlossen waren, bei Michael Gee vorbeigingen. In Walton Village alberten sie an der Frittenbude herum, sie stiegen in die Hintergärten bei der alten Wohnung seines Vaters, drückten sich in Hausdurchgänge, klopften an Türen und rannten dann weg, spielten mit den Mülltonnen auf dem Hinterhof. Robert fragte einmal, ob Jon in Häuser einbrechen wolle, aber Jon sagte nein.

Schließlich fand Jons Mutter ihn an diesem Abend und jagte ihn durch Walton Village. Er blieb stehen, weil er nicht weglaufen wollte.

Nicht lange danach ging er wieder nicht in die Schule, und seine Mutter fand ihn um zwei Uhr nachmittags auf der County Road. Seither hat er nicht wieder geschwänzt, bis auf vergangenen Freitag, als er morgens erst gar nicht in die

Schule gegangen ist.

Es war Roberts Idee, nicht hinzugehen. Jon wollte in die Schule, um die Hamster mit nach Hause zu nehmen, aber Robert sagte, sie könnten sich die *Where's-Wally*-Bücher besorgen. Was sind das für Bücher? fragt Dale. Da gibt es große Bilder verschiedener Leute, und man muß eine bestimmte Person herausfinden, die irgendwo auf dem Bild zu sehen ist. Lawrence Lee will wissen, wie die Bücher heißen. Jon sagt *Where's Wally*. Lawrence Lee fragt nach: *Where Is Wally?* Ja, klar.

Robert sagte zu Jon, es sei besser, wenn er auch schwänze, sonst würde er diese Kerle auf ihn ansetzen. Ist das die Wahrheit? Ja. Susan fragt: Bei Gott, ist das wahr? Ja, du glaubst, ich erzähle Lügen, was? Dale meint, er wisse es nicht so genau, er hoffe nur, daß Jon die Wahrheit sagt. Manchmal läßt es sich schwer herausfinden.

Jon sagt, er, Robert und Ryan hätten gemeinsam geschwänzt, und Ryan sei erst um sechs Uhr an diesem Abend nach Hause gegangen. Sie waren im Walton Park. Das Wetter war grau, ein bißchen warm, ein bißchen kalt. Sie gingen zur alten, ungenutzten Eisenbahnlinie. Nicht zu der, die noch befahren wird. Sie gingen eine Weile zwischen den Schienen, dann zur Long Lane und dem MFI, wo sie in den Küchen herumtobten, sich in den Duschen versteckten und solche Sachen.

Dale und Scott kennen sich mit der Örtlichkeit nicht aus, und Susan Venables versucht, sie ihnen zu erklären. Sie sagt, sie kenne sich aus. Jon erzählt, sie hätten auf der großen Schaukel bei Littlewoods an der Walton Hall Avenue gespielt, dann seien sie weitergegangen durch den Park, bis zu Aldi an der County Road, dann hätten sie die Straße überquert bei Argos und seien die Straße hoch zur Drogerie gelaufen. In den Aufzügen des großen Wohnblocks hätten sie auch herumgetobt.

Sie gingen die Scotland Road hinunter und dann hinüber zum Fußballstadion von Liverpool. Robert sagte, sie sollten sich die Namen auf dem Hillboro-Ding ansehen und fragte Jon, ob er die Blumen wegholen wolle. Jon sagte nein, die sind doch für die Erinnerungen der Menschen. Also sahen sie sich die Namen an, und dann stiegen sie den Weg zum Friedhof hoch, wo Robert die Gräber seiner Familie zeigte, während Jon zeigte, wo seine Großeltern lagen.

Sie sahen das Feuer im Wettbüro an der County Road, und dann gingen sie ins Village zum Videoladen. Susan Venables, die immer wieder die Örtlichkeit erläutert, fragt: Vergißt du nicht etwas? Jon sagt: Oh, ja. Sie waren noch bei Fads und stahlen dort die Farbe, und Robert warf sie nach ihm. Das war am Häuserdurchgang an der Olney Street. Als Robert die Farbdose geworfen hatte, sagte Jon, seine Mutter werde ihn umbringen, und Ryan lachte. Danach gingen sie zum Village, Ryan sagte, er wolle nach Hause, und Robert und Jon gingen zum Videoladen.

Jon berichtet von der Geschichte, wie sie das Geld für die Videoausleihe kassierten und wie sie im Videoladen von seiner Mutter erwischt wurden. Die Mutter brachte ihn zur Polizeistation. Der Polizist dort sagte, wenn er das noch einmal täte, müßte er in ein Heim. Dann schaffte seine Mutter ihn nach Hause, und Jon ging ins Bett.

Der Summer ertönt, die zweite Vernehmung ist beendet. Es ist ein Viertel vor acht. Dale und Scott wissen natürlich, daß Jon an diesem Freitag im Strand gewesen ist. Aber sie haben keine Eile. Es gibt noch genug Zeit, um darauf zu sprechen zu kommen. Jon ist über die einfachen, harmlosen Fragen entspannter geworden, selbstsicherer.

Bobbys zweite Vernehmung beginnt kurz nach acht Uhr. Er ist im Arrestraum gewesen und hat eine Tasse Tee und ein Käsesandwich aus der Kantine bekommen. Jim Fitzsimmons hat mit den beiden Vernehmungsteams Kontakt gehalten und Phil Roberts die Neuigkeit mitgeteilt, daß Jon am vergangenen Freitag überall gewesen ist, nur nicht im Strand.

Roberts fragt Bobby nach seinen Interessen. Bobby sagt, daß er ein Everton-Fan ist, aber nicht zu den Spielen geht. Welches Hobby hat er denn? Die Schule schwänzen, sagt Bobby lachend. Bob Jacobs meint, wenn man es so gut versteht wie Bobby, dann ist das kein Hobby mehr, sondern Beruf.

Roberts sagt, daß ihm die Trolle aufgefallen sind, als er heute morgen im Haus gewesen ist. Ja, Bobby sammelt sie seit ein paar Monaten. War er am Freitag in einem Geschäft im Strand und hat sich Trolle angesehen? Nein. Nun, die Beamten glauben, daß er doch dort war. Bobby fragt, in welchem Geschäft. Ein Geschäft im Strand, das Trolle verkauft. Davon gibt es viele, sagt Bobby, und ja, er hat sich Trolle in einem Geschäft angesehen. Warum hat er zuerst nein gesagt? Weil er dachte, sie meinten ein richtiges Trolle-Geschäft, ein Geschäft, das nur Trolle verkauft.

Roberts teilt ihm mit, daß Jon mit anderen Beamten gesprochen hat. Bobby will wissen, ob er auch in der Walton Lane sei. Nein, er ist in der Lower Lane, und er sagt, er sei nicht im Strand gewesen. Aber wir waren da, sagt Bobby. Warum hat er Angst zu sagen, daß er da war? Vielleicht, weil seine Mum oder sein Dad sonst runterkommen und ihn holen. Nein, das ist nicht der Grund. Es ist, weil etwas geschehen ist, nicht wahr? Zum Beispiel das Baby, das mitgenommen wurde, sagt Bobby. Ja. Nicht von mir. Bobby sagt, er sei nicht die ganze Zeit mit Jon zusammengewesen. Hat sich Jon das Baby gepackt? Bobby weiß es nicht. Vielleicht hat Jon das Baby dazu gebracht, daß es ihnen folgte, und unterwegs hat es sich dann verlaufen. So soll es passiert sein? fragt Roberts. Bobby weiß es nicht, er hat nicht zurückgeschaut.

Die Beamten sprechen nun über die Videoaufzeichnungen und erklären, daß sie James mit zwei Jungen erkannt haben. Bobby sagt, er könne es nicht sein, denn er würde James nie mitgenommen haben. Roberts spricht von dem Jungen, der eine ähnliche Jacke trägt. Bobby antwortet, daß viele solcher Jacken verkauft werden. Aber da ist auch ein Junge mit einer Jacke, wie Jon sie trägt, und er geht neben James. Ja, nun, neben mir geht er nicht.

Bobby will nicht zugeben, daß er oder Jon mit James zusammen waren. Die Beamten verlassen das Thema und reden wieder über das, was Bobby an diesem Freitag unternommen hat. Bobby räumt ein, daß er gelegentlich Nahrungsmittel aus den Regalen der Geschäfte stiehlt. Keine Trolle. Nur Eßbares. Pepperami.

Die Beamten sagen Bobby, daß sie sich nicht damit aufhalten wollen, was er gestohlen hat. Ihnen ist es auch egal, wenn er zwanzig Trolle geklaut hätte. Sie wissen auch, daß viele Jungen zum Strand gehen, um dort zu klauen. Das ist nicht ihr Thema, sie wollen nur die Wahrheit über den Freitag hören.

Bobby sagt wieder, daß er das Baby nicht mitgenommen hat. Jeder von ihnen, halten ihm die Polizisten vor, sagt, daß die beiden Jungen auf dem Video wie er und Jon aussehen. Und der, der das Baby genommen hat, sieht wie Jon aus.

Roberts teilt Bobby mit, daß er an diesem Morgen mit Ryan gesprochen hat, und Ryan hat ihm gesagt, Bobby hätte Ryan gegenüber behauptet, zwei Jungen mit James gesehen zu haben. Bobby leugnet, das je gesagt zu haben. Roberts fragt, ob es immer noch stimmt, daß er keine Lügen erzählt. Bobby sagt ja, aber Ryan tut's.

Sie reden eine Weile über Ryan, über dieses eine Mal, als Bobby ihn im Strand verloren hat. Dann sagt Roberts, daß sie aus dem Geschäft, das Trolle verkauft, eine Beschreibung der beiden Jungen hätten, und sie stimme mit den Jungen auf dem Video überein – und mit Jon und Bobby. Roberts sagt auch, er sei davon überzeugt, daß Bobby mehr von James gesehen habe, denn bei einem nur flüchtigen Blick merke man sich nicht einen blauen Mantel. Über diesen Punkt geht es hin und her, aber Bobby bleibt bei seiner Aussage.

Roberts: Wir glauben, daß du mit dem Baby James und Jon hinausgegangen bist.
Bobby: Wer sagt das?
Roberts: Wir sagen das.
Bobby: Nein, ich bin nie mit ihm weggegangen.
Roberts: Dann sag mir doch, was passiert ist.
Bobby: In der Zeitung war zu sehen, daß Jon seine Hand hielt.

Roberts sagt, er frage nicht danach, was in den Zeitungen zu sehen war oder was Bobbys Freunde sagen. Er beharre auch nicht auf diesen Punkten, um Bobby ein schlechtes Gefühl zu geben oder um gruselige Erinnerungen wachzurufen. Es gehe ihm nur um die Wahrheit, das sei alles. Bobby sagt, er habe ihn nie berührt. Er beginnt zu weinen. Ich habe ihn nie berührt.

Dir ist der Anorak aufgefallen, fragt Roberts, weil Jon das Baby an der Hand gefaßt hat, nicht wahr? Ja. Bobby sagt, Jon habe die Hand des Babys gepackt und sei durch den Strand gegangen. Dann habe er es losgelassen. Er habe es losgelassen, als sie an der Kirche vorbeigingen, am Smiley. Bobby sagt, er habe Jon gesagt, den Jungen zurückzubringen. Er beginnt wieder zu weinen. Sie würden alle Schuld auf ihm abladen und ihm auch die Schuld an der Ermordung geben, aber sie hätten James an der Kirche zurückgelassen.

Roberts fragt, ob James sprechen konnte. Bobby sagt, Jon habe ihn nach seinem Namen und seiner Adresse gefragt. Bobby ahmt das Schreien eines Babys nach. Er sagte nur: Ich will meine Mum, und dann hat er geschrien. Jon sagte, er würde sie finden. James nannte seinen Namen nicht und auch nicht seine Adresse.

Die Beamten zweifeln Bobbys Behauptung an, sie hätten James an der Kirche zurückgelassen. Roberts erwähnt die Aussage einer Frau, die drei Jungen auf dem Reservoir gesehen zu haben. Bobby weiß nichts davon. Es gibt viele Leute mit Jacken wie seiner und Jons.

Der Summer ertönt. Bobby fragt, ob er heute nacht nach Hause gehen kann. Wir wissen es noch nicht, wir wissen es noch nicht.

Bobby geht nicht nach Hause und Jon auch nicht. Die beiden vernehmenden Teams reden mit Jim Fitzsimmons, tauschen Informationen aus, wägen ab, wie sie am besten vorankommen. Sollen sie noch eine weitere Vernehmung anschließen, oder werden die Jungen zu müde sein? Es wäre ideal, wenn sie an diesem Abend noch ein Band füllen könnten, aber die Anwälte sollen entscheiden.

Sie entscheiden, die beiden Polizeistationen zu schließen;

was bedeutet, daß keine anderen Festgenommenen in den Zellen sein werden. Die Familien der Jungen und ihre Anwälte übernehmen die Zellentrakte. Man ruft Sozialarbeiter, und aus Pflegeheimen in der Umgebung besorgt man sich Bettzeug. Polizeistationen sind nie geschlossen, aber dies ist ein Ausnahmefall, und es sieht so aus, als könnte es sich noch lange hinziehen.

Selbst jetzt gibt es noch keine Gewißheit, daß diese beiden Jungen James Bulger getötet haben. Die Laboruntersuchungen werden zeigen, ob James' Blut auf Kleidern und Schuhen der Jungen zu sehen ist. Aber das Entscheidende hängt von den Vernehmungen ab. Sie brauchen Geständnisse.

Nach einiger Beratung sind alle mit einer weiteren Vernehmung einverstanden. Bobbys beginnt kurz nach halb zehn Uhr, ein paar Minuten vor dem Start der Sendung *Crimewatch* auf BBC 1.

Gleich zu Anfang sagt Bobby, ihr werdet schließlich herausfinden, daß Jon es war, der das Baby genommen hat. Ihr wißt, daß ich nicht lüge. Ihr werdet das auch auf dem Video sehen. Ich habe nie seine Hand genommen.

Wieder sagt er, daß sie James an der Kirche zurückgelassen haben. Phil Roberts zitiert ausführlich die Aussage der Frau vom Reservoir. Er sagt, auch er sei überzeugt davon, daß es sich um Bobby und Jon mit James handele. Bobby beharrt darauf, daß sie ihn an der Kirche zurückgelassen haben. Sie sind nie mit ihm den Berg hinaufgegangen.

Phil Roberts erinnert Bobby daran, daß er gesagt habe, den Unterschied zwischen Wahrheit und Lüge zu kennen. Er habe schon vorher eine Lüge erzählt und dann gesagt, es sei Jon gewesen, der James' Hand hielt. Bobby stimmt zu, aber er sagt, daß er nie seine Hand gehalten hat.

Die Frau vom Reservoir sprach von einer Verletzung an James' Kopf, sagt Roberts. Bobby sagt, die hat er schon am Kopf gehabt, als wir ihn gesehen haben. Eine Schwellung oder was? Nein, eher wie ein Kratzer. Als ob jemand mit einem Stein nach ihm geworfen und ihn gestreift hätte. Bobby zeigt auf seine Stirn.

Roberts fährt fort, daß die Zeugin vom Reservoir wegen

der Verletzung besorgt gewesen sei. Sie fand, James hätte ins Krankenhaus gebracht werden müssen. Bobby beharrt darauf, daß sie nie auf dem Hügel waren. Vielleicht lügt die Frau.

Roberts und Jacobs drängen und drängen, aber Bobby gibt nicht zu, daß sie auf dem Reservoir gewesen sind. Er macht Ausflüchte. Er sagt den Beamten, sie könnten ja auch lügen. Schließlich schaltet seine Mutter sich ein.

Ann: Willst du das heute noch klären?
Bobby: Wo?
Ann: Willst du das heute abend noch klären?
Bobby: Ja.
Ann: Dann sag die Wahrheit.
Bobby: Sage ich doch.
Roberts: Bobby, ich weiß, ich weiß, wann du dabei bist, uns die Wahrheit zu sagen, weil sich dann deine Augen anfüllen, verstehst du, was ich sagen will? Und ich sage dir, es war wie vorhin, weißt du, als du uns schließlich erzählt hast, daß du ihn im Strand getroffen hast. Da haben sich deine Augen auch angefüllt. Ich glaube, du warst kurz davor, uns zu sagen, daß du oben auf dem Hügel warst.
Bobby: Ja, waren wir.

Das ist doch besser, nicht wahr? Sag einfach die Wahrheit. Roberts will wissen, was da oben geschehen ist. Als James hinfiel. Bobby sagt, der Kratzer war schon an seinem Kopf. Er rief weinend nach seiner Mutter. James sagte, er wolle zu seiner Mum, und sie versprachen, daß sie versuchen, sie zu finden. Dann, nachdem die Frau mit dem Hund gegangen war, ließen sie James auf dem Hügel.

Also, das stimmt aber nicht. Doch. Nein. Es ist die Wahrheit. Hätte Bobby denn seinen kleinen Bruder Ben, wenn er schon zwei Jahre alt wäre, allein auf dem Hügel zurückgelassen? Nein, 'türlich nicht, er ist mein Bruder. Und einen anderen Jungen in dem Alter hat er zurückgelassen? Nun ja, er ist nicht irgendwie verwandt mit uns. Mum, wird Jon das auch alles gefragt?

Jacobs sagt, Jon würde ihnen vielleicht von Anfang an die

ganze Wahrheit sagen. Hinter der Wahrheit sind sie schließlich her. Bobby sagt, daß Jon nicht zugeben wird, daß er das Baby aus dem Strand mitgenommen hat. Warum nicht? Weil er weiß, daß er dann Ärger mit seinem Dad bekommt.

Jon fragte die Frau auf dem Hügel, wo die Polizeistation war, aber sie hatten nicht vor, ihn zur Polizei zu bringen. Nun, doch, das wollten sie, aber Bobby hatte keine Lust, ihn zu tragen, denn Elizabeth wohnt in dieser Gegend, und sie hätte es jedem erzählt. Was hätte sie jedem erzählt? Daß sie einen kleinen Jungen im Strand gefunden haben, während sie die Schule schwänzten.

Roberts sagt, er gehe davon aus, daß sie James zur Polizeistation bringen wollten. Ja, so war es, stimmt Bobby zu. Roberts geht weiter davon aus, daß sie mit dem Jungen den Hügel hinuntergegangen sind, der Polizeistation entgegen. Ich habe ihn nicht getötet, ruft Bobby. Also, Bobby, soweit bin ich noch nicht. Aber Sie wollen das sagen, wendet Bobby ein. Sie wollen sagen, daß wir uns der Polizeistation genähert haben. Roberts fragt, warum Bobby das glaubt. Bobby: Weil er da gefunden wurde, nicht wahr? Und wo habt ihr ihn zurückgelassen? Auf dem Hügel, auf dem Reservoir.

Jacobs wechselt das Thema, spricht von der Farbe. Hat Bobby an jenem Tag Farbe geholt? Warum sollte ich Farbe gewollt haben? Bobby weiß nicht, ob Jon Farbe an seinen Kleidern hatte. Fragen Sie Jon. Die Vernehmung dauert erst fünfundzwanzig Minuten, aber Bobby ist müde. Sie sind alle müde. Als sie die Vernehmung beenden, will Bobby wissen, ob er nach Hause gehen darf.

Bobby wird in seine Zelle zurückgebracht, und um zehn vor elf geht ein uniformierter Inspector die Formalitäten des Gewahrsams durch und erklärt, warum Bobby weiter festgehalten wird.

»Warum muß ich hierbleiben?« fragt Bobby. »Jon war es, der das Baby genommen hat.«

Als Jons dritte Vernehmung beginnt – es ist 9 Uhr 40 –, fragt Mark Dale ihn, ob er am Freitag wirklich überall an den Orten war, die er in der vorausgegangenen Vernehmung erwähnt hat. Jon beginnt wieder, ausgeschmückte Einzelheiten zu erfinden, aber George Scott unterrichtet ihn und sagt, Jon sollte wissen, daß Robert in der Polizeistation an der Walton Lane vernommen wird und eine ganz andere Geschichte über das erzählt hat, was am Freitag geschehen ist.

Jon sagt, dann erzählt Roberts eben Lügen, und als Dale fragt, welche Lügen Robert denn erzählt haben könnte, beginnt Jon zu weinen, und seine Stimme klingt voller Furcht, als er sagt: Ich weiß es nicht. Sie glauben, daß ich das Kind getötet habe. Seine Mutter sagt: Nein, das glauben sie nicht, er solle sich nicht aus der Fassung bringen lassen. Auch Lawrence Lee sagt Jon, er solle sich nicht aus der Fassung bringen lassen. Niemand behauptet das, sagt Lee. Jons Mutter erklärt, daß sie nur wissen wollen, wo er war. Wenn er den ganzen Tag auf Diebestour war, solle er das sagen. Jon wimmert. Er ist nicht zum Strand nach Bootle gegangen. Pst, macht seine Mutter. Sie wollen wissen, wo du gewesen bist.

Susan Venables berichtet, daß Jon ihr vor der Vernehmung gesagt habe, Robert würde alle möglichen Lügen verbreiten. Jon habe ihr gesagt, das würde er auch den Polizisten erzählen, wenn diese Vernehmung beginne.

Immer noch weinend sagt Jon, daß Robert ihn zu Orten mitgenommen hat, die er nicht kannte. Susan erklärt für Jon, daß er Angst hatte, weil er sich nicht auskannte, Robert dagegen schon. Sie hatte ihn gefragt, ob er im Strand in Bootle gewesen sei, und er hatte nein gesagt. Jon weint immer noch, und Dale fragt Lawrence Lee, ob er was dagegen einzuwenden habe, die Vernehmung fortzusetzen. Lee sagt, daß er die Entwicklung sehr genau verfolge.

Die Beamten fragen Jon nach den Orten, an denen er und Robert waren, und erwähnen wieder den Strand. Jon sagt, er wisse nicht, wo der Strand sei, aber er sei schon mal mit seiner Mum dort gewesen. Er kann ihn nicht beschreiben. Er ist noch nicht oft da gewesen. Susan Venables erklärt, daß sie dort nicht einkauft. Normalerweise geht sie zu St. John's in die Stadt.

Dale fragt, ob Jon am Freitag im Strand war. Nein. War er

mit Ryan zusammen? Nein. Warum hat er dann gesagt, daß er mit Ryan zusammen war? Er weiß es nicht; Robert hat ihm geraten, das zu sagen. Was zu sagen? fragt seine Mutter. Daß wir mit Ryan zusammen waren. Susan Venables sagt, aber am Morgen warst du mit Ryan zusammen. Ich weiß, antwortet Jon, bis halb vier. Dale fragt, ob Jon sich da sicher sei, denn Ryan behauptet, er sei in der Schule gewesen. Jon sagt, daß Ryan lügt. Susan mahnt Jon, ehrlich zu sein und fragt: War Ryan bei dir? Nein. Robert hat ihm geraten zu sagen, daß Ryan bei ihnen war, damit sie ihn mit hineinziehen können. Aber zum Strand in Bootle bin ich nie gegangen.

Die Beamten wechseln das Thema und reden eine Weile über die Kleidung, die Jon und Bobby trugen. Dann gibt Jon zu, daß er zwei Lügen erzählt hat. Er war nicht mit Ryan zusammen, und er war auch nicht in der Gegend von Everton. Man erinnert ihn, wie wichtig es ist, die Wahrheit zu sagen.

Dale: Siehst du, Robert behauptet, daß er mit dir zusammen war und daß ihr tatsächlich gemeinsam im New Strand in Bootle wart.
Jon: Waren wir nicht.
Dale: Robert behauptet das.
Jon: Ja, wir waren da, aber wir haben dort keine Kinder gesehen. Wir haben auch nie irgendwelche Kinder geraubt.
Dale: Ihr wart also im New Strand in Bootle.
Susan (schreiend): Warst du in Bootle?
Jon: Ja, aber wir haben kein Kind genommen, Mum, wir haben nie, nie, nie ein Kind genommen. (Er weint, schluchzt, steht auf, verläßt seinen Stuhl, ist aufgewühlt).
Dale: Mrs. Venables, würden Sie bitte ... Ich muß Sie bitten, nicht mit ihm zu schimpfen.
Jon: Aber wir haben nie ein Kind genommen, Mum, niemals. Wir haben diese zwei Burschen gesehen, die es getan haben, wir haben nie ein Kind genommen, Mum. Mum, wir haben nie ein Kind genommen. Du glaubst, wir haben es getan, aber wir haben es nie, nie, Mum.

Die vier Erwachsenen im Zimmer versuchen, Jon zu beruhigen. Lawrence Lee sagt, es sei keine Straftat, in den Strand von Bootle zu gehen. Scott sagt, daß sie nicht behaupten, er habe ein Kind genommen. Sie wollen nur, daß er die Wahrheit sagt. Susan Venables warnt ihn: Er solle auch weiterhin bei der Wahrheit bleiben. Jon weint weiter.

Dale versucht fortzufahren, beginnt eine harmlosere Fragerichtung. Sie sprechen über die Geschäfte, die Jon und Bobby besucht und was sie dort getan haben – stehlen, sagt Jon. Er beginnt wieder zu weinen. Seine Mutter versucht, ihn zu beruhigen.

Jon: Wenn du gewußt hättest, daß ich zum Strand nach Bootle gegangen bin …
Susan: … dann hätte ich dich erwürgt, ja.
Jon: Und hättest du nicht geglaubt, daß ich ein Kind getötet habe? Ich habe das niemals getan, weil …
Susan: Nein, das hätte ich nicht geglaubt.
Lee: Wir glauben das nicht.
Jon: Weil … weil … wenn ihr glaubt, wir hätten die Schule geschwänzt, um hinzugehen … und denkt, ich hätte ihn getötet …
Susan: Ich würde nie glauben, daß du das getan hast.
Jon: Weil … weil … ich hätte es dir gesagt, aber ich dachte, du könntest denken, ich hätte es getan.
Susan: Wenn ich das alles schon gewußt hätte, Jon, dann hätte ich dich gleich zur Polizeistation gebracht, bevor sie an meine Haustür trommeln und mich in der ganzen Straße bloßstellen.
Jon: Aber ich …
Susan: Die Erniedrigung …
Jon: … dachte, du würdest denken, ich hätte ihn getötet.

Jon schluchzt und schluchzt. Lawrence Lee und die Beamten denken übereinstimmend, daß es an der Zeit ist, die Vernehmung zu beenden, damit Jon sich beruhigen kann. Susan Venables sagt, sie wolle dies ein für allemal geklärt wissen, sie sei fuchsteufelswild. George Scott mahnt, daß sie mit Jon nicht zu hart umspringen soll. Susan verspricht das. Sie wünscht nur, er hätte ihr das alles zu Anfang schon erzählt, das hätte ihr eine Menge Zeit erspart.

Die Vernehmung endet eine Minute nach zehn.

An diesem Abend sollte es keine Vernehmungen mehr geben, aber die beiden Teams wurden zum Informationsaustausch in der Marsh Lane erwartet. Viele Menschen warteten darauf zu hören, was geschehen war.

Die Bosse waren in Geoff MacDonalds Büro versammelt, wo er und Jim Fitzsimmons jetzt von Chief Superintendents, Superintendents und einer ganzen Reihe weiterer Manager umzingelt waren. Sie hatten Dutzende von Fragen, und Phil Roberts konnte kaum sprechen. Er fühlte sich wie erschlagen und überließ Bob Jacobs das Reden. Bei den Vernehmungen war es auch so abgelaufen, obwohl sie nie zuvor zusammen gearbeitet hatten. Ein Blick von Roberts, und Jacobs schaltete sich ein. Ein Zeichen von Jacobs, und Roberts übernahm. So sollte es sein.

Sie waren alle erschöpft. Früher am Abend war Jim Fitzsimmons von einem der Superintendents zur Seite gezogen und ihm empfohlen worden, sich auszuruhen. Er sah so aus, als habe er es nötig. Heute hätte sein freier Tag sein sollen. Niemand nahm seinen freien Tag. Überall und bei jedem herrschte der Eifer und die Hoffnung vor, daß der Fall so rasch wie möglich abgeschlossen wurde.

Nach dem Informationsaustausch ging Phil Roberts zur Bar, um die ersten Ergebnisse von *Crimewatch* zu verfolgen, aber hauptsächlich für eine Zigarette und ein Bier, bevor er versuchen würde, etwas Schlaf mitzubekommen.

Albert Kirby hatte den ganzen Nachmittag immer wieder aus der BBC in der Marsh Lane angerufen. Er wollte natürlich hören, wie sich die Vernehmungen entwickelten, aber er mußte diskret vorgehen. Er wollte nicht, daß das Team von *Crimewatch* etwas über die Festnahme erfuhr, bevor man sie bekanntgegeben hatte. Kirby benutzte das Vodaphon aus seiner Aktentasche. Die Unterhaltung verlief verdeckt. Neue Entwicklungen? Okay, gut. Wir sprechen uns später.

Mike One wartete am McAlpine's Hauptquartier in Hayes, nicht allzu weit entfernt von Heathrow Airport. Nach der Sendung hetzte Kirby von Shepherds Bush nach Hayes. Er hatte sein ganzes Leben noch nicht in einem verdammten Helikopter gesessen. Es war ihm früher am Abend nicht so gut gegangen, er hatte sich sogar einen starken Drink genehmigt, um mit dem Streß fertig zu werden, live im Fernsehen aufzutreten. Und jetzt ging es ihm keinen Deut besser.

Der Copilot, ein Polizei-Sergeant, schnallte Kirby an und zeigte ihm, was er im Notfall zu tun hätte. Wenn es Ihnen schlecht wird, Sir, da ist die Tüte. Scheiße, dachte Kirby, das wird eine harte Nacht.

Sie brachen auf Richtung Birmingham, wo der Hubschrauber zum Nachtanken landen sollte. Die erste Hälfte der Reise verlief harmlos. In Birmingham landeten sie sicher, setzten auf und warteten, daß der Tanklastwagen zum Nachfüllen kam. Aber als er eintraf, gab es Probleme. Es hatte was mit der Bezahlung zu tun, wegen der telefonischen Auftragsbestätigung gab es Probleme mit der Kreditsicherheit. Der Tankwagen wollte nicht liefern. Sie warteten und warteten. Wie er da im Hubschrauber saß, mickrig klein gegen die 747s und ähnliche Flieger, im aufkommenden Wind und um halb drei in der Früh, fühlte sich Albert Kirby alles andere als wohl.

Schließlich wurde das Problem geklärt, und sie starteten in etwas hinein, was Kirby für einen hurrikanstarken Sturm hielt. Er kauerte sich in die Ecke seines Sitzes und glaubte, sterben zu müssen. Er hoffte, daß er mit der Gewißheit sterben konnte, erfolgreich zu der Aufklärung des Todes von James Bulger beigetragen zu haben.

Er überlebte den Flug und traf um halb fünf Uhr zu Hause ein, und er schwor sich, daß keine zehn Pferde ihn jemals wieder in einen Hubschrauber zerren konnten.

20

Jim Fitzsimmons wußte nichts von Albert Kirbys nächtlichem Abenteuer, als er am Freitag morgen um halb acht vor Kirbys Haus vorfuhr, um ihn abzuholen. Das hatten sie gestern nachmittag vereinbart. Kirby war erst seit drei Stunden zu Hause, und er lag noch im Bett.

Susan Kirby öffnete Jim die Tür und schickte ihn die Treppe hoch. Dort setzte er sich ans Bettende des leitenden Ermittlungsbeamten und trank eine Tasse Tee.

»Was glauben Sie?« fragte Kirby.

»Ja«, sagte Fitzsimmons nur.

Natürlich sprachen sie von den beiden Jungen.

»Sind Sie sicher?«

»Nein, ich bin nicht sicher.«

Jim Fitzsimmons fuhr allein zur Marsh Lane und ging schon vor in die morgendliche Abstimmungsbesprechung. Er fand, daß es Zeit war, die vernehmenden Beamten auszuwechseln.

Es schien ein Problem zu sein, daß Phil Roberts und Bob Jacobs die Gegend nicht kannten. Jim wollte jemanden einsetzen, dem die Örtlichkeiten vertraut waren, die Bobby hoffentlich erwähnen würde, wenn er den Weg beschrieb, den sie mit James gegangen waren. Jim kannte sich in der Gegend gut aus, und wieder dachte er darüber nach, die Vernehmung selbst zu übernehmen. Aber nein, das wäre ein Fehler. Die beste Alternative war John Forrest aus dem Ersatzteam. Auch er kannte sich in Walton aus.

Was Jons Vernehmung anging, so glaubte Jim, daß eine Frau von Vorteil sein könnte. Michelle Bennett aus Mark Dales Ersatzteam hatte Erfahrung in der empfindsamen Vernehmung von Kindern, besonders bei problematischen Fällen wie Kindesmißhandlungen, und sie würde vielleicht einen neuen Dreh für diesen offensichtlich sehr schwierigen Prozeß finden.

Um neun Uhr traf Kirby ein, und die leitenden Beamten und die Vernehmungsteams setzten sich in eine Ecke der Bar, um die Veränderungen zu besprechen. Kirby fühlte sich entsetzlich, und das sah man ihm auch an. Er wußte nicht, wie er den Tag durchstehen sollte, aber er ging davon aus, daß es genug Adrenalinstöße geben würde, die ihn aufrecht hielten.

Phil Roberts und Bob Jacobs waren nicht sehr angetan, daß ihr Team verändert werden sollte. Sie arbeiteten gut zusammen und hatten in verhältnismäßig kurzer Zeit gute Fortschritte erzielt. Sie hatten sich eine Landkarte besorgt, die sie bei der Vernehmung zu Rate ziehen wollten. Damit wäre ihr Mangel an örtlichen Kenntnissen behoben.

Jim Fitzsimmons gab nach. Mal sehen, wie es weiterläuft. John Forrest sollte vorerst Ersatzmann bleiben.

Michelle Bennett war nicht glücklich darüber, ins kalte Wasser geworfen zu werden. Sie fühlte sich unvorbereitet, aber wenn sie die Aufzeichnungen der gestrigen Vernehmungen an diesem Morgen durchlesen könnte, wäre sie bereit zu übernehmen.

Was sie jetzt dringend brauchten, war das Downstream-Übertragungsgerät, damit Michelle Bennett hineinhorchen und ein Gefühl für die Vernehmung entwickeln konnte. Unglücklicherweise wurde die Anlage noch gebraucht. Jim Fitzsimmons war verärgert, aber es war nichts zu machen.

Albert Kirby informierte die Teams über die Verletzungen, die James erlitten hatte. Offiziell war es das erste Mal, daß sie bekanntgegeben wurden, aber in Wirklichkeit kannten sie schon viele Einzelheiten. Kirby trug auch einige Tips von seinem Straftäter-Profilbeschreiber Paul Britton vor, der unter anderem davon ausging, daß die Jungen aller Wahrscheinlichkeit nach keine sexuellen Übergriffe auf James zugeben würden – falls es welche gegeben hatte.

Susan Venables hatte die Nacht mit Jon im Jugendgewahrsam der Lower Lane verbracht, und am Morgen erhielten sie ein üppiges Frühstück. Jons Vater brachte frische Kleidung.

Die vierte Vernehmung beginnt kurz nach elf Uhr. Jon räumt ein, daß er gelogen hat, als er leugnete, im Strand gewesen zu sein, dann schließlich zugab, daß er doch dort war, herumgetobt, aber keine Kinder gesehen hatte. Er hatte Kinder gesehen, die draußen vor den Geschäften warteten, aber er hat kein Kind mit zwei Jungen gesehen, denn er würde einen Bogen um Kinder machen.

Die Beamten steuern darauf zu, daß Jon ihnen von seinen Aktivitäten im Strand erzählt, und Jon gibt einen teilweise wahren Bericht, wie sie durch die Geschäfte gestreift sind und geklaut haben. Er ist nicht mit in das Kartengeschäft gegangen, um sich die Trolle anzusehen. Er hat sich lieber die Thunderbird-Figuren bei Woolworths angesehen. Jon liebt die Thunderbirds, und seine Lieblingsfigur ist Lady Penelope, weil sie reich ist. Dale fragt Jon, ob er sich eine reiche Freundin anschaffen will. Seine Mutter sagt, sie hofft es.

Jon erinnert sich, zweimal bei Tandy gewesen zu sein, er sagt, in diesem Geschäft gebe es nichts zu klauen. Er wird nicht über den Diebstahl der Batteriepackung befragt. Er erwähnt, daß er auch in einem Sportgeschäft war und sagt, er hoffe, zum Geburtstag eine Ausstattung des FC Liverpool zu bekommen. Seine Mutter sagt, sie müßten zuerst abwarten, wie er sich benehme.

Jon sagt, daß er vorher ein Trikot der Blackburn Rovers möchte.

Er und Bobby waren an einem Wohltätigkeitsstand, tupften einer alten Frau auf den Rücken und liefen davon. Wie würde dir das gefallen, wenn dir jemand auf den Rücken schlägt, rief sie und rannte mit ihrem Spazierstock hinter ihnen her.

Was ist mit dem Toymaster, dem Spielzeugladen, war er dort? Nein, die Frau jagte sie hinaus, weil sie nicht in Begleitung ihrer Eltern waren.

Jon glaubt, daß es halb vier war, als sie Stanley Road verließen und sich aufmachten, Richtung Walton zu gehen. Sie gingen die County Road entlang, betraten Fads und ließen eine Dose blauer Farbe und ein paar Rollen Borten mitgehen. Um die Ecke, auf der Olney Street, versuchte Bobby, die Dose zu öffnen, und als er dagegen schlug, sprang unversehens der Deckel ab, und Jon wurde mit Farbe bespritzt.

Dale wirft ein, daß Jon jetzt einen zu großen Sprung nach

vorn unternommen habe; er möchte zurück ins Einkaufszentrum, halb vier. Jon sagt, die genaue Zeit wisse er nicht, aber Robert sagte, sie sollten besser gehen, weil es anfing, dunkel zu werden. Dann erwähnt er noch, sie hätten auf die große Uhr am Eingang geschaut, und da wäre es vier Uhr gewesen.

Die Vernehmung endet nach vierundvierzig Minuten, als Jon gerade zu beschreiben beginnt, welchen Weg er und Bobby zurück nach Walton genommen haben.

Ann Thompson hatte Baby Ben und Ryan über Nacht nicht allein lassen wollen und sich auch nicht sicher gefühlt, im Village zu bleiben. Social Services hatte sie im Gladstone Hotel in der Stadtmitte untergebracht, während Bobby in der Polizeistation geblieben war, bewacht von einem Beamten und einem Sozialarbeiter.

Am Freitag morgen traf Ann rechtzeitig zu Bobbys Haftprüfungstermin nach vierundzwanzig Stunden an der Walton Lane ein. Phil Roberts nahm daran teil, bevor er weiter zur Marsh Lane fuhr.

Bobbys vierte Vernehmung begann um 11 Uhr 35. Er hatte den Beamten schon mitgeteilt, daß er etwas Neues zu sagen habe. Er und Jon hatten geschwänzt, und Ryan war zur Schule gegangen.

Bobby: Dann sind wir zum Strand gegangen und haben den kleinen James mitgenommen ...
Roberts: Ja.
Bobby: ... aus dem Strand weg.
Roberts: Ja.
Bobby: Also, er hat's getan, Jon.
Roberts: Richtig.
Bobby: Dann haben wir ihn mit hinunter genommen und ihn auf dem How zurückgelassen.
Roberts: Auf dem How?
Bobby: An der Eisenbahn.
Roberts: Richtig, an der Eisenbahn. Ihr seid also am Reservoir vorbeigegangen, ja?

Bobby: Bitte?
Roberts: Ihr seid am Reservoir vorbeigegangen?
Bobby: Ja, wir sind auch aufs Reservoir gegangen.

Sie beginnen jetzt, die Route nachzuzeichnen, die Jon, James und Bobby vom Reservoir zur Eisenbahn genommen haben. Sie breiten die Landkarte aus. Bobby sagt, daß sie zwei Frauen mit Hunden auf dem Reservoir gesehen haben, und nachdem Jon eine von ihnen nach der Polizeistation gefragt hatte, sind sie die Bedford Road zur County Road hinunter gegangen, dann die Church Road West hinein. Sie sind nicht in Geschäften an der County Road gewesen. Von Church Road sind sie quer hinüber zum How gegangen und haben James dort zurückgelassen. Bobby und Jon sind dann in den Videoladen gegangen.

Nach einigen Erörterungen über die Örtlichkeit des How will Bob Jacobs wissen, warum sie James dort gelassen haben. Bobby sagt, wenn sie ihn zur Polizeistation gebracht hätten, hätten sie mit hineingehen müssen. Ein Taxi stand da, und der Kerl hätte das Baby an sich genommen. James hat nicht geweint, er hat sich nur umgesehen. Er hatte nichts als einen Kratzer über dem Auge.

Sie reden eine Weile über den Videoladen und was geschah, als Jons Mutter auftauchte. Dann fragt Phil Roberts: Okay, nun sag mir, wer die Farbdose hatte. Wir hatten keine Farbdose. Wir wissen, daß ihr eine Farbdose gehabt habt. Niemals.

Bob Jacobs erklärt, wie die Polizei herausfinden kann, ob Farbe an Kleidungsstücken haftet. Jon hatte Farbe an seiner Jacke. Bobby weiß nichts davon, er hat die Farbe nie gesehen. Nun, sie war da, wo kommt sie also her? Bobby sagt, er wisse es nicht, aber seine Mum streiche gerade das Haus. Es ist keine Hausfarbe. Baby James hatte doch auch Farbe an sich, nicht wahr? Bobby weiß es nicht. Denk mal darüber nach. Bobby beginnt zu weinen. Ja, ja, ihr wollt sagen, daß ich ihn getötet habe. Er rutscht in seinem Stuhl nach unten. Seine Mutter sagt ihm, er soll sich aufrecht hinsetzen.

Wir wollen die Wahrheit, sagt Roberts. Wir wissen, daß du

Lügen erzählen kannst. Wir haben ihn niemals getötet, ruft Bobby. Nun, die Polizei weiß, daß er auf dem Bahndamm war. War er nicht. Das haben wir doch schon gestern besprochen. Jetzt wollen wir die ganze Wahrheit. Es ist Zeit, die Wahrheit zu sagen.

Ann ist aufgeregt, Bobby weint noch.

Am Ende haben wir ihn zurückgelassen. Bobby, das glaube ich nicht, das glaube ich nicht. Aber so war es. Bobby, wir wollen dich nicht aufregen, wir wollen auch deine Mum nicht aufregen, aber wenn du nicht ... Ja, aber ihr wollt sagen, daß wir ihn umgebracht haben. Wir haben Spuren an deiner Kleidung gefunden, Bobby, und daher wissen wir, daß du Lügen erzählst, verstehst du? Aber ich habe ihn niemals umgebracht. Nun, dann sag mir, was passiert ist. Die Farbe – erzähl mir von der Farbe. Ich habe nie irgendwelche Farbe gehabt. Nun, jemand muß Farbe gehabt haben. Hat Jon die Farbe genommen? Ich weiß es nicht, kann sein, daß er sie aus irgendeinem Geschäft hat mitgehen lassen. Es muß eine kleine Dose gewesen sein, denn ich habe ihn nie mit einer großen Farbdose gesehen.

Wieder drängen Roberts und Jacobs den Jungen, zuzugeben, daß James nicht am How zurückgelassen wurde und daß sie eine Farbdose gehabt haben. Bobby widersetzt sich ihnen und weint weiter ... es ist ein Weinen ohne Tränen.

Er hört auf zu weinen, als das Thema gewechselt wird. Jacobs fragt, ob James, Jon oder Bobby bluteten oder Blut an sich hatten. James hat nicht geblutet, als sie ihn zurückließen, und Jon hätte was gesagt, wenn er geblutet hätte. Bobby sagt, es könnte sein, daß er geblutet habe, nachdem Jons Mutter ihn aus dem Videoladen gezerrt hatte.

Hast du irgendeinen gesehen, der Blut an sich hatte? Was? Hast du irgendeinen gesehen, der Blut an sich hatte? Nein. Nein – und James war okay? Was? Und James war in Ordnung? Nein, er ist tot. Als du ihn zuletzt gesehen hast, war er da in Ordnung? Ja.

Die Beamten finden, daß es Zeit für eine Pause ist. Möchte Bobby eine Tasse Tee, ein Mittagessen oder sonst etwas? Nein, er hat eben erst gegessen. Nun, sie wollen ihm eine Pause gönnen. Er hat ihnen ein bißchen mehr von der Geschichte erzählt, aber sie müssen noch mehr wissen.

Bobby beginnt wieder zu weinen. Ja ... und ... warum kann ich nicht mit meiner Mum nach Hause gehen? Weil wir noch nicht alle Fragen gestellt haben, und weil wir noch nicht die richtigen Antworten gehört haben. Nun, wenn sie alle richtig sind, kann ich dann mit meiner Mum gehen? Bobby, wir müssen uns noch eine Weile mit dir unterhalten, wir wollen wissen, wie es wirklich war. Wir wollen es wissen. Nun, ich will nicht wieder hier schlafen.

Phil Roberts sagt, es liege an Bobby, die Wahrheit zu sagen. Er sagt, das tue er ja. Roberts sagt, sie wüßten, daß er über die Farbe nicht die Wahrheit sagt. Ann wirft ein, sie hätte ihn vorher schon gedrängt, einfach bei der Wahrheit zu bleiben.

Bobby: Wir hatten Farbe. Es war eine kleine Lackdose, nicht wahr?
Jacobs: Ja.
Bobby: Jon hat sie mitgenommen.
Jacobs: Von wo?
Bobby: Ich glaube, es war Toymaster.
Jacobs: Wann war das?
Bobby: Am Freitag.
Jacobs: Das meine ich nicht. Zu welcher Zeit? War es Toymaster im Strand?
Bobby: Ja.
Jacobs: Welche Farbe war es?
Bobby: Ich wußte es nicht. Sie war in einer kleinen silbrigen Dose mit einem weißen Etikett drauf.
Jacobs: Ach. Hat er nun die Farbdose geklaut, bevor ihr Baby James genommen habt?
Bobby: Ja.
Jacobs: Wo hatte er die Dose?
Bobby: In seiner Tasche.
Jacobs: Okay. Hat er nun die Dose zu diesem Zeitpunkt schon geöffnet, oder wann? Wann hat er die Dose geöffnet?
Bobby: Als wir die Straße entlanggingen.
Jacobs: Welche Straße?

Bobby: Bedford.
Jacobs: Bedford Road. Okay, also du brauchst uns immer noch nichts zu sagen, wenn du es nicht sagen willst. Alles, was du sagst, kann als Beweis gegen dich verwendet werden. Das verstehst du doch, ja? Wir wollen immer noch wissen, was mit der Farbe passiert ist. Also, was ist damit geschehen?
Bobby: Er hat sie in James' Auge geworfen. Das Auge war es, glaube ich. (Bobby zeigt auf sein linkes Auge.)
Jacobs: Wo war das?
Bobby: Auf dem Bahndamm.

Bobby sagt, er wisse nicht, was dann geschehen sei. Er sei von Jon weggerannt. Was hat James getan? Er hat auf dem Boden gesessen und geweint. Warum ist Bobby weggelaufen? Weil Jon das Zeug in James' Auge gespritzt hat. Warum hat Jon die Farbe nach ihm geworfen? Bobby weiß es nicht. Was hat Bobby davon gehalten? Sollte es ein Spaß sein oder was? Nein, jammert Bobby vor sich hin, er hat die Farbe in sein Gesicht geworfen, davon hätte das Baby blind werden können.

Als Bobby weggerannt ist, sei Jon hinter ihm hergelaufen. James weinte. Nein, sonst war er nicht verletzt. Bobby ist sicher, daß er nicht blutete.

Die Beamten breiten wieder die Karte aus, und Bobby zeigt ihnen, wo er, Jon und James über das Geländer und auf den Bahndamm geklettert sind. Es war hinter der schmalen Gasse auf der gegenüberliegenden Seite der City Road, wo das Geländer niedrig ist. Sie waren die Gasse zwischen City Road und Walton Lane gegangen, um dorthin zu kommen. Phil Roberts markierte diese Stelle auf der Karte mit einem X.

Bobby erläutert, wie sie an der Böschung entlanggegangen sind. Jon hielt James' Hand. Er meint sich zu erinnern, daß Jon die Kapuze von James' Anorak auf einen Baum geworfen hat, nachdem sie unter der City Road Bridge, Broo genannt, durch waren. Wieder ein X auf der Karte. Bobby weiß nicht, warum Jon die Kapuze weggeworfen hat. Er riß sie einfach los und warf sie weg.

Sie gingen weiter, und gleich hinter der Brücke warf Jon die Farbe. James schaute auf den Boden, und er ging so … und die Farbe traf ihn ins Auge. Bobby demonstriert Jons Wurf, eine Aufwärtsbewegung mit dem Arm. Bobby sagte zu Jon, er solle die Dose abstellen, und Jon warf sie auf die Brücke.

Der Summer ertönt. Bob Jacobs sagt, sie würden gern gleich fortfahren. Es dauert vier Minuten, die Bänder zu wechseln. Die fünfte Vernehmung beginnt.

Hatte jemand James geschlagen, bevor Bobby weggelaufen war? Kann sein, daß Jon ihn heimlich geschlagen hat. Wie kommt Bobby darauf? Weil Jon hinterhältig ist. Und wann war das? Nein, ich habe nur gesagt, es könnte sein, heimlich. Du hast es nicht gesehen? Nein, aber er ist eben hinterhältig. Aber wenn Baby James geschlagen worden wäre, hätte es doch zu weinen angefangen, oder nicht? James weinte schon. Ach? Ja, weil er zu seiner Mum wollte. Er hat nicht die ganze Zeit geweint, er fing erst wieder damit an, als Jon die Farbe in sein Auge geworfen hat.

Jacobs geht zurück zum Diebstahl der Farbdose. Hat Jon sonst noch etwas an diesem Tag gestohlen? Pepperami. Er hat sie gegessen, bevor sie mit James zusammen waren. Hat einer von ihnen Batterien gestohlen? Nein. Bist du dir sicher? Ja. Phil Roberts sagt, er möchte auf etwas aufmerksam machen. Bobby sei bei diesem Punkt knallrot im Gesicht geworden. Als ob er was davon wüßte. Nun ja, mir ist heiß, sagt Bobby. Er beginnt zu weinen. Ja, aber, ich habe die Batterien nicht genommen. Ich bin ein schrecklicher Mensch, sagt Phil Roberts.

Bobby wird wieder nach den Batterien gefragt, und immer noch weinend sagt er, daß Jon sie vielleicht genommen hat. Von wo? Ich weiß es nicht. Du weißt es doch, das hast du auch das letzte Mal gesagt, und dann hast du doch gewußt, woher die Farbe kam, richtig? Ja, aber ich weiß nicht, woher die Batterien … was sollten wir mit Batterien anfangen? Genau das ist es, was Phil Roberts wissen will. Warum wolltet ihr Farbe haben? Da müssen Sie Jon fragen, ich war's nicht. Ich wollte keine Farbe.

Die Beamten kommen bei den Batterien nicht weiter und beschließen, die Vernehmung abzubrechen. Sie hat acht Minuten gedauert.

Jim Fitzsimmons glaubte immer noch, daß Michelle Bennett im Team sein sollte, das Jon vernimmt, aber Michelle Bennett fühlte sich noch nicht dazu bereit. Endlich war das Downstreet-Übertragungsgerät in der Lower Lane eingetroffen. Michelle Bennett und ihr Kollege Dave Tanner ließen sich in dem kleinen ärztlichen Untersuchungszimmer neben der Jugendhaftzelle nieder und lauschten über den zusätzlichen Bandanschluß, wie die fünfte Vernehmung Jons verlief. Es war zwanzig nach zwölf an diesem Freitag nachmittag.

Mark Dale und George Scott nehmen das Thema des vorausgegangenen Gesprächs wieder auf. Jon und Bobby auf dem Weg zurück nach Walton. Jon sagt, sie seien zur Hillside School gegangen (die dem Reservoir fast gegenüber liegt) und hätten dort in der Weitsprunggrube gespielt. Sie sprangen beide, und Jon gewann, weil Bobby vom Springen nichts versteht. Mark Dale sagt, dann müßte doch Sand in seinen Schuhen gewesen sein, als er nach Hause gekommen war. Nein, antwortet Jon, er habe seine Schuhe ausgezogen.

Von dort gingen sie zur County Road, und Bobby stahl die Dose Farbe und die Borten bei Fads. Jon erzählt wortreich, was sie mit der Farbe und den Borten anstellten. Er sagt, die Farbdose sei größer gewesen als die kleine Dose, die man auf dem Bahndamm gefunden hatte. Es war eine Dose von Crown, und sie warfen sie auf der Rückseite der Frittenbude an der Olney Street weg.

Die Beamten lassen Jon eine Weile gewähren, und George Scott meint dann, daß Jon ihnen für diesen Tag genug Geschichten erzählt habe. Erinnert sich Jon an den gestrigen Abend, als er ihnen erzählte, wo er gewesen war? Als sie herausfanden, daß es eine Lüge war, weil Robert gestanden hatte, daß sie im Strand gewesen waren? Ja, Jon erinnert sich.

Scott fährt fort, daß Robert eine andere Geschichte über den Strand erzählt habe. Was glaubt Jon, daß Robert erzählt hat? Jon weiß es nicht. Kann Jon sich nicht vorstellen, was Robert über das erzählt hat, was sie im Strand getan haben? Klauen. Nicht nur Klauen, noch etwas anderes. Jon weiß es nicht. Er kann sich nichts anderes vorstellen. Scott sagt, Robert habe ausgesagt, sie seien im Strand gewesen und hätten den kleinen Jungen gesehen.

Jon ist sofort beunruhigt. Das haben wir nicht. Niemals. Susan fragt, ob das bei Gott die Wahrheit sei. Gottes ehrliche Wahrheit, ich sag's dir doch, wir haben ihn nie gesehen, Bobby hatte zu große Angst, er hatte wahrscheinlich viel zu große Angst.

Robert hat gesagt, du hättest James an die Hand genommen und aus dem Strand geführt. Das haben wir nicht! Nein, nicht wir – Robert sagt, daß du ihn an die Hand genommen hast. Nein, nie! Nun, warum sollte Robert so etwas über dich sagen? Er ist ein Lügner.

Jon ist außer sich vor Qualen, springt vom Stuhl auf, geht zu seiner Mutter, die versucht, ihn zu beruhigen. Es ist schon gut, komm schon, alles ist gut, Liebling. Sag ihnen die Wahrheit. Du hast es nicht getan, stimmt's?

Lawrence Lee wird gebeten, die Situation zu beurteilen. Jon weint unkontrolliert. Ich habe ihn nie an die Hand genommen, ich habe nie ein Baby angerührt. Schon gut, ich glaube dir, sagt Susan.

George Scott teilt Jon dann mit, daß die Fingerabdrücke, die sie gestern von ihm genommen haben, mit denen bei Bradford & Bingley übereinstimmen. Jon sagt, ja, er sei drinnen gewesen. Er dachte, sie hätten von Halifax gesprochen. Jon beschreibt, was sie in den Räumen der Bausparkasse gemacht hatten. Er weint wieder. Ich habe nie ein Baby angerührt. Ich weiß, sagt Susan.

Sie sagen Jon, er solle sich nicht aufregen. Sie fragen ihn ja nur nach der Bausparkasse. Scott sagt, der Mann in der Bausparkasse erinnert sich daran, daß er euch draußen wiedergesehen hat. Ihr hättet ihn nach Geld gefragt. Stimmt das? Sag die Wahrheit, drängt Susan, habt ihr nach Geld gefragt? Jon sagt, er sei es nicht gewesen, sondern Bobby. Ich hab' das Baby nie genommen, Mum.

Lawrence Lee fragt Jon, ob es ihm recht ist, daß sie weitermachen. Ja. Wenn er will, daß sie aufhören, braucht er es nur zu sagen. Scott mahnt ihn, die Wahrheit zu sagen, denn er hat ihnen schon eine Menge Geschichten erzählt. Ich hab' den Jungen nie genommen.

Scott: Nun, wenn du es nicht warst, der den Jungen mitgenommen hat, dann erzähl uns, was passiert ist. War es Bobby? Du nickst.
Jon: Ja, er hat ihn dagelassen, er hat ihn auf der Straße zurückgelassen.
Scott: Also gut. Gehen wir zurück zum Strand.
Jon: Nein, ich habe den Jungen nie berührt, Mum, niemals.
Susan: Okay.
Scott: Gut.
Jon: Ich habe den Jungen nicht berührt.
(Jon wird hysterisch und kann nicht getröstet werden. Er leidet entsetzlich.)
Dale: Warte mal. Komm her, Sohn. Komm.
Susan: Oh, Gott, nein.
Dale: Beruhige dich.
Jon: Ich hab' ihn nie berührt.
Dale: Setz dich, geh zu deiner Mum.
Susan: Schon gut, alles gut. Schau mal, jetzt hast du mich zum Weinen gebracht.
Jon: Ich hab's nicht getan, Mum.
Susan: Ich weiß, daß du so was nie tun würdest. Du würdest das einem Jungen nie antun, nicht wahr?
Jon: Robert bringt mich in Schwierigkeiten.

Jon schluchzt immer noch, und Susan sagt, daß er oft genug vor Robert gewarnt worden ist. George Scott sagt, daß Jon ihnen jetzt schildern muß, was geschehen ist, und daß er dabei nicht wieder zu weinen anfangen soll. Er muß sich wie ein großer Junge benehmen. Und erzähl keine Lügen.

Ich habe nie einen Jungen berührt. Nun, dann sag uns, was geschehen ist, aber denk dran, erzähl uns keine Lügen mehr, denn wir finden sie ja doch heraus, nicht wahr? Also, ich hab' ihn nie berührt, niemals.

Bist du in Ordnung, daß wir weitermachen können? fragt Lawrence Lee. Nein, ich hab' ihn nie angefaßt. Susan sagt, beruhige dich zuerst. Ich kann nicht. Ich habe ihn nie angefaßt.

Scott: Also gut, erzähl uns, was geschehen ist.
Jon: Wir gingen einfach nach Hause, und ich ging, ließ Robert allein zurück, bis auch er nach Walton Village kam.
Susan: Sag mir jetzt die Wahrheit, Jon, bitte.
Jon: Ich habe ihn nie getötet, Mum. Mum, wir haben ihn mitgenommen und am Kanal zurückgelassen, Mum, das ist alles.
Scott: Ihr habt ihn am Kanal beim Strand zurückgelassen?
Jon: Ja.

Wo habt ihr den Jungen im Strand gefunden? Ich weiß nicht, er wanderte allein umher. Das war der kleine James, nicht wahr? Nein, er hatte braune Haare. Er hatte braune Haare? Dieser andere Junge. Welcher andere Junge ist das? Ich weiß es nicht, es war nur dieser eine Junge da. Wie alt sah er aus? Zwei, ich weiß es nicht. Etwa zwei? Ich habe ihn nicht umgebracht, Mum. Ich glaube dir.

Jon beginnt wieder zu schluchzen, steht auf, wirft dabei eine Getränkedose auf dem Tisch um. Lee fragt wieder, ob er weitermachen will, und Jon sagt ja, aber ich habe ihn nicht umgebracht. Dale sagt, sie würden ihm eine Weile keine Fragen stellen, er solle sich einfach nur still hinsetzen, bis er sich wieder gefangen habe. Jon sagt, ich habe ihn im Strand zurückgelassen. Susan fragt: Du hast ihn im Strand zurückgelassen? Ja. Bei wem? Bei niemandem. Wo ungefähr im Strand? Bei … eh, nein, wir haben ihn bei TJ Hughes zurückgelassen, diesen Jungen mit den braunen Haaren, und seine Mutter hat ihn wiederbekommen. Oh, sagt Susan. Ist das James? fragt Jon.

Nun, nein, antwortet Dale.

Die Beamten fragen Jon nach dem Jungen, und er antwortet, daß sie ihn bei TJ Hughes gefunden haben. Roberts glaubt wahrscheinlich, daß es sich um James handelt. Scott sagt, damit es klar ist: Du hast ihn am Kanal zurückgelassen, und du hast ihn bei TJ Hughes zurückgelassen. Jon sagt, das mit dem Kanal, das habe ich mir ausgedacht. Susan sagt, das kommt vielleicht von den Medien.

Jon sagt, sie hätten diesen Jungen bei sich gehabt und versucht, seine Mutter zu finden, und sie seien so lange mit ihm herumgewandert, bis seine Mutter ihn wieder an sich genommen habe. Sie erörtern, wo Jon und Robert den Jungen aufgelesen haben, und Jon sagt, seine Mum habe ihn sich an den Einkaufswagen bei TJ Hughes geholt. Jon sagt, daß er mit der Mutter gesprochen habe, er sucht nach Worten, die er ihr gesagt hat. Ich wollte Sie ... Ich wollte nur ... Ich wollte ihn, daß er Sie ... Ich wollte ... Susan hilft ihm und sagt: Ich habe Sie gesucht, damit ich ihn Ihnen zurückbringen kann. Ja.

Dann sagt Jon, er sei allein aus dem Strand gegangen, ohne Robert. Nun warte mal, unterbricht Scott ihn, wir haben da zwei verschiedene Versionen. Susan rät Jon, nicht konfus zu werden, denke nach, und Jon beginnt wieder zu weinen. Ich habe ihn nicht getötet, Mum. Das sagt doch auch niemand, sagt Susan, und Lawrence Lee bestätigt das. Jon weint und weint. Er wimmert. Susan sagt, er hat Angst. Jon schluchzt, sie stecken mich ins Gefängnis.

Sie beschließen, die Vernehmung zu beenden. Ich würde einem Baby nicht weh tun, sagt Jon. Ich weiß auch, daß du einem Baby nicht weh tun würdest, sagt Susan.

Michelle Bennett ruft Jim Fitzsimmons an, sobald die Vernehmung beendet ist. Nachdem sie mitgehört haben, sind sie und Dave Tanner der Meinung, daß Jon Angst hat, die Wahrheit zu sagen, weil er seine Mutter nicht aufregen will. Sie glauben, wenn sie mit Susan Venables sprechen könnten, würden sie eine Chance haben, das Problem zu lösen. Jim sagt, sie sollen es versuchen. Sie nehmen Susan für ein ruhiges Gespräch zur Seite.

21

Phil Roberts hatte erst gestern wieder damit angefangen, aber sein Zigarettenkonsum stieg rapide an. Es sah jetzt schon nach einem Zweischachteltag aus. Diese Vernehmungen waren harte Arbeit.

Wie Michelle Bennett hatte auch Phil Roberts einige Erfahrungen mit Verhören bei Kindesmißhandlungsfällen. Mit Kindern umzugehen war viel schwieriger als mit Erwachsenen. Die Phantasie der Kinder war einzigartig; sie waren die besten Lügner der Welt. Man brauchte sich nur an seine eigene Kindheit zu erinnern und an die Fälle, bei denen man ungestraft davongekommen war.

Roberts hielt Bobby für einen durchtriebenen kleinen Kerl, aber sein Fußscharren verriet ihn. Auch sein geheucheltes Weinen, das Weinen ohne Tränen, war zu durchsichtig.

Von Anfang an hatte Roberts versucht, eine Beziehung zu Bobby herzustellen. Vorgebeugt im Stuhl sitzen, der Versuch, mit einer witzigen Bemerkung ein Lächeln hervorzurufen, die gelegentliche Berührung von Bobbys Knie – es war alles geheuchelt, aber es schuf die richtige Stimmung.

Es war jetzt nicht die Zeit, an James Bulger zu denken oder mit Entsetzen auf Bobbys Erzählungen zu reagieren. Das brachte einen nie weiter. Jetzt wurde der Tunnelblick verlangt, nur auf das eine Ziel zu, die Wahrheit über das herauszufinden, was geschehen war.

Es war jetzt Viertel nach zwei am Nachmittag, und Bobbys sechste Vernehmung begann damit, daß er meinte, Jon könne die Batterien für sein Game Gear mitgenommen haben. Vielleicht hat er sie mitgenommen, und dann sind sie ihm aus der Tasche gefallen. Was, auf dem Bahndamm? Wo immer Sie sie gefunden haben. Aber die Batterien lagen verstreut herum, sie wurden nicht alle an einem Ort gefunden. Unwahrscheinlich, daß sie aus Jons Tasche gefallen waren.

Phil Roberts sagt, er glaube, daß Bobby mehr über die Batterien wisse, wie es auch bei der Farbe der Fall gewesen war. Bobby weicht aus. Okay, dann sage ich eben, daß ich die Batterien genommen habe. Nein, nein, das wollen sie nicht. Sie wollen die Wahrheit wissen.

Bobby wiederholt seine Geschichte, daß sie vom Bahndamm weggelaufen seien, nachdem sie die Farbe weggeworfen hatten. Davon ist er nicht abzubringen. Die Beamten sagen, wenn der kleine James doch geblutet habe und sein Blut an Jons oder Bobbys Kleidung gefunden würde, dann bedeute das, daß sie bei ihm waren, als James blutete. Bobby fragt, woher sie wissen, daß es James' Blut ist. Jacobs sagt, sie kennen James' Blut, weil sie seine Leiche haben. Wo? Es spielt keine Rolle, wo, Bobby. Wahrscheinlich wurde er zuerst ins Krankenhaus gebracht. Wozu? Um Blut aus seinem Arm zu nehmen, wie sie es bei dir auch getan haben. Sie haben ihn ins Krankenhaus gebracht und versucht, ihn wieder lebendig zu machen? Nein, sagt Ann. Bobby sagt, nun ja, mir hat man gesagt, daß er in zwei Stücke geteilt war. Und dann hätte man ihn doch nicht mehr lebendig machen können, oder?

Bobby meint, das Blut an James' Kleidung könnte ja auch von einem Kratzer herrühren. Er demonstriert, wie er sich an dem Ratscher im Gesicht gekratzt hat. Jacobs sagt, aber das könne er unmöglich mit dem Schuh gemacht haben – das Blut wurde auf seinen Schuhen gefunden.

Bobby beginnt zu weinen. Ich habe ihn nicht umgebracht. Ihr wollt mir sagen, daß ich ihn umgebracht habe. Was ist an diesem Nachmittag geschehen? Komm schon, Bobby.

Wir haben ihn da zurückgelassen. Warum macht ihr das nicht alles mit Jon? Jon macht das alles auch mit, Bobby. Dann fragen Sie Jon, er wird sagen, daß ich ihn nie angerührt habe. Wir werden Jon fragen. Wie können Sie Jon fragen, wenn Sie hier sind?

Jacobs läßt sich noch einmal die letzten Ereignisse berichten, über die Bobby erzählt hat. Jon hielt seine Hand, Jon hat ihn mit aus dem Strand genommen, Jon führte ihn hoch aufs Reservoir, warf die Kapuze in einen Baum, warf mit der Farbe. Mag sein, sagt Jacobs, daß Jon tatsächlich all diese Dinge getan hat, wir wissen es nicht. Ja, antwortete Bobby, denn warum sollte ich einem kleinen Jungen etwas zuleide tun. Nun, wir wissen es nicht.

Bobby weint wieder. Vielleicht hat Jon den kleinen James unauffällig getreten; er weiß es nicht. Sie gehen die Geschichte noch einmal durch, verweisen darauf, daß Bobby bestimmte Dinge zuerst leugnete und dann zugab. Roberts sagt, er habe in diesen Punkten recht gehabt, und jetzt habe er auch recht. Ja, aber ich habe ihn nicht umgebracht. Wer hat es denn getan? Nun, ich nicht.

Bobby schluchzt jetzt. Sie fragen ihn, ob sie aufhören sollen.

Ann: Es wird in ein paar Minuten vorbei sein, wenn du ihnen nur die Wahrheit sagst.
Bobby: Jon warf einen Stein in sein Gesicht.
Ann: Warum?
Bobby: Ich weiß es nicht.
Roberts: Versuch mal nachzudenken. Wir haben ... wir sind bald am Ziel. Wir stehen direkt vor der Wahrheit.
Bobby: Ja, und am Ende schieben Sie mir die Schuld zu, weil ich Blut an mir hatte.

Bobby wiederholt, daß Jon den Stein geworfen hat. James fiel auf den Boden. Dann verließ Bobby den Bahndamm, er hangelte sich am Lampenpfosten bei dem großen weißen Haus hinunter. Sie hangelten sich beide hinunter. Er wird erneut gefragt, und er wiederholt die Aussage. Roberts wirft ein, daß aber noch etwas passiert ist. Bobby antwortet, Jon wäre noch auf dem Bahndamm gewesen, er schon am Lampenpfosten. Ann fragt, was mit dem Baby war. Bobby sagt, es habe weinend auf dem Boden gelegen. Wach oder schlafend? Wie meinen Sie das? Sah James so aus, als schliefe er, oder ...? Er war wach.

Robert stellt Bobby die Frage, warum er nicht versucht habe, Jon aufzuhalten. Aber das habe ich doch versucht. Er hat versucht, ihn zurückzuziehen, aber er hat den Stein geworfen. Er stand direkt vor James, und Bobby stand hinter Jon. Als der Stein das Gesicht traf, begann James zu bluten. Er brüllte nicht, er weinte. Bobby demonstriert, wie James auf die Knie fiel, dann aufs Gesicht. Er war vollständig bekleidet.

Ann hat zu weinen begonnen. Phil Roberts schlägt eine Unterbrechung vor. Er sagt, Bobby habe ihnen nicht die volle Wahrheit gesagt, er schiebe alle Schuld auf Jon. Tu' ich nicht. Doch. Aber ich hab' doch gesagt, daß ich Sachen zum Essen geklaut hab'. Wir halten uns nicht mit dem Stehlen auf, Bobby, darum ist es uns nie gegangen. Das weißt du. Wir wollen die ganze Wahrheit.

Sie bedrängen Bobby, aber er beharrt darauf, die volle Wahrheit erzählt zu haben. Er hat das Baby nie angefaßt. Er hat sich am Lampenpfosten hinuntergehangelt.

Bobby beginnt zu weinen. Ich hab' ihn nie berührt. Ich hab' ihn nie berührt. Das ist alles, was ich gesehen habe. Nein, das stimmt nicht, Bobby. Doch, es stimmt. Wir wissen über verschiedene Dinge Bescheid, die passiert sind, und deine Aussage läßt viele Fragen offen. Waren Sie denn da und haben mich gesehen? Nein. Nun, aber wenn Sie so reden, hört es sich so an.

Die Beamten versuchen, die Grundzüge der Untersuchungen bei Obduktionen zu erklären. Ein schlauer Mann, ein Pathologe, schaut sich jeden Teil des Körpers an und kann feststellen, wo und wie er verletzt worden ist. Bobby wirft ein: Warum sollte ich dem Baby Blumen bringen, wenn ich es getötet hätte? Ich kenne die Wahrheit, sagt Roberts. Ich auch, kontert Bobby, und ich war da, Sie nicht. Er beginnt wieder zu weinen. Ja, ja, es ist immer unsere Familie, immer ist es unsere Familie, der man die Schuld in die Schuhe schiebt. Mag sein, daß deine Familie in der Vergangenheit mal fälschlich beschuldigt wurde, aber diesmal haben wir recht, nicht wahr? Nein, denn ich habe ihn nie angefaßt.

Jacobs: Okay, dann erzähl uns, was geschehen ist.
Bobby: Er hat noch einen Stein geworfen.
Jacobs: Und wo hat er ihn getroffen?
Bobby (zeigt auf seinen Körper): Da.
Jacobs: An der Brust?
Bobby: Am Bauch.
Jacobs: Was für ein Stein war das?
Bobby: Ein halber Ziegelstein.

Jacobs: Und was geschah dann?
Bobby: Dann hat er ihn wieder geschlagen.
Jacobs: Womit?
Bobby: Es war so ein breites Metallding mit Löchern drin.
Jacobs: Ein breites Metallding mit Löchern drin? Wo war das denn?
Bobby: Als es ihn traf?
Jacobs: Nein, wo es lag. Wo hat er es aufgehoben?
Bobby: Vom ... Sie wissen doch, wo die Schienen sind.
Jacobs: Ja?
Bobby: Und dazwischen lag dieses Ding.

Welche Stelle hat er damit getroffen? Den Kopf. Welchen Teil des Kopfes? Da oben. Mitten auf den Kopf – was hat das bei James bewirkt? Er wurde bewußtlos. Wirklich? Und was geschah dann? Er hat noch einmal zugeschlagen.

Der Summer ertönt.

Womit hat er wieder zugeschlagen? Mit einem Stock, den hat er danach weggeworfen. Du hast ihn weggeworfen? Nein, er. Wohin hat er ihn geworfen? In die Brennesseln, da, wo er auch gefunden wurde. Wo hat er ihn mit dem Stock getroffen? Im Gesicht. Wo im Gesicht? Ich weiß nicht wo, er machte so und schlug ihn. Das Band ist abgelaufen, die Vernehmung beendet.

Sie wechseln das Band innerhalb von zwei Minuten, wiederholen Bobbys Rechte und fahren fort. Ann weint. Es ist drei Uhr nachmittags.

Bobby sagt, der Stock sei ein kleiner Zweig von einem Baum gewesen, der auf dem Boden gelegen habe. James lag regungslos da. Seine Augen waren geöffnet. Ob er wohl tot war? Bobby weiß es nicht. Dann gingen sie, ließen James zurück. Bobby glaubt, daß James auf dem Rücken lag, über dem Schienenstrang.

Die Batterien? Jon hat sie vielleicht für sein Game Gear mitgenommen. Hatte er Batterien bei sich? Wer? Jon. Ja. Er nahm sie heraus und warf sie weg. Er warf eine in James' Gesicht, die anderen warf er weg.

Die Beamten prüfen noch einmal die Abfolge der Ereignisse. Bobby beschreibt, wo Jon die Metallstange auf James' Kopf schlug. Dann gingen sie. Sie gingen in den Videoladen. Bobby versuchte herauszufinden, ob das Baby noch lebte, es bewegte sich nicht. Er wollte sehen, ob es noch atmete. Ich drückte mein Ohr auf seinen Bauch, und es atmete nicht mehr.

Roberts: Und du hast Jon gegenüber nichts gesagt?
Bobby: Wer?
Roberts: Du.
Bobby: Nein. Nur im Videoladen hab' ich was gesagt.
Roberts: Was hast du im Videoladen ...
Bobby: Ich fragte ihn, ob er mitkommt. Zu diesem Botengang.
Roberts: Da hast du mit ihm gesprochen?
Bobby: Ja.
Jacobs: Warum ... warum habt ihr das alles getan? Warum hat Jon dies alles getan?
Bobby: Ich weiß es nicht. Das ist etwas, was ich nicht weiß.
Roberts: Und du bleibst dabei, daß du überhaupt nichts getan hast?
Bobby: Ich habe nur geklaut.

Sie wiederholen, daß Bobbys Stehlen nicht ihr Thema sei. Er sagt, es ist auf dem Band. Eines Tages werden sie damit ankommen. Nein, das spielt keine Rolle.

Phil Roberts sagt, er glaube nicht daran, daß Jon alles getan habe. Bobby stammelt, ja, doch. Ich – nie. Roberts sagt, du wirst ihn geschlagen haben. Nun, das ist es, was Sie denken. Roberts: Es ist nur eine Person hier anwesend, die die ganze Wahrheit kennt. Nein, sagt Bobby, ich habe gerade die ganze Wahrheit gesagt.

Um zehn Minuten nach drei beenden sie die siebte Vernehmung.

Ann befindet sich jetzt im Schockzustand, sie ist verwirrt und entsetzt über den Verlauf des Geschehens. Sie sagt, daß sie an weiteren Vernehmungen nicht mehr teilnehmen kann. Sie kann kaum noch aufnehmen, was um sie herum geschieht.

Später an diesem Tag sitzt sie im Zellentrakt, als ein Polizist in Uniform vorbeigeht und den Totenmarsch pfeift. Es mag eine absichtliche Anspielung sein, vielleicht auch nicht. Sie erwähnt es Jason Lee gegenüber, der bespricht es mit dem Vernehmungsteam. Der Pfeifer taucht nicht wieder auf.

Bobby scheint mehr als alles andere um das Wohlergehen seiner Mutter besorgt zu sein. Er bittet einen Polizisten: Entschuldigen Sie, kann meine Mum ein Glas Wasser haben, damit sie ein Beecham's Powder nehmen kann? Entschuldigen Sie, kann meine Mum eine Tasse Kaffee haben? Können Sie meiner Mum einen Arzt besorgen, denn sie fühlt sich nicht gut. Es wird überlegt, einen Psychiater zu holen, der sich um Ann kümmert. Sie sagt, nicht sie sei es, die einen Gehirnklempner brauche, sondern Jon und Bobby. Sie wird mit den Ereignissen, die auf sie einstürmen, nicht fertig.

Später, als sie sich wieder gefangen hat, fragt sie Bobby: Warum, zum Teufel, hast du nichts getan, warum bist du nicht gelaufen und hast es jemandem gesagt? Wie konntest du nur dastehen und ...? Bobby wendet ein, aber ich habe doch versucht, ihn zurückzuhalten, aber er schlug und schlug und schlug immer wieder zu, und ich konnte nichts dagegen tun.

Ann ruft: Und wie konntest du die verdammten Blumen zu ihm bringen? Bobby erklärt, das habe er getan, damit Baby James weiß, daß er ihm zu helfen versucht habe und daß er jetzt an ihn denke.

Bobby fragt seine Mutter: Wenn du vor meinem Dad stirbst, kommst du dann zurück und verfolgst ihn? Darauf kannst du wetten, antwortet Ann, ich werde verdammt noch mal dafür sorgen, daß es jeden Tag bei ihm spukt. Bobby meint, sie tue das, weil er sie verletzt habe, aber wenn er dich nicht verletzt hätte, würdest du nach deinem Tod dann auch zurückkommen und bei ihm spuken? Ann gibt zurück, nun ja, dann hätte ich eigentlich keinen Grund dazu, oder? Sie findet es seltsam, daß Bobby solche Fragen stellt.

Im Vernehmungszimmer an der Lower Lane sprachen Michelle Bennett und Dave Tanner mit Susan Venables. Sie sagten, nachdem sie sich die letzte Vernehmung Jons noch einmal angehört hatten, hätten sie beide das Gefühl gehabt, daß er über das Geschehen sprechen wollte, daß er aber durch ihre Art, ihn zu trösten, gehemmt war. Er wollte sie nicht aufregen. Susan begriff, daß sie es ihm schwerer machte zu reden, weil sie nicht glaubte, daß Jon etwas mit der Sache zu tun hatte.

Die Beamten sagten, daß sie stark sein müsse und sie Jon die Liebe seiner Eltern versichern solle. Er müsse das Gefühl haben, alles sagen zu können. Falls Jon etwas über den Mord an James Bulger wisse, sei er vielleicht in der Lage, darüber zu reden, wenn er sicher war, daß seine Eltern ihn immer lieben würden.

Susan unterhielt sich eine Weile mit Neil, und um drei Uhr gingen sie zu Jon in dessen Zelle. Sie riefen Dave Tanner zu, daß er sie begleiten solle. Er blieb in der Tür stehen.

Jons Mutter und Vater nahmen ihn auf der Bank in die Mitte. Sie legten einen Arm um ihn und sagten ihm, daß sie immer für ihn da seien. Sie liebten ihn sehr, und sie wollten, daß er die Wahrheit erzähle, ganz egal, wie sie aussah. Sie würden ihn nicht beschimpfen. Sie würden Verständnis für ihn haben.

Jon wurde ganz aufgeregt und weinte. Er kletterte auf den Schoß seiner Mutter, und sie wiegte ihn wie ein kleines Baby, drückte ihn fest an sich. Durch die Tränen sagte Jon, daß er alles sagen wolle. »Ich habe ihn getötet«, sagte Jon.

Es war schmerzlich für sie alle. Nach einer Weile wandte sich Jon an Dave Tanner. »Sagen Sie seiner Mum, daß es mir leid tut?«

Jon sagte, er hätte sich bald selbst gestellt, und als Mark Dale hereinkam, fügte er hinzu: »Kann ich Ihnen davon erzählen, daß Robert versucht hat, einen anderen Jungen wegzulotsen?«

Die Beamten warteten eine Weile, bevor sie mit der Vernehmung fortfuhren. Susan sagte, sie könne nicht wieder mit hineingehen. Neil würde sie vertreten. Dave Tanner rief Jim Fitzsimmons in der Marsh Lane an, um ihm zu sagen, was geschehen war.

Jim legte den Hörer auf und wandte sich an Geoff MacDonald, der ihm am Schreibtisch gegenüber saß. »Er hat's ausgespuckt. Er war's.« Sie gingen über den Flur und teilten es Albert Kirby mit. Jons Geständnis war der Durchbruch, auf den sie gewartet hatten. No cough, no job.*

Später sprach Jim Fitzsimmons mit Michelle Bennett. Wenn Susan Venables an den Vernehmungen nicht mehr teilnahm, wollte er, daß Michelle einsprang, weil ihm eine reine Männerrunde nicht paßte. Michelle Bennett wandte ein, daß sie vom Zuhören wüßte, daß Mark Dale und George Scott eine gute Beziehung aufgebaut hätten, und es wäre falsch, dieses Band zu durchtrennen. Aber Fitzsimmons war davon überzeugt, daß er recht hatte. Er wollte die Männerrunde nicht. Aber sie widersprachen ihm alle, sagten, wie falsch es wäre, die Partnerschaft zu sprengen. Also gut, dann sollte alles so bleiben. Soviel zu deiner Entschlußkraft, dachte Fitzsimmons.

Jons sechste Vernehmung beginnt um vier Uhr, und sie beginnt damit, daß Mark Dale sagt, es sei ein schweres Stück Arbeit gewesen, bis Jon ein Geständnis abgelegt habe, und er wisse, daß Jon bestürzt sei, wie sie alle bestürzt seien. Er bittet Jon, ihnen genau zu berichten, was er an diesem Tag von Anfang an getan hatte.

Jon beschreibt, wie er mit Robert zum Strand ging. Robert war es, der bei Toymaster drei Dosen Farbe mitgehen ließ, indem er sie in seinen Ärmeln versteckte. Dann trafen sie diesen Jungen, und Robert schlug vor, ihn in die Irre zu führen. Sie spazierten mit ihm durch TJ Hughes, und Robert sagte ihm, komm mit, Freund, aber dann tauchte seine Mum auf und nahm ihn mit. Warum wollte Robert, daß der Junge ihnen folgte? Nun ja, er sagte, wenn er sich draußen verirrt, läuft er über die Straße und wird überfahren. Was sagst du dazu? Ich sagte, das sei aber eine böse Sache. Ist es doch auch.

* etwa: Entweder holst du ein Geständnis raus, oder du verlierst deinen Job

James fanden sie vor dem Metzger. Sie entdeckten ihn beide gleichzeitig, und es war Jons Idee, auf ihn zuzugehen, aber es war Roberts Idee, ihn umzubringen. Jon fragte Robert: Hat sich der Junge verirrt oder was? Robert ging auf ihn zu, und sie schlenderten herum, und Jon nahm seine Hand. Eine Weile suchten sie seine Mutter, dann hatten sie genug davon und gingen hinaus und zum Kanal. Der Junge konnte nicht sprechen, er jammerte nur die ganze Zeit: Ich will meine Mummy.

Robert sagte: Werfen wir ihn ins Wasser. Jon sagte: Wenn du willst. Er hat ihn nur in eine seichte Stelle geworfen. Robert wollte ihn überreden, sich hinzuknien, dann schauen wir uns das Wasser an, aber der Junge wollte nicht. Robert hob ihn auf und warf ihn auf den Boden, davon hatte er auch die Beule am Kopf.

Neil Venables nimmt einen Schluck von dem Getränk, das Jon vor Beginn der Vernehmung erhalten hat. Das gehört mir, protestiert Jon. Gib deinem Dad ruhig einen Schluck ab, sagt Dale, ich glaube, er kann ihn gut gebrauchen.

Jon beschreibt, wie Robert den Jungen hochhob, er packte ihn unter den Armen und hielt ihn auf Kopf- oder Brusthöhe. Mann, er ist schwer, klagte Robert und warf ihn auf den Boden. Er landete auf dem Kopf. Hat James da geweint? Ja, ich schätze, daß er da geweint hat.

Sie rannten von ihm weg, kamen aber zurück, als James schon wieder aufgestanden war. Jon weiß nicht, warum sie zurückgingen. Einfach, um mit ihm herumzuschlendern.

Jon beschreibt die Strecke, die sie gingen und erinnert sich an die drei lachenden Mädchen. Dann zum Reservoir, wo sie der Frau begegneten. Zu dieser Zeit war James wieder in Ordnung. Sie nahmen ihn mit nach Walton Village. Warum? Ich weiß es nicht. Wir wußten nicht, was wir tun sollten, bis wir durchs Village gingen, da nahm ich seine Kapuze ab und warf sie auf einen Baum. Halt, nicht so schnell. Jon überspringt ein paar Dinge.

Sie nahmen die Abkürzung von der Bedford zur County Road, dann die Church Road West entlang. An der Überführung am Breeze Hill sprachen sie mit niemandem. Diesen

Weg nahmen sie nicht. Sie kletterten auf eine Mauer an dem Häuserdurchgang, um auf den Bahndamm zu gelangen.

Jon gerät aus der Fassung. Er kann ihnen nicht mehr erzählen. Warum nicht? Weil jetzt das Schlimmste kommt. Okay, ja, laß mich dir sagen, ich weiß, daß jetzt das Schlimmste kommt, aber du weißt, was du getan hast, und du weißt, wenn du es wirklich ernsthaft versuchst, wirst du es uns erzählen können. Du brauchst eine kleine Pause, damit du darüber nachdenken kannst, und dann erzählst du uns, was geschehen ist.

Jon: Wir nahmen ihn mit auf den Bahndamm und fingen an, Steine nach ihm zu werfen.
Dale: Wer hat das getan?
Jon: Robert. Er sagte einfach, er sagte, stell dich dahin, dann besorgen wir dir ein Pflaster oder so was Ähnliches.
Dale: Warum hat er ihn mit Steinen beworfen?
Jon: Weiß ich nicht.
Dale: Was hat er sonst noch getan, außer mit Steinen nach ihm geworfen?
Jon: Er hat den großen Stab auf ihn geworfen.
Lee: Was ist das?
Dale: Du hast gesagt, er hat einen großen Stab auf ihn geworfen?
Jon: Davon ist er bewußtlos geworden.
Dale: Woraus bestand der Stab?
Jon: Aus Stahl.
Dale: Eher eine Stange?
Jon: Ja, von den Schienen.
Dale: Wo haben ihn Stange, Stock und Steine getroffen?
Jon: Am Kopf.
Dale: Und du sagst, von der Stange ist er bewußtlos geworden?
Jon: Ja, er fiel auf die Schiene.
Dale: Und was geschah dann?
Jon: Er lag einfach nur da.
Dale: Okay, erzähl weiter.

Wir liefen zum Videoladen in Walton Village, und sie hat uns, sie hat gesagt, ich gebe euch ein Pfund, wenn ihr das tut, und dann haben wir das getan, und dann hat meine Mum uns erwischt, und wir gingen zur Polizeistation. Danach ging ich nach Hause.

Als sie ihn zurückließen, lag James auf der Schiene, überall voller Blut aus dem Gesicht.

Sind wir jetzt fertig? Ich kann nicht mehr sprechen. Willst du eine kurze Pause? Willst du was trinken? Nein, ich habe alles gesagt, jetzt ist alles gesagt. Okay, wenn du nichts mehr erzählen willst. Nein, will ich nicht. Nein, das brauchst du auch nicht.

Scott fragt, ob er noch etwas über die Farbe fragen kann. Jon sagt, die zweite Dose habe er abbekommen, die dritte sei auf das Gleis gespritzt. Und alle diese Dinge, die James widerfuhren – war es immer nur Robert, der sie getan hat? Einiges habe ich auch getan. Kannst du mir sagen, was du getan hast? Ich habe nur zwei Steine nach ihm geworfen, das ist alles, was ich getan habe, denn ich würde nichts Größeres nach ihm werfen. Wie groß waren die Steine, die du geworfen hast? Nur ganz kleine Steine. Wo haben sie ihn getroffen? An den Armen. Ich würde ihm nichts an den Kopf werfen.

Die Steine, die Robert warf, waren wie Bausteine. Jon wollte gar nichts werfen. Warum hat er James denn mit Steinen beworfen? Ich hab' nur drei oder fünf geworfen, es waren auch nur die kleinen weißen. Er weiß nicht, ob sie ihn verletzt haben, und er glaubt nicht, daß er sonst noch etwas getan hat.

Jon vermutet, daß es ziemlich lange nach den Steinwürfen war, bis James von der Eisenstange getroffen wurde. Er glaubt, daß es nur ein Schlag mit der Stange war. Er rief: Hör auf, hör auf oder so. Und dann: Gehen wir jetzt.

Dale: Ich sollte dich das eigentlich nicht fragen müssen, aber wie denkst du jetzt über all diese Sachen?
Jon: Sie sind entsetzlich. Ich habe die ganze Zeit daran denken müssen.

Lawrence Lee wendet sich an Neil Venables: Wann immer Sie Schluß machen wollen, sagen Sie es. Okay, sagt Neil, beenden Sie es.

Später an diesem Abend mußten die beiden Jungen das erste Mal vor Gericht erscheinen, damit die Polizei eine weitere Inhaftierung beantragen konnte. Sie wurden zum South Sefton Magistrates Court in Bootle gebracht, gleich um die Ecke vom Strand. Albert Kirby begründete den Antrag, dem stattgegeben wurde. Lawrence Lee dankte der Polizei, daß sie den Fall mit Fingerspitzengefühl behandelt hatte.

Als Albert Kirby und Jim Fitzsimmons die Jungen zum ersten Mal sahen, waren sie von den Körpermaßen überrascht. Man hatte ihnen gesagt, daß die Jungen noch klein waren, aber sie hatten sich nicht vorstellen können, daß sie so klein waren. Die beiden Beamten beobachteten die Kinder und staunten.

Vor Gericht sahen sich Bobby und Jon nicht einmal an. Danach wurden sie zum Sicherheitsparkplatz auf der Rückseite des Gerichts gebracht und zu den jeweiligen Polizeistationen gefahren. Jon saß bereits in einem neutralen Wagen, als Bobby vorüberging. Sie wandten sich einander zu, und ihre Blicke trafen sich. Sie grinsten beide. Die Beamten, die es sahen, interpretierten es als böses Lächeln.

22

Am Samstag morgen wurde Bobby ein neu ernannter Erwachsener zugewiesen, der seine Mutter bei den Vernehmungen ersetzen würde. Der Sozialarbeiter war am Abend zuvor in der Polizeistation eingetroffen und hatte ein Fußball-Comic, ein Exemplar der Zeitschrift *Quizkids*, einige Süßigkeiten und ein Kartenspiel, *Spot Pairs*, mitgebracht, um Bobby Abwechslung zu bieten. Gemeinsam schauten er und Bobby sich ein Kindervideo auf einem tragbaren Fernsehgerät im Vernehmungszimmer an.

Am Samstag mittag waren sie wieder in diesem Zimmer, diesmal zu Bobbys achter Vernehmung. Bobby hatte ein Geständnis abzulegen. Er hat das Baby doch angefaßt, aber nur, um es von der Schiene zu holen. Er hat es am Bauch hochgehoben, seine Arme um James' Brust geschlungen, aber dann hat er es wieder zurückgelegt, weil es voller Blut war. Er sagt aus, daß James zu diesem Zeitpunkt vollständig bekleidet war.

Phil Roberts teilt Bobby mit, daß sie mit den Beamten gesprochen haben, die Jon vernehmen. Er glaubt nicht, daß Bobby ihnen alles gesagt hat. Bobby sagt, doch.

Sie sprechen über die Strecke, die Bobby und Jon nahmen, als sie vom Bahndamm zurückkehrten, und dann zeigen sie Bobby ein flauschiges Stofflamm, nagelneu, das auf dem Reservoir gefunden wurde. Die ermittelnden Beamten glauben, daß es vielleicht dazu eingesetzt wurde, James aus dem Strand wegzulocken. Bobby sagt, er habe es nie zuvor gesehen, und er wisse nicht, ob Jon es bei sich hatte. Was sollten wir denn mit einem Teddy?

Also gut, sagt Phil Roberts, wir gehen noch einmal durch, was James auf dem Bahndamm widerfuhr. Er will die Wahrheit erfahren, weil ein bißchen mehr, nein, eine Menge mehr geschehen ist als das, was Bobby bisher gesagt hat. Aber ich habe doch alles erzählt, protestiert Bobby. Nein, es ist ein bißchen mehr geschehen. Sie haben gerade gesagt, es sei eine Menge mehr. Richtig, ja, eine Menge mehr.

Roberts fährt fort. Er glaubt nicht, daß James noch vollständig bekleidet war. Doch, widerspricht Bobby. Nein, wirklich, er hatte nicht mehr alles an. Aber warum sollte ich seine Kleider ausziehen? Das ist es, was ich wissen will, Bobby. Ich habe ihn doch nicht einmal berührt. Doch, das hast du, du hast es uns eben erst gesagt, daß du ihn hochheben wolltest. Ich weiß, aber ich habe ihn nie geschlagen. Du hast uns immer nur gesagt, daß du ihn nie angefaßt und daß du ihm nie etwas getan hast. Weil Sie die Vernehmung abgebrochen haben.

Sie gehen noch einmal durch, was Bobby in den vorausgegangenen Vernehmungen ausgesagt hat. Bobby rügt Bob Jacobs, weil er von Jonathan gesprochen hat. Er heißt Jon.

Nachdem Jon damit aufgehört hatte, James zu schlagen, warf er die Batterie nach ihm. Das war auch, nachdem Bobby sein Ohr gegen James' Brust gedrückt hatte, um zu sehen, ob er noch atmete. Die Batterie traf James ins Gesicht. Warum hat er das getan? Ich weiß es nicht, fragen Sie ihn. Nun, was meinst du? Ich kann keine Gedanken lesen.

Jacobs sagt, daß er nicht glauben kann, daß Bobby einfach nur herumgestanden habe. Bobby sagt, er habe ja versucht, Jon zurückzuziehen. Jacobs glaubt auch das nicht. Bobby sagt, das ist Ihr Problem.

Sie eröffnen Bobby, daß Jon zugegeben hat, Steine und so geworfen zu haben, aber er beschuldige auch Bobby verschiedener Dinge. Sie wollen die Wahrheit wissen, besonders, was es mit den Kleidern auf sich hat. Bobby weiß nicht einmal, wovon sie reden.

Wieder steigen sie ein in die Abfolge des Geschehens. Bobby sagt, nachdem Jon die Farbe über James ausgeschüttet hatte, habe er ihn aufgefordert, die Farbe wegzuwerfen. Er habe Jon auch gefragt, warum er die Farbdose geworfen hat, und Jon habe geantwortet: Weil mir danach zumute war. Bobby sagte zu Jon, er würde gehen, wenn er James immer wieder schlüge.

Erstmals warf Jon einen Stein, der James' Gesicht traf, als sie auf der Mauer saßen. James fiel auf den Boden, landete auf dem Rücken, und Jon warf einen Stein auf James' Bauch, dann hob er eine Eisenstange auf und schlug sie ihm auf den Kopf. James hatte einen breiten Schnitt auf der Stirn. Jon warf die Stange nach ihm, als James wieder aufgestanden war. Bobby demonstriert Jons Wurf und begleitet ihn mit einem Laut, der Jons Mühe widerspiegelt: Pfff. Das soll nicht heißen, daß Jon die Stange gleich wieder zurückbrachte, um sie erneut zu werfen, er will nur zeigen, daß er sie wirklich geworfen hat. James fiel wieder hin, auf den Rücken, und rührte sich nicht mehr. Bobby sah nach, ob er noch atmete und sagte Jon, daß er nicht mehr atmete, und dann fing Jon an, ihn mit einem Zweig zu schlagen. Der Zweig war so dick wie ein Zentimeter auf dem Schullineal. Er schlug ihn etwa dreimal ins Gesicht damit, auf die Augen, glaubt Bobby, dann warf er den Zweig in die Nesseln. Danach schleuderte Jon die Batterien in James' Gesicht. Nein, nur eine, die anderen warf er auf den Boden. Bobby fragte Jon, warum er das getan hatte, aber Jon ignorierte ihn einfach. Ein Grinsen lag um seinen Mund, so wie gestern, als er im Auto saß. Bobby schrie und bemühte sich, ihn wegzuziehen. Dann, als Bobby versuchte, James hochzuheben, fragte Jon, was machst du denn da, und Bobby antwortete, ich hebe ihn hoch. Er wollte das tun, damit James nicht in Stücke gerissen wurde; er wollte ihn zumindest neben die Schiene legen. Aber er legte ihn wieder hin, weil er sich nicht mit Blut besudeln wollte. Er mag kein Blut. Es gibt Flecke, und seine Mutter hätte für die Reinigung zahlen müssen. Also legte er James wieder hin. Er wollte ihn nicht mehr woanders hinlegen, denn das Blut war ja schon da, und dann würden sie glauben, er und Jon hätten ihn überall hingeschleift. Daß sie ihn getötet und dann hierhin und dorthin geschleppt hätten.

Können wir nicht den Ventilator anstellen? Können Sie nicht die Tür aufmachen? Nein, das können wir nicht, Sohn.

Bobby hat James nie angerührt, außer um ihn unter dem Zaun durchzuführen, und als er sehen wollte, ob er noch atmete, und als er versuchte, ihn von der Schiene wegzuheben.

Roberts weist wieder darauf hin, daß er Jon alle Schuld zuschiebt. Er glaubt Bobby nicht. Bobby sagt, aber das wissen Sie nicht gew… exakt. Er aber weiß, daß er ihn nie geschlagen oder getroffen hat, deshalb braucht er sich keine Sorgen zu machen.

Die Beamten bedrängen Bobby, der ausweicht und schließlich zu weinen beginnt. Ist es das, was Sie sagen wollen, daß ich Lügen erzähle und Jon… Jon schwört auf die Heilige Bibel, daß er die Wahrheit sagt? Nun, Sie können unsere Lehrerin fragen, wer der Schlimmste von uns beiden ist, und sie wird Ihnen sagen, daß es Jon ist.

Roberts fordert ihn auf, alles zu erzählen, alles, was vorgefallen ist, denn es ist mir lieber … Ich habe es Ihnen schon achtzehnmal erzählt, sagt Bobby. Er weiß nichts davon, daß James nicht mehr alle Kleider anhatte, und er weiß nichts davon, daß er James gesagt haben soll, sich das Wasser im

Kanal anzusehen. Es gibt Leute, die tuscheln, sagt er. Jon und Sie tuscheln auch, alle tuscheln. Warum hätte er James in den Kanal werfen sollen? Warum hätte ich ihn töten sollen, wo ich doch ein eigenes Baby zu Hause habe? Wenn ich ein Baby töten wollte, würde ich doch mein eigenes töten, oder?

Roberts teilt ihm mit, daß James' untere Körperhälfte unbekleidet war, als sie ihn fanden. Kann Bobby ihnen dafür eine Erklärung geben? Nein. Hat Bobby mit ihm herumgespielt? Mit wem? Mit James' Körperpartie. Nein. Bist du dir sicher? Ja. Ich bin nicht pervers, wissen Sie. Bobby beginnt zu weinen. Wie würde es Ihnen gefallen, wenn ich Sie pervers nenne?

Der Summer ertönt, und Bobby sagt, daß er sich wie erschlagen fühlt. Er geht in die Zelle zurück und trifft seine Mutter. »Er hat gesagt, ich sei pervers. Sie sagen, ich hätte mit seinem Schniedel gespielt.«

Jons nächste Vernehmung, seine siebte, beginnt kurz nach Bobbys. Jon fragt, ob dies die letzte sei. Mark Dale antwortet, wenn er ihnen absolut alles erzähle, was sie wissen müßten, könnte es die letzte sein.

Jon sagt, er und Robert hätten nicht versucht, an diesem Tag ein anderes Kind außer dem ersten kleinen Jungen mitzunehmen, dessen Mutter ihn zurückholte. Er sei nie zuvor mit Robert im Strand gewesen. Robert hätte Jon schon früher gefragt, mit ihm zum Strand zu gehen, aber er hatte nie etwas davon erwähnt, kleine Kinder mitzunehmen, weder dort noch anderswo.

Die Beamten lassen sich noch einmal die Strecke auflisten, die sie vom Strand nach Walton nahmen, und Jon erklärt ihnen, daß sie über die Mauer am Ende des Häuserdurchgangs gegenüber der Polizeistation auf den Bahndamm geklettert sind. Sie zogen James durch die Lücke, und Bobby zerrte James auf den Knien die Böschung hoch.

Sag mir jetzt, was du tust, sagt Dale, stell es dir bildlich in deinem Kopf vor, verstehst du? Wie du einen Film anschaust, und du sagst mir einfach, was in diesem Film in deinem Kopf abläuft. Es ist leichter, wenn du es dir so vorstellst, als wenn ich immer Fragen stelle.

Robert öffnete die Farbdose und warf sie in James' Gesicht, als sie mitten auf der Brücke waren, und dann warf er den Stock, mit dem er die Dose geöffnet hatte, durch eine Öffnung auf die Straße. Die Farbe lief in James' linkes Auge, und er weinte. Er fuhr sich mit einer Hand durchs Gesicht, um die Farbe abzuwischen. Sie schritten den Bahndamm entlang, und Robert fragte: Tut dein Kopf weh? Wir besorgen dir ein Pflaster. Er hob einen Stein auf, einen Baustein, und warf ihn in James' Gesicht. In sein Gesicht oder an seinen Kopf? An den Kopf, glaubt Jon. James weinte und schrie, fiel auf seinen Po, stand aber sofort wieder auf. Bobby sagte zu Jon: Nimm dir auch einen Stein und wirf ihn, aber Jon warf ihn nur auf den Boden. Es war ein halber Stein, und er warf absichtlich vorbei. Bobby hob den gleichen Stein auf und warf erneut. Jon versuchte, ihn davon abzuhalten. Er zerrte ein bißchen an Roberts Jacke. Der zweite Stein traf James ins Gesicht. Seine Nase begann zu bluten. Jon weiß nicht, was sonst noch geschah. Jon hob ein paar kleine Steine auf, denn einen großen wollte er nicht werfen. James stand immer wieder auf, er blieb nicht auf dem Boden liegen. Robert rief ihm zu, bleib endlich liegen, du dummes Stehaufmännchen. Jon weiß nicht, warum Robert wollte, daß James liegenblieb. Wahrscheinlich wollte er ihn tot sehen. Robert nahm James mit auf die andere Seite der Trasse, denn da lagen viele Steine herum, und er hob immer wieder welche auf und warf sie. Jon hielt Robert zurück, und Jon hob auch ein paar Steine auf, aber er warf daneben, irrtümlich, ja, aus Irrtum. Nein, er meint das nicht so, er warf absichtlich vorbei, denn er hob ja nur kleine Steine auf, die weißen, die auf der Trasse lagen, und er zielte damit auf James' Arme. Jon erinnert sich nicht, was Robert sonst noch rief. Es war ja schon letzte Woche, da kann er sich nicht mehr an alles erinnern. James weinte noch. Jon zerrte Robert weg und sagte, laß ihn in Ruhe, du hast genug angerichtet. Robert warf etwa zehn Steine; Jon warf nur sechs, oder auch nur fünf, und er warf absichtlich vorbei und traf ihn nur einmal am Arm, aber eigentlich wollte er auch seinen Arm nicht treffen. Es waren Bausteine, die Jon warf. Er traf James zweimal am Arm, und er warf sie, damit sie auf seiner Seite landeten. Robert fragte ihn: Was ist denn mit dir los? Kannst du nicht richtig zielen? Jon antwortete, ich habe Sehstörungen, sehe alles doppelt, wie, wie soll ich da richtig zielen können? Er glaubt nicht, daß Robert sonst noch etwas aufgehoben und geworfen hat. Ach so, ja, er hob die Eisenstange auf und schlug James einmal damit. Die Stange war größer als ein Lineal in der Schule. Sie war aus Stahl. Er weiß das, weil sie schwer war. Robert sagte auch, daß sie schwer war, und Jon weiß es, weil er die Stange auch hochgehoben, dann aber blitzschnell wieder fallen gelassen hat, weil sie für ihn zu schwer war. Warum er sie überhaupt hochgehoben hat? Weil Robert ihm gesagt hat: Fühl mal, was die für'n Gewicht hat. Die Stange traf James seitlich am Kopf, und Jon glaubt, daß er davon bewußtlos wurde. Dann warfen sie noch ein paar Steine nach ihm, bevor sie davonrannten. James gab zu diesem Zeitpunkt gurgelnde Geräusche von sich, er lag auf der Schiene, bäuchlings. Jon weiß nicht, warum sie wegliefen. Er meinte nur zu Robert: Glaubst du nicht, wir haben genug getan?

Dale fragte Jon, ob er wütend auf James war, als er ihm die Kapuze vom Anorak riß. Nein, antwortete Jon, ich wollte ihm eigentlich nicht weh tun oder so, ich wollte ihn ja auch nicht mit schweren Dingen verletzen, nur mit leichten, und ich habe ja mit den großen Steinen auch absichtlich daneben geworfen, mit den kleinen nicht. Du wolltest ihm also nur ein bißchen weh tun? Es entsteht eine Pause. Beantworte die Frage, sagt Neil Venables. Dale fragt: Warum wolltest du ihm ein bißchen weh tun? Ich meine, eigentlich wollte ich ihm gar nicht weh tun. Robert wahrscheinlich ja, ich dachte, Robert würde es vielleicht aus Spaß oder so tun, denn er lachte sich scheckig, und er grinste mich an, als ich ins Auto stieg, wissen Sie, als wir vor Gericht waren. Auf eine ganze böse Art.

Jon sagt, er erinnere sich nicht, ob James mit etwas anderem geschlagen wurde. Er hat bei Tandys nichts gestohlen, und er glaubt nicht, daß Robert etwas gestohlen hat. Robert zog James' Hose runter, auch seine Unterhose. Jon zog ihm die Schuhe aus. Er weiß nicht, warum. Es war vergangene Woche. Da vergißt man Dinge.

Erinnere dich, sagt Dale, als wenn es ein Film wäre. Stell dir vor, du siehst einen Film. Versuch das mal, und erzähl uns, was abläuft. Ich kann nichts sehen, sagt Jon. Versuch es, stell es dir vor. Was hat dich dazu gebracht, ihm die Schuhe auszuziehen? Ich weiß es nicht, einfach verrückt, ich, ich war einfach so, ich wurde einfach so. Irgendwas tun.

Warst du wütend? fragt Dale. Weil du gerade deine Fäuste geballt hast. Nein, ich war nicht wütend, ich war bestürzt.

Robert warf die Unterhose hinter sich, hob sie aber wieder auf und legte sie auf James' Gesicht, wo das ganze Blut war. Das war, nachdem er von der Eisenstange getroffen worden war. Jon schaute dann nicht mehr hin, er weinte, weil er so bestürzt war. Jon beginnt zu weinen. Ich will jetzt nicht mehr weitermachen, Dad, er stellt mir zu viele harte Fragen. Jon weiß nicht, was sonst noch mit James geschah. Das meiste hat Robert getan.

Als Bobbys neunte Vernehmung kurz vor zwei Uhr am Samstag nachmittag beginnt, beschließt er – was sein Recht ist –, keine Fragen zu beantworten. Jason Lee hat seinen freien Tag, und ein anderer Anwalt aus der Kanzlei von Paul Rooney, Dominic Lloyd, ist anwesend.

Bobby will seinen Namen nicht nennen. Lloyd sagt, es sei durchaus in Ordnung, wenn er seinen Namen sagt. Bob Jacobs fragt Bobby, ob er früher an diesem Freitag mit einem anderen Jungen gesprochen habe. Also, hören Sie mal, beginnt Bobby und bricht seinen Schweigeschwur, man hat mir gesagt, also, in der Zeitung hat gestanden, daß die zwei Jungen, die James mitgenommen haben, vier Stunden später eine alte Oma überfallen hätten. Die Beamten sagen, davon wüßten sie nichts, und das sei auch nicht ihr Thema.

Jacobs bemüht sich, Bobby dahin zu bringen, über die versuchte Entführung von Mrs. Powers' Sohn zu sprechen. Er erwähnt verschiedene Geschäfte im Strand – Mothercare, TJ Hughes –, und Bobby sagt, daß er von ihnen gehört habe.

Jacobs nimmt sich die Aussage von Mrs. Powers vor, die die zwei Jungen in der Taschenabteilung von TJ Hughes gesehen haben will. Bobby sagt, er habe keine Ahnung, wovon er rede. Er sage überhaupt nichts mehr. Dann stichelt er Jacobs wegen eines Details. Er sagt, Jacobs habe die Geschichte verändert. Jacobs kontert, er hoffe, daß Bobby ihm das nicht ankreide, schließlich verändere Bobby auch seine Aussagen, oder?

Jacobs fährt mit der Beschreibung der Ereignisse fort, wie Mrs. Powers sie zu Protokoll gegeben hat. Bobby wendet hier und da etwas ein, und schließlich, als Jacobs berichtet, daß ein Junge ihren Sohn zu sich gewunken hatte, räumt Bobby ein, es könne durchaus sein, daß Jon gewunken habe, aber wie solle er, Bobby, so ein Zeichen gehört haben?

Wir wollen doch nur wissen, sagt Roberts, wie es abgelaufen ist. Bobby sagt, er habe Jons Wink nicht gesehen, aber heimlich hätte er es wohl tun können. Dann sagt er, Jon und er seien gar nicht im TJ Hughes gewesen.

Jacobs beginnt dann mit der Beschreibung der beiden Jungen, die die Mutter geliefert hat. Ein Junge mit schmalem Gesicht, Blue jeans, dunkle Trainigsschuhe. Blue jeans? fragt Bobby. Nun, das können wir nicht gewesen sein, denn wir trugen unsere Schuluniform. Der andere Junge soll stämmiger sein. Was heißt stämmiger? fragt Bobby. Phil Roberts gibt die Antwort: Das heißt dicker. Nun, das kann ich nicht gewesen sein, denn ich esse nicht. Jeder hält mich für dürr. Der Junge mit der stämmigen Figur soll auch ein rundes Gesicht haben und eine Ponyfrisur. Ich hab' kein rundes Gesicht, ich kann's nicht gewesen sein. Ich habe auch keinen Pony. Wo soll denn mein Pony sein? Und ich trage keine Jeans.

Die Vernehmung geht in diesem Stil noch einige Minuten weiter, bis Bob Jacobs schließlich verkündet, daß Bobby auch wegen der versuchten Entführung von Mrs. Powers' Sohn festgenommen sei. Er erklärt, daß dies ein neuer Haftgrund sei. Seit wann trage ich Jeans, wenn ich zur Schule gehe? murrt Bobby.

Nach der Verkündung des zusätzlichen Inhaftierungsgrundes setzen die Beamten ihre Vernehmung über diesen Punkt fort, aber Bobby gebärdet sich immer schwieriger. Sie teilen Bobby mit, daß Jon ausgesagt hatte, sie hätten geplant, den Jungen vor ein Auto zu werfen. Aber wir wollten keine Jungen mitnehmen, behauptet Bobby. Nun, Jon sagt das Gegenteil. Und ihr glaubt alles, was er sagt?

Jacobs: Das Entscheidende ist natürlich, daß du dich gewiß daran erinnern würdest, wenn du und Jon geplant hättet, ihn mitzunehmen ...
Bobby: Ja.
Jacobs: ... und ihn unter ein Auto zu werfen, nicht wahr?
Bobby: Sie sagten eben: vor ein Auto.
Roberts: Okay, vor ein Auto.
Jacobs: Das habe ich gesagt.
Bobby: Sie sagten unter ein Auto.
Roberts: Unter – vor, okay, spiel du nur mit Worten, wo liegt der Unterschied?
Jacobs: Ihr hattet das also nicht geplant?
Bobby: Nein.

Sie nehmen sich wieder die Karte vor und markieren die verschiedenen Stellen, die Bobby erwähnt hat, mit einem Kreuz. Er identifiziert den Zaun an der City Road am entgegengesetzten Ende des Häuserdurchgangs von der Walton Lane als die Stelle, an der sie auf den Bahndamm geklettert sind.

Die Vernehmung ist beendet, und die nächste beginnt vier Minuten später. Phil Roberts und Bob Jacobs wissen, daß ihnen die Zeit davonläuft, und sie spüren, daß Bobby verstockt geworden ist.

Sie fragen ihn erneut über James' ausgezogene Kleider, und er leugnet wieder. Sie fragen ihn, ob jemand eine Hand in James' Mund gesteckt hat. Bobby verneint.

Bob Jacobs will von Bobby hören, was Jon wohl ausgesagt haben mag. Höchstwahrscheinlich, sagt Bobby, daß ich ihm alles ausgezogen und mit ihm herumgespielt habe. Jacobs fragt, wieso er das wisse. Weil ich weiß, daß er das sagen wird. Womit herumgespielt? fragt Roberts. Mit seinen Geschlechtsteilen, das haben Sie eben selbst gesagt. Was meinst du mit

Geschlechtsteilen? Es ist egal, welche Wörter du benutzt. Ich meine, sagt Bobby, also, sein Penis, das wollen Sie hören, nicht? Denn Jon steht nicht dazu, was? fragt Bobby. Er beginnt zu weinen. Sie nehmen für bare Münze, was Jon Ihnen erzählt, klagt Bobby. Er hat James nie angefaßt.

Wieder fragen sie, ob er James' Mund angefaßt hat. Nein. Er hat die Wahrheit gesagt, und jetzt gibt er keine Antworten mehr. Phil Roberts teilt ihm mit, daß Jon zugegeben hat, James die Schuhe ausgezogen zu haben. Bobby sagt, dabei könnte Jon ihm auch die Hose mit ausgezogen haben, aber Bobby weiß das nicht, weil er ja schon am Lampenpfosten hing und sich hinunterließ. Die Beamten eröffneten Bobby, was Jon über das Ausziehen von James' Kleidern ausgesagt hat. Bobby will davon nichts wissen. Mit anderen Worten, sagt er, ihr glaubt das, was Jon sagt, und mich ignoriert ihr. Gut, dann werde ich euch ignorieren.

Bobby wird nach dem Kratzer befragt, den man am Freitag abend in seinem Gesicht gesehen hat. Er sagt, das sei eine Stelle gewesen, wo er sich gekratzt habe. Sie fragen ihn, woher die vielen schmutzigen Stellen in seinem Gesicht kamen.

Bobby: Was meinen Sie mit schmutzigen Stellen?
Jacobs: Was ich sage. Du weißt doch, was schmutzige Stellen sind.
Bobby: Wie Sex-Stellen?
Jacobs: Wie was?
Bobby: Sex-Stellen, also was Schmutziges.
Jacobs: Sex-Stellen?
Bobby: Wie schmutzige Wörter.
Roberts: Wir reden von schmutzigen Stellen in deinem Gesicht.
Jacobs: Bobby, du weißt, was Schmutzstellen sind, nicht wahr?
Bobby: Ja, wenn man dreckig im Gesicht ist.
Roberts: Gut, also dreckig.
Jacobs: Hast du das Wort schmutzig noch nie in einem anderen Zusammenhang gehört als mit Sex? Wenn du an Schmutz denkst, denkst du dann an Sex?

Jetzt hat Bobby begriffen. Fragen Sie meine Mum, sagt er, wenn wir draußen spielen, machen wir uns immer schmutzig. Der Schmutz stammt nicht von den Steinen, denn er hat nie einen Stein angerührt. Nur die kleinen, die sie im Kanal ins Wasser geworfen haben.

Er wird wieder über die Verletzung an James' Mund befragt. Er sagt, sie könnte von dem Stock herrühren, den Jon benutzt hat. Mag sein, daß kleine Knospen an dem Stock waren, die sich im Mund verfingen und ihn aufrissen. Oder vielleicht war es die Metallstange, denn die fiel auf seinen Kopf, und von dort rutschte sie vielleicht übers Gesicht und nahm die Lippe mit.

Roberts betont, daß er Bobby nicht wütend machen will, aber er müsse diese Fragen stellen. Hat Bobby mit James' Hintern gespielt? Nein, nie. Okay. Hast du, eh, mit seinem Penis gespielt? Nein. Aber Jon sagt, du hättest ihm zwischen die Beine getreten, was sagst du dazu? Nein.

Jacobs fragt, ob er oder Jon versucht hätte, den Körper mit Steinen zu bedecken. Jon habe es getan, er habe schwere Steine genommen, damit man James' Gesicht nicht mehr sehen konnte. Er versuchte, das Blut zu stoppen, das aus seinem Gesicht strömte. Jacobs fragt, ob Bobby ihm geholfen habe. Ja, einen Stein habe er auf sein Gesicht gelegt. Aber er fiel wieder hinunter. Dann legte Jon den Stein aufs Gesicht, aber er kullerte erneut hinunter. Bobby nickt, ja, er legte den Stein noch einmal drauf. Ich habe keine Zahnbürste, sagt Bobby. Jacobs verspricht, daß jemand ihm eine Zahnbürste besorgen wird. Sie beenden die Vernehmung.

Jons achte Vernehmung beginnt um 2 Uhr 20. Die Beamten erinnern ihn an den Punkt, den sie beim vorausgegangenen Verhör erreichten. Es ging um James' ausgezogene Kleider. Und um die Steine, die er und Robert nahmen, um James' Gesicht zu bedecken. Es war Roberts Idee. Damit niemand James sehen konnte. Jon glaubt, daß James sich noch bewegte, weil sich auch die Steine bewegten und beinahe hinunterfielen.

Jon erzählt ihnen davon, wie sie nach Walton Village gelaufen sind, durch die Häuserdurchgänge, bis seine Mutter sie erwischte. Er schätzt, zehn Minuten, fünf Minuten ... nein, nicht fünf Minuten, das wäre zu kurz, nicht wahr?

Mark Dale sagt, er glaube, daß noch etwas geschehen sei, was Jon ausgelassen hat. Er weiß, daß Jon nicht darüber sprechen möchte, denn zuvor hat er an dieser Stelle zu weinen begonnen. Aber jetzt muß er tapfer sein, denn es gibt noch etwas Wichtiges, was er ihnen erzählen muß, und er weiß auch, um was es geht. Jon sagt, er wisse es nicht. Dale erinnert ihn: Hat er heute nicht etwas seiner Mutter erzählt? Erhielt James nicht einen Tritt? Oh, ja, das war ich, sagt Jon, aber nur leicht, wie ich ihm auch auf dem Reservoir nur einen leichten Schlag mitgegeben habe. Hast du ihn nicht auf der Eisenbahnstrecke geschlagen und getreten? Nein, das hat Robert getan. Ach? Und wo? Unten. Wo ist unten? Jon zeigt auf seinen Schoß. Wie nennst du das? fragt Dale. Komm, du kannst es ruhig sagen, es ist nicht unanständig, laß hören, wie du es nennst. Schniedel.

Jon sagt, Robert habe etwa zehnmal zugetreten. Er sah sein Bein in der Bewegung. Das war, nachdem James die Hosen ausgezogen worden waren. Aber da war noch etwas anderes, nicht wahr, Jon? fragte Dale. Oh, ja, antwortete Jon. Ich habe es vergessen. Gestern abend habe ich alles meiner Mum erzählt, aber heute morgen war es mir nicht mehr im Sinn. Dale fährt fort: Du hast ihn auch getreten, nicht wahr? Wohin? Gegen die Brust und in die Mitte da, und ich habe ihm ein paar leichte Schläge ins Gesicht gegeben. Hast du ihn getreten, während er auf dem Boden lag? Nein, das hat Robert getan, er machte immer nur so ... Er trampelte auf ihm herum? Ja. Nicht ins Gesicht, ich glaube, es war auf den Beinen oder so. Dale teilte ihm mit, daß sie ein Paar von Jons Schuhen mitgenommen haben, es war Blut daran. Jon sagt, das habe er vergessen, denn er hat ihn auch ins Gesicht getreten, und davon stammt das Blut an den Schuhen. Jon fragt, ob sie auch Roberts Schuhe mitgenommen hätten. Ja, haben sie. Robert hat ihn viele Male ins Gesicht getreten. Jon hat ihn nur ein- oder zweimal getreten. Das war in der Mitte des Geschehens auf dem Bahndamm, während Robert die Steine warf.

Dale fragte, ob Jon wütend war. Mußt du nicht zornig gewesen sein, um ihn zu treten? Nein, ich war bestürzt. Na ja, als ich nach Hause kam, war ich bestürzt, im Bett habe ich geweint. Das kann ich mir denken, sagt Dale, aber welche Gefühle hattest du, als du ihn getreten hast? Traurig; ich war nicht wütend, ich würde doch nicht aus Wut ein Baby treten, ich habe das auch nie vorher getan. Robert hat es wahrscheinlich schon vorher getan, aber ich habe es nie zuvor getan.

Sie sprechen über die Farbe auf Jons Jacke. Er glaubt, daß James ihn vielleicht angefaßt hat, als er sich neben ihn kniete, um zu sehen, ob er in Ordnung war, ob seine Augen in Ordnung waren. James sagte: Tut mir nicht weh, und ich sagte: Okay. Konnte er diese Worte sagen? fragte Dale. Nein, er sagte: Ich bin in Ordnung, ich bin in Ordnung. Er hatte große Angst vor Robert. Er hatte keine Angst vor mir, weil ich ihn ja so oft nicht geschlagen habe.

Robert hatte sich nicht hingekniet, er trat James gegen die Knie und überall hin, und Jon sagte: Willst du wohl damit aufhören, Bobby, er hat Angst und so.

Sie fragen Jon nach den Batterien, und als sie zu den Fragen kommen, warum die Batterien da waren, beginnt Jon zu weinen. Er weiß es nicht. Er hat sie nicht hingelegt. Sie bedrängten ihn, und seine Verwirrung nimmt zu. Er behauptet, Robert habe sie geworfen, und Scott sagt, es sei aber mehr passiert mit den Batterien, sie wären nicht nur geworfen worden. Wenn er ihnen erzählt, was mit den Batterien geschah, hat er alles überstanden.

Jon weint. Ich weiß es nicht, ich weiß es nicht, Dad. Scott fragt, ob denn was Entsetzliches mit den Batterien geschehen ist. Nein, ich wußte nichts davon, was Robert mit den Batterien angestellt hat. Warum weinst du dann? Weil Sie mir anhängen wollen, daß ich die Batterien dabeihatte.

Dale fragt Jon, ob er sich daran erinnere, was gestern geschehen sei. Als wir über all das zu sprechen begannen und du sagtest, du hättest James nicht mitgenommen, und schließlich wurdest du sehr aufgeregt, aber weißt du noch, wieviel besser du dich danach gefühlt hast, nachdem du uns erzählt hattest, was ... Zuerst brachtest du es nicht einmal heraus, stimmt's? Warum konntest du es uns nicht erzählen? Aus Angst. Du hattest Angst, okay, aber dann bist du mutig gewesen und schließlich damit herausgerückt.

Jon weiß immer noch nicht, was mit den Batterien geschehen ist. Er wird gefragt, ob Robert den kleinen James noch woanders berührt hat. Ob er noch etwas mit seinem Schniedel angestellt hat, außer, gegen diese Stelle zu treten. Jon ist sehr aufgewühlt. Er weiß es nicht. Er weiß es nicht. Er will auf seinen Vater einschlagen. He, he, sagt Dale, laß deinen Vater in Ruhe. Jon sagt: Mein Dad glaubt, daß ich es weiß, aber ich weiß es nicht, Sie sagen, daß ich es weiß, aber ich weiß es nicht. Ich weiß nur, wie er getötet wurde.

Sie fragen nach den Steinen, mit denen sie seinen Körper bedeckten, und nach der Lage seiner Unterhose. Jon klagt, daß sie dem glauben, was Robert ausgesagt hat. Dale sagt, daß Robert ihnen eine Geschichte erzählt, deshalb wollen sie auch eine Geschichte von Jon hören. Sie fragen nach James' Mund. Wer hat das getan? Er weiß es nicht, er hat nichts gesehen. Dale sagt, daß Jon sich selber eingestehen muß, daß er alles gesehen hat, was geschehen ist, denn er war Teil des Geschehens, deshalb kann er auch nicht sagen, daß er nichts gesehen hat. Jon weint. Er hat seine Finger nicht in James' Mund gesteckt. Er will seine Mum. Er weint weiter und ist nicht zu beruhigen. Er will seine Mum. Sonst weiß er nichts mehr ... Ende der Vernehmung.

Den ganzen Tag hatte es Diskussionen darüber gegeben, wie lange man die Vernehmungen fortsetzen sollte. Fraglos hatten sie genug, um die Jungen anklagen zu können. Aber konnte man ihnen noch mehr Geständnisse entlocken, oder würden weitere Vernehmungen kontraproduktiv sein, weil die Jungen müde wurden? Sie wußten natürlich alle, daß sie Bobby und Jon ohne Anklage nur bis zum frühen Sonntag morgen festhalten durften. Wenn sie die Vernehmungen fortsetzten, mußten sie mit Beschuldigungen rechnen, zu lange und zu hart vernommen zu haben, und dann konnte ein Richter alles über den Haufen werfen.

Phil Roberts machte deutlich, daß er fortsetzen wollte. Es war eine frustrierende Situation, besonders mit Bobby, der so viel abgestritten hatte. Es gab immer noch viel Ungewißheiten.

Schließlich fiel eine Entscheidung. Die Jungen würden am Abend offiziell beschuldigt, die Öffentlichkeit und auch die Familie Bulger unterrichtet werden.

Vorher sollte es noch eine Runde der letzten Vernehmungen geben. Einzeln sollten die Jungen ihre Route entlanggefahren werden, damit sie genau beschreiben konnten, welchen Weg sie mit James gegangen waren. Es wäre zwar besser gewesen, die Strecke abzugehen, aber die Sicherheit der Jungen war gefährdet. Sie fuhren in neutralen Autos, es waren dieselben Leute, die auch bei den Vernehmungen dabeigewesen waren, und den Autos folgte eine Eskorte für den Fall, daß es Probleme geben sollte. Sie fuhren zu verschiedenen Zeiten ab, um ein zufälliges Treffen zu vermeiden. Jon fuhr zuerst.

Als sie von der Lower Lane zum Strand fuhren, wollte Jon wissen, was Dale und Scott unternehmen würden, falls eine Meute von Fotografen mitten auf der Straße wartete und Bilder schießen wollte. Dale antwortete, er würde wahrscheinlich lächeln. Jon sagte, er würde sie lieber über den Haufen fahren. Er sagte, die Fotografen hätten sich wahrscheinlich jetzt schon herangeschlichen. Sie wüßten sich listig zu verstecken, nutzten kleinste Lücken und machten Hunderte von Bildern.

Jon sagte, er wolle still für sich ein Lied singen, aber sie alle würden das Lied auf der ganzen Strecke hören. Dale meinte, er hätte nichts dagegen, wenn Jon sie unterhalten wollte. Sie könnten einen Karaoke-Wettbewerb machen. Er fragte Jon, welches Lied er singen wolle. Das Lied, das Dings singt. Er begann zu singen und setzte während der ganzen Fahrt immer wieder mal an.

Sie fuhren zum Strand, am Reservoir vorbei, über die County Road zur Walton Lane. Jon sah einen Jungen aus der

Schule und machte seinen Dad auf ihn aufmerksam. Da ist Daniel, Dad, von meiner Schule.

Er wies auf verschiedene Orte, an denen sie gewesen waren, zeigte den Weg, den sie an Kreuzungen genommen hatten. Er sagte, sie wären in dem Häuserdurchgang zwischen City Road und Walton Lane gewesen, als er die Kapuze auf einen Baum geworfen hatte, nicht auf dem Bahndamm, der daneben verlief. Sie seien am Zaun an der Walton Lane, gegenüber der Polizeistation, nahe der Brücke, die Böschung hoch zum Bahndamm geklettert.

Jon wollte sehen, wie viele Blumen an der Böschung an der Cherry Lane lagen. Dale sagte, sie würden diesen Weg nicht fahren. Aber sie hielten am Ende von Walton Village an, und Jon konnte auf Bobbys Haus zeigen – das eine da, bei dem der Polizist vor der Tür steht – und die Blumen auf der Böschung an der anderen Straßenseite sehen. Da sind wir, du wolltest die Blumen sehen. Oh, ja, Millionen von Blumen.

Jon sah das ›Haben-Sie-diese-Jungen-gesehen?‹-Plakat im Fenster der Frittenbude. Er zeigte darauf und sagte, die Bilder von ihm und Bobby seien von der Merseyside Police aufgenommen worden. George Scott sagte, von diesen Plakaten hingen viele in der Gegend. Jon meinte: Jetzt braucht ihr sie nicht mehr, was? Er wollte wissen, wieso sein Bild schwarzweiß war und Bobbys in Farbe. Die Beamten wußten es nicht.

Sie fuhren zurück in Richtung Lower Lane, und als sie in der Polizeistation waren, sagte Jon, daß er was trinken möchte. Er wollte ein Lilt. Dann fragte er: Haften Fingerabdrücke auch auf der Haut?

Liverpool hatte an diesem Nachmittag zu Hause gegen Ipswich gespielt, und das Auto, in dem Bobby saß, geriet in einen Stau, als es kurz nach halb sechs von der Walton Lane zum Strand abfuhr. Er war ein kleines Auto, mit fünf Insassen an einem kalten Tag, und die Scheiben waren rasch beschlagen, so daß Phil Roberts, der am Steuer saß, immer wieder damit beschäftigt war, für klare Sicht zu sorgen.

Bobby war beunruhigt über ein Zusammentreffen mit Jon.

Wo würde er sein? Er würde doch nicht auf dem Bahndamm sein, wenn sie dort waren? Dann ginge Bobby nicht hin. Die Beamten sagten Bobby, sie hätten vor, die Strecke entlangzufahren, und Bobby wollte wissen, wie sie mit dem Auto auf den Schienen fahren könnten.

Von der Stanley Road folgten sie der Route zurück nach Walton, und Bobby zeigte ihnen, wo sie auf den Bahndamm gegangen waren, über den niedergedrückten Zaun am Ende des Durchgangs an der City Road. Jon kletterte zuerst hinüber, dann reichte Bobby ihm das Kind. Jon packte das Kind, dann kletterte Bobby hinüber.

Es war beschlossen worden, daß Albert Kirby dem Ehepaar Bulger die Nachricht überbringen sollte, daß zwei zehnjährige Jungen beschuldigt wurden, ihren Sohn James entführt und getötet zu haben. Kirby und Geoff MacDonald fuhren an diesem Nachmittag mit Mandy Waller und Jim Green, den beiden Beamten, die sich vor einer Woche als erste um Denise und Ralph Bulger gekümmert hatten, nach Kirby.

Kirby hatte am Montag schon Mandy und Jim zu Verbindungsbeamten zur Familie Bulger ernannt, und sie waren die ganze Woche zwischen Marsh Lane und dem Haus von Denises Mutter in Kirkby, wo Familie Bulger sich einquartiert hatte, gependelt.

Es war Jim Greens Aufgabe am Montag gewesen, Denise und Ralph mitzuteilen, daß James' Körper vom Zug durchtrennt worden war. Die richtigen Worte zu finden, war seine große Sorge gewesen, denn er wollte nicht, daß sie hart und unsensibel herauskamen. Schließlich hatte er Denise und Ralph in die Küche gebeten, und als sie allein waren, hatte er es ihnen gesagt.

Denise hatte dagestanden, den Kopf gesenkt und ohne jede Reaktion, und Ralph hatte ihn mit bösen Blicken angestarrt, wie Jim Green später formulierte. Ralph hatte genickt, und weder er noch Denise hatten irgendwelche Fragen gestellt.

Dies war das einzige Detail, das über die Verletzungen bekannt wurde, und die Polizei hatte darauf geachtet, daß die

Familie es zuerst erfuhr. Kirbys Entscheidung, ihnen die anderen Verletzungen vorzuenthalten, erschwerte die Aufgabe für Jim Green, der beinahe alles wußte, weil er an der Obduktion teilgenommen hatte. Aber er mußte bei all seinen Gesprächen mit den Bulgers sein Wissen für sich behalten.

Im Laufe der Woche hatte die Familie immer drängendere Fragen gestellt. Es gab Momente negativer Spannungen, besonders dann, wenn sie unterstellte, daß die Polizei ihre Aufgabe nicht erfüllte, die Untersuchung nicht hart genug vorantrieb oder die Familie nicht hinreichend informierte. Die heftige öffentliche Aufregung über den Zwischenfall in der Snowdrop Street half natürlich auch nicht. Warum hatte man der Familie nichts davon gesagt? Warum müssen wir diese Dinge aus dem Fernsehen erfahren? Ist er es nun? Habt ihr ihn?

Es war keine Zeit gewesen, der Familie vorab etwas über die Festnahme in der Snowdrop Street zu sagen, und die Verbindungsbeamten versuchten zu erklären, daß es im Laufe er Ermittlungen noch mehrere solcher Festnahmen geben könnte. Sie sollten sich nicht zuviel davon versprechen.

Einer der vielen Bulger-Onkel lebte in Walton und schnappte die verschiedenen Gerüchte auf über das, was geschehen war und wer es getan hatte. Man hatte ihm gesagt, daß das Videoband von der Entführung deutlich die beiden Brüder zeigte, die die Leiche gefunden hatten. Ganz offensichtlich waren sie die Täter, warum hatte die Polizei sie noch nicht festgenommen? Mandy überprüfte das und versicherte der Familie, daß die beiden von den ermittelnden Beamten ausgeschlossen worden waren.

Bei ihrem ersten Besuch hatte man Mandy Tee in der besten Porzellantasse angeboten. Gegen Ende der Woche erhielt sie ihren Tee in der dicken Doppeltasse wie die anderen Familienangehörigen auch, und man wußte, ohne zu fragen, daß sie keinen Zucker nahm. Es war hart, enger an die Familie heranzurücken, aus nächster Nähe die intensiven Gefühle mitzuerleben, die die Angehörigen durchliefen. Es tat gut, an diesem Samstag nachmittag, Überbringer einer positiven Nachricht zu sein.

Albert Kirby sprach zuerst mit Ralph und teilte ihm mit, daß sie davon ausgingen, die beiden Jungen später am Nachmittag offiziell zu beschuldigen. Waren sie sicher, daß es diesmal die richtigen waren? Oh, ja.

Kirby bat, mit Denise zu sprechen, und wurde nach oben in ein Schlafzimmer geführt, wo Denise auf der Bettkante saß, vor sich einen Karton mit einigen tausend Karten und Briefen des Mitgefühls, die für sie und Ralph eingetroffen waren.

Denise realisierte zunächst nicht, wer Kirby war, und er hatte den Eindruck, während er ihr berichtete, was in den letzten Tagen geschehen war, daß er zu jemandem sprach, der nicht wirklich da war. Denise Bulger stellte Albert Kirby keine Fragen, aber als er wieder unten war, wollte die Familie alles über die beiden Jungen wissen.

Die offizielle Beschuldigung bedeutete, daß die Familie nun mit den Vorbereitungen für James' Beerdigung beginnen konnte, denn die Leiche würde bald freigegeben. Das Alter der beschuldigten Jungen machte es der Familie nicht leichter, sich auf jemanden zu konzentrieren, der für James' Tod verantwortlich war. Es war frustrierend und unbegreiflich. Sie wollten wissen, warum, aber Albert Kirby konnte ihnen keine Erklärung bieten.

Um 18 Uhr 15 des 20. Februar 1993 beschuldigte Detective Inspector Jim Fitzsimmons den zehnjährigen Jon Venables der Entführung und der Ermordung des James Patrick Bulger und der versuchten Entführung von Mrs. Powers' Sohn.

Jon saß auf einem Stuhl und lehnte an der Schranke zur Haftzelle in der Lower Lane Polizeistation. Er malte auf ein Stück Papier. während er darauf wartete, daß die Beschuldigungen vorgelesen wurden. Seine Eltern standen hinter ihm, bestürzt, sich gegenseitig tröstend. Susan Venables begann kurz zu weinen, dann weinte auch Jon. Als sie aufhörte, hörte er auch auf. Als die Beschuldigungen verlesen waren und Jim Fitzsimmons sie ihm in einfachen Worten erklärt hatte, begann Jon wieder zu malen.

Danach fuhr Jim die East Lanc Road entlang zur Walton Lane, um dort mit Bobby die Prozedur zu wiederholen.

Bobby hatte in seiner Zelle *Spot Pairs* mit Brian Whitby gespielt, dem zuständigen Verbindungsbeamten für die Jugend. PC Whitby hatte an diesem Nachmittag während des Fußballspiels in Anfield gearbeitet, und nach seiner Rückkehr war er gebeten worden, sich eine Weile um Bobby zu kümmern.

Whitby hatte vergangenen Freitag, am 12. Februar, in der Station gearbeitet, und er rechnete aus, daß er vor dem Küchentrakt der Kantine gestanden hatte, vor sich das große Fenster, aus dem man auf den knapp fünfzig Meter entfernten Bahndamm schauen konnte, als der kleine James getötet worden war. Er hatte Schwierigkeiten, damit fertig zu werden, und er hatte auch Schwierigkeiten mit dem Gedanken, daß Bobby der Schuldige war. Durch seine Arbeit kannte Whitby die Thompsons seit Jahren. Bobby hatte auf seiner privaten Liste der Verdächtigen nicht weit oben gestanden.

Sie plauderten träge, während sie die Karten umdrehten, und Bobby fragte: »Kann ich bald nach Hause gehen, PC Brian? Ich will nicht länger hierbleiben.«

Der Zellentrakt bevölkerte sich plötzlich, als das Vernehmungsteam, die leitenden Beamten, die Anwälte und die Sozialarbeiter hereinströmten, um der offiziellen Beschuldigung beizuwohnen. Die Beamten unterhielten sich, und ab und zu war ein Lachen zu hören, als ob die Erleichterung sich Luft schaffen müßte. Normalerweise ist dieser Augenblick in einem Ermittlungsfall der Auftakt zu einer Feier in der Stationsbar. Aber heute abend würde es in der Marsh Lane keine Feier geben. Nur ein paar Reden der Bosse, die Dank sagen würden, und Alkohol als Mittel zum Abreagieren.

Bobby kam aus seiner Zelle und stand da, eine kleine Gestalt, die sich unter den Erwachsenen fast verlor. Es schien fast so, als hätte er sich auch unbemerkt davonstehlen können.

Dann verließen einige den Zellentrakt, und Jim Fitzsimmons und Bobby nahmen zu beiden Seiten der Schranken ihre Plätze ein. Es gab keinen Stuhl für Bobby, der den Kopf leicht gehoben hatte und Jim Fitzsimmons ansah. Phil Roberts wurde an eine Szene aus *Oliver Twist* erinnert.

Als Bobby die Beschuldigungen gehört hatte, sagte er: »Es war Jon, der das getan hat.«

Nachher mußte seine Mutter, die sich nicht in der Lage gesehen hatte, bei der Beschuldigung dabei zu sein, Hilfe in Anspruch nehmen, als sie die Polizeistation verließ. Sie befand sich in einem fortgeschrittenen Schockzustand, stolperte wie betrunken, und ihr ganzer Körper zitterte unkontrolliert, obwohl sie völlig nüchtern war.

Bobby ging in die Zelle und schlief später ein, während eine Sozialarbeiterin und ein Polizeibeamter noch zusammen saßen und sich unterhielten. Ein Zug fuhr vorbei, und Bobby setzte sich auf. Er fragte: »Ist da ein Zug vorbeigefahren?« Ja, leg dich wieder hin, Bobby. Ich kenne alle Zeiten der Züge.

23

Im neunzehnten Jahrhundert war es ein beliebter Sport, am Gründonnerstag einen Hahn in einen Kreis kleiner Jungen zu setzen, deren Hände auf den Rücken gefesselt waren. Die Jungen rangen miteinander, um den Hahn einzufangen. Der Sieger war derjenige Junge, der mit dem Hahn zwischen den Zähnen aus dem Kreis herauskroch.

Es fanden auch die konventionellen Hahnen-, auch Hunde- und Stierkämpfe statt. Dabei wurde ein Stier angepflockt und von Hunden angegriffen, die einzeln und nacheinander auf den Stier angesetzt wurden.

Das Spiel der Erwachsenen hieß Heben und war für Ostermontag und -dienstag reserviert. Am Montag durften die Frauen Männer wegtragen, offenbar in der Hoffnung, einen Mann mit Geld in der Tasche zu erwischen, das dann in den Bierhäusern auf den Kopf geklopft wurde. Osterdienstag waren die Männer an der Reihe, die Frauen zu heben. Ein G. H. Wilkinson bemerkte 1913 in seiner persönlichen Geschichte über Walton, daß ›die derbsten Akte der Unanständigkeit‹ stattfanden. Wilkinson fügte hinzu, daß die bessere Erziehung der Arbeiterklasse und die Anstrengungen der Religionslehrer, mehr Respekt und Anstand durchzusetzen, allmählich dafür gesorgt hätten, daß derart unwürdige Praktiken ein Ende fanden.

Walton war damals kaum mehr als ein kleines Dorf, umgeben von Ackerland, Schonungen und dem Grundbesitz des hiesigen Gutshauses. Erst gegen Ende des vergangenen Jahrhunderts wurde das Dorf von der sich immer weiter ausbreitenden Stadt Liverpool geschluckt, was eine Umkehrung der geschichtlichen Verhältnisse bedeutete.

Die Sandsteinkirche von der Heiligen Jungfrau Maria der Pfarre Walton-auf-dem-Hügel war einst das Gotteshaus, das alles überblickte. Die Kirche auf dem Rand der Erhebung vom Fluß Mersey bietet eine hervorragende Fernsicht. Der Glockenturm ist vierzig Meter hoch, und von dessen Spitze, so sagt man, kann man an guten Tagen den Blackpool Tower in einer Entfernung von fünfzig Kilometern sehen.

Die Kirche mit dem kreisrund angelegten Kirchhof gab es mindestens eintausend Jahre früher als den Blackpool Tower, und mehrere Jahrhunderte lang umfaßte die Pfarrgemeinde Walton mehr als fünfundsechzig Quadratkilometer und schloß das kleine Fischerdorf Liverpool ein.

Das Dorf, das sich um die Kirche entwickelte, war ein Rastpunkt für Reisende, und Polizisten mit Entermessern patrouillierten manchmal in der Umgebung von Walton, um einheimische *banditti* und Wegelagerer von Straßenräubereien abzuhalten. Die alten Kirchenvorsteher waren für die Verfolgung von Verbrechen zuständig, und auf dem Kirchhof wurden Eisenstäbe zur gemeinschaftlichen Bestrafung von Trunkenbolden, Schuldnern und verschiedenen anderen Gaunern aufbewahrt.

Als Liverpool sich als Handelshafen zu entwickeln begann, wollte es nicht länger ein Außenposten von Walton sein, und 1699, nach einem Streit, der rund fünfzig Jahre währte, erhielt

Liverpool durch ein Parlamentsgesetz seine Eigenständigkeit als Pfarrei. Das Anliegen der Liverpooler Verwaltung wurde in einer Denkschrift festgehalten: ›Und derweil nur eine Kirche vorhanden, welche nicht einmal die Hälfte unserer Einwohnerschaft faßt, welche zwei Meilen entfernt liegt, mit einem Dorf dazwischen, kehren sommers (unter dem Vorwand, die Pfarrkirche zu besuchen) viele in das besagte Dorf ein und betrinken sich, wodurch viele Jugendliche und verschiedene Familien ruiniert werden: Deshalb bitten wir, das Gesetz zu verabschieden, denn es dient dem Dienste Gottes.‹

Das besagte Dorf war Kirkdale. Das Erbe dieses Ruinierungspotentials gibt es immer noch entlang der Scotland – Scottie – Road, die aus Liverpool nach Kirkdale und weiter nach Walton führt. Auf dem letzten Stück der Scottie Road drängt sich Kneipe an Kneipe. Auf einer Strecke von ein paar hundert Metern gibt es auf der einen Seite The Foot, The Widows, Dolly Hick's Pub and Wine Bar, The Parrot, The Corner House und The Clifford Arms, auf der anderen Straßenseite The Eagle Vaults, One Flew Over The Throstle's Nest, The Newsman House, McGinty's Bar und The Europa.

Es war die Gegend rund um Scottie Road, der die viktorianische Zeit einige der ärgsten Auswüchse an Armut und Entbehrung bescherte. Die dunklen, unhygienischen, überbelegten Höfe und Keller Liverpools existierten schon lange vor Königin Viktoria, und die letzten wurden erst in den 1960er Jahren aufgelöst. Aber sie erreichten Mitte des 19. Jahrhunderts einen Höhepunkt an Verwahrlosung, als Choleraepidemien und andere Seuchen einander ablösten und zweiunddreißig Jahre ein reifes Alter war.

In der Sprache dieser Tage waren Kinder nichts als Straßenbälger, die bettelten, klauten, raubten und oft früh starben. Die Kindersterblichkeitsrate war hoch. Die Kinder dieser Zeit wurden in *Her Benny*, einem rührseligen viktorianischen Roman von Silas B. Hocking mythologisiert. Her stirbt, Benny aber findet zu Gott und wird aus der Armut, aus dem Junggesellenstand und vor dem Tod gerettet.

Dies war Liverpools große Zeit als Industrie- und Handelszentrum. Die Arbeitslosenrate war hoch, eine Arbeitsstelle bot keine Sicherheit, und besonders in den Docks war der Lohn gering. Der Wohlfahrtsstaat mußte erst noch eingeführt werden, und kaum jemand vermochte die Armut zu lindern.

Als die Stadt begann, die Höfe und Keller zu räumen, ersetzte sie sie oft durch Wohnblocks, sogenannte *landings*, die bald wieder zu Slums wurden. Sie wurden ihrerseits durch Mietshäuser mit vielen Treppen ersetzt, die erneut als Slums endeten. Der Kreislauf der Räumungen und Neubauten setzte sich noch in den 1980er Jahren fort, lange nachdem Liverpools große Momente vorbei und höhere Standards von Armut erreicht waren.

Im Gegensatz zu Liverpool war Walton, um einen alten Bericht zu zitieren, ›frei von diesen atmosphärischen Verunreinigungen, die Flora und Fauna schädigen‹. Walton hatte die klare Luft des Atlantiks, die von der Liverpool Bay herüberblies, über den sogenannten Breeze Hill, und Walton hatte St. Mary's, die von sich behaupten konnte – und in Walton behauptete man es oft –, die Mutterkirche von Liverpool zu sein.

Walton entwickelte sich rund um das Dorf und die Kirche; eine Gegend, in der die Terrassen mit den roten Steinen vorherrschten, eine typische nordenglische Siedlung mit engen Straßen aus Kopfsteinpflaster und mit glatten Hausfronten, deren Türen direkt auf den Gehweg führen, oder mit Erkerfenstern und Vorgärten, die kaum groß genug sind, daß man darin stehen kann. Schmale Gassen, besser als Häuserdurchgänge beschrieben, dienen als Verbindungen zu den überfüllten Straßen.

Es war ein beengtes Wohnen, aber längst nicht so beengt wie in den Höfen und Kellern, und abgesehen von Throstle's Nest an der Rice Lane, vor langer Zeit schon abgerissen, blieben der Bevölkerung von Walton die schlimmsten Entwürdigungen erspart, die die Menschen in Liverpool erdulden mußten.

St. Mary's wurde 1941 von deutschen Bomben fast völlig zerstört und Ende der vierziger Jahre wiederaufgebaut. Die Eisenstäbe sind nicht mehr da, und das letzte reetgedeckte Dach hinter der Kirche wurde in den sechziger Jahren zusammen mit einigen andern Häusern in der Nachbarschaft abgerissen, um Platz zu schaffen für die Straßenüberführung Breeze Hill.

Es gab einige Abrißarbeiten, einige Neuentwicklungen und die Ausweitung durch neue Wohnanlagen, aber sonst hat sich das Erscheinungsbild von Walton nicht verändert. Es gibt hier ein Gefühl für Tradition und Kontinuität, das in anderen Gebieten von Merseyside verlorengegangen ist. Asphalt hat den alten Straßenbelag bedeckt, aber das Kopfsteinpflaster bricht überall durch. Kleine Kinder sitzen auf der Haustürtreppe und kratzen am Asphalt; Jungen und Mädchen schlendern grüppchenweise durch die Gassen.

Viele der Häuser haben individuelle Ergänzungen erfahren, Aluminiumfenster, Klinkerverkleidungen, Kieselputz, frische Farbe. Und doch liegt ein wahrnehmbarer Hauch von Vernachlässigung und öffentlichem Versagen über dem hohen Gras und den rissigen Steinen auf dem Kirchhof. Auch in Walton Village, das sich hinunter bis zur Walton Lane erstreckt, und den Straßen, die es umgeben wie eine geschlossene Gesellschaft, spürt man das. Der Asphalt bröckelt, die Straßen sind wellig und voller Schlaglöcher und nur notdürftig ausgebessert.

Viele der Geschäfte in Walton Village haben aufgegeben, die Häuser sind verwahrlost. Es gibt noch den Zeitungkiosk und den Gemüseladen an der Ecke, auch noch die eine oder andere Frittenbude, den Videoladen, Monica's Café, The Mane Attraction Unisex Salon und die Top-House-Kneipe, und um die Ecke gibt es die Kneipe The Anfield.

Das Village liegt im Herzen des Liverpooler Stadtbezirks Ward, der gegenwärtig von einem Ratsherrn der Labour Party und zwei Ratsherren der Liberal Democrats vertreten wird. Der Stadtbezirk Ward ist fast ausschließlich weiß und besteht hauptsächlich aus Angehörigen der Arbeiterklasse, obwohl nicht alle der Arbeiterklasse auch Arbeit haben.

Auf der Mängelliste der Stadtverwaltung liegt Walton unter den trostlosesten Gegenden von Everton und Toxteth, wo die Arbeitslosenquote über vierzig Prozent liegt und weniger als zwei von zehn Haushalten im eigenen Haus wohnen oder ein Auto besitzen.

Die Arbeitslosenquote im Stadtbezirk Ward liegt bei etwas über zwanzig Prozent, bei Männern und jungen Menschen steigt sie auf beinahe dreißig Prozent. Der Sockel der Erwerbslosen hat sich in den vergangenen zwanzig Jahren mehr als verdoppelt. Die Hälfte aller Haushalte wohnt zur Miete, wobei zwei Drittel weder über Zentralheizung noch Auto verfügen. Der Anteil der alleinerziehenden Eltern liegt unter zehn Prozent, wie auch in ganz Liverpool, aber die Quote hat sich im Bezirk wie auch in der Stadt in den letzten zwei Jahrzehnten verdreifacht.

Waltons Kriminalitätsrate ist typisch städtisch und nicht bemerkenswert hoch. Pro Monat werden etwa sechshundertfünfzig Straftaten in der Polizeistation an der Walton Lane registriert; die meisten davon sind Einbrüche und Diebstähle in, aus oder von Autos. Vandalismus, Ladendiebstahl und Gewalt haben einen hohen Anteil an der Kriminalität, es gibt auch einige Raubüberfälle, ein paar gestohlene Fahrräder, eine Handvoll Drogendelikte. Weniger als ein Drittel dieser Straftaten werden aufgeklärt, die Zahl liegt ein bißchen unter dem Durchschnitt der Aufklärungsrate in der Grafschaft Merseyside. Von den aufgeklärten Straftaten gehen etwa ein Viertel auf das Konto von Jugendlichen, und die meisten dieser Jugendlichen werden verwarnt statt angeklagt.

Das Fehlverhalten der Jugendlichen wird auf Karteikarten festgehalten, die in zwei Ordnern – männlich und weiblich – alphabetisch abgelegt sind. Die Ordner stehen im Büro des Jugend- und Sozialverbindungsbeamten an der Walton Lane. Im Büro arbeiten die beiden YLO-Beamten* Bev Whitehead und Brian Whitby.

PC Whitby ist Mitte Dreißig und hat selbst zwei Kinder, eine siebenjährige Tochter und einen Jungen im Alter von Jon und Bobby. Seine eigene Kindheit, die er zwar nicht in Walton verbrachte und die vielleicht ein wenig beständiger war als

* YLO = Youth and Community Liaison Office

die vieler anderer, unterschied sich nicht so sehr von denen der Jugendlichen, mit denen er nun zu tun hat …

Er weiß, daß vieles in seinem Job die schlimmsten Probleme der Gegend reflektiert – junge Menschen in Gefahr oder junge Menschen, die Gefahr verbreiten. Er weiß, daß er nicht alle über einen Kamm scheren kann. Wenn er in eine Schulversammlung geht, kennt er vielleicht zwei Dutzend Gesichter unter den tausend Schülern. Wenn er in die eine Klasse geht, erheben sich die Schüler und zeigen ihren Respekt. Geht er in die nächste Klasse, schallt es ihm entgegen: »Verpiß dich, Bulle!«

Als er vor fünf Jahren diese Arbeit begann, war er beseelt vom Eifer eines Kreuzzüglers. Er würde die Kinder retten und die Welt richten. Er kann sich noch an zehn Kinder aus diesen ersten Tagen erinnern. Nur eins von ihnen ist auf dem schmalen Grat der geraden Bahn geblieben. Die anderen haben sich wahrscheinlich zu den schlimmsten Jugendlichen von Walton entwickelt.

Er hat gelernt, die Problemfälle zu erkennen. Die anderen lassen den Kopf hängen, wenn man sie konfrontiert, sie weinen und scheinen echt zu bereuen. Es sind diejenigen, die einem fest in die Augen blicken und alles abstreiten, auf die man achten muß. Bevor sie zehn sind, haben sie eine Meisterschaft im Lügen gewonnen.

Es beginnt gewöhnlich zu Hause, sie sind sieben oder acht und stehlen Geld aus Mums Portemonnaie. Die Eltern rufen auf der Station an und sagen, wir haben alles versucht, probiert ihr es mal, redet mit ihm. Brian kann sich noch gut an den kleinen Jungen erinnern, der mit einem Zettel in einem Umschlag zur Station kam. Er reichte ihn Brian. ›Lieber Polizist, dieser kleine Bastard von einem Sohn hat mich bestohlen. Können Sie mal mit ihm reden?‹ Gut, machen wir. Was hast du getan, Junge? Ich habe Geld aus Mums Börse genommen. Brian sprach von Gut und Böse, zeigte ihm die Zellen … da hinein kommen die bösen Menschen, die stehlen. Diese Schocktherapie wendet er inzwischen nicht mehr an. Nun ja, er zeigte ihm alles, setzte ihn an den Schreibtisch, um ihm noch einmal den Marsch zu blasen. Da sagte der Junge, er habe seiner Mutter ein Geschenk zum Muttertag kaufen wollen, und nicht genug Geld gehabt. Es kostet zwei Pfund fünfzig, und ich habe nur ein Pfund fünfzig. Da war Brian mit seinem Latein am Ende. Was sollte er dem Jungen jetzt sagen?

Ein anderer Tag. Hausbesuch. Er klopfte an die Tür, und ein kleiner Junge öffnete. Brian war gut drauf und feixte den Jungen an: He, Sonny, bist du der Mann des Hauses? Arschloch, ich bin erst sechs. Er betrat die Wohnung und sprach mit dem Vater, sagte: Wissen Sie, was Ihr Sohn gerade zu mir gesagt hat? Er wiederholte den Wortwechsel. Nun, Arschloch, sagte der Vater, was kannste erwarten? Brian ging und fand draußen einen dicken Nagel unter einem seiner Reifen.

Wenn sie eine einschlägige Karriere durchlaufen, gibt es die nächsten Schwierigkeiten in der Schule. Meistens beginnt es mit einem Anruf des Schulleiters. Brian wird gebeten, mit dem Unruhestifter zu reden. In der Anfangszeit nahm sich Brian oft einen älteren Kollegen zur Verstärkung mit. An diesem Tag sollten sie mit einem Jungen reden, den wir Mickey nennen wollen. Er hatte für einen wohltätigen Zweck gesammelt und das Geld behalten. Mickey stammte aus einer großen Familie. Sie waren alle wie Bulldoggen gebaut, und man ging ihnen besser aus dem Weg. Brian hatte gewettet, daß Mickey eines Tages jemanden umbrachte.

Jedenfalls waren sie in der Schule. Mickeys Mum war auch da, der Lehrer, Brian und sein Kollege, der Mickey anbrüllte. Plötzlich klappte Mickey zusammen, wie in tiefer Ohnmacht. Seine Mutter warf sich auf ihn. Steh auf, du gerissener Bastard. Sie zerrte an ihm herum. Brian war besorgt, hielt die Mutter zurück, damit der Junge atmen konnte. Mickey kam wieder zu sich und begann zu weinen. Keinem war mehr nach Schimpfen zumute.

Zwei Jahre später war Brian wieder in der Schule. Diesmal ging es um Mickeys jüngeren Bruder, der irgendwas angestellt hatte. Brian redete auf ihn ein, als der jüngere Bruder plötzlich zusammenklappte und in Ohnmacht fiel. Aber diesmal half es nicht. Brian holte den Jungen auf die Beine und fuhr mit seiner Predigt fort.

Es gibt zwei weitere Brüder, mit denen Brian im Laufe der

Jahre immer wieder zu tun hatte. Sie sind jetzt erst dreizehn oder vierzehn und machen immer wieder Ärger. Die Leute halten sie für durch und durch schlecht. Brian nennt sie freche, verzogene Jungs mit harten Gesichtern.

Sie rauchten Cannabis, als sie sieben oder acht waren, suchten die Nähe von älteren Jungen und gebärdeten sich wie kleine Minigangster: Unser Kumpel brummt fünf Jahre ab, hat mit 'ner Knarre abgezockt. Die Jungen waren schon in verschiedenen Heimen, sie verschwanden immer mal für ein paar Tage und wurden dann irgendwo in der Stadt in den frühen Morgenstunden aufgelesen. In der Familie hat es fast immer Ärger gegeben. Einmal, als Brian zu Besuch war, ging einer der Jungen mit einem Hammer und einem Billardstock auf seine Mutter los. Brian weiß nicht, was aus ihnen wird, aber er befürchtet das Schlimmste. Im Augenblick hört man Gerüchte, daß die Jungen sich eine Waffe besorgt haben. Diese Information wird er als nächstes verfolgen.

In letzter Zeit ist Brian mit dem Schicksal eines Zwölfjährigen befaßt, für den er und das Sozialamt eine sichere Bleibe suchen, auch zu seinem eigenen Schutz. Der Junge kann einfach nicht mit Stehlen und Rauben aufhören, und die Einheimischen sind aufgebracht. Nachdem er eine wertvolle Brieftaube gestohlen und getötet hatte, die angeblich zweitausend Pfund wert sein sollte, stürmten Leute in die Polizeistation und drohten: Wenn ihr nicht mit ihm fertig werdet, übernehmen wir das. Wir bringen ihn um.

Der Junge sieht wie ein Engel aus, und er klingt so vernünftig, daß er sich aus allem herausreden kann. Immer wieder gerät er in Schwierigkeiten, oft meilenweit weg von zu Hause. Neulich wurde er in St. Helen's aufgelesen. Er hatte fünfzig Pfund aus einer Kasse gestohlen und wurde zur Polizeistation gebracht. Der Sergeant rief Brian an und meinte, der Junge sehe wirklich hübsch aus. Er habe ihm anvertraut, daß er gern Vögel beobachte. Der Sergeant reagierte verstört, als Brian zu lachen begann. Ein oder zwei Wochen zuvor war der Junge im hinteren Teil eines Geschäfts in einem anderen Einkaufszentrum aufgestöbert worden. Als eine Polizistin eintraf, brach er in Tränen aus. Er habe sich verlaufen, könnte seine Mum nicht finden, sei ängstlich. Die Polizistin nahm seinen Namen auf und das Geburtsdatum, dann ließ sie ihn laufen. Erst später stellte sich heraus, daß auch vier weitere Geschäfte beraubt worden waren. Die Polizistin rief in Walton an. Der Junge hatte einen falschen Namen angegeben, aber das Geburtsdatum war Brian nur allzu vertraut.

Niemand hat es gezählt, aber der Junge ist der Polizei bestimmt schon achtzigmal aufgefallen. Dazu zählen auch die vielen Berichte, wenn er wieder aus einem Jugendheim ausgebrochen ist. Gewalt gehört nicht zu seinen Auffälligkeiten, und nicht alle Berichte liegen auf der Polizeistation an der Walton Lane: Ein Polizist wollte eines Tages seine Station betreten, als er sah, wie ein Junge ein Motorrad aus dem Hof schob. Es stellte sich heraus, daß er es gerade auf dem Hof gestohlen hatte – es gehörte zu sichergestelltem Diebesgut.

Manchmal kommt Brian nicht umhin, den Witz und den Einfallsreichtum der Jüngsten zu bewundern. Unvorstellbar, die Dinge, die sie abziehen. Es gab eine Zeit, als er das Vorstandstor zum Stadion in Anfield bei Heimspielen bewachte. Da kamen Jungen an, die behaupteten, irgendein Tausendsassa habe ihnen versprochen, eine Karte für das Spiel zu besorgen. Wie viele Jungen versuchten, unterhalb der Sperre durchzuschlüpfen, oder standen jammernd da, daß sie ihr Ticket verloren hätten, und jetzt warteten sie auf eine gute Seele, die sie irgendwie einließ. Da kamen Jungen an, von denen Brian wußte, daß sie um die Ecke wohnten, die aber behaupteten, sie wären ohne Eintrittskarte aus Speke angereist, und gelegentlich schafften sie es, jemandem ein Ticket abzuschwatzen. He, Mann, haste 'n Ticket übrig? Nein. Kannst uns mal fünfzig Pence für 'n paar Zigaretten leihen? Als ob sie ernsthaft vorhätten, das Geld beim nächsten Mal, wenn sie dich sehen, zurückzugeben.

Häufig bewachten sie die geparkten Autos der auswärtigen Fans, auch die der uniformierten Polizisten, die ihr Auto nicht auf der Station abstellen konnten, sondern es in der Nähe parkten. Brian weiß, daß man zahlen muß. Wenn man ihnen sagte: Hau ab, du Frechdachs, hatte man zerstochene

Reifen, wenn man zurückkam. Oder sie kratzten einem ›Verpißt euch, Bullen‹ in den Lack.

Das alles ist wie ein Spiel, aber Brian ist der Meinung, daß sich eine neue Stimmung eingeschlichen hat. Immer mehr Jugendliche zeigen immer weniger Respekt. Vor kurzem kam ein Junge von etwa fünfzehn Jahren auf Brian zu und deutete auf seine Brust. Was hast du da? Brian schaute hin, und die Hand des Jungen schoß hoch und riß Brians Helm ab. Haha, angeschmiert, Officer. Was kann man da unternehmen? Man darf ihnen keine Ohrfeige geben.

Ein anderer Junge geriet immer wieder auf der Straße in Schwierigkeiten, und Brian knöpfte ihn sich vor. Der Junge behauptete, eine der lokalen Schulen zu besuchen und nannte ausgerechnet diejenige, in deren Beirat Brian saß. Er sagte das dem Jungen. Na und? Soll ich Ihnen jetzt 'n Orden verleihen oder was? Der Junge wandte sich an seine Kumpanen. Sollen wir ihm den Orden vom Hängenden Pimmel geben? Er ist nämlich in unserem Schulbeirat.

Es mag nur eine Minderheit sein, die schlecht ist, aber die Minderheit wächst unaufhaltsam.

Brian glaubt nicht, daß die neuen Regelungen über das Verwarnungssystem viel bewirken. Natürlich muß man die Kinder aus den Gerichten fernhalten, wenn es nur um Kleinigkeiten geht. Aber es gibt keine Flexibilität mehr. Früher konnte man mit dem Chef reden. Hören Sie, Mann, der Junge hat sich zwar daneben benommen, aber er hat eine gute Mutter, und sein Vergehen ist eher geringfügig, warum versuchen wir nicht, etwas für ihn zu tun? Jetzt gehen solche Dinge gleich zum Jugendausschuß, wo alles in die Papiere aufgenommen wird. Man hat nicht mehr denselben Spielraum, um mit den Kids zu arbeiten.

Die Jugendlichen haben die Veränderung auch bemerkt. sie haben begriffen, daß es eine neue Nachsicht gibt, daß sie ungestraft einem Bobby den Hut abreißen können und Schlimmeres.

Brian denkt an dieses Mädchen, das neulich wegen Sachbeschädigung festgenommen wurde. Nach einem Streit hatte sie eine Tür eingeschlagen. Ein paar Tage vorher hatte sie das schon einmal gemacht. Zweimal war sie schon wegen Ladendiebstahl verwarnt worden. Sie scheint zu glauben, daß sie das Recht auf drei Verwarnungen hat, bevor sie angeklagt wird. Ihr Verhalten kann nur als rücksichtslos und arrogant beschrieben werden.

Manchmal erhält man den Eindruck, daß die Jugendlichen auf der Straße nur ernst genommen werden, wenn sie mit zwei oder drei Verwarnungen zu Buche stehen. Jeder schaut zu einem üblen Typen auf und will genauso sein. Ein paar Verwarnungen bringen dich auf den richtigen Weg. Mach schon, schmeiß die Fensterscheibe ein, dann kriegste deine Verwarnung.

Wenn Brian heute nach einem Vergehen einen Hausbesuch macht, wird er gefragt: Wenn ich es zugebe, komme ich dann mit einer Verwarnung davon? Heißt das, ich brauche nicht vor Gericht?

Wie bei dem Fünfzehnjährigen, den er wegen eines Vergehens besuchte. Der Junge öffnete die Tür, und Brian erklärte den Zweck seines Besuchs. Verflucht, was hat das mit dir zu tun, brüllte der Junge. Brian antwortete, daß seine Empfehlung den weiteren Gang der Dinge beeinflußte. Ich hab's doch schon zugegeben, rief der Junge, ich krieg 'ne Verwarnung. Er stand auf der Türtreppe und beschimpfte Brian, als der Vater heraustrat und den Sohn mahnte, nicht so rüde mit dem Polizeibeamten zu reden. Der Junge sagte dem Vater, er solle sich um seine verfickten Sachen kümmern und stieß ihn von sich. Jetzt waren sie alle im Haus, Brian hielt den um sich schlagenden Jungen fest, Mutter und Vater tanzten um sie herum und riefen, ja, Officer, geben Sie ihm eine anständige Tracht Prügel.

Brian weiß nicht, warum sich die Dinge so entwickelt haben. Man sagt, es liege an den Sechzigern und den Weltverbesserern, aber wenn man ihn fragt, worin der Unterschied bestehe zwischen seinem Sohn und den Jungen da draußen, die sich in Schwierigkeiten befinden, dann würde er sagen, es liegt an der Aufmerksamkeit und an der Zuneigung. Und daß man ihnen beibringt, was Gut und Böse ist. Schon in jungen Jahren hat Brian seinem Sohn mal einen Klaps auf die Finger gegeben, wenn er böse war. Er liebt seine Kinder, aber er gibt ihnen ab und an einen Klaps, und er ist davon überzeugt, daß sie dadurch lernen. Dann setzt er sich abends zu seinem Sohn, gibt ihm Zeit. Sie besprechen, was in der Schule los war, und immer nimmt er ihn in den Arm. Das ist es, was die meisten vermissen. Er ist in vielen Familien zu Hause, und oft denkt er: Wenn ihr all diese materiellen Dinge kaufen könnt, warum könnt ihr den Kindern dann keine Liebe geben? Wenn Brian diese Kinder sieht, möchte er oft einen Arm um sie legen und sie ganz eng an sich drücken. Da gibt es einen Jungen in der Gruppe, mit der Brian gelegentlich zum Bowling geht. Der Junge gibt sich ungeheuer hart in der Runde seiner Freunde, aber wenn Brian sagt, komm mal zu mir, legt er einen Arm um ihn, und der Junge beantwortet die Geste. Man sieht ihm an, daß ihm das fehlt.

Das ist das Hauptproblem. Mangel an Liebe und Zuneigung. Mütter mit vier oder fünf Kindern, die sagen, ich kann sie nicht vierundzwanzig Stunden am Tag beaufsichtigen. Sie scheinen weder die Zeit noch die Geduld zu haben. Brian besucht regelmäßig die lokalen Jugendklubs, und in einem läuft oft ein kleines Mädchen herum, etwa zwei Jahre alt. Sie hängt sich oft an Brian. Wenn er ehrlich ist, muß er zugeben, daß sie oft ein bißchen lästig ist, aber sie ist ein hübsches Kind, und einmal, als sie ungezogener war als sonst, fuhr die Mutter sie an, sie solle Brian in Ruhe lassen. Sie ließ es natürlich nicht sein, kam immer wieder. Da riß die Mutter sie weg und schlug dem Mädchen ins Gesicht, daß der Kopf herumschleuderte und gegen die Tür stieß. Puh, machte Brian. Er war wirklich entsetzt.

Er spricht oft in Jugendclubs und vor Schulklassen über die Wirkungen von Drogen und Alkohol. In letzter Zeit steigt die Sorge, daß jüngere Kinder von älteren als Drogenkuriere benutzt werden. Meistens geht es um Cannabis und LSD, die auch in Schulen verkauft werden. Brian ist davon überzeugt, daß die Polizei nicht einmal die Hälfte von dem weiß, was wirklich läuft.

Wenn er mit den Kindern über Drogen spricht, sagen sie alle, wie schrecklich. Wir halten Drogen für entsetzlich. Und was haltet ihr von Cannabis? Da ist doch nichts dabei, sagen sie. Was ist mit Alkohol? Großartig. Und LSD? Nun, man sollte argwöhnisch sein, aber vielleicht würden wir's mal probieren. Für sie sind Drogen nur Crack und Heroin, alles andere zählt nicht.

Diese Gespräche sind auf die Kinder der Oberstufen beschränkt. In der Unterstufe bringt man den Kindern die Gefahren bei, die von Fremden ausgehen können. Wie sehen Fremde aus? fragt er die Klasse. Sie sind drei Meter groß, haben lange Bärte und spitz zulaufende Ohren, lauten die Antworten.

Jon wurde am 13. August 1982 im Mill Road Hospital geboren. Seine Eltern, Neil und Susan Venables, die damals neunundzwanzig und fünfundzwanzig Jahre alt waren, wohnten in einem Endreihenhaus an der York Street in Walton, nahe der Rice Lane, ein paar hundert Meter nördlich von St. Mary's.

Susan würde sagen, daß ihre Erziehung streng und diszipliniert war. Sie hatte einen Bruder. Die Familie liebte Country- und Western-Musik. Einige Familienangehörige spielten in einer Gruppe. Neil würde sagen, daß er und seine Schwester eine gute Kindheit hatten und verwöhnt wurden, obwohl ihre Mutter früh gestorben war.

Als Jon geboren wurde, arbeitete Neil als Gabelstaplerfahrer in Jacob's Biscuit-Fabrik in Aintree. Sie hatten schon einen Sohn, Mark, der drei Jahre früher, im Mai 1979, geboren worden war. Ihr drittes Kind, Michelle, wurde fünfzehn Monate nach Jon geboren, im November 1983.

Das Paar hatte im August 1975 geheiratet und dann an der Roderick Road unweit von Walton Village gewohnt. Als sie wegen Mark eine größere Wohnung brauchten, zogen sie in die York Street um.

Von Anfang an gab es Probleme mit Mark. Er hatte Schwierigkeiten mit dem Sprechen, und als Neil und Susan ihn untersuchen ließen, stellte sich heraus, daß er mit einem Wolfsrachen geboren worden war. Die Frustration, sich nicht verständlich machen zu können, löste bei Mark Tobsuchtsanfälle aus, und als er die Grundschule besuchte, wurde bald offensichtlich, daß er verhaltensgestört war. Etwa um die Zeit von Jons Geburt fand man heraus, daß Mark leichte Lernschwierigkeiten hatte. Er erhielt Unterricht von einem Logopäden und besuchte die Sonderschule Meadow Bank in Fazakerley.

Neil und Susan Venables trennten sich Anfang 1986 und wurden Ende des Jahres geschieden. Ein paar Jahre vorher hatte Neil seinen Job verloren, und die dadurch entstandene finanzielle und psychische Belastung sowie die Anforderungen, die Mark und die beiden jüngeren Kinder stellten, waren zuviel für ihn. Zuerst blieb Neil in der York Street, damit er das Haus verkaufen konnte, während Susan und die Kinder zu ihrer Mutter zogen. Damals besaß Neil noch ein Auto, und er fuhr jeden Sonntag mit den Kindern ins Grüne.

Als das Haus an der York Street verkauft war, zog Neil zu seinem Vater, der eine Einliegerwohnung in Breeze Close besaß, danach mietete er sich in der Nähe eine eigene Wohnung auf Breeze Hill, bevor er nach Kirkdale zog.

Susan zog bei ihrer Mutter wieder aus und wohnte nun in Old Swan, und Jon besuchte die Vorschule in Broad Green. Susans neue Wohnung erwies sich als feucht und auch sonst nicht angenehm, deshalb zogen sie und die Kinder wieder zu Neil, der Jon jeden Tag zur Schule nach Broad Green fuhr und auch wieder abholte. Jon schien sich in der Schule wohl zu fühlen, obwohl die Sorge bestand, daß die Trennung der Eltern ihn psychisch getroffen hatte. Auch er bekam Tobsuchtsanfälle. Es wurde empfohlen, daß sein Silberblick behandelt werden sollte – ein Problem, das vernachlässigt wurde.

Susan erhielt dann von der Verwaltung eine Sozialwohnung mit drei Schlafzimmern in der Scardale Road zugeteilt. Das Haus gehörte zur Norris Green Siedlung, einem großen, modernen Wohnprojekt der Liverpooler Stadtverwaltung.

Im Januar 1978 gab es einen Vorfall, der die Polizei in Susans Haus brachte. Sie hatte die Kinder länger als drei Stunden unbeaufsichtigt gelassen. Susan fand es schwer, sich mit der Scheidung von Neil abzufinden und wurde wegen ihrer

Depressionen behandelt. Auch Neil Venables litt an Depressionen.

Michelle und Jon besuchten ab September 1989 die Grundschule am Broad Square, ganz in der Nähe der Scarsdale Road. Jon war gerade sieben Jahre alt geworden. Im ersten Jahr fiel auf, daß er in der Klasse ein antisoziales Verhalten zeigte, was ärgerlich war, aber nichts Ernstes. Manchmal erzählte er zu Hause, daß er von einer Jungenmeute in der Schule drangsaliert worden sei. Im Juni 1990 wurde er an einen Schulpsychologen verwiesen. Ein Praktikant kümmerte sich um ihn und berichtete, daß Jon interessenlos zu sein scheint und nicht in der Lage ist, sich zu konzentrieren. Er starrte oft in die Luft. Offensichtlich wurde er mit dem Druck, der auf ihn ausgeübt wurde, nicht fertig.

Neil zog wieder um; er war jetzt zurück in der York Street, wo er sich eine Wohnung mit einem Bekannten teilte. Oft blieb er mehrere Nächte lang in der Scarsdale Road, und er hütete die Kinder, wenn Susan am Abend ausgehen wollte.

Die Sorge um Mark blieb, weil dessen Tobsuchtsanfälle anhielten. Sie waren nicht unüblich bei Kindern mit Lernschwierigkeiten. Ein Sozialarbeiter wurde eingeschaltet, der eine zeitlich beschränkte Pflege in die Wege leitete. Einmal im Monat verbrachte Mark ein Wochenende bei einer Pflegefamilie, und diese Maßnahme half, die Anzahl seiner Tobsuchtsanfälle zu verringern.

Im folgenden Jahr zeigten sich auch bei Michelle Lernschwierigkeiten, und sie besuchte dann ebenfalls Marks Sonderschule an der Meadow Bank. Jon ging nun in die vierte Klasse am Broad Square. Vierundzwanzig Kinder waren in der Klasse, und im ersten Halbjahr gab es keine nennenswerten Probleme.

Es war nach den Weihnachtsferien, im Januar 1991, als sich seine Klassenlehrerin Kathryn Bolger Sorgen um ihn zu machen begann. Jon verhielt sich sehr seltsam. Er saß auf seinem Stuhl, hielt den Tisch mit beiden Händen fest und ruckte vor und zurück und stöhnte, gab wilde Geräusche von sich. Als die Lehrerin ihn weiter nach vorn setzte, nahe zu sich, spielte er mit Dingen auf ihrem Tisch herum und warf sie zu

Boden. Manchmal stieß er seinen Kopf gegen ihren Tisch, und der Aufprall war so hart, daß sie sicher war, daß er sich dabei Schmerzen zufügte. Jon weinte und sagte, außerhalb der Klasse würden die Kinder ihn hänseln. Gelegentlich rannte er von der Schule weg, und jemand wurde zu ihm nach Hause geschickt, um ihn zurückzuholen. Er tat nie, was man ihm sagte, und seine Schulhefte waren leer. Jon wurde als lernunwillig eingestuft. Die Lehrerin war sicher, daß er mehr bringen könnte.

Jons Verhalten zu Hause wurde immer zerstörerischer. Er war ausfallend zu seiner Mutter, und der Sozialarbeiter, der sich bisher wegen Mark um die Familie gekümmert hatte, sah nun, daß auch Jon seine Aufmerksamkeit erforderte. Es schien Probleme mit anderen Kindern in der Straße zu geben, wo Susan wohnte. Sie rissen vor allem darüber Witze, daß Jons Bruder und Schwester geistig zurückgeblieben waren, und äußerten viele Beschimpfungen: »Dumpfauge!« »Blödmann!« Der Sozialarbeiter glaubte, daß Jon den Druck seines Umfelds spürte und daß er eifersüchtig war auf die Aufmerksamkeit, die Mark und Michelle ihrer besonderen Bedürfnisse wegen zuteil wurde. Es hatte auch den Anschein, daß Jon das Verhalten Marks kopierte.

Susan besuchte regelmäßig die Schule am Broad Square, um die Schwierigkeiten mit Jon zu erörtern, aber es gab keine Verbesserung, und seine Lehrerin Kathryn Bolger hatte große Mühe mit ihm. Sie berichtete alle Vorkommnisse dem Schulleiter und führte ihr eigenes Tagebuch über Jons Ungezogenheiten. Die Eltern anderer Schüler begannen sich zu beklagen, daß Jon einen destruktiven Einfluß auf die Klasse ausübte.

Im März fand für Jons Schuljahr eine Wochenendreise nach Nordwales statt. Die Lehrerin wollte die Verantwortung für Jon auf dieser Reise nicht übernehmen. Das Angebot des Sozialarbeiters, die Tour mitzumachen und ganz allein auf Jon zu achten, wurde abgelehnt. Jon fuhr nicht mit nach Nordwales.

Sein Verhalten verschlimmerte sich und nahm bizarre Formen an. Er ging in der Klasse an den Wänden entlang und riß Plakate und andere Sachen ab. Er legte sich auf den Boden und klemmte sich zwischen den Tischen fest. Er schnitt sich absichtlich mit der Schere, schnitt Löcher in seine Socken, klebte Papier auf sein Gesicht. Er stellte sich auf seinen Tisch und warf mit Stühlen. Er warf Dinge durch die Klasse und auf andere Kinder, und einmal, als er hinausgeschickt worden war, warf er Gegenstände über den Flur. Bei einer anderen Gelegenheit hing er kopfüber wie eine Fledermaus an den Kleiderhaken.

In ihren vierzehn Jahren als Lehrerin war Kathryn Bolger noch nie einem Schüler wie Jon begegnet. Die Last, in der Klasse für ihn verantwortlich zu sein und mit dem umzugehen, was sie aufmerksamkeitsheischendes Verhalten nannte, bescherte ihr Unruhe und Streß.

In der Schule hörte Susan Venables, daß Jon keine Minute stillsitzen konnte. Sie sagte, zu Hause sei das genauso. Er war hyperaktiv, und auch im Schlaf kam er nicht zur Ruhe. Er wurde zum Schulpsychologischen Dienst geschickt. Susan ging mit ihm zu einem Psychologen an der Klinik in Norris Green. Sie fragte sich, ob Jons Ernährung nicht etwas mit seiner Hyperaktivität zu tun haben könnte, und die Psychologin hielt das für möglich. Eine besondere Diät könnte helfen. Außerdem empfahl die Psychologin, sich von einem erfahreneren Kollegen weiterhelfen zu lassen. Susan erhielt einen Ernährungsplan von einem Sozialarbeiter. Ausgeschlossen wurde alles Eßbare mit künstlichen Farbstoffen. Susan befolgte die zweite Empfehlung nicht, einen erfahrenen Psychologen zu Rate zu ziehen. Sie behielt die Diät für Jon eine Weile bei. Sie schien sein Verhalten nicht zu verändern, und schließlich gab sie auf.

Neil war in eine Wohnung in Walton Village gezogen und sah seine Exfrau und seine Kinder nicht mehr so oft. Er überließ Susan das Schulische und hielt die Probleme, daß Jon sich von den Mitschülern herumgestoßen fühlte, für eine normale Entwicklungsstufe des Heranwachsens. Eine Zeitlang besuchte er sie sonntags, dann sah er Susan mehrere Monate nicht, bis sie zu ihm nach Walton Village kam und über die Schwierigkeiten berichtete, die Jon in der Schule hatte. Neil stimmte mit Susan überein, daß es das beste wäre, wenn er die Schule wechselte.

Dann, nicht lange vor dem Ende des Schuljahres, trat Jon eines Tages in der Klasse hinter einen Jungen und hielt ein dreißig Zentimeter langes Holzlineal an dessen Hals. Der Junge begann im Gesicht rot anzulaufen, und die Lehrerin hatte den Eindruck, daß Jon versuchte, seinen Klassenkameraden zu erdrosseln. Es bedurfte einiger Anstrengung der Lehrerin und eines Kollegen, den Jungen aus Jons Griff zu befreien, denn Jon schien sehr stark zu sein. Jon wurde ins Büro des Schulleiters gebracht und beendete das Schuljahr am Broad Square nicht mehr.

Mit der Hilfe des Sozialarbeiters wurde die St. Mary's Church of England Primary School angesprochen und die Schulleiterin Irene Slack gefragt, ob sie bereit wäre, Jon als Schüler zu akzeptieren, weil es Schwierigkeiten in seiner jetzigen Schule gegeben hätte.

Irene war beunruhigt über die Hintergründe des Schulwechsels, aber sie sagte, sie würde Jon unter der Bedingung aufnehmen, daß er sich gut benahm und in eine Klasse unterhalb seiner Altersgruppe ging.

Waltons St. Mary's liegt an der Bedford Road, von St. Mary's Church nur durch die County Road getrennt. Es ist ein altes viktorianisches Schulgebäude, das jetzt von rund zweihundertsechzig Schülern besucht wird. Es gibt auch einen Vorschulzweig, der in Richtung Walton Village liegt.

Irene Slack war seit elf Jahren die Schulleiterin. Die Philosophie der Schule besteht darin, daß den Schülern Toleranz gegenüber anderen Rassen, Religionen und Lebensweisen beigebracht wird, daß sie die Unabhängigkeit anderer Menschen, Gruppen und Nationen verstehen, daß sie zu aktiven Teilnehmern in der Gesellschaft werden, daß ihnen die Fähigkeit vermittelt wird, als mitwirkende Angehörige zusammenarbeitender Gruppen zur Gesellschaft beizutragen, daß sie auf sich selbst achten und sensibel werden für andere.

Das Bewußtsein gerade für das Letztgenannte betrachtete Irene Slack als das wichtigste Ziel. Was du nicht willst, das man dir tu', das füg auch keinem anderen zu, lautete die Botschaft. Jon wurde im September 1991 mit dem Beginn des neuen Schuljahres in die Schule aufgenommen und wurde mit Bobby in die 4B eingeteilt, denn auch Bobby mußte das Jahr wegen seiner langsamen Lernfortschritte wiederholen. Vielleicht wurden sie gerade wegen dieser Gemeinsamkeit, die sie von den anderen unterschied, allmählich Freunde.

Der Klassenlehrer Michael Dwyer war in den Fünfzigern und hatte strenge Ansichten, was Disziplin anging. Er hatte an Schulen unterrichtet, die für Kinder eingerichtet worden waren, die man früher nicht angepaßt nannte, und er erkannte bald Symptome von Nichtanpassung an Jon, der Dwyers Anweisungen manchmal ignorierte oder mitten im Unterricht durch die Klasse spazierte und sich über seinem Tisch zusammenfallen ließ, wenn er trotzte.

Dwyer reagierte darauf, indem er versuchte, eine strukturierte Umgebung für Jon zu schaffen. Er zeigte ihm, welche Arbeit von ihm verlangt wurde und welches Verhalten akzeptabel war. Das System funktionierte in der Klasse, aber es brach in der unstrukturierten Freizeit zusammen, in der Jon sich oft in Kämpfe einließ. Einmal erwischte Dwyer ihn, wie er sich mit einem jüngeren und kleineren Jungen schlug. Dwyer fragte Jon, wie es ihm gefallen würde, wenn ein größerer Junge sich mit ihm schlüge.

In der Klasse verhielt sich Bobby scheu und still, ein Mitläufer, obwohl Dwyer bemerkte, daß er hinterlistig sein konnte und Kugeln lieferte, die andere abschossen. Wie Jon war auch Bobby ein Schüler, der sich in den Pausen oft prügelte, aber Dwyer konnte nicht sagen, daß einer der Jungen als Unruhestifter oder Problemkind auffiel.

Während dieses Jahres gab es geringe Sorgen wegen Bobbys Schulschwänzen, während es solche Schwierigkeiten mit Jon nicht gab. Es hatte den Anschein, daß er sich in seiner neuen Schule einlebte, und auch zu Hause besserte sich sein Verhalten, obwohl der Sozialarbeiter immer noch besorgt war, weil Jon sich wegen der Beachtung, die Michelle und Mark widerfuhr, zurückgesetzt vorkam. Jon vertrug sich nicht gut mit Mark, und gelegentlich kam es zu Raufereien. In diesem Sommer arrangierte der Sozialarbeiter eine Ferienreise für Jon und Michelle, die durch die Wohltätigkeitsorganisation KIND (Kids In Need and Distress) ermöglicht wurde.

Das Problem, daß Jon in Norris Green, seiner Wohngegend, schikaniert wurde, schien sich gelegt zu haben. Es gab eine Gruppe von Freunden dort, mit denen er immer draußen spielte, obwohl Susan bemerkte, daß er sich in der Gesellschaft jüngerer Kinder wohler fühlte.

Wenn er draußen spielte, dann war es gewöhnlich Fußball, oder er fuhr mit seinem Rad, oder er spielte mit anderen Verstecken und British Bulldog. Manchmal war seins das einzige Rad, dann drehten sie abwechselnd eine Runde Huckepack. Manchmal saßen sie auf der Treppe vor dem Haus eines anderen Jungen und erzählten sich Witze oder Gespenstergeschichten.

Jon liebte Computerspiele und war ein großer Fan von Sonic, dem Igel. Zu Hause besaß er einen Commodore C64, den man ans Fernsehgerät anschließen konnte, eine Sonic-Uhr und einige Handgeräte.

Als er auf der St. Mary's begann, holte sein Vater ihn jeden Tag in Norris Green ab und brachte ihn auch wieder zurück. Dann verbrachte Jon ein paar Nächte die Woche bei seinem Dad. Es war an einem dieser Abende, daß Bobby ins Haus kam und Jon fragte, ob er zum Spielen mitginge. Jon sagte seinem Vater, daß Bobby nur ein Schüler aus seiner Klasse sei, aber der Junge in der Wohnung unter Neil sagte, daß Bobby aus einer schlechten Familie stamme. Neil trug Jon auf, nicht mehr mit Bobby zu spielen, und danach verjagte er Bobby, wenn er zu Jon in die Wohnung kommen wollte.

Der Beginn von Jons neuem Schuljahr im September 1992, fünf Monate vor dem Mord an James Bulger, wurde herausgehoben durch seinen Aufstieg von kurzen grauen Hosen zu langen schwarzen Schulhosen.

Etwa um diese Zeit versuchten seine Eltern, ihre Beziehung wiederzubeleben. Jeweils eine halbe Woche lang lebten sie zusammen in Neils Wohnung. Neils Vater war im Juni gestorben, und Neil war zurück in die Wohnung seines Vaters in Breeze Close gezogen. Er und Susan hatten mit den Kindern einen gemeinsamen Urlaub in Pwllheli Butlins in Nordwales verbracht und beschlossen, eine Versöhnung zu versuchen. Susan und die drei Kinder gingen donnerstags zum Breeze Hill und blieben bis zum Sonntag.

Von Neils neuem Zuhause bis zur Schule waren es für Jon nur fünf Gehminuten. Er ging gewöhnlich allein zur Schule. Sein Dad wartete oft am Tor auf ihn, um mit ihm nach Hause zu gehen. Jeden Freitag wurden Mark und Michelle nach Norris Green gebracht, von dort brachte ein Minibus sie zu Meadow Bank, und wenn sie nachmittags aus der Schule nach Norris Green zurückkehrten, holten Neil oder Susan sie ab.

Manchmal, wenn Jon für seine Mutter zu schwierig wurde, blieb er die ganze Woche über bei seinem Vater. Sonst unternahm er die Tour von Norris Green zur Schule und wieder zurück allein, er fuhr entweder mit dem 60er oder 81er Bus. Susan mußte sich um Mark und Michelle kümmern.

Jon und Bobby gingen jetzt in die 5R, gemeinsam mit sechsundzwanzig anderen Schülern, wobei die Jungen den achtzehn Mädchen zahlenmäßig unterlegen waren. Die Lehrerin, Mrs. Rigg, fand Jon und Bobby nicht schwieriger als viele andere Kinder, die sie unterrichtete, aber sie hielt es für ratsam, sie weit auseinander zu setzen, den einen ganz nach vorn, den anderen ganz nach hinten.

Jon war im allgemeinen nicht frech, aber er konnte unangenehm, störend und faul sein. Bobby war leicht zu nehmen, aber er neigte dazu, andere zu verpetzen und nie zuzugeben, daß er auch etwas Falsches getan hatte. Die Lehrerin bemerkte in keinem der Jungen Neigungen zu Gewalt oder Aggressivität.

Joan Rigg entwickelte eine Schwäche für Jon. Sie erkannte, daß er sehr wohl wußte, wann er sich schlecht benahm, aber er machte weiter damit, als ob es ihm egal wäre – er wollte die Aufmerksamkeit, er wollte beachtet werden. Wenn sie ihn zur Rede stellte, senkte er den Kopf und wich ihrem Blick aus. Wenn Bobby ertappt wurde, verhielt er sich duckmäuserisch und konnte scheinbar auf Kommando weinen. Joan Rigg hatte den Eindruck, daß Bobby gerissen war, straßenerfahren, und daß er stets wußte, was um ihn herum geschah.

Die Klassenarbeiten der beiden reflektierten ihren Altersvorsprung gegenüber den anderen Kindern nicht. Mrs. Rigg ordnete sie beide in die untere Hälfte der Klasse ein. Als sie in der Klasse das Gleichnis vom Guten Hirten durchnahm, war sie der Meinung, daß Jon und Bobby begriffen hatten, wie wichtig es war, anderen Menschen gegenüber freundlich und beschützend zu sein, sogar Fremden gegenüber.

Andere Mitglieder des Lehrkörpers, die mit den beiden Jungen zu tun hatten, bildeten sich unterschiedliche Meinungen über sie. Lynn Duckworth, die für das Essen zuständig war und den Schulhof während der Pausen beaufsichtigte, mußte Jon oft maßregeln, weil er andere Kinder ärgerte. Die Regelstrafe bestand darin, daß er sich ein paar Minuten mit dem Gesicht zur Wand stellen mußte.

Die ersten Male, als Jon an der Wand stehen mußte, drehte er sich um und schlug den Kopf gegen die Wand, bevor er sich fallen ließ und mit den Armen ruderte. Die Essens-Frau beachtete ihn nicht, und schließlich gab Jon auf. Aber sie fand, daß der Junge ein Problem habe und nicht auf dieser Schule sein dürfe. Im Vergleich zu ihm kam ihr Bobby normal und liebenswürdig vor; er bereitete nie Schwierigkeiten.

Eine der dienstältesten Lehrerinnen, Ruth Ryder, die seit zweiundzwanzig Jahren an der Schule unterrichtete, kannte Bobby als einen stillen, stummen Schüler, ein wenig berechnend und listig, immer rasch bei der Hand, irgendeine Untat anderen zuzuschieben und sich selbst als unschuldig zu gebärden; auf seine Weise manipulativ und beeinflussend, durchaus in der Lage, andere in Schwierigkeiten zu bringen. Wenn er mit Jon zusammen war, hatte er das Sagen, er war straßenerfahrener als Jon; Jon machte einen unreiferen Eindruck und war leicht zu führen.

Im Umgang mit Ruth Ryder verhielt sich Jon meist still und gehorsam. Nur bei einer Gelegenheit, als sie ihn vor der Klasse tadelte, hielt Jon auf eine seltsame, aggressive Weise beide Hände vors Gesicht, als ob er sie als Schild einsetzen wollte. Er neigte den Kopf zur Seite und wandte sich kichernd zur Klasse.

Es war diese Art des Verhaltens, zusammen mit den Tobsuchtsanfällen und seinen Lügen, die eine andere Lehrerin, Jacqueline Helm, zu dem Schluß kommen ließ, daß Jon emotional gestört war.

Miss Helm unterrichtete Bobbys jüngeren Bruder Ryan, und obwohl sie nie in Jons und Bobbys Klasse war, gewann sie den Eindruck, daß die beiden sehr störende Elemente in der Klasse und bei den anderen Schülern nicht beliebt waren. Trotzdem empfand sie Mitleid mit Jon, der etwas Liebes an sich hatte und doch in dem Ruf stand, ein Unruhestifter zu sein.

Die Schulleiterin Irene Slack mußte immer wieder mit Jon sprechen wegen dessen Verwicklungen in Schlägereien. Nach ihrer Meinung gab es keinen Zweifel daran, daß Jon jähzornig und von aggressiver Natur war, und sobald die anderen Schüler das begriffen hatten, stellten sie alles mögliche an, ihn zu reizen.

Irene Slack konnte Jon nur als sonderbar bezeichnen, der ein unangemessenes Benehmen an den Tag legte. Er mied den Augenkontakt, wenn sie mit ihm sprach, zeigte keine Gemütsregungen und schien in der Lage zu sein, auf Kommando Tränen fließen zu lassen. Obwohl Jon auf die strenge, disziplinorientierte Art seines früheren Lehrers Michael Dwyer reagiert hatte, schien er sich jetzt den anderen Unterrichtsstil von Joan Rigg zunutze zu machen und den anderen auf den Geist zu gehen.

Trotz allem hielt Irene Slack Jon für offener und ehrlicher als Bobby. Bobby war der tonangebende Part in dieser Freundschaft, und obwohl er still und selten ein Problem in der Klasse war, teilte Irene Slack die allgemeine Ansicht, die Bobby für listig und verlogen hielt.

Einige der Mitschüler bemerkten, daß Jon und Bobby hinter den Rücken ihrer Lehrer schmollten und fluchten. Viele der Mitschüler fanden, daß die beiden in Ordnung waren und nicht allzu großen Ärger bereiteten. In der Klasse verhielt Bobby sich still, er half anderen bei den Aufgaben und ließ sich im Gegenzug auch helfen. Er redete oft von dem, was er im Fernsehen gesehen hatte.

Aber er und Jon hatten auch den Ruf, andere Leute anzumachen und zu drangsalieren. Einen übergewichtigen Jungen nannten sie Fettsack und Sumo und imitierten einen japanischen Ringer, wann immer sie ihn sahen. Bobby warf einmal eine Handvoll Dreck in sein Gesicht.

Jon verhielt sich aggressiv zu den jüngeren Kindern, und mit ausgestreckten Armen segelte er oft in eine Gruppe von Mädchen hinein und riß einige zu Boden. Er und Bobby schubsten andere Kinder herum und forderten von ihnen, aus dem Weg zu gehen.

Selbst der größte Junge in der 5R, der sich für den Anführer der Klasse hielt, weil er den anderen sagte, was sie zu tun hatten, bekam Schwierigkeiten mit Jon, der ihn Großmaul nannte. Er bot Jon nach der Schule einen Kampf an. Jon rannte weg und brüllte Beschimpfungen. Ein anderer Junge hielt Jon und Bobby für äußerst merkwürdig. Sie sprachen nie mit anderen. Sie benahmen sich wie eine kleine Bande.

Hauptsächlich waren sie jedoch wegen ihres Schulschwänzens berüchtigt. Einmal fragte Bobby, ob er zur Toilette gehen dürfte. Als er nach einer Ewigkeit noch nicht zurückgekehrt war, wurde Jon von Mrs. Rigg geschickt, nach ihm zu sehen. Sie kamen beide nicht wieder. Sie mußten beide davongerannt sein, und einer von ihnen hatte MAT auf einen Spiegel in der Jungentoilette geschrieben, wahrscheinlich die Abkürzung für Matthew, einen der Jungen, die Jon nicht mochte und ständig drangsalierte.

Mrs. Rigg füllte das Register jeden Morgen und jeden Nachmittag aus. Im Herbsthalbjahr 1992, in dem es hundertvierzig Schultage gab, fehlte Bobby an neunundvierzig Tagen. Jon fehlte an fünfzig Tagen, davon waren aber zehn für den Familienurlaub verwendet worden. An fünf halben Tagen waren die beiden gleichzeitig abwesend.

Schulschwänzen war in Grundschulen eine Seltenheit, obwohl es natürlich schon mal vorkam. Walton St. Mary's war während der Schulstunden nicht verschlossen und verriegelt, aber die Türen wurden geschlossen gehalten, und man konnte nur hinein, wenn man auf eine Klingel drückte und darauf wartete, daß jemand vom Lehrkörper öffnete. Es war nicht erforderlich, einen Lehrer zu bemühen, wenn man die Schule verlassen wollte, aber trotzdem, man mußte schon einige Tricks anwenden, um verschwinden zu können. Natürlich war es am einfachsten, erst gar nicht in die Schule zu gehen.

Bobby schwänzte manchmal zusammen mit seinem Bruder Ryan oder mit seinem Freund Gummy Gee, der zwei Jahre jünger war als Bobby. Beide Jungs gestanden den Lehrern, daß Bobby sie gezwungen hatte, mit ihm zu schwänzen.

Irene Slack kannte Bobbys Familie seit einigen Jahren und hatte die verschiedenen Kinderschutzorganisationen mit Informationen über die Hierarchie des Herumkommandierens versorgt, die unter den Thompson-Brüdern üblich zu sein schien. Sie waren alle durch diese Schule gegangen – ein älterer Bruder tyrannisierte einen der jüngeren.

Bisher hatte es sechs Brüder gegeben, kürzlich war ein siebter dazu gekommen, Baby Ben, und jetzt schien sich das Problem bei Ryan zu wiederholen. Irene Slack sagte zu Bobby, er könnte sich ja entschieden haben, die Schule in den Wind zu schreiben, aber sie wolle nicht, daß er auch Ryans Leben verdarb.

Ann und Bobby Thompson hatten am 11. Dezember 1971 in der St. Mary's Church in Walton geheiratet. Sie waren beide achtzehn. Ann wurde genau am Hochzeitstag achtzehn.

Beide stammten aus einheimischen Familien und waren in der Umgebung von Walton bekannt. Ann wuchs in der Gegend der Netherfield Road auf. Sie war das mittlere Kind von dreien, es gab eine nur wenig ältere Schwester und einen Bruder, der sechs Jahre jünger war als sie. In ihrer Kindheit wurde das mittlere Kind oft übergangen, und es wurde auch anders behandelt. Es war ihre Schwester, die Tagestouren nach New Brighton unternehmen durfte und die wunderschöne in Leder eingebundene Bibel für die Sonntagsschule erhielt. Ihre Schwester war die Lady, ihr Bruder war der Junge, den sich die Eltern sehnlichst gewünscht hatten, außerdem wurde er verwöhnt, weil er das Baby war; Ann war die ungeschlachte Kuh in der Mitte.

An einem Osterfest gingen sie in die Sonntagsschule, Ann und ihre Schwester. Ihre Mum hatte ihnen neue Kleider genäht und ihre Schuhe geweißt. Ann gewann einen Preis, es war eine Bibel, nur eine einfache braune Bibel, aber es war ihr Tag, weil sie gewonnen hatte. Niemand brauchte ihr eine Bibel zu kaufen.

Sie waren stolz auf ihre Kleider, beide gestreift, das der Schwester war blau und weiß, Anns rot und weiß. Jedes Mal, wenn Ann ihr Kleid trug, passierte irgend etwas. Entweder Nasenbluten, oder sie fiel hin und befleckte ihr Kleid mit Blut. Einmal lief sie mit einem Stock die Straße hoch, sie geriet ins Stolpern und stieß sich den Stock in den Gaumen. Sie mußte ins Krankenhaus gebracht werden, und ihr Kleid war wieder voller Blut.

Ann war ständig im Krankenhaus. Was auch immer – sie zog es sich zu. Nie eine der anderen. Mandelentzündung, Polypen, einfach alles. Einmal spielte sie draußen und bekam schreckliche Seitenstiche. Sie wurde ins Haus geschleppt, der Arzt wurde gerufen und sagte, es sei eine Blinddarmentzündung. Anns Vater ging mit ihr zur Ambulanz. Wenn du verdammt noch mal lügst, bring ich dich um, fuhr er seine Tochter an, ich muß morgen arbeiten. Die Schmerzen hörten auf, als sie das Krankenhaus erreichten. Sie hatte schreckliche Angst, nach Hause zu gehen, weil sie eine Tracht Prügel zu erwarten hatte.

Ihr Vater war Lastwagenfahrer, Betriebsratsprecher und bei allen beliebt. Er hielt sich ständig in der Kneipe auf, gab Runde um Runde und kaufte Tambourine-Sherry flaschenweise. Ann kam er wie Jekyll und Hyde vor, denn zu Hause brüllte er nur und schlug sie oft.

Als sie etwa fünf Jahre alt war, wurde sie von einem Mädchen in der Straße drangsaliert. Schlag zurück, schlag zurück, sagte Anns Dad immer nur, und er verprügelte sie, weil sie ihre Peinigerin nicht zurückgeschlagen hatte.

Ann und ihre Schwester erhielten Taschengeld. Einmal, als ihre Schwester das Geld schon ausgegeben hatte, kaufte Ann für sich und ihre Freundin einen Beutel Chips. Ihre Schwester sah sie und wollte die Chips haben. Sie erzählte es ihrem

Vater. Der sagte, gib deiner Schwester was davon ab, aber Ann sagte nein, sie hat ihr Geld ausgegeben. Also wurde Ann verprügelt, weil sie ihrer Freundin Chips gekauft hatte.

Als sie älter war, schaute sie auf ihre Kindheit zurück und konnte sich an nichts Gutes erinnern. Wenn ihre Eltern sie liebten, hatten sie eine merkwürdige Art, es zu zeigen. Wenn sie je von ihnen verwöhnt wurde, ein Geschenk zu Weihnachten erhielt, konnte sie sich nicht daran erinnern.

Die einzige Freundlichkeit, die in ihrem Gedächtnis haften geblieben ist, wurde ihr vom Freund ihres Vaters zuteil. Wenn er zu Besuch gekommen war, fand sie überall im Haus Geld versteckt – aber es war so versteckt, daß sie es finden mußte. Einmal bat sie ihren Vater um Geld, weil sie sich in der Schule ein paar Süßigkeiten kaufen wollte. Er verprügelte sie.

Der Freund ihres Vaters kaufte ihr eine Porzellanpuppe. Ann liebte sie, bewahrte sie in ihrem Puppenwagen auf. Sie mußte die vielen Treppen hinuntergehen, deshalb rief sie ihren Vater. Dad, kannst du mir mit dem Puppenwagen helfen? Nein. Sie mußte es selbst tun, der Puppenwagen entglitt ihr, und das Porzellangesicht der Puppe zerschmetterte. Sie war untröstlich. Sie gingen zur Puppenklinik und ließen sie zusammenflicken, aber sie wurde nie wieder so, wie sie mal war.

Ann lag oft im Bett und hörte ihren Vater betrunken nach Hause kommen. Sie schlief schlecht, Alpträume, Schlafwandeln, alles, was man sich vorstellen kann. Eines Nachts wachte sie auf und und stand am Kopfende ihres Bettes und schlug mit den Händen gegen die Wand.

In einer anderen Nacht schob ihr Vater Anns Mum ins Schlafzimmer der Mädchen. Er warf sie über das Bett der Schwester, und Mum rief Ann zu, sie solle die Polizei holen. Ann stand aus ihrem Bett auf, aber da wurde sie von ihrem Vater gepackt, und sie erhielt eine Tracht Prügel, weil sie die Polizei hatte holen wollen. Ann und ihre Mum haben nie wieder darüber gesprochen. Sie sprachen nie über irgend etwas.

Sie war dann älter, fünfzehn oder sechzehn, und ging schon mit Bobby, ihrem ersten Freund, der auch ihr Ehemann werden sollte. Sie lernten sich kennen, als sie noch zur Schule ging. Ann konnte sich nicht erinnern, was sie zu Bobby hingezogen hatte. Sie konnte es sich nur so erklären, daß er der erste Junge war, der sie beachtet hatte. Je eher sie heirateten, desto eher konnte sie weg von zu Hause.

Anns Vater mochte Bobby nicht besonders, und als Bobby zur Familie kam und sagte, sie wollten heiraten, meinte Anns Dad, er gäbe ihnen zwölf Monate bis zur Scheidung. Bobby bat um seine Erlaubnis, und Anns Dad sagte: Paß auf sie auf, und nun verpiß dich, Junge. Nachdem Bobby gegangen war, schlug er Ann durchs Haus. Du bist schwanger, was? Nein, bin ich nicht. Sie war nicht schwanger. Er verprügelte sie mit seinem Hosengürtel.

Einmal lief Ann von zu Hause weg zu Bobby. Ihr Dad rannte ihr nach und erwischte sie auf den Treppen am Altersheim, nahe der Kneipe Hermitage. Er warf sie die Treppe hinunter – es sind nur drei Stufen –, und sie schlug sich den Kopf auf. Er zerrte sie nach Hause, vorbei an vielen Menschen, die nichts unternahmen, und unterwegs sagte er zu ihr: Schau dir die Häuser an, die Bäume. Denn du wirst sie nicht mehr wiedersehen, weil ich dich totschlage, wenn wir zu Hause sind.

Er warf sie auf den Küchenboden und bearbeitete sie mit seinem alten Armeegürtel, dem mit dem breiten Koppel.

Zu dieser Zeit arbeitete sie schon, sie vernetzte Leitungen bei Plessey's. Am Montag morgen trug sie drei schwarze Strumpfhosen übereinander, damit man ihre Verletzungen an den Beinen nicht sehen konnte.

Sie konnte sich nicht daran erinnern, daß ihre Schwester oder ihr Bruder mal geschlagen wurden. Es traf immer die freche, hartgesichtige Kuh. Wer weiß, vielleicht genoß sie es. Wenn ihr Dad sagte, sie sollte um neun zu Hause sein, traf sie um fünf Minuten nach neun ein, als wollte sie ihr Glück herausfordern, als wollte sie die Schläge spüren.

An einem Abend kam sie zehn Minuten später. Willst du eine Woche Stubenarrest, oder willst du Prügel? fragte er. Der Gedanke, eine Woche im Haus bleiben zu müssen, war unerträglich. Prügel, sagte sie. Es hagelte Schläge, und dann sagte er, weil du so störrisch warst und keine Miene verzogen hast, bleibst du zusätzlich noch 'ne Woche im Haus. Sie mußte es durchhalten.

Ann ging nicht oft zu irgendwelchen Veranstaltungen, denn wenn man um neun zu Hause sein mußte, lohnte es sich nicht. Gewöhnlich machte sie sich auch nicht die Mühe, sich fein herauszuputzen, wenn sie ausging. Es gab kaum einen Tag, an dem sie sich gut fühlte, wenn sie aus der Tür war.

Etwa eine Woche vor ihrer Hochzeit ging sie zum Wookie Hollow, weil Gerry Marsden angekündigt war. Sie hatte sich bemüht an diesem Abend, und tatsächlich erhielt sie einen Kuß von Gerry Marsden. Sie traf erst gegen Mitternacht zu Hause ein, und ihr Vater wartete auf sie, um es ihr heimzuzahlen, denn er war schon um elf zu Hause gewesen. Trotzdem, der Kuß entschädigte sie beinahe.

Bobby sah die dunklen Flecken auf Anns Beinen, und er wußte Bescheid, aber sie sprachen nie darüber. Sie hätte es niemandem erzählen können, und was gab es auch zu erzählen? Viele Leute wurden verprügelt.

Anns Mum war stets zu verängstigt, um etwas zu sagen, außer an einem Abend, als zwei Kumpel ihren Mann nach Hause brachten. Er war völlig weggetreten, und sie fragten, wo sollen wir ihn hinlegen? Anns Mum sagte: Dort, in den Garten. Und sie legten ihn in den Garten, und dort wachte er auch am Morgen auf. Ann gefiel das.

An dem Tag, an dem sie heiratete, drückte er ihr ein Glas Whisky in die Hand und sagte: Ich bin sicher, daß du es richtig machst. Wirklich wie Jekyll und Hyde.

Schrecklich.

Er ging immer in die Kneipe The Anfield, die von allen das ›Haus da unten‹ genannt wurde, und Bobbys Familie frequentierte The Walton Hotel, das ›Haus da oben‹, bis es sich schließlich auch The Top House nannte, weil jedermann es nur so kannte.

Ann und Bobby verlobten sich im Haus da oben, es war genau an ihrem siebzehnten Geburtstag. Und nach ihrer Hochzeit in St. Mary's gingen sie auch hin. Es war wie ein zweites Zuhause, und natürlich feierten sie auch ihr erstes gemeinsames Weihnachten dort. Dann sagte Bobby: Komm, wir besuchen deinen Dad in The Anfield.

Ann steckte sich zwei Finger in den Hals, um zu zeigen, was sie davon hielt, aber sie gingen trotzdem. Ihr Vater gab ihr einen Drink aus und legte einen Arm um sie und zeigte sie seinen Kameraden. Hier ist meine kleine Tochter, sagte er, als wäre er mächtig stolz auf sie. Ann hätte sich am liebsten übergeben.

(Nach dem Prozeß, als ihr Sohn wegen Mordes verurteilt worden war, rief Ann zu Hause an, um ihren Eltern ein paar Wahrheiten zu sagen. Ihr Vater schluchzte am Telefon. Es tut mir leid, daß ich dich geschlagen habe. Es tut mir leid. Ann empfand nichts für ihn. Ja, obwohl sie selbst auch weinte, gönnte sie ihm seine Qualen.)

Ann trug ein weißes Hochzeitskleid, das sie sich selbst genäht hatte. Als kleines Mädchen hatte sie mit ihren Puppen und dem Puppenwagen die Welt der Erwachsenen nachgespielt, und dabei war sie immer verheiratet gewesen, verheiratet und Mutter zu sein war ihr immer wie ein Märchen vorgekommen. Sie wollte zwei Jungen und ein Mädchen. Die Jungen würden auf das Mädchen aufpassen, denn sie hatte nie jemanden gehabt, der auf sie aufgepaßt hatte.

Wenn sie zurückschaut, gibt sie zu, daß sie in diesen frühen Ehetagen ziemlich dumm gewesen ist. Schüchtern und jung ... wahrscheinlich zu jung, um Kinder zu bekommen. Bobby war auch erst achtzehn, aber er wirkte in ihren Augen immer älter und reifer.

Bobby war das drittjüngste Kind von acht, vier Jungen und vier Mädchen. Sein Vater war gestorben, als Bobby noch ein Kind war. Die Rolle des Vaters war von den älteren Brüdern übernommen worden, und sie waren streng gewesen, wenn es galt, Disziplin durchzusetzen.

Die Thompsons waren eine alte Familie aus Walton, und Bobby hatte die Walton St. Mary's Schule besucht. Wie viele andere einheimische Kinder hatte auch er oft auf dem Bahndamm an der Walton Lane gespielt. Die Strecke verlief dort bergauf für die Züge, die aus den Docks kamen. Frachtzüge, die schwer beladen waren, zockelten langsam den Hügel hinauf, und die Kinder konnten aufspringen und sich von der Fracht bedienen.

Ann und Bobby begannen ihr Eheleben in einer Wohnung an der Birchfield Road, kurz hinter Walton Village. Dann zogen sie für eine Weile zu seiner Mutter, auch in Birchfield, und zahlten dem Hausbesitzer eine Kaution, um sich auf der anderen Straßenseite ein Haus kaufen zu können.

Während sie bei seiner Mutter wohnten, wurde Ann das erste Mal schwanger. In den folgenden neun Jahren gebar sie fünf Kinder, alles Jungen: David, Peter, Ian, Philip und den kleinen Bobby, der im Krankenhaus von Fazakarley am 23. August 1982 geboren wurde. Ann redete sich bei jeder Schwangerschaft ein, daß es diesmal ein Mädchen würde. Aber ihr Wunsch ging nie in Erfüllung, und so versuchte sie es immer wieder. Sie glaubte, der große Bobby wollte eine Fußballmannschaft.

Diese neun Jahre waren schwer für Ann, und sie fühlte sich von den meisten aus Bobbys Familie nicht mehr akzeptiert als von ihrer eigenen. An den Wochenenden saß sie am Fenster und schaute zu, wie ihr Mann mit seiner Familie zum Haus da oben ging. Es gab niemanden, der auf die Kinder aufpassen konnte, also blieb sie zu Hause. Es gab keinen Fernseher, was vielleicht die große Kinderschar erklärte, aber das erschwerte noch den Umstand, daß sie allein im Haus festgenagelt war.

Big Bobby hielt sich ständig in der Kneipe auf, und wenn er getrunken hatte und nach Hause kam, wurde er aggressiv und manchmal gewalttätig. Es war von Anfang an eine unsichere Ehe. Der Trauschein wurde gleich in der ersten Woche zerrissen.

Ann sah das so: Wenn sie mit Bobby stritt, dann stritt sie sich mit der ganzen Familie, die Mutter eingeschlossen. Nach David erlitt sie eine Fehlgeburt, als sie im dritten Monat war, und mit der folgenden Schwangerschaft war sie im fünften Monat, als sie alle bei seiner Mutter saßen und ein Streit ausbrach, nachdem die Familie aus der Kneipe zurückgekehrt war. Ann sagte, die Mutter könnte ihren verdammten Sohn behalten. Mach schon, sagte sie zu Bobby, versteck dich doch hinter deiner Mutter. Er und seine Brüder warfen sie in den Flur und klemmten sie zwischen der Tür ein, und kurz darauf verlor sie ihr Baby.

An einem Abend zerrte Bobby sie die Straße entlang, nachdem er aus der Kneipe gekommen war. Das alles hatte sie bei ihrem Vater schon erlebt, darauf konnte sie verzichten. Nur einmal, in ihrem ersten Jahr, verließ Ann ihn und ging zu ihrer Mutter zurück. Bobby kam vorbei und holte sie ab, und danach lief sie nie wieder davon.

Einmal kam er betrunken mit einem Essen nach Hause, das er sich mitgebracht hatte. Er blaffte Ann an, daß sie ihm eine Gabel holen sollte. Als er gegessen hatte, sagte er: Geh und wasch ab, und sie erwiderte: Das kannst du gefälligst selbst tun. Da zog er sie an den Haaren durch die Küche, ließ das Becken vollaufen und drückte ihr Gesicht unter Wasser. Danach ging sie zu Bett, und als er kam, schlug er sie, weil sie eingeschlafen war.

Bobby war Elektrikerlehrling, und selbst wenn er nebenbei arbeiten ging, war nie viel Geld im Haus. Ann gab ihre Stelle bei Plessey's auf, als die Kinder kamen. Sie mußten sich nach der Decke strecken, aber es fiel sehr schwer.

1977 wurde David, vier Jahre alt, wegen körperlicher Mißhandlung auf die Kinderschutzliste gesetzt. Man hatte ihn mit einem blauen Auge und einer Brandnarbe gesehen, und er hatte gesagt, seine Mum hätte ihn gegen eine Tür gedrückt und seinen Kopf geschlagen. Ann sagte, es gäbe eine einfach Erklärung dafür, und die Beschuldigung der Mißhandlung wurde nicht weiterverfolgt. Als sich der Vorfall nicht wiederholte, wurde David 1979 von der Liste gestrichen.

Philip war gerade, im November 1978, geboren worden, als Ann eine Überdosis Valium nahm und ins Krankenhaus eingeliefert werden mußte. Sie konnte nicht sagen, was genau den Selbstmordversuch ausgelöst hatte. Sie hatte ihn nicht einmal geplant. Sie konnte einfach nicht mehr und hatte es getan.

Am nächsten Tag sprach ein Psychiater mit ihr. Er fragte, ob sie es wieder tun würde, und sie sagte nein. Dann ging sie nach Hause, und damit war der Fall erledigt. Sozialdienste arrangierten, daß die Jungen in eine Kindertagesstätte aufgenommen wurden, was dazu beitrug, daß Ann ein wenig von dem Druck befreit wurde.

Die Kinder wurden immer nur angebrüllt und geschlagen. Big Bobby brachte sein Gesicht ganz nah an das der Kinder. Siehst du das Böse in meinen Augen? Klatsch.

Seltsam – als der Ripper-Fall hochkochte, machten sich alle darüber lustig, wie sehr Big Bobby und Peter Sutcliffe sich ähnelten, beiden mit ihren dunklen Bärten und Augenbrauen, die sich in der Mitte trafen. Und da *war* auch etwas in Big Bobbys Augen. Natürlich nicht wie beim Ripper, aber eigenartig war es doch.

Einmal sagte er zu seinen Kindern, er würde sie in ein Heim geben, weil sie über die Stränge schlügen. Dann mußten sie in seinen Kombi einsteigen, und er fuhr zu einem großen Haus. Das ist das Heim, sagte er ihnen, und dorthin bringe ich euch, wenn ihr euch nicht benehmt. Es war einfach ein Haus, kein Kinderheim, aber die Warnung half, sie etwa eine Woche lang im Zaum zu halten.

Als David älter wurde, erwischte Big Bobby ihn beim Rauchen. Er warnte ihn, wenn er ihn noch einmal rauchen sähe, würde er ihn zwingen, die Zigarette zu essen. Er erwischte ihn wieder, und David mußte die Zigarette in den Mund stecken und kauen. Er mußte sie aber nicht hinunterschlucken.

Die Familie zog von Birchfield in die Belmont Road, kurz nachdem der kleine Bobby geboren war, und das Leben wurde beständiger. Ann und Big Bobby hatten sich mehr aneinander und an ihre jeweiligen Eigenheiten gewöhnt.

Als Junge war Bobby oft zelten gegangen, und so schlug er vor, daß sie sich Vals Zelt ausliehen und es einmal versuchten. Wenn es dir gefällt, sagte er zu seiner Frau, kaufen wir uns ein größeres Zelt. Er fuhr damals einen Cortina, den sie mit dem Campingzubehör volluden, dann die Kinder hinein, und ab ging es zum Wochenende nach Mostyn in Nordwales.

Sie angelten und bereiteten ihr Essen selbst, und alle hatten ihren Spaß, so daß sie sich ein größeres Zelt anschafften und regelmäßig zum Camping fuhren, zuerst nach Wales und später nach Formby Point, dann zu einem Wohnwagenplatz nach Banks, nördlich von Southport, wo es ein Clubhaus gab mit Country-und-Western-Nächten, natürlich mit verschiedenen Bands.

Bobby war inzwischen ein guter Elektriker geworden, der auch größere Aufträge annehmen konnte. Er installierte Häuser neu, gewöhnlich nebenbei, das Geld bar auf die Hand. Sie hatten jetzt mehr Geld zur Verfügung. Einmal führte er eine Arbeit in einem Haus aus, in dessen Garten ein Caravan stand. Der Hausbesitzer hatte sich gerade einen neuen gekauft, deshalb gab er Bobby seinen alten als Teilzahlung für seine Arbeit. Bobby zog den Caravan und stellte ihn neben seinem Haus ab.

Sie reinigten den Caravan, fuhren ein paarmal mit ihm nach Formby Point, und am Ende des Sommers nahmen sie ihn sich gründlich vor. Neue Schränke, neue Vorhänge, neue Bezüge auf allen Stühlen. Bobby besorgte sich königsblaue Schiffsfarbe (er hatte sie mitgehen lassen), und bewahrte sie in der Toilette des Caravans auf, bevor sie mit dem Anstrich begannen.

Als Ann und Bobby eines Tages nach Hause kamen, hatte jemand den Caravan weggefahren. Ein Nachbar hatte sich das Kennzeichen des ziehenden Autos gemerkt, was sie der Polizei durchgaben. Die Polizei fand das Auto gar nicht weit entfernt, auf einem Grundstück an der Walton Lane, es war königsblau gestrichen. Der Caravan wurde nie gefunden, also zurück in das Achtmannzelt.

Vier Jahre dauerte die Zeit des Zeltens und Fischens. Ann war in dieser Zeit beinahe glücklich. Es war immer gut, mal aus dem Haus wegzukommen, und in den langen Schulferien blieben sie in Banks. Bobby würde von dort zur Arbeit fahren, und Ann blieb mit den Jungen und dem Dobermann, den sie sich angeschafft und Rocky genannt hatten, zurück. An den Wochenenden gingen sie in den Country-Club, manchmal in Cowboytracht.

In Banks lernten Ann und Bobby ein Paar aus Salford kennen, Tommy und Melanie. Sie besuchten sich gegenseitig in ihren Zelten, spielten abends Karten und trafen sich zu Drinks.

Im letzten Sommer, 1988, brachte Tommy ein anderes Paar mit, Barbara und Jack. Ich hab' ihnen von euch und den Jungen erzählt und was für 'n Spaß wir hier haben, sagte Tommy.

Barbara und Jack blieben nicht den ganzen Sommer, aber sie kehrten an den Wochenenden wieder zurück. Alle drei Paare kamen gut miteinander aus. An einem Wochenende brachte Barbara Uhren für die Kinder mit, und Ann sagte: Das ist aber lieb von dir, doch du sollst nicht das viele Geld für die Kinder ausgeben. Barbara antwortete: Oh, ich habe Geld genug und niemanden, den ich damit verwöhnen kann. Ihre Tochter war erwachsen und hatte selbst schon ein Baby, und ihre beiden Söhne waren in der Armee. Sie und Jack bewohnten ein schönes Haus in Oswaldtwistle bei Blackburn.

Danach brachte Barbara immer wieder Sachen mit. Eine Flasche Wodka, wenn sie Karten spielten, andere Geschenke für die Jungen. An einem Samstag besuchten sie einen Trödelmarkt, und Barbara sagte zu Ann: Schau mal, ich habe eine Uhr für Big Bobby gekauft, er hat nämlich keine, nicht wahr? Ann bestätigte, daß er keine Uhr hat. Ja, ich werde ihm eine kaufen. Nein, wehrte Barbara ab, ich hab' Geld genug, und dann gab sie Bobby die Uhr.

Am folgenden Wochenende brachte Barbara ihre Kamera mit, als sie im Country-Club waren, und sie fotografierte die Jungen. Komm, sagte sie zu Ann, stell dich in die Mitte. Ann wog inzwischen über hundertzwanzig Kilo. Sie hatte begonnen, in die Breite zu gehen, als sie noch bei Plessey's gearbeitet und das erste Geld für Süßigkeiten gehabt hatte. Damals sagten sie ihr, das sei Babyspeck, aber dafür war sie nun ein wenig zu alt. Ann wollte nicht, daß man ein Bild von ihr machte. Nein, danke.

Schließlich posierte Ann mit Bobby. Sie trugen Strohhüte und zeigten die Fische, die sie an diesem Tag gefangen hatten. Ann hielt einen neunpfündigen Hecht in die Höhe.

Ann und Bobby fuhren am Donnerstag abend dieser Woche nach Hause. Bevor Bobby zum Dartspielen in die Kneipe ging, meinte er, an diesem Wochenende sollten sie mit dem Zelten mal aussetzen. Aber davon wollte Ann nichts wissen. Ich hab' die Kinder die ganze Woche, und das einzige Vergnügen, das ich habe, finde ich im Country-Club.

So fuhren sie wieder hin, und an diesem Samstag traf Ann eine ältere Frau, die sie vom Zeltplatz kannte, und sie sagte zu Ann: Was ist denn mit Barbara los? Sie verhält sich ziemlich komisch. Ich war gerade bei ihr, und sie ist ganz aufgeregt, ich bin sicher, daß sie in die Wechseljahre kommt oder so, denn als ich sie fragte, was los sei, da sagte sie: Nichts, ich überlege nur, was ich tun soll.

An diesem Abend im Club kaufte Barbara eine Flasche Rum, und der einzige, der ihn trank, war Big Bobby. Ann begriff immer noch nicht. Barbara schenkte den Rum ein, und sie und Bobby tanzten, was Ann nicht störte, denn sie tanzten immer, und da sie so dick war, blieb sie lieber sitzen.

Am Ende des Abends schüttete jemand sein Getränk über Bobbys Kleider. Sie waren durchnäßt, und im nächsten Augenblick zog er Hose und Hemd aus und saß in seiner Boxerhose da. Vor Ann stand ein Krug Bier. Sie sagte: He, die kannst du auch noch ausziehen, kippte das Bier über seinen Schoß und ging hinaus.

Sie wollte gerade ins Bett gehen, als Jack bei ihr auftauchte und sagte: Du solltest dich lieber um die beiden kümmern, sie haben sich nämlich gemeinsam verdrückt. Sei doch nicht albern, sagte Ann. Sie hatte noch nie erlebt, daß Bobby fremdgegangen war. Aber Jack beharrte darauf, daß sie etwas tun sollte, also warf sich Ann ihren Mantel über das Nachthemd und den Morgenmantel und begab sich auf den Weg zum Club, und dort sah sie, wie Barbara und Bobby sich küßten und knutschten, als sie zur Tür herauskamen.

Laß sie bloß in Ruhe, sagte Bobby zu Ann, laß sie bloß in Ruhe. Ann packte den Ärmel von Barbaras Kleid, und sie hatte ihn plötzlich in der Hand und warf ihn weg, und während Barbara sich umdrehte, griff Ann noch einmal nach dem Kleid und riß das Vorderteil entzwei, so daß sie im Freien stand.

Jack war plötzlich mit einem Messer da. Ich bringe sie um, verdammt noch mal, ich bringe sie um. Sei nicht so dumm, mahnte Ann ihn, steck dein Messer wieder ein. Es ist nicht das erste Mal, daß sie das macht, lamentierte Jack. Ihr seid die fünfte Familie, die sie auseinanderreißt. Aber sie kommt zurück. In zwölf Monaten ist sie wieder daheim. Er stieg in sein Auto und fuhr zurück nach Oswaldtwistle. Bobby und Barbara nahmen ein Taxi und fuhren zusammen weg. Ann blieb zurück mit ihren sechs Kindern, einem Achtmannzelt und einem Kombi, den sie nicht fahren konnte.

Am Morgen, sobald es hell geworden war, rief Ann Bobbys Mutter an und bat, daß Al sie abholte. Seine Mutter sagte: Oh, unser Robert würde nie mit einer anderen abhauen. Aber wenn ich's dir sage, beharrte Ann.

Gegen Mittag, während Ann noch auf Al wartete, tauchte Bobby mit Barbara auf, ließ Barbara vor dem Kombi stehen und warnte Ann: Wenn du sie anrührst, bringe ich dich um, verdammt. Ich lasse euch alle hier. Er begann, seine Sachen zusammenzupacken. Sie wollten von Banks im Kombi weg. Ann war die ganze Nacht aufgewesen und hatte sich alle möglichen Gedanken gemacht. Wenn ich ihr beim Fahren eine Schnur um den Hals lege, mal sehen, was er dann macht. Aber sie verwarf diesen Gedanken rasch und schnappte sich statt dessen den Teekessel, warf ihn und erwischte Barbaras Kopf. Sie sah nur noch das Blut, dann hatte sich Bobby über sie geworfen, und sie kam auf dem Boden wieder zu sich, als er gerade abfuhr und sie mit den Kindern allein ließ. Inzwischen waren die Kinder in einem furchtbaren Zustand.

Schließlich traf Al ein und brachte sie nach Hause.

An diesem Abend kehrte Bobby ins Haus zurück und blieb sechs oder sieben Wochen da, er schlief auf der Couch. In dieser Zeit schloß er Ann mehr oder weniger im Haus ein. Wenn sie irgendwohin mußte, fuhr er sie hin und wieder zurück. Als sie eines Tages aus dem Haus schlüpfen konnte, lief sie zu seiner Mutter. Unser Robert würde so etwas nicht tun, sagte sie wieder. Ann ging den Weg zurück durch Walton Village.

Sie mußte einen der Jungen ins Krankenhaus bringen, und dort berichtete sie einer Schwester, was geschehen war. Die Schwester schickte sie zur Family Service Unit. Ann fühlte sich paranoid, und so gaben sie ihr Temazepam und Diazepam, aber davon schien sie nur noch depressiver zu werden.

Am Sonntag, 16. Oktober 1988, verließ Bobby sie endgültig. Irgendwann in der Woche hatte er einen der Jungen hinausgeschickt, um ein Exemplar von *The Sport* zu kaufen. Bobby las sonst nie *The Sport*, aber er blätterte die Zeitung durch, sagte dann: Was für'n Quatsch, wirf sie in den Müll.

Später war Ann davon überzeugt, daß Barbara eine Nachricht für Bobby in die Zeitung hatte setzen lassen. Am Freitag abend ging er aus und kehrte um drei Uhr in der Nacht zurück. Er war den ganzen Tag wütend gewesen, und Ann kochte. Sie stand da und bügelte seine Sachen, und am Sonntag fuhr sie ihn an: Hier sind deine Sachen, nun hau endlich ab. Er begann zu packen und ging. Er sagte Ian, daß er ihm zuliebe am Dienstag zurückkäme, aber das einzige Mal, das sie ihn danach sahen, war auf der Beerdigung seiner Mutter.

Als er aus der Tür ging, gab Ann ihm ihren Ehering. Hier hast du was zur Erinnerung an mich. Anns Bruder war gerade aus Zypern zurückgekehrt und hatte ihr eine Flasche Ouzo mitgebracht. Die öffnete sie jetzt und trank sie hintereinander leer. Sie spürte keine Wirkung, sie wurde nicht betrunken, und sie konnte auch nicht vergessen.

Bobby hatte sie mit einer Stromrechnung von über eintausend Pfund und mit einer Gasrechnung von fünfhundert Pfund sitzenlassen. Sie ging zur Fürsorge und saß weinend da. Man gab ihr ein Überbrückungsdarlehen.

Eine Woche später, am Samstag, 22. Oktober, nahm Ann die Kinder mit zu ihren Eltern, und als sie zurückkehrten, stand ihr Haus in Flammen. Es hieß, das Feuer sei durch einen elektrischen Kurzschluß ausgelöst worden – ein unglücklicher Zufall, aber eben nur ein Zufall, wenn man nicht an Bobbys Beruf denkt.

Für einige Wochen kamen sie in einem Wohnheim in Toxteth unter, und in den ersten Tagen wußte Ann nicht, welches Datum es war. Sie konnte sich weder an das Feuer noch an sonst etwas erinnern. Es dauerte etwa zwei Wochen, bis sie aus ihrer Benommenheit aufwachte. Sie wusch sich die Haare, drehte sie auf und fühlte sich besser. Der Mann, der sie ins Wohnheim eingewiesen hatte, sah Ann und sagte: Mein

Gott, ich hätte keinen Pfifferling auf sie gesetzt, als Sie hier einzogen, und jetzt – Sie sehen hervorragend aus.

Es dauerte bis zum Januar, ehe sie in ein anderes Haus ziehen konnte, 223 Walton Village. Peter, der zweitälteste, hatte das Leben im Wohnheim nicht ertragen und war zu seiner Großmutter gezogen, Big Bobbys Mutter. Kurz nachdem sie ins Village eingezogen waren, ließ sich jemand von der Sozialbehörde sehen und behauptete, Peter würde zu Hause mißhandelt und Ann schlüge ihre Kinder mit einem Stock.

Ann rief alle Kinder ins Zimmer und sagte zu den Leuten vom Sozialamt: Hier, wenn ihr auch nur einen blauen Fleck an ihnen finden könnt ... Die Kinder mußten sich ausziehen und nebeneinander aufstellen.

Ann verlor Gewicht. Sie zog sich Asthma zu, das als psychosomatisch beurteilt wurde, aber sie behielt es. Sie stellte einen Knoten an der Brust fest, was sie zutiefst erschreckte. Aber dann wurde sie untersucht, und es war nicht bösartig, nur Fettgewebe. Sie begann zu trinken, gefährlich viel zu trinken. Sie begann zu Hause und setzte es den ganzen Tag im Haus da oben, oder, wie es inzwischen hieß, im Top House, fort.

Wenn sie abends nach Hause ging und im Bett lag, sah sie, wie sich Gesichter um sie versammelten und sie auslachten. Es war niemand, den sie kannte. Nur Gesichter. Sie lag da und schwitzte und konnte nicht einschlafen. Sie beschloß, lieber auf die Einnahme von Temazepam und Diazepam zu verzichten, und danach verschwanden die Gesichter.

Ihre Freundin Monica half ihr mit den Kindern. Monica ging in die Kneipe und sagte: Komm mit nach Hause, du mußt etwas essen. Hau ab und laß mich in Ruhe, sagte Ann dann, ich will von nichts wissen. Sie saß einfach in einer Ecke und trank vor sich hin, oder sie versuchte sich beim Dartspiel.

Im Top House hatte es immer Dartspiele gegeben. Bobby hatte eine Mannschaft ins Leben gerufen, und als sie in die Belmont Road gezogen waren, hatte Ann in der Damenmannschaft der King-Charles-Kneipe gespielt. Sie war eine gute Spielerin gewesen, ehrgeizig, aber jetzt war alles vergessen, wenn sie sich zum Werfen hinstellte. Manchmal warf sie so hart, daß ihre Pfeile sich in das Faß bohrten, das hinter dem Dartbrett stand. Das war die angestaute Wut, die da heraus wollte.

Gelegentlich sprach jemand sie an, meistens ein Mann. Du solltest dich schämen, sitzt hier herum und hast die Kinder zu Hause. Schlampe. Sie hatten nie etwas gesagt, als sie einen Ehemann hatte. Wenn du mir ein Brot auf den Tisch legst, sagte Ann zu ihnen, dann kannst du mich herumkommandieren. Wenn nicht, kümmere dich um deinen eigenen Dreck. Wenn sie sie weiter anmachten, fing sie zu schlagen an.

Meistens wurde sie nicht betrunken, obwohl sie es wahrlich versuchte. Es war, als wenn sie sich durch etwas trinken wollte, um am anderen Ende nüchtern herauszukommen. Sie bewahrte eine Flasche unter ihrem Kopfkissen auf, und achtzehn Monate lang wachte sie morgens mit einer Flasche in der Hand auf.

Die älteren Jungen übernahmen zu Hause das Kommando und schlugen die jüngeren, manchmal mit Stöcken. Sie begannen, die Schule zu schwänzen, und lungerten mit anderen Kids der Gegend herum, beteiligten sich an kleinen Gaunereien. Bobby und Ryan befanden sich noch in der Volksschule und zeigten nach außen keine Zeichen der häuslichen Schwierigkeiten.

Nachdem ihr Dad gegangen war, fragte Philip seinen Bruder Ian, bei wem er lieber wohnen möchte. Ian sagte, bei seinem Vater, und Philip gab das an Ann weiter, die daraufhin bestürzt war und Ian von nun an besonders hart behandelte. Ian fand, daß er schon in der Walton St. Mary's Schule darunter zu leiden hatte, daß er einer der Thompsons war. Seine älteren Brüder hatten sich einen schlechten Ruf durch ihr Verhalten und ihr Schulschwänzen erworben.

Ian wurde mehrerer kleiner Diebstähle in der Schule verdächtigt. Sein jüngerer Bruder Philip war mit Bißwunden gesehen worden, außerdem sagte er, daß Ian ihn drangsalierte.

Als die Gruppe von Jungen, zu denen Ian gehörte, mit Stehlen und Haschrauchen begann, hielt sich Ian von ihr fern. Er wollte nichts damit zu tun haben.

Peter war das erste Kind, das in Pflege gegeben wurde. Ann glaubte, daß er am härtesten davon betroffen war, daß sein Dad sie verlassen hatte. Peter sagte, David habe ihn im Taubenschlag eingesperrt und angekettet. David wurde daraufhin festgenommen, Peter wurde untersucht. Aber es gab keine Anklage. Ann war sicher, daß er log, und sagte, bei einer Pflegefamilie wäre er wohl am besten aufgehoben, bis er gelernt hätte, die Wahrheit zu sagen.

David verließ sein Zuhause, kam aber zurück und lebte dann zeitweise wieder bei der Familie. Wegen eines Motorraddiebstahls hatte er eine Bewährungsstrafe erhalten. Ian besuchte jetzt die Secondary School, und Bobby und Ryan gingen in die Walton St. Mary's. Als Nächstältester hatte Ian die Beaufsichtigung übernommen, er war auch dafür verantwortlich, daß Bobby und Ryan früh genug aufstanden, um zur Schule zu gehen, und daß sie dorthin gebracht wurden, bevor er selbst zur Schule ging.

Phil verließ das Haus früh und kam abends spät zurück, und die Schule schwänzte er fast immer. Er hatte begonnen, Drogen zu nehmen, schniefte Aerosole und vieles andere. Er hatte mehrere Verwarnungen wegen kleinerer Vergehen erhalten. Einmal war er dabei geschnappt worden, wie er aus dem Fenster eines einheimischen Anwalts stieg, bei sich eine Menge Computerzubehör im Wert von einigen tausend Pfund. Er hatte zu diesem Zeitpunkt auf Bobby und Ryan aufpassen sollen und sie mit auf seine Diebestour genommen.

Bei einer anderen Gelegenheit gab es einen Brand in einem verlassenen Gebäude im Village. Ein Junge, das Gesicht rußverschmiert, kroch heraus aus dem Feuer und behauptete, daß Philip und ein anderer Junge das Feuer gelegt hätten. Philip wurde geschnappt und zur Polizeistation an der Walton Lane gebracht. Ann wurde benachrichtigt und ging zur Station, und voller Erregung beschuldigte sie die Polizei, auf ihren Jungen herumzuhacken. Ihr Philip lege keinen Brand. Es war immer die Thompson-Familie, der man solche Dinge in die Schuhe steckte. Du würdest so etwas nicht tun, nicht wahr, Philip? Mum, ich war's. Ich war da. Anklage wurde nicht erhoben.

Philip stand auch im Verdacht, eine unzüchtige Straftat an zwei kleinen Kindern verübt zu haben, aber der Fall wurde nicht weiterverfolgt, weil die Beschuldigungen nicht bewiesen werden konnten.

Schließlich wurde Philip so schwer erziehbar, daß Ann alle seine Kleider zerriß und verbrannte, nur seine Schuluniform verschonte sie. Auf diese Weise wollte sie erreichen, daß er nicht mehr herumlief, sondern zu Hause blieb. Du verdammtes Luder hast meine Kleider verbrannt, tobte Philip. Er kletterte aus dem Fenster und stahl den Jogginganzug der Mutter seines Freundes. Sie meldete sich bei Ann und klagte, daß er fünfzig Pfund gekostet hätte.

Als Philip nach Hause kam, schaffte es Ann mit Ians Hilfe, ihn auf den Boden zu legen, und während Ian seine Hände festhielt, zog sie Philip den Jogginganzug aus. Philip befreite sich und ging mit einem Messer auf Ian los. Ann marschierte mit Philip zur Polizeistation, und danach stimmte Philip zu, bei einer Pflegefamilie zu wohnen.

Ian machte gute Fortschritte in der Secondary School. Er war liebenswürdig, beliebt und intelligent. Sein Klassenlehrer hielt ihn für einen der besten Schüler der ganzen Schule. Er wurde Schüler des Jahres.

Während er immer mehr Verantwortung zu Hause übernehmen mußte, begann auch Ian allmählich, Verhaltensstörungen in der Schule zu zeigen, er gab freche Antworten und legte sich mit den Lehrern an, und schließlich wurde er von der Schule verwiesen, nachdem er einen Lehrer während eines Streits mit einem Stuhl bedroht hatte.

Ann lernte in der Wäscherei auf der anderen Straßenseite einen Mann kennen und begann eine Beziehung mit ihm; auch er hieß Bobby. Die Beziehung führte zu einer weiteren Schwangerschaft. Sie hörte sofort mit dem Trinken auf. Baby Ben wurde im Mai 1992 geboren.

Für eine Weile besserten sich die Zustände zu Hause, und Ian fühlte, daß ihm die Bürde der Verantwortung abgenommen wurde. Wie sich herausstellte, währte die Erholungsphase nur kurz, und im Oktober, vier Jahre nach Big Bobbys Abgang, schwang Ann einen Stock, den sie in Griffweite aufbewahrte, um sie alle einzuschüchtern, und traf Ian am Arm.

Ian fand, daß es nun genug war, und nachdem er mit einem Sozialarbeiter gesprochen hatte, ging er zu einer Pflegefamilie, die in einem vornehmen Haus wohnte, nur um die Ecke von 223 Walton Village. Weil es im Sozialamt mehrere Krankheitsfälle gegeben hatte, war dies sein erster Kontakt mit der Familie seit einigen Monaten.

Kurz nachdem Ian dort eingezogen war, besuchte der kleine Bobby ihn eines Abends. Bobby zeigte seinem Bruder, was er bei sich hatte – eine grüne und eine rote Birne, von Drähten mit einer Plastikscheibe verbunden. Das sind die Augen einer Trollpuppe, erklärte Bobby. Ein Troll mit leuchtenden Augen. Ian fragte Bobby, woher er das hätte, und Bobby sagte, aus einem Troll. Ian fragte, ob Mum ihm das gekauft hätte. Bobby sagte nein, er hätte es bei Kwikkie geklaut. Er hätte den Troll nur geklaut, um an die Augen heranzukommen. Ian wunderte sich nicht, denn Bobby fummelte immer an elektrischen Dingen herum, nahm sie auseinander mit Messer und Schraubendreher, um zu sehen, aus welch kleinen Komponenten sie bestanden.

Die Lehrer von Walton St. Mary's entdeckten, daß Bobby und Jon auf Diebestour gingen, wenn sie die Schule schwänzten, und sie gaben ihr Bestes, darauf zu reagieren. Irene Slack konnte aus Bobby nie die Wahrheit herausholen, aber bei einer Gelegenheit, als er und Jon beim Ladendiebstahl gesehen worden waren, während sie eigentlich in der Schule hätten sein müssen, verlor sie die Geduld und schrie ihn an. Bobby gab zu, was sie getan hatten. Es war das einzige Mal, daß Irene Slack ihn dazu bewegen konnte, etwas zuzugeben.

Sie sorgte sich um Ryan, der seine eigene Liste unentschuldigten Fehlens in die Höhe trieb. Ryan behauptete, Bobby hätte damit gedroht, seine Brille zu zerbrechen, wenn er nicht mit ihm schwänzte, und seiner Lehrerin Jacqueline Helm gegenüber beklagte er sich oft, daß Bobby ihn schlug und trat, wenn sie zu Hause waren. Ryan ging sehr gern zur Schule, aber Bobbys Schikanieren schien ihm zuzusetzen.

John Gregory, der Verbindungsbeamte der Polizeistation an der Walton Lane, hatte sich schon mit Bobby und Ryan übers Schulschwänzen unterhalten, und als er Mitte November mit Brian Whitby zur Schule kam, um mit den Schülern über die Gefahren zu sprechen, die von fremden Männern ausgingen, wurden sie gebeten, mit Bobby und Ryan noch einmal über unentschuldigtes Fernbleiben von der Schule zu sprechen. Brian Whitby erklärte ihnen, daß Schwänzen ein Fehler sei und fragte sie, ob sie auch wüßten, warum. Weil sie dann Ärger mit Miss Slack kriegten.

Zehn Tage später, an einem Donnerstag, als der Hausmeister krank und niemand da war, die Schultore zu bewachen, belauschte jemand, wie Bobby und Jon ihre Flucht planten, und gleich nach der Mittagspause rannten sie aus der Schule. Später wurden sie auf der Country Road gesehen, und wieder überraschte man sie beim Klauen.

Jon hätte an diesem Abend zu seinem Vater gehen sollen, deshalb stand Neil Venables bei Schulschluß am Tor, um Jon abzuholen. Er rief Susan an, und schließlich fuhren sie zur Polizei, um ihren Sohn als vermißt zu melden. Neil fuhr in einem Panda durch die Gegend und hielt nach Jon Ausschau, aber er wurde schließlich von seiner Mutter gefunden. Es war halb elf Uhr abends, und er trieb sich mit Bobby in Walton Village herum.

Jon sagte, er habe viel Spaß gehabt und darüber die Zeit vergessen. Es schien ihn nicht zu bekümmern, daß er all diese Unruhe ausgelöst hatte. Seine Mutter gab ihm eine Ohrfeige und schickte ihn zu Bett. Er erhielt eine Woche Stubenarrest.

Seinen Eltern fiel auf, daß er immer wieder neue Sachen haben wollte. Er sagte, sie zögen Mark und Michelle ihm vor. Neil hielt das für möglich, weil die beiden anderen gemeinsam eine Sonderschule besuchten und oft Touren und Ausflüge mitmachten. Einmal fragte Jon sogar, ob er nicht auch zu Marks und Michelles Schule gehen könnte, wegen all der Dinge, die er dann unternehmen könnte. Neil sagte ihm, das sei unmöglich, weil es sich eben um eine Sonderschule handelte. Er versicherte Jon, daß er nicht benachteiligt wurde und versuchte, Jons Empfinden durch Ausflüge und gemeinsame Unternehmungen zu beschwichtigen.

Seit ein paar Jahren besaß Neil einen Videorecorder, er lieh sich regelmäßig Filme aus, die er und Susan sich ansahen, wenn die Kinder zu Bett gegangen waren. Er lieh auch Kinderfilme aus und erfüllte manchmal Wünsche, die Jon vorbrachte.

Neil war Mitglied Nr. 4548 beim Verleiher Videoscene an der County Road. Die Leihgebühr über Nacht kostete nur ein Pfund. Gewöhnlich ging er nachmittags hin, um sich einen Film auszuwählen, und brachte ihn am anderen Mittag wieder. Er war auch Mitglied bei einem anderen Verleiher, Video Gold an der Hale Road, aber dort betrug die Leihgebühr zwei Pfund, und das war ihm ein wenig zu teuer.

Wenn er Filme für sich auslieh, waren es meist Horror- oder Actionfilme wie *Ricochet*, *Manhunt*, *Dolly Dearest*, *Predator 2* und *Freddy 6*. Er ließ nicht zu, daß sich die Kinder diese Filme anschauten, obwohl Jon manchmal früh am Morgen aufstand und allein nach unten ging. Dann stellte er den Fernseher oder den Videorecorder an. Es ist möglich, daß er diese Filme gesehen hat.

Jon und seine Geschwister sahen sich Filme wie *Hook*, *Criters*, *Bill and Ted's Bogus Journey* und *Turtles* 2 an. Am besten gefiel Jon der Film *Goonies*, er sah ihn sich immer wieder an, aber wenn er sich einen Film wünschen konnte, dann war es meist was Kriegerisches wie *Surburban Commando* oder *Double Impact*. Er hatte sie beide gesehen. Manchmal imitierte Jon die Karatehiebe, die sie in diesen Filmen zeigten.

Am Tag, nachdem sie aus der Schule weggerannt waren, wurden Bobby und Jon von Ruth Ryder getadelt, die Irene Slack als Schulleiterin vertrat.

Joan Rigg sagte ihnen, sie machten ihre Eltern unglücklich, sie vernichteten ihre Möglichkeiten zu guter Schularbeit und sie machen sie, die Lehrerin, unglücklich, weil sie ihr Vertrauen mißbraucht hätten. Bobby begann zu weinen und versprach, es nie wieder zu tun, und er würde sich auch mehr um seine Schularbeiten kümmern. Jon versprach das auch.

Michael Dwyer wurde gebeten, mit den Jungen zu reden, und Bobby gab ihm gegenüber zu, daß sie während des Schwänzens gestohlen hatten. Jon sagte ihm, Bobby hätte aus Geschäften gestohlen. Sie gaben auch zu, am Reservoir gewesen zu sein, und Dwyer wies auf die Gefahren hin, in denen sie sich befunden hatten. Jemand hätte sie entführen und verletzen können, oder sie hätten ertrinken können, sagte er, offenbar in Unkenntnis darüber, daß das Reservoir nur ein grasbewachsener Hügel war. Bei der Lehrerbesprechung in der darauffolgenden Woche waren die häufigen Abwesenheiten von Bobby und Jon ein Thema. Man entschied sich für eine Eindämmungspolitik. Die Jungen wurden auf verschiedene Klassen aufgeteilt, sie durften zu den Pausen nicht ins Freie, sie wurden auch in den Pausen getrennt und beaufsichtigt. Susan Venables ging mit Jon zur Schule und besprach das Problem mit Irene Slack, die Jon ins Gewissen redete, es aber der Mutter überließ, ihn zu beschimpfen.

Es gab auch ein Treffen mit Ann Thompson, die mitteilte, daß Bobby am Vorabend versucht hatte, von zu Hause wegzulaufen. Sie hätte seine Schuhe versteckt, damit er das nicht wiederholen könnte, sagte sie. Sie sagte, in Zukunft würde sie ihn selbst von der Schule abholen.

Ann ging mit Bobby zur Polizeistation an der Walton Lane, damit sie ihm dort noch einmal ins Gewissen reden konnten. Ihm wurden die Zellen gezeigt. Dort landest du, wenn du dich nicht benimmst.

In seinem Schlafzimmer hatte Bobby eine beachtliche Sammlung von Trollen aufgebaut. Die meisten waren für ihn gekauft worden, aber einige hatte er bei seinen Ausflügen in die County Road gestohlen. Manchmal stahl Bobby so viel in Kwikkie, daß er einige Sachen hinter die Tiefkühltruhe werfen mußte. Er holte sie sich dann später oder ließ sie einfach liegen. Oft klaute er des Klauens wegen, nicht, weil er das, was er stahl, unbedingt besitzen wollte.

Menschen, die ihn kannten, hielten Bobby nicht für einen gewalttätigen Jungen. Ian Thompson glaubte, daß sein kleiner Bruder Angst vor seinem eigenen Schatten hätte. Nur hin und wieder spielte er den starken Max, das war alles.

Einmal fiel er im Top House auf, als er immer wieder herein- und hinauslief und allen auf die Nerven fiel. Als die Wirtin hinter ihm her war und ihn wegschickte, rief er ihr zu: Verpiß dich, du Pflaume. Er rannte weg und rief ihr zu: Du Fotze, du Schlampe. Ein andermal entdeckte die Wirtin Bobby und ein kleines blondes Mädchen, die sich unter den Tischen im Schankraum versteckt hatten. Sie begannen, Unsinn anzustellen und behaupteten, sie seien mit ihrem jeweiligen Vater da. Sie gingen dann, aber kurz darauf kam Bobby zurück und sagte, draußen habe jemand ein Glas zerbrochen. Die Wirtin drohte, es seiner Mutter zu sagen.

Trotz des Unfugs konnte Bobby zu Hause ein wohlerzogener Junge sein, aufmerksam zu Ben, hilfreich seiner Mutter gegenüber; dann fütterte und sorgte er für das Baby, oder er stand stundenlang in der Küche und backte Kuchen. Er und Ryan schienen einander sehr zugetan. Bobby lutschte fast ständig an seinem Daumen und rieb gleichzeitig sein Ohr zwischen Daumen und Zeigefinger mit der anderen Hand. Oder er saß auf dem Schoß seiner Mutter und rieb ihr Ohr. Nachts lagen er und Ryan oft zusammen in einem Bett, und Bobby lutschte dann Ryans Daumen statt an seinem.

Bobby und Kelly, die zehnjährige Tochter von Lesley Henderson, der Freundin seiner Mutter von der anderen Straßenseite, waren wie Freund und Freundin. Oft spielten sie gemeinsam, manchmal zusammen mit Kellys siebenjährigem Bruder Christopher, den Bobby verteidigte und beschützte, wenn größere Kinder mit ihm streiten wollten.

Wenn er nicht schwänzte, klaute oder Kameraden aufstachelte, war er oft mit seinen Rollerboots in den Nachbarstraßen unterwegs. Bei den Heimspielen von Everton gehörte er dem Schutzring der einheimischen Jungen an, der über Autos wachte. Vor seinem Haus stand immer ein weißer BMW, der zu Bobbys Aufgabenbereich gehörte; er erhielt eine Entschädigung dafür, daß der Wagen noch in einem Stück war, wenn der Besitzer vom Spiel zurückkehrte. An einem Abend stand Ian draußen, der von seinen Pflegeeltern gekommen war, und baute sich neben dem BMW auf, während Bobby sich sonstwo herumtrieb. Ann ging hinaus und scheuchte Ian weg – sie glaubte, er wollte Bobby um seine Belohnung bringen.

In der ersten Januarwoche begann eine Reihe von kleineren Störungen in Ians Pflegeheim. Zwei der jungen weiblichen Pflegekinder kamen Sonntag nacht nicht nach Hause, und in den frühen Stunden des Dienstag wurde die Polizei gerufen, um dem Personal zu helfen, Ordnung durchzusetzen. Es gab Streit zwischen einigen Bewohnern und der Polizei, danach kehrten die Polizisten zurück zur Station. Kurz darauf folgten ihnen Ian und drei andere Teenager, die von Mißbrauch redeten. Nachdem Ian einen Polizisten angespuckt hatte, wurden sie alle wegen ungebührlichen Verhaltens festgenommen, später aber wieder freigelassen. In den frühen Stunden des Mittwoch wurden zwei Frauen aus dem Pflegeheim von der Polizei unter der Brücke am Breeze Hill gefunden. Als die Frauen die Polizisten entdeckten, warfen sie ein Messer mit einer zwanzig Zentimeter langen Klinge weg. Sie sagten, sie hätten damit auf die Polizisten einstechen wollen. Später an diesem Tag wurde ein anderes Mädchen aus dem Heim ins Krankenhaus eingeliefert, nachdem es eine Überdosis Paracetamol genommen hatte.

Ein Beamter, der Ian kannte, ging zum Heim, um die Wogen zu glätten. Es schien so abgelaufen zu sein, daß einer der ersten Polizisten, die ins Heim gekommen waren, Ian nach seinem Namen gefragt hatte, und als er ihn gehört hatte, hatte er gesagt: Oh, ja, du bist einer von diesen Thompsons. Ian war nach dieser Beleidigung durchgedreht, und als er das jetzt dem Polizisten erklärte, schien er verwirrt und ein bißchen sonderbar zu sein. Der Beamte fragte, ob alles in Ordnung sei. Ian sagte ja. Nein, er ist nicht in Ordnung, sagte einer der anderen Bewohner, er hat zwanzig Paracetamol genommen. Ian wurde ins Krankenhaus gebracht. Er überlebte.

Nach Weihnachten wurde Philip zwei- oder dreimal wegen verschiedener Delikte festgenommen, die er aber nicht begangen hatte. Er und David wurden wegen Einbruchs in eine Wohnung verhaftet, die ein Freund von David gemietet hatte. Der Freund war verreist und hatte David den Schlüssel gegeben, um die Wohnung zu hüten. Über Weihnachten war

David mit einer Lungenentzündung im Krankenhaus gewesen, jetzt erholte er sich langsam davon.

Dann wurden Ian und Philip angehalten und festgenommen. Philip hatte ein Fläschchen mit vierundzwanzig Paracetamol in seiner Tasche, und als er wieder freigelassen wurde, schluckte er sie alle. Er mußte ins Krankenhaus, und als er entlassen wurde, nahm er gleich noch eine Überdosis. Auch Ian nahm eine weitere Überdosis. Ann hatte sie beide während einer Woche im Krankenhaus. Ein Nachbar beschwerte sich bei ihr, daß Philip seinen Jogginganzug von der Wäscheleine geklaut hätte. Kaum möglich, sagte Ann, er liegt wegen einer Überdosis im Krankenhaus.

Ann wäre es nie wieder in den Sinn gekommen, eine Überdosis zu nehmen. Nicht einmal, nachdem Big Bobby sie verlassen hatte. Besonders nicht, nachdem Big Bobby sie verlassen hatte. Seinetwegen würde sie sich nicht umbringen.

Für Bobby und Jon fing das neue Jahr 1993 in Walton St. Mary's nicht vielversprechend an. Am ersten Tag nach den Ferien liefen sie in der Mittagspause aus der Schule. Jon wurde später am Nachmittag von seinen Eltern zurückgebracht, die ihn in der Nähe gefunden hatten.

Die Eindämmungspolitik wurde beibehalten, aber eines Nachmittags gegen Ende des Monats erhielt die Schule einen Anruf aus dem Strand Einkaufszentrum. Ryan befand sich im Büro des Managers dort, allein und in Tränen aufgelöst. Seine Klassenlehrerin Jacqueline Helm fuhr hin, um ihn abzuholen. Ryan erklärte ihr, Bobby und Gummy Gee hätten ihn gezwungen, mit ihnen zu schwänzen. Bobby hätte Gummy Gee aufgetragen, Ryan zu verprügeln, wenn er sich weigerte, mit ihnen abzuhauen. Sie waren zum Kanal hinuntergegangen, und dann waren Bobby und Gummy Gee davongelaufen und hatten Ryan allein zurückgelassen.

Das letzte Video, das Neil sich vor James Bulgers Ermordung auf seiner Mitgliedskarte bei Videoscene ausgeliehen hatte, hieß *Child's Play 3*. Es wurde am 18. Januar 1993 ausgeliehen.

Child's Play 3 erzählt die Geschichte einer Puppe, Chucky, die lebendig wird und von der Seele eines Psychopathen, des Seeufer-Würgers, besessen ist und eine Mordserie beginnt: ›Mit Chuck spielt man nicht!‹ Es gibt sieben Morde, die alle in lebhaften Einzelheiten gezeigt werden, einschließlich einer langen Naheinstellung des Gesichts eines Mannes, der erwürgt wird, eines Friseurs, dessen Kehle von seinem eigenen Rasiermesser durchschnitten wird, und eines Jungen, dessen Körper explodiert, als er auf eine Granate springt.

Der Höhepunkt des Films findet auf einer Kirmes in der Geisterbahn statt. Die Schienen winden sich in Trockeneis, und der Zug ist umgeben von verschiedenen Gegenständen aus dem Horrorbereich. Chuckys Gesicht ist mit blauer Farbe bespritzt, Ergebnis eines vorangegangenen Kampfes mit Farbpistolen, und während er seine ausgesuchten Opfer über die Gleise verfolgt – »Das reicht, Junge; Ende der Reise« – wird die Hälfte seines Gesichts von der Sense des Sensenmanns abgehackt. Chucky verliert verschiedene Gliedmaßen, bevor er in einer Windmaschine zerhackt wird.

Am 26. Januar ging man davon aus, daß Bobby und Jon zusammen mit einem anderen Jungen erneut die Schule schwänzten. Jemand vom Jugendamt klopfte am nächsten Tag an die Tür von Susan Venables, aber niemand öffnete. Die Person vom Jugendamt hinterließ eine Nachricht, erhielt aber nie eine Antwort.

Etwa um diese Zeit – später konnte er sich nicht an den genauen Tag erinnern, er wußte nur, daß es Ende Januar war – kaufte ein Mann in seiner Mittagspause (er arbeitete in der Girobank) im Strand ein und sah draußen vor TJ Hughes zwei Jungen stehen, lebhaft und aufgeregt. Einer von ihnen klopfte gegen die Schaufensterscheibe. Der Mann vermutete, daß die Jungen Unfug im Kopf hatten, blieb stehen und schaute ihnen zu. Der Junge, der gegen die Scheibe klopfte, versuchte offensichtlich, die Aufmerksamkeit eines kleinen Kindes auf sich zu ziehen und winkte es heran, zeigte zur Ladentür. Das Kind machte ein paar Vorwärtsschritte, ging dann aber zurück zur Mutter. Die beiden Jungen schlenderten weiter.

Einige Wochen später erkannte der Mann bei einer Gegenüberstellung Jon als einen der beiden Jungen, die er beobachtet hatte.

Am 4. Februar ging Ann in die Schule, um an einem Verbundtreffen teilzunehmen, bei dem auch die Lehrer, ein Sozialarbeiter und eine Frau vom Jugendamt anwesend waren. Die für St. Mary's zuständige Beamtin war schon seit Mai krank, aber es gab einen Notdienst, den Julia Roberts vom Jugendamt versah. Sie hatte in der Vergangenheit mit Bobbys Familie zu tun gehabt.

Bei einem Treffen räumte Ann Thompson ein, es gäbe nur einen sicheren Weg, daß Bobby auch zur Schule ginge: Sie müßte ihn am Tor abliefern. Sie hatte bereits die Hintertür des Hauses verriegelt und die Fenster vernagelt, um Bobby am Ausreißen zu hindern.

Trotz aller Probleme sollte Bobby zu Beginn des neuen Schuljahres im September mit der Oberstufe beginnen.

Bobbys und Jons Beaufsichtigung und Trennung in der Schule wurden beibehalten. Sie wurden sogar beaufsichtigt, wenn sie zur Toilette gingen. Wenn Jon während der Pausen in der Klasse gehalten wurde, war Jacqueline Helm oft im Nebenzimmer. Sie gewöhnte es sich an, ein paar Worte mit ihm zu wechseln und war gerührt von seiner lieben Art.

Am Donnerstag, 11. Februar, half Jon der Lehrerin, im Klassenzimmer Farben zu verteilen. Sie sagte ihm, daß er ein lieber Junge sei und immer so hilfsbereit, und fragte, warum er sich nicht immer so gut verhalten könne. Jon stimmte zu, daß Schulschwänzen falsch sei. Sie fragte ihn, warum er es denn tue. Ich weiß es nicht, antwortete Jon.

24

An dem Wochenende, nachdem sie beschuldigt worden waren, gerieten die Identitäten von Bobby und Jon in Walton zum offenen Geheimnis. Ein Mann, Vater des Jungen, der in der Klasse gewöhnlich neben Bobby saß, hörte die Namen im Village. Er ging nach Hause und gab sie seinem Sohn weiter. Der Junge sagte, Bobby und Jon hätten ihn immer gefragt, ob er nicht mit ihnen schwänzen wollte. Sie fragten auch: Willst du nicht in unserer Bande mitmachen? Eines Tages bringen wir einen um. Dann wurde der Junge für eine Weile still, bevor er sagte: Am Montag werde ich nicht neben ihm sitzen.

Am Montag und die ganze Woche hindurch wurde die Schule von der Presse belagert und aufgewühlt von der neuen traurigen Berühmtheit. Ein anderer Junge saß jetzt auf Bobbys Platz, hüpfte auf und ab und sagte: Ich sitze auf dem Stuhl des Mörders, ich sitze auf dem Stuhl des Mörders. Reporter drängten sich an den Schultoren in der Hoffnung, die Kinder interviewen zu können, andere legten das Telefon der Schulleiterin durch die ständigen Anrufe lahm. Einige gaben vor, Eltern zu sein, die ihre Kopie des Klassenfotos verloren hatten und nun ein neues haben wollten.

Das Foto, auf dem auch Bobby und Jon zu sehen sind, hing an einer Wand der Schulflure. Die Mutter eines Schülers akzeptierte das Honorar einer Boulevardzeitung und versuchte, das Foto zu stehlen. Als sie entdeckte, daß das Foto nicht von der Wand zu lösen war, stattete die Zeitung sie mit einer kleinen Kamera aus. Die Mutter übte damit und überprüfte die Zeit: Die Kamera aus der Tasche des Anoraks ziehen, ans Auge halten, abdrücken, Kamera zurück in die Tasche. Als sie die Spanne auf etwa zwölf Sekunden gedrückt hatte, ging die Mutter zur Schule, traf sich mit ihrem Jungen, der sie in den Flur führte, wo das Bild hing. Sie hatte eine Hand in der Tasche, griffbereit, aber die Schule war ihr einen Schritt voraus. Das Foto war bereits abgehängt worden.

Bobby und Jon blieben bis zum Montag morgen in ihren jeweiligen Zellen, dann wurden sie nach Bootle gefahren, wo sie vor dem Magistratsgericht von South Sefton erscheinen mußten. Die beiden Jungen rutschten unruhig hin und her während der Anhörung, die nur zwei Minuten dauerte, dann verließen sie das Gericht und Liverpool. Sie wurden zu verschiedenen Sicherheitsunterkünften gebracht, wo sie das nächste Jahr ihrer Kindheit verbringen sollten.

Auf der Straße vorm Gericht drängte sich ein Dickicht von Fernsehteams und einer kleinen Menge von Einheimischen, von denen einige vorpreschten und Beleidigungen und Drohungen ausstießen. Im Gewühl nahm die Polizei sechs Leute fest, aber die harten Gesichter des Hasses, die später in den Fernsehnachrichten den Bildschirm ausfüllten, schienen den Vorfall überzubewerten.

Die Eltern der Jungen, Ann Thompson sowie Neil und Susan Venables, kehrten nicht mehr in ihre Häuser zurück. Umzugsfirmen lagerten ihren Besitz ein. Sozialdienste beschafften den Familien neue Wohnungen. Es gab viel Geheimniskrämerei und Paranoia: Die Angst, von den Medienleuten entdeckt zu werden, die größere Angst vor irgendeinem gesichtslosen Mob oder vor einem rachsüchtigen Irren mit einer Benzinbombe.

Ann wohnte einige Wochen mit Ryan und Ben in einer Wohnung, die einem Altenheim angegliedert war, dann wurde ihr ein kleines Haus in einer größeren Siedlung zugewiesen, das nicht weit von Bobbys Sicherheitstrakt entfernt lag. Sie behielt Ryan zu Hause; sie wollte ihn nicht zur Schule gehen lassen, weil sie fürchtete, er könnte ungewollt ihr Geheimnis verraten.

Neil und Susan Venables fanden in ihren Bemühungen, das Geschehen zu bewältigen, wieder zusammen und bezogen ein Haus in einer stillen Straße nahe bei Jons Sicherheitstrakt. Susan schickte der Polizei an der Lower Lane eine Dankeschön-Karte, es war eine Hallmark-Karte, auf der Vorderseite ein Blumenbild und die gedruckten Worte

> A message can't really convey
> The gratitude that's sent your way …
> But may these words somehow express
> Warm thanks for all your thoughtfulness.

Dazu schrieb Susan: ›Wir möchten allen von der Lower Lane Station danken für die rücksichtsvolle Art und für die Achtung, die Sie uns zuteil werden ließen. Ich weiß, daß wir ohne Hilfe damit nicht fertig geworden wären. Wir werden Sie nicht vergessen. Gott segne Sie alle. Noch einmal vielen Dank – Sue, Neil, Jon.‹

Am ersten Samstag im März wurden die Jungen von Beamten der Merseyside Polizei aus ihren Zellen geholt und zur Gegenüberstellung zur Longsight Polizeistation nach Manchester gefahren. Bobby mußte sich zuerst in eine Reihe mit acht anderen Jungen stellen und wurde von zwei Frauen, die ihn im Strand gesehen hatte, erkannt. Die eine Frau war eine Assistentin bei Animate, der Zoohandlung auf der County Road, die andere hatten die beiden Jungen auf der Church West Road mit Handschellen spielen sehen.

Jon wartete mit seinem Vater in der Arrestzelle. Ein paar Polizisten waren auch dabei. Jon fragte seinen Dad, ob Pauline noch käme. »Ich glaube, Pauline hat uns gesehen.« Sein Vater sagte, er wüßte es nicht. Jon wandte sich an die Polizisten. »Pauline ist eine Freundin meiner Mutter«, erklärte er. Er fragte einen der Polizisten, ob er *Crimewatch* gesehen habe. Sie fragten, was sie denn da gesehen haben sollten. »Das Ding über James Bulger.« Ja, hatten sie gesehen. »Was wurde denn gesagt?« wollte Jon wissen, und dann fragte er, ob die Frau mit dem schwarzen Hut auch an der Gegenüberstellung teilnehmen würde.

Als er zur Gegenüberstellung hinausgeführt wurde, begann er zu weinen und wurde sehr nervös. Er wurde zurück in die Zelle gebracht, aber er konnte sich nicht beruhigen. Er wollte, daß die Tür geöffnet wurde, damit frische Luft hereinkam. Warum muß ich das tun, fragte er seinen Dad, ich habe ihnen doch gesagt, daß ich es war. Die Gegenüberstellung mit ihm wurde fallengelassen.

Auf dem Weg zurück in sein Gefängnis – sie fuhren in einem neutralen Wagen – fragte Jon, warum sie nicht mit einem Polizeiauto führen. Ich weiß, sagte er dann. Die Leute könnten gucken und sagen: Da ist der Mörderjunge. Dann fügte er hinzu: Ich und Robert könnten frei kommen, denn nur zwei haben Robert identifiziert – zwei von zwanzig.

Sie versuchten es noch einmal am folgenden Samstag, aber wieder regte sich Jon sehr auf und ängstigte sich, als die Gegenüberstellung in der Longsight Station beginnen sollte. Ein Beamter zeigte ihm die Station und versuchte, ihn zu beruhigen, aber es half nicht. Jon konnte nicht zur Gegenüberstellung gebracht werden. Die Polizei beschloß, sie mit Hilfe einer Videoaufzeichnung durchzuführen. Sie würden Jon und acht andere Jungen filmen und den Zeugen das Videoband vorspielen. Man sagte Jon, man würde ihn filmen, wie er den Flur auf und ab gehe. »Macht ihr das, weil sie uns im Strand gehen gesehen haben?«

Die Videoaufzeichnungen wurden an diesem Tag gemacht und den Zeugen eine Woche später gezeigt. Diesmal brauchte Jon nicht dabei zu sein, aber sein Anwalt war anwesend, um sich davon zu überzeugen, daß fair vorgegangen wurde. Jon wurde von einer der beiden Frauen erkannt, die Bobby auch im Strand identifiziert hatten, sowie vom Besitzer des Heimwerkermarktes an der County Road und von dem Mann, der die beiden Jungen Ende Januar gesehen hatte, als sie an die Scheibe von TJ Hughes geklopft hatten, offenbar, um die Aufmerksamkeit eines Kindes zu wecken.

Ende März fanden Fallbesprechungen im Merseyside-Büro der NSPCC – National Society for the Prevention of Cruelty to Children* – statt. Bobbys Fall wurde um neun Uhr dreißig besprochen, Jons um elf Uhr. Angehörige waren nicht anwesend, wohl aber die Schulleiterin, mehrere Vertreter der verschiedenen Sozialdienste, eine Beamtin des Jugendamtes und ein Detektiv der Kinderschutztruppe der Polizei von Merseyside.

Zweck der Besprechungen war eine Überprüfung der Hintergründe der beiden Jungen und das Herausarbeiten einer möglichen Verbindung zwischen Mißbräuchen, unter denen sie gelitten hatten, und der ihnen zur Last gelegten Straftaten.

* Nationale Gesellschaft zur Vermeidung von Grausamkeiten an Kindern.

Während Bobbys Falls besprochen wurde, erfuhr die Konferenz von der Gewalt und der Nichtbeachtung in der Kindheit seiner Mutter und von der strengen Disziplin, der sein Vater in einem vaterlosen Haushalt ausgesetzt war. Alle bekannten Anzeichen körperlicher Mißhandlungen in Bobbys Familie wurden herangezogen. Die Polizeibefragung Philips über die Behauptung, zu einer groben Anstößigkeit angestiftet zu haben, wurde erwähnt.

Es gab keinen direkten Beweis dafür, daß Bobby von seiner Mutter oder den älteren Brüdern mißhandelt worden war, und vor drei Monaten, als er auf der Weihnachtsfeier der Sozialdienste gesehen worden war, hatte er einen glücklichen Eindruck gemacht. Ein Sozialarbeiter sagte, in der jüngsten Zeit, unmittelbar vor dem Mord an James Bulger, hätten sich Ann und ihre Familie stabilisiert. Sie hatte Einsicht in ihre und die Bedürfnisse der Kinder gewonnen, nahm sich ihrer Schwierigkeiten an und zeigte Ansätze, es mit ihnen aufzunehmen, und sie hatte begonnen, sich auch auf Gebieten einzuschalten – wie zum Beispiel dem Lernen der Kinder –, auf denen sie sich bisher unsicher und eingeschüchtert gefühlt hatte. Obwohl die Unterstützung durch die Sozialarbeiterin wegen Krankheit des Personals in den Monaten vor dem Herbst 1992 ausgeblieben war, hatte Ann in dieser Zeit Hilfe erfahren, ihre eigene Kindheit und die Tatsache, daß sie vom Ehemann verlassen worden war, aufzuarbeiten. Die Hilfe erstreckte sich auch auf Erziehung, Haushaltsgeldeinteilung und auf die täglichen dysfunktionalen Aspekte einer Familie.

Die Konferenz kam zu dem Schluß, daß von einer körperlichen Mißhandlung Bobbys nicht stichhaltig ausgegangen werden konnte, und obwohl es Anzeichen von Vernachlässigung und emotionaler Mißhandlung gab, konnte kein Zusammenhang zwischen seinem Hintergrund und den ihm zur Last gelegten Straftaten hergestellt werden. Er wurde nicht auf die Kinderschutzliste gesetzt.

In Jons Konferenz wurde vorgetragen, daß beide Eltern trotz ihrer Scheidung mit der Erziehung der Kinder befaßt waren. Die Konferenz erfuhr von dem Gefühl, daß Jons Verhalten von Eifersucht auf die Aufmerksamkeit bestimmt wurde, die seinem älteren Bruder zuteil wurde. Es gab keine Sorgen um den Kinderschutz bei Jon oder seinen Geschwistern, und es gab auch keine Anzeichen, daß Jon mißhandelt worden war. Es gab eine Erwähnung in Marks Krankengeschichte, daß er Jon gegenüber gewalttätig geworden war. Es wurde der Verdacht geäußert, daß Jon für sein schlechtes Benehmen körperlich bestraft worden war, aber es lagen keine Beweise vor, daß diese Bestrafungen das überschritten, was man als hinnehmbar bezeichnen konnte.

Wenn die Gefahr von körperlicher Mißhandlung bestand, dann an den Abenden, als Susan Venables Schwierigkeiten hatte, die Kinder ins Bett zu schicken. Streß könnte zu Mißhandlungen geführt haben, obwohl es auch dafür keine Beweise gab. Man hatte den Eindruck, daß Jons Eltern darum gekämpft hatten, eine gemeinsame Methode für die elterliche Kontrolle zu finden; sie versuchten verschiedene Weisen, auf sein schwieriges Verhalten zu reagieren, und erlaubten ihm manchmal Dinge, für die er sonst bestraft worden wäre – wenn ihre Sorge wieder auf Mark gerichtet war.

Neil Venables hatte es seiner Frau Susan überlassen, die größere Last in der Erziehung und Disziplinierung der Kinder zu tragen. Jon hatte bei seinem Vater gelebt, aber Neil war es zu anstrengend gewesen, sich mit ihm auseinander zu setzen, und hatte ihn zur Mutter zurückgeschickt. Die Schulleiterin wurde gefragt, ob Jon sich jemals in der Schule sexuell anstößig verhalten hätte, aber sie sagte, dafür gäbe es keinen Anhaltspunkt und auch nicht für körperliche Mißhandlung.

Trotz einiger Besorgnisse und angesichts des Fehlens irgendwelcher Beweise beschloß die Konferenz, Jon nicht in die Kinderschutzliste aufzunehmen.

Obwohl es nicht in den Besprechungen geäußert wurde, bestand die Besorgnis um den Interessenskonflikt zwischen dem Gerichtsverfahren, in das die Jungen verstrickt waren, und ihren Nöten als gestörte oder verletzte Kinder. Kein Programm der Psychotherapie oder Beratung durfte vor dem Prozeß beginnen, denn dadurch könnten Informationen ans Licht kommen, die den Prozeß beeinträchtigten oder beeinflußten. Die Verzögerung würde die Aufgabe, den Jungen zu helfen, nur noch schwieriger machen. Wie viele Angeklagte in schweren Fällen, ob jung oder alt, würde sie das, was geschehen war, unterdrücken und leugnen. Je länger es dauerte, desto tiefer würde die Wahrheit vergraben werden und desto schwieriger würde es sein, den Rehabilitationsprozeß in Gang zu setzen, denn dazu gehörte, das anzunehmen, was wirklich stattgefunden hatte, und zu begreifen, warum es geschehen war.

Bobby hatte die aufgezeichneten Vernehmungen der Polizei, die sieben Stunden und sechs Minuten gedauert hatten, durchgestanden, ohne eine Beteiligung an der Entführung und Ermordung von James Bulger zuzugeben. Er hatte seither nichts gesagt, was darauf schließen ließ, daß er es sich anders überlegt hatte, und ungeachtet der Wahrheit hatten seine Anwälte keine andere Wahl, als nach den Anweisungen ihres Mandanten zu handeln. Er sagte, er sei nicht schuldig, und diese Position konnte von niemandem in seiner Umgebung bestritten werden, bis die Beweise vor den Geschworenen im Gericht ausgebreitet wurden. Bobby wäre nicht der erste, der sich trotz seiner Schuld von seiner Unschuld überzeugt hatte.

Während Jon bei der Polizei ein Geständnis abgelegt und gesagt hatte: »Ich habe ihn getötet«, schob er jetzt Bobby die Schuld für die Straftaten zu, was auch seine Eltern taten, die sagten, daß Jon von Bobby verführt worden sei. Jon konnte sich nicht überwinden, über die Geschehnisse auf dem Bahndamm zu reden. Es war eine begreifbare Art zu versuchen, mit dem Unbegreifbaren fertig zu werden, aber es war auch eine Form der Verweigerung.

Als Jon in seine Sicherheitszelle eingeliefert worden war, hatte man ihm eine Geschichte zurechtgezimmert, um seine Interessen bei den anderen Insassen zu wahren. Man hatte ihm aufgetragen, er sollte sein Alter mit zwölf angeben, nicht mit zehn, und sagen, daß er beim ›Twoccen‹ erwischt worden sei – *t*aking *w*ithout the *o*wner's *c*onsent* –, in anderen Worten, beim Autodiebstahl. Das ware eine weitere Ermunterung

* Mitnahme ohne Einwilligung des Besitzers

für ihn, alles zu leugnen, und eine Bestärkung – falls er denn noch eine benötigte –, daß die wirklichen Straftaten, derer er beschuldigt wurde, zu schrecklich waren, um mit ihnen konfrontiert zu werden.

Jons Anwalt Lawrence Lee sagte seinem Mandanten, als er ihn das erste Mal besuchte: Schon gut, mein Sohn, wir werden dem Richter sagen, daß du verrückt warst, als du es getan hast. Dieser Versuch, in der Sprache des Kindes zu sprechen, reflektierte die Annahme, daß Jon sich vielleicht mit verminderter Zurechnungsfähigkeit herausreden könnte, und in diesem Fall würden die psychiatrischen Erkenntnisse eine entscheidende Rolle spielen.

Die Krone – in Gestalt der Staatsanwaltschaft Ihrer Majestät von Merseyside – hatte auch ein Interesse an den Erkenntnissen der Gutachter. Sie stellte ihren Fall gegen die Jungen zusammen und mußte der im Gesetz formulierten Annahme kontern, daß die Jungen, da sie erst zehn Jahre alt waren, nicht wußten, daß das, was sie taten, entschieden falsch war. Sie mußte auch die Vermutung ausräumen, daß die Jungen nicht in der Lage waren, einem Prozeß zu folgen, oder daß sie ›verrückt‹ waren, also unter verminderter Zurechnungsfähigkeit gelitten hatten. John Brighouse, der für diesen Fall abgestellte Anwalt der Staatsanwaltschaft, nahm Verbindung mit der Verteidigung auf und ersuchte, daß ihre jeweiligen Mandanten von Dr. Susan Bailey begutachtet würden, einer Gerichtspsychiaterin für Jugendliche, die am Prestwich Hospital in Manchester arbeitete. Bobbys Anwälte lehnten ab, Jons stimmten zu. Dr. Bailey traf Jons Eltern das erste Mal im Mai und befragte sie an zwei Terminen. In den folgenden vier Monaten führte sie sieben klinische Befragungen mit Jon durch.

Am 14. Mai standen die beiden Jungen Seite an Seite vor der Anklagebank im Liverpool Crown Court und gaben formell ein ›nicht schuldig‹ zu den Anklagepunkten zu Protokoll. Sie erfuhren, daß der Prozeß für den 1. November im Preston Crown Court anberaumt wurde. Jon hyperventilierte die meiste Zeit während der kurzen Anhörung, und ein Sozialarbeiter hielt ihn stützend an den Beinen fest. Der Zuhörerraum war leer bis auf Sean Sexton, den hiesigen Anwalt, der die Familie Bulger vertrat. Neil war der einzige Elternteil vor Gericht, er saß da, umgeben von kräftigen Polizisten in Zivil.

Es hatte einige Debatten über den möglichen Gerichtsort für das Verfahren gegeben, das nicht in Liverpool stattfinden konnte, weil ›die Gefühle überschwappten‹ und wegen der Schwierigkeit, eine Jury zu finden, die sich nicht bereits vorab auf die Schuld der Jungen festgelegt hatte. Es war vorgeschlagen worden, den Prozeß in Old Bailey in London stattfinden zu lassen, aber der ehrenwerte Richter Morland, Vorsitzender Richter des nördlichen Bezirks, entschied, das Verfahren in Preston anzuhören, was eine praktikablere Alternative zu Liverpool war. Die Jungen würden jeden Abend zu ihren jeweiligen Unterkünften zurückkehren können.

In ihrem zwölfseitigen psychiatrischen Gutachten über Jon Venables, das kurz vor Prozeßbeginn abgeliefert wurde, gab Dr. Bailey die Ansichten von Neil und Susan über ihren familiären Hintergrund und Jons Kindheitsentwicklung wieder. Sie sagte, es gäbe keine Vorgeschichte von Epilepsie, Alkoholmißbrauch oder Geisteskrankheiten. Susan berichtete Dr. Bailey über den Streß und die Anspannung, für Mark zu sorgen, als er ein kleines Kind gewesen war, und wie es zu ihrer Trennung von Neil beigetragen hatte. Sie hatten Jon gesagt, daß sie miteinander nicht mehr auskamen, aber trotzdem Freunde blieben. Neil hatte die Kinder auch weiterhin besucht.

In der Schule war Jon überaktiv gewesen, und zu Hause lief er immer herum oder spielte im Garten. Aggressiv war er nicht. Er war in der Schule von Jungen, die in der Nachbarschaft wohnten, drangsaliert worden, und zu Hause wiederholte sich das mit ihm und seinem Bruder Mark. Jon zeigte keine Wut oder Feindseligkeit gegenüber Mark, und er hatte sich nie geäußert, daß er unglücklich sei über die Zeit und Aufmerksamkeit, die Mark wegen seiner Lernschwierigkeiten gewidmet wurde. Jon verhielt sich Mark und Michelle gegenüber eher beschützend; er verstand ihre besonderen Bedürfnisse.

Susan war über das Drangsalieren sehr besorgt gewesen und hatte Jon gesagt, er sollte für sich eintreten, aber Jon war besorgt um sein schielendes Auge. Susan hatte sich in der Schule beschwert, aber dort hatte man ihr gesagt, daß Jon Gegenstände durch das Klassenzimmer werfe. Er war für zwei Tage vom Unterricht ausgeschlossen worden, weil er Dinge geworfen und sich auf den Boden gelegt und sich geweigert hatte, aufzustehen.

Schließlich hatte Susan entschieden, Jon nicht mehr in die Schule zu schicken, bis seine Peiniger verschwunden waren, damit Jon nicht länger ein Opfer sein mußte. Das war die Zeit, in der er die Schule wechselte. In der neuen Schule hatte er zunächst großartige Leistungen gezeigt, der Lehrer hatte ihm strenge Disziplin auferlegt und Richtlinien für sein Verhalten gegeben. Im jetzt laufenden Schuljahr hatte er eine Lehrerin, und als er sich Bobby angeschlossen hatte, begann das Schwänzen. Jon hatte Mitleid für Bobby empfunden, weil er keine Freunde in der Schule hatte. Die Polizei und andere eingesessene Familien hatten ihr geraten, Jon von Bobby fernzuhalten, denn Bobby bedeutete Ärger, er war als Dieb bekannt. Jon war von Bobby herumgestoßen worden.

Das einzige Mal, daß Jon etwas gestohlen hatte, war, als er Zigaretten aus der Handtasche seiner Mutter nahm, und das auch nur, weil die Jungen auf der Straße ihn dazu gezwungen hatten.

Jon kaute an seinen Nägeln und teilte mit seiner Mutter die Angst vor Bienen und Wespen. Er schlief bei brennendem Licht und hatte einen verwirrenden Traum, der immer wiederkehrte: Das Spotlight von seiner Augenoperation war auf ihn gerichtet.

Seit er angeklagt und sicher untergebracht worden war, wurde festgestellt, daß Jon seine Spielsachen längs der Bettseite aufstellte, als wollte er nachts einen Schutzwall um sich aufbauen. Er hatte seiner Mutter von Erinnerungsfetzen erzählt, dabei war ihm ein Bild, wie Blut aus James Bulgers Mund rann, am deutlichsten. Die Erinnerungen ließen sich nicht verdrängen, wenn er auch versuchte, sie aus dem Kopf zu verbannen.

Er hatte schlechte Träume und gute Träume, konnte sich aber an die schlechten Träume nicht erinnern. In einem wiederkehrenden guten Traum rettete er das Opfer, indem er James packte und seiner Mutter zurückbrachte. Dies war schlimmer als die schlechten Träume, weil er ihn nicht realisieren konnte.

In seinen Gesprächen mit Dr. Bailey war Jon in der Lage, sich ruhig hinzusetzen und sich zu konzentrieren. Wenn ihm das Thema unangenehm wurde, rutschte er unruhig herum oder versteckte sich unter seinem Pullover. Über die Straftaten sagte er nur, daß Robert vorgeschlagen hätte, zu schwänzen und zum Strand zu gehen. Er war unfähig, weiter über das Geschehen zu erzählen, begann zu weinen und war nicht mehr zu trösten, wenn das Thema aufkam. Er sagte zu Dr. Bailey, sie solle seine Eltern fragen. Er sagte, die einzigen Leute, mit denen er darüber sprechen könnte, seien Polizisten. Dr. Bailey hielt fest, daß er manchmal, besonders, wenn er über Robert sprach, dieselben Phrasen verwendete wie seine Mutter.

Er zeigte keine Anzeichen von Halluzinationen oder anderen ungewöhnlichen Erlebnissen, und es gab auch keine Anhaltspunkte für zwanghafte oder obsessive Phänomene. Er hatte keine klinischen Beweise einer depressiven Erkrankung gezeigt, obwohl er angemessene Beklemmungen über den bevorstehenden Prozeß empfand. Es war unglücklich, bemerkte Dr. Bailey, daß man Jon geraten hatte, sein Alter und seine Straftaten in der Unterbringung zu verschleiern. Dies hatte ihn gehindert, sich mit seiner Situation auseinanderzusetzen und damit fertig zu werden.

Jons drei Zauberwünsche waren, seine Sicherheitszelle verlassen zu können, aus der Welt eine Schokoladenfabrik zu machen, auf ewig mit viel Geld und ohne Unglücke und Krankheiten zu leben. Seine Wahl eines Partners, den er mit auf die einsame Insel nehmen würde, fiel auf seine Mum, wenn er nur eine Person mitnehmen könnte, sonst wären es seine Mum, Teddy, Dad, Bruder, Schwester und Großmutter.

Wenn er die Zeit zurückdrehen könnte, dann würde er die Straftaten ungeschehen machen. Er könnte glücklich sein, wenn das nicht geschehen wäre. Wenn er die Zeit vorstellen könnte, dann wäre er zwanzig, und er würde bei seinen Eltern leben und als Mechaniker arbeiten. Er hatte Angst, daß er ins Gefängnis und dort bis zu seinem vierzigsten Lebensjahr bleiben mußte.

Über sein Verständnis vom Tod befragt, erzählte er Dr. Bailey, wenn Tiere oder Menschen stürben, sei an dieser Tatsache nichts mehr zu ändern, sie kämen nicht zurück. Gute Menschen gingen in den Himmel, wo es Jesus, Maria, Gott und die Jünger gab, alle in Weiß. Böse Menschen kämen in die Hölle.

Jon sah sich gerne Comics wie *Bugs Bunny* und *Daffy Duck* an, er mochte Seifenopern, deren Darsteller seine Lieblingsschauspieler im Fernsehen waren. Sein Lieblingsfilm war *Goonies*, den er jeden Tag sehen konnte. Er spulte ihn zurück, um sich die lustigsten Stellen ansehen zu können. Ihm gefielen auch noch *Police Academy* Home Alone* und *The Incredible Hulk*.

Er sagte Dr. Bailey, wenn er ›schlimme Sachen‹ sehe, und damit meinte er erklärend, wenn Blut fließt oder hart gekämpft wird, dann rufe er sich in Erinnerung, daß alles ja nur Schauspielerei sei. Er würde den Kopf zur Seite wenden und sich die Finger in die Ohren stecken, wenn in den *Rocky*-Filmen jemand zuschlug und Blut floß. Er sah sich die *Kung-Fu*-Filme an, die sein Dad sich als Video holte. Bei denen glaubte er, daß sie echt seien, und so hatte er oft geweint. Wenn er jemand aus den Filmen sein könnte, dann würde er Sylvester Stallone Rocky sein, denn er war reich und nett. Er möchte auch gern Sonic der Igel aus den Computerspielen sein, weil er so schnell laufen konnte und seine Freunde rettete.

Dr. Baileys Verhaltensanalyse zu Jons Problemen sagte aus, daß es keine Anhaltspunkte für organische Faktoren in der Kindheit gab, die seine Entwicklung beeinflußt hätten. Er war in einer beschützenden Familie aufgewachsen, und in der frühen Kindheit war er als fröhlicher Junge beschrieben worden, der sich auch in einer Spielgruppe normal verhalten hatte. Im Alter von vier bis sieben Jahren hatte er zu Hause und in den Schulen normal funktioniert.

Als sich die Eltern trennten, hatten sie gemeinsame Verantwortung für die Kinder übernommen. Susans Mutter hatte aktive Unterstützung geleistet. Die Erziehungsmethoden unterschieden sich; Susan war direkter und spontaner in ihren Reaktionen. Jons Verhalten und seine Leistungen in der Schule verschlimmerten sich, aber es war bezeichnend, daß er sich innerhalb gesetzter Grenzen und Beschränkungen am besten verhielt. Das Drangsalieren durch andere Jungen war mit Bemerkungen über Jons Augendefekt und die Sonderbehandlung seines Bruders verbunden. Sowohl Jon als auch seine Eltern hatten in den Monaten vor den Straftaten den schlechten Einfluß von Robert betont, nachdem Jon mit dem Schwänzen begonnen hatte und in einige kleinere antisoziale Handlungen verwickelt gewesen war.

Jon unterstrich immer, daß er in seiner Familie keine Probleme hatte, auch keine Frustration angesichts der Zeit und der Zuwendung, die seine ›weniger fähigen‹ Geschwister verlangten und erhielten. Dr. Bailey war nach den Gesprächen mit Jon klar, daß Jon seiner Mutter gefallen wollte. Es war ihm sehr wichtig, daß seine Eltern gut von ihm dachten.

Seine Eltern hatten mir ihr über die kognitiven und emotionalen Schwierigkeiten gesprochen, die sie erfahren hatten, seit sie versuchten, mit dem Geschehenen fertig zu werden. Neil zeigte seinen Kummer offener, auch seine Ängste. Susan drückte ihre Gefühle mehr durch den Druck aus, der in ihren Worten lag. Sie hatten um größere professionelle Hilfe gebeten, und die brauchten sie auch. Sie standen nach wie vor zu Jon, hatten ihn nicht abgelehnt. Aber es gab Zeiten, da waren sie verständlicherweise von der Situation, in der sie sich befanden, überwältigt.

Dr. Bailey sagte, daß sie die Straftaten als solche nicht kommentieren könne, aber Jon fuhr fort, die Schuld auf Robert zu schieben. Sie kam zu der Schlußfolgerung, daß Jon sich vor Gericht vertreten und dem Prozeß auch folgen konnte, er litt an keiner geistigen Beeinträchtigung, hatte durchschnittliche intellektuelle Fähigkeiten, eine klare Einsicht in Gut und Böse, begriff den Gedanken und die Endgültigkeit des Todes und konnte zwischen Phantasie und Wirklichkeit unterscheiden. Er war konsequent in seinen Ausführungen über sowohl wertneutrale als auch gefühlsorientierte Themen geblieben und leugnete typischerweise alles Negative über sich oder seine Familie, äußerte aber Zukunftsängste.

Dr. Bailey hatte die Aufgabe erfüllt, die ihr von der Krone gestellt worden war, aber ihr Bericht enthielt nichts, was die Ansicht der Sozialarbeiterin der Familie stützte, daß Jon eifersüchtig auf die Zuwendung war, die seinen Geschwistern zuteil wurde und ihm das Gefühl gab, vernachlässigt zu werden. Seine Tobsuchtsanfälle wurden nicht erwähnt, auch nicht die Möglichkeit, daß er Marks Verhalten kopierte. Es gab nur knappe Erwähnungen seines extremen Verhaltens in der Schule und der Aggressionen, die er gezeigt hatte.

Der Bericht verwies auch nicht auf die Instabilität, die sich aus der Trennung von Neil und Susan ergeben haben könnte, aus den anschließenden Umzügen von einer Wohnung in die nächste, aus der ungewissen Zukunft der Beziehung seiner Eltern.

Es gab keine Andeutung eines möglichen emotionalen, verbalen oder physischen Konflikts zwischen Neil und Susan, weder vor noch nach der Trennung, und auch keine Erwägung, welche Wirkung dies auf Jon gehabt haben könnte. Ihre Depressionen wurden nicht erwähnt, auch nicht deren mögliche Auswirkungen auf Jon.

In dem Bericht wurde kurz auf die unterschiedlichen Erziehungsmethoden von Neil und Susan Bezug genommen, aber nicht weiter ausgearbeitet, und es stand nichts davon da, wie das inkonsequente Erziehen auf Jon gewirkt hatte. Dr. Bailey hatte erwähnt, daß Susan am Abend des Todes von James Bulger Jon ›aus Sorge‹ eine Ohrfeige gegeben hatte, aber im Bericht fehlte jedes Nachforschen über Jons körperliche Züchtigungen.

Dr. Bailey hatte in ihren Schlußfolgerungen auch den Punkt des Leugnens bei ihren Gesprächen mit Jon aufgenommen, aber der Bericht enthielt keine Hinweise auf Widersprüche zwischen den Ansichten der Familie über sich selbst und anderen zur Verfügung stehenden Informationen. Dr. Bailey war zu dem Schluß gekommen, daß Jon zwischen Phantasie und Wirklichkeit unterscheiden konnte, hatte aber aus ihren

Gesprächen mit Jon festgehalten, daß er die *Kung-Fu*-Filme für echt hielt und weinte, wenn er sie sah.

Im Oktober stellte die Staatsanwaltschaft der Krone einen zweiten Antrag. Jon sollte von der Psychologin Marion Preston begutachtet werden. Ende des Monats verbrachte sie einen Tag mit Jon in dessen Unterbringung und unterzog ihn einer Reihe anerkannter Tests, die dazu dienen sollten, Jons intellektuelle Fähigkeiten und seinen derzeitigen emotionalen und psychologischen Zustand festzuhalten.

Sie saßen zusammen in dem Schulzimmer von Jons Gefängnis, in dem er sonst allein unterrichtet wurde. Marion Preston war gesagt worden, Jon könnte zerstreut und aufgewühlt sein, aber sie erlebte ihn voller Eifer und aufmerksam, und nur einmal unterbrach er und fragte seinen Sozialarbeiter, der still in einer Ecke saß, welches Buch er lese. Jon war liebenswürdig und zur Zusammenarbeit bereit, und er machte einige Witze, hauptsächlich im Zusammenhang mit seinem Übergewicht.

Die ersten beiden Tests, in denen es um Jons Intelligenz, schulische Befähigung und Bildung ging, ergaben, daß er durchschnittlich begabt war, wobei er bei einigen Problemstellungen unterdurchschnittlich abschloß, was wahrscheinlich mit seinen Schwierigkeiten in und der Abwesenheit von der Schule zusammenhing. In einem dritten Test, dem Bene-Anthony-Familienbeziehungstest, sollten sich die Gefühle des Kindes zur Familie und zu sich selbst herauskristallisieren. Jon gab Mum und Dad, Bruder und Schwester und Großmutter als seine Familie an. Der Test enthielt auch einen Mr. Nobody, dem das Kind alle Qualitäten zuordnen konnte, die seiner Meinung nach auf kein Familienmitglied paßten.

Jon wies Mr. Nobody mehr Begriffe zu als jedem anderen, und es waren fast immer negative. Nobody schimpfte mit Jon, er mochte ihn nicht, er verängstigte ihn und hielt ihn für schlecht. Jon hielt niemanden von der Familie für schlecht, er haßte niemanden, wollte niemandem gewalttätig gegenübertreten. Er hatte von niemandem in der Familie die Nase voll, er wollte keinen ärgern, und niemand in der Familie brachte ihn in Rage.

Marion Preston fiel auf, daß Jon sich selbst nur wenige Begriffe zuordnete und keine, die mit positiven Gefühlen zusammenhingen. Er deutete an, daß seine Eltern ihn zu sehr behüteten und seine Mutter sich zu sehr um ihn kümmerte. Seiner Mutter schrieb er viele positive Gefühle zu, und er glaubte, daß sein Bruder Mark manchmal zu kleinlich war und anderen Leuten den Spaß verdarb. Er empfand für seine Schwester Michelle positive Gefühle mit der einzigen negativen Note, daß er glaubte, sie sei mit nichts zufrieden.

Marion Prestons Bericht sagte aus, der Test zeige einen hohen Leugnungslevel bei negativen Gefühlen, sowohl von Jon zu seiner Familie als auch von seiner Familie zu Jon. Der einzig positive Begriff, den er sich selbst gab, hieß: Diese Person ist nett. Mr. Nobody erhielt nichts, was mit Küssen oder engem Kontakt zu tun hatte, seine Mutter erhielt Schmusen, Nähe zu Jon und Umarmungen für Jon. Es gab keine Anhaltspunkte für körperlichen Kontakt zu seinem Vater, außer daß Jon es mochte, wenn sein Dad ihn kitzelte. Jons Bild des Familienlebens bestand darin, daß seine Mutter warmherzig und gebend war, sein Vater zeigte weniger Gefühle, es gab nie Streit, Meinungsverschiedenheiten oder Schwierigkeiten unter den Familienmitgliedern. Marion Preston sagte, dies sei ein unrealistisches Bild eines Familienlebens und zeige das Leugnen aller Probleme und Schwierigkeiten.

Der nächste Test, die (Verbesserte) Kinder-Depressions-Skala, sollte Gefühle von Unglück und Traurigkeit, Unzulänglichkeit und geringem Selbstwert, Langeweile und Zurückgezogenheit, psychosomatischen Krankheiten, Beschäftigung mit Tod oder Krankheit sowie Probleme mit Aggressionen, Irritationen oder Gefühlsausbrüchen untersuchen. Jons Antworten ergaben kein klares Verhaltensmuster und keine Anzeichen klinischer Depression, obwohl es ein erkennbares Leugnen negativer Gefühle und mancher Probleme gab, besonders in der Beziehung zu seiner Familie. Seine Beschäftigung mit Krankheiten war etwa durchschnittlich; er fühlte sich oft müde und wachte morgens nicht gern auf, er litt an Schlafstörungen und daran, daß er zu bestimmten Zeiten keine Lust hatte, irgend etwas zu tun. Es gab ein gewisses Eingeständnis von Schuldgefühlen.

Die Selbstachtung-Bestandsliste mißt Selbstwahrnehmung und Selbstachtung und schließt auch eine Lügenskala mit ein, um die Abwehrbereitschaft zu zeigen. Jons Test ergab für ihn eine geringe Selbstachtung, er gehörte zu den unteren zweiundzwanzig Prozent der Kinder, aber weil es ihm schwergefallen war, sich bei einigen Punkten zu entscheiden, sagte Marion Preston, die Ergebnisse sollten mit Vorsicht gewertet werden. Im Gegensatz dazu hatte Jon sich die meiste Zeit als glücklich und für so zufrieden wie die meisten Jungen und Mädchen eingeschätzt. Er glaubte nicht, daß seine Eltern ihn für einen Versager hielten, sie gaben ihm nicht das Gefühl, daß er nicht gut genug für sie war, und es war nicht so, daß sie ihn nicht mochten. Er fand, daß er in der Schule gut war, daß er seine Arbeiten erledigte, daß er gern zur Schule ging und daß die Lehrer ihn gut beurteilten. Das galt besonders für den Unterricht in seiner jetzigen Unterkunft.

Jons Punkte auf der Lügenskala waren relativ hoch. Marion Preston sagte, dieses Ergebnis stimmte mit dem Grad an Abwehrbereitschaft überein, die er bei anderen Tests gezeigt hatte. Er fuhr fort, irgendwelche Schwierigkeiten zu leugnen, besonders, wenn es um die Familie ging.

Der letzte Test war die Verbesserte Angst-Skala für Kinder: ›Was ich denke und fühle‹. Wieder zeigte Jon keinen hohen Grad an Angst, abgesehen davon, war mit ihm geschehen würde. Er glaubte, daß Leute ihm sagen würden, er hätte Dinge falsch gemacht, und es war ihm bewußt, daß viele Leute gegen ihn waren. Auch in diesem Test erreichte er viele Punkte auf der Lügenskala, er gab zu viel Gutes vor und hatte eine idealisierende Meinung von sich selbst, wies der Bericht aus.

Als die Tests beendet waren, versuchte Marion Preston, mit Jon über die Anklagen zu sprechen. Er wurde sofort scheu und stumm und legte seinen Kopf vor sich auf den Tisch. Er sagte, er hasse Robert, weil Robert ihn gezwungen hatte, es zu tun. Er sagte, was geschehen sei, tue ihm leid, aber er weigerte sich, weiter darüber zu diskutieren.

Das Personal in Jons Unterbringung sagte zu Marion Preston, daß Jon sich meistens gut benehme und kaum Schwierigkeiten bereite. Mit der zunehmenden Aufmerksamkeit, die ihm zuteil wurde – die verschiedenen Gutachter, die Befragungen – hatte er begonnen, seine Gefühle mit dem Personal zu besprechen, aber er hatte keine Einzelheiten über die Straftaten von sich gegeben. In letzter Zeit hatte er sich auf einigen Gebieten seines Verhaltens regressiv entwickelt, so hatte er sich zweimal vollgemacht, was in der ersten Zeit seiner Unterbringung nicht geschehen war.

Marion Prestons Bericht faßte zusammen, daß Jon von durchschnittlicher Intelligenz war und keine Defizite des intellektuellen Funktionierens hatte. Er hatte eine unrealistische Sicht der Beziehungen innerhalb seiner Familie präsentiert, aber er hatte auch gezeigt, daß ihm seine derzeitigen Schwierigkeiten bewußt waren. Während der Tests hatte er gezeigt, daß er Recht und Unrecht begriff und wußte, was zu tun war, wenn er mit einer moralischen Zwangslage konfrontiert war.

Marion Preston glaubte, daß Jon viele seiner emotionalen Sorgen unterdrückte und leugnete. Das sei nicht überraschend, berichtete sie, aber es zeige auf seiner Seite ein Bewußtsein dessen, was in Betracht gezogen werden mußte, und er habe diese Linie konsequent in den vier Stunden verfolgt, die die Tests dauerten. Es war wahrscheinlich, daß Jon von einem erfahrenen Psychiater oder Psychologen behandelt werden mußte, der ihm half, die sehr schwierigen Umstände, die sein verletzendes Verhalten umgaben, anzusprechen, ungeachtet dessen, was das Verfahren gegen ihn ergab. Die letzte Zeile des Berichts besagt, daß Jon Venables ein fähiger junger Mann war, der auf unbestimmte Zeit Behandlung und Unterstützung brauchte.

Jons Anwälte ließen ihren eigenen Bericht von einem anderen Kinderpsychiater anfertigen. In diesem Bericht stand nichts von einer Abnormalität des Geistes, nichts, was andeutete, er könnte dem Prozeß nicht folgen, nichts, was eine Verteidigung wegen verminderter Zurechnungsfähigkeit unterstützte.

Es war aufgefallen, daß Jon vor den Sitzungen mit dem einen oder anderen Gutachter oft von seinem Vater besucht wurde und die beiden sich allein unterhielten. Vielleicht war dies eine ganz natürliche Art, ihm den Rücken zu stärken, aber unter den Sozialarbeitern der verschiedenen Dienste verursachte es Besorgnis.

Es wurde auch intensiv über die Möglichkeit gesprochen, daß Jon den Film *Child's Play 3* gesehen haben könnte. Die Polizei hatte alle Videoläden aufgesucht, die von beiden Familien frequentiert wurden, und eine Liste der Filme zusammengestellt, die sie ausgeliehen hatten. Aber Kirby beharrte auf seiner Ansicht, daß die Polizei keine Verbindung zwischen dem Mord und dem Anschauen von Videos ziehen konnte, aber der Inhalt von *Child's Play 3* (der letzte Film auf Neil Venables' Liste) war zumindest ein bizarrer Zufall.

Schließlich wurde Jon direkt gefragt, ob er den Film gesehen habe. Seine einfältige Verneinung – Ich mag keine Horrorfilme – hinterließ bei vielen, die sie sahen und hörten, den Eindruck, daß er *Child's Play 3* gesehen hatte.

Bobby hatte zwei Minuten von *Child's Play 2* gesehen, als er das Zimmer betreten hatte, in dem einige seiner älteren Brüder sich den Film angeschaut hatten. Ann war hereingekommen und hatte Bobby hinauskomplimentiert. Ann mochte wirklich keine Horrorfilme.

Bobbys Anwälte behielten die Position ihres Mandanten bei. Es gab keine Notwendigkeit für irgendwelche Gutachten, weil Bobby keine Straftat begangen hatte. Im Gegensatz zu Jon war Bobby in der Lage, über das zu sprechen, was geschehen war. Sein Anwalt Dominic Lloyd saß mit ihm in seinem Zimmer und ging in mehreren Sitzungen alle Beweise durch, die der Staatsanwalt präsentiert hatte, und holte aus Bobby dessen Version der Tat heraus.

Bobby berichtete seinem Anwalt eine Sequenz des Geschehens, die mit dem Bericht übereinstimmte, den er in den Vernehmungen bei der Polizei gegeben hatte. Der Angriff begann damit, daß Jon die Farbe auf James' Auge warf, und endete damit, daß Jon die Schienenlasche oder wie Bobby sagte, das große Metallding, warf.

Bobby schaute zu, wie Jon James' Unterhose auszog und sorgfältig über das Gesicht des Kindes legte. Bobby wußte nicht, warum er das getan hatte, aber er nahm an, daß es wegen des Blutes war, das aus James' Mund rann und schrecklich aussah. Bobby mochte nicht das Blut sehen. Man konnte es immer noch unter der Hose alle paar Sekunden herauspulsieren sehen, deshalb fing Bobby damit an, Steine um den Kopf aufzuschichten, damit er Steine auf das Gesicht legen konnte. Er wollte nur James' Gesicht verdecken, damit er das Blut nicht mehr sehen mußte.

Bobby war sicher, daß er James nicht gegen den Kopf getreten hatte.

Manchmal, wenn er vom Mord sprach, senkte er den Kopf und weinte leise, kaum wahrnehmbar. Er rutschte unentwegt herum, streifte sich die Schuhe ab, zog die Socken aus und knüpfte sie zusammen. Er machte sich an der Styroporbüste zu schaffen, die in seinem Zimmer stand, beschmierte sie mit Kreide, um ihr ein Make-up zu verpassen, drückte Augen, Nase und Mund weg. Er spielte mit den Kassetten von Patsy Cline und Diana Ross herum, die seine Mutter ihm gegeben hatte. Er zog an den Haaren seiner Trolle und frisierte sie immer wieder neu.

Bobbys Trolle-Sammlung übertraf jetzt noch die in seinem Zimmer zu Hause, die von der Polizei als Beweismittel mitgenommen worden war. Die neuen Trolle waren ihm als Geschenke mitgebracht worden, die meisten von seinen älteren Brüdern und seiner Mutter, die ihn regelmäßig besuchte.

Anns ältester Sohn David war gerade in eine Wohnung in Liverpool eingezogen, das erste Mal auf eigenen Füßen, als James Bulger ermordet wurde. Er war am Tag nach dem Mord mit Bobby einkaufen gewesen, hatte Farbe für seine Wohnung gekauft. Nach den Verhaftungen war auch er gezwungen gewesen, Liverpool zu verlassen, und lebte jetzt bei seiner Mutter, half ihr mit Baby Ben, wie er ihr früher mit seinen jüngeren Brüdern geholfen hatte.

Peter, der zweitälteste Sohn, lebte mit einer Freundin in Yorkshire und arbeitete als Trainee für eine Supermarktkette.

Er konnte nicht so oft zu Besuch kommen, aber hing stundenlang am Telefon und sprach mit Ann.

Philipp und Ian waren zusammen von einem Heim in Walton in ein Heim in Derbyshire verlegt worden. Nach Bobbys Verhaftung hatte Ian eine weitere Überdosis genommen, und er und Philip waren in ihrem neuen Heim in verschiedene Kämpfe und Diebstähle verwickelt gewesen; dies hatte zu Festnahmen und Anklagen wegen Körperverletzung und Diebstahl geführt.

Ryan hatte sich zu Hause zunehmend isoliert gefühlt und zeigte immer mehr Anzeichen von Verhaltensstörungen. Ann wollte nicht das Risiko eingehen, ihn zur Schule zu schicken, und rief ihn aus dem Garten ins Haus, wenn er sich zu sehr mit den Nachbarkindern einließ. Er konnte an der Hausseite mit dem Rad entlang fahren, und das war's. Immer schon ein pausbäckiges Kind, setzte er jetzt, da er nur durchs Haus schlurfen konnte, eine Menge Pfunde an.

Ryan wurde zum regelmäßigen Bettnässer, und einmal entzündete er in seinem Zimmer ein kleines Feuer. Er schien beinahe neidisch zu sein auf Bobbys Zimmer in der Sicherheitsunterbringung und auf die Zuwendung, die er erfuhr. Anns Furcht, daß er draußen etwas über seine berüchtigte Familie erzählte, wich jetzt einer viel größeren Schreckensvorstellung, er könnte etwas – ›etwas Entsetzliches‹ tun, damit er genauso bevorzugt behandelt würde wie Bobby.

Bens Vater hielt die Verbindung zu Ann und gab ihr auch ein Angebot von *The Sun* weiter, das er auf seiner Türmatte vor dem Haus in Walton gefunden hatte: ›Wir möchten uns mit Ihnen unterhalten. Natürlich würden wir Sie für Ihren Zeitaufwand entschädigen.‹

Niemand – nicht einmal *The Sun* – wußte etwas über den Aufenthaltsort von Anns Ehemann, Bobby Thompson senior. Der kleine Bobby und seine Brüder erinnerten sich an den Jahrestag seines Davongehens, in diesem Oktober waren es fünf Jahre. Weder sie noch Ann hatten eine Verbindung zu ihm. Er hatte offenbar alle Kontakte zu Walton abgeschnitten.

Monatelang hatte Bobby Senior keine Ahnung vom Geschehen, bis er in seiner Lokalzeitung eine kleine Anzeige fand: ›Robert Thompson, früher aus Walton, wird dringend gebeten, diese Nummer anzurufen ...‹

Er sah die Anzeige und wählte die Telefonnummer. Es war eine Direktverbindung zu einem Reporter von *The Daily Mirror*. »Wissen Sie, daß Ihr Sohn des Mordes an James Bulger angeklagt ist?« Nein, er wußte es nicht. Bobby Thompson legte auf und rief die Polizei von Merseyside an.

Zwei der Beamten, die mit dem Fall beschäftigt waren, Phil Roberts und Jim Green, fuhren zu einem Treffen mit Bobby Thompson senior und erklärten, welchen Anklagen sich der junge Bobby stellen mußte. Auf einer Seite faßten die Polizisten zusammen, was Thompson ihnen zu sagen hatte. Er beschrieb kurz die Umstände, die zur Trennung von Ann geführt hatten und seine wenigen Kontakte mit der Familie – einmal in fünf Jahren. Die Polizisten rieten ihm, sich mit Dominic Lloyd in Verbindung zu setzen, dem Anwalt seines Sohnes.

Lloyd begegnete der Kontaktaufnahme zunächst mit Mißtrauen. Die Aktivitäten der Presse waren in den Wochen vor Prozeßbeginn besonders intensiv, und vorzugeben, Bobbys Vater zu sein, konnte auch eine wirksame Finte sein, um Informationen herauszulocken. Als er schließlich davon überzeugt war, daß er es nicht mit einem Schreiberling im Vaterpelz zu tun hatte, stimmte Lloyd einem Treffen mit Bobby senior in einer Kneipe in Southport zu.

Er kam mit Barbara, der Frau, die er auf dem Wohnwagengelände getroffen und für die er Ann und die Jungen verlassen hatte. Er sagte, er hätte den Kontakt zur Familie abgebrochen, weil es unmöglich gewesen sei, mit Ann vernünftig zu reden. Ja, er würde Bobby gern besuchen. (Dies wurde von den Sozialdiensten verweigert, weil es Bobby in der Vorbereitung auf den Prozeß zusätzlich hätte stören können.) Wie seine Frau und seine Söhne war auch Bobby senior entsetzt über die Nachricht, daß sein Sohn verhaftet worden war, und er hielt es für unglaublich, daß er in den Mord verwickelt sein könnte. Niemand von ihnen konnte glauben oder begreifen, daß er einer solchen Gewalt fähig wäre.

Die forensischen Beweise der Krone demonstrierten deutlich, daß das Abdruckmuster auf James' Wange von einem Schuh herrührte und von einem Aufstampfen oder Tritt verursacht worden war. Es war der Abdruck des oberen Schuhteils. Die D-förmige Öse und der Schnürsenkel waren in dem Abdruck sichtbar. Und es gab auch keinen Zweifel, daß es sich um Bobbys Schuh handelte.

Die Verteidigung fand ihren eigenen Experten forensischer Untersuchungen. Der Experte zog das Buch *Footwear Impression Evidence** von William J. Bodziak zu Rate, das Überlegungen zu Malen auf der Haut anstellte, in Abhängigkeit zu der Kraft, die mit dem Stoß verbunden war. Man konnte darüber argumentieren, ob ein leichterer Stoß eher einen deutlicheren Abdruck wie den auf James' Gesicht bewirkt hätte. Es war schon schwieriger zu argumentieren, daß das Mal nicht durch einen Tritt verursacht worden war, und es war unmöglich zu argumentieren, daß es nicht von Bobbys Schuh verursacht worden war.

Dies war für sich der erdrückendste forensische Beweis, den es gegen den Angeklagten gab, und er höhlte Bobbys Behauptung aus, daß er sich an den Angriffen nicht beteiligt hätte. Wenn die Geschworenen dem forensischen Beweis glaubten, würden sie Bobby nicht glauben können.

Nach einigen hastigen Diskussionen in diesem späten Stadium und mit einigen bösen Ahnungen aller Beteiligten, darunter auch Bobby, der sich nicht für einen Idioten hielt, beschlossen Bobbys Anwälte, ihren Mandanten einem psychiatrischen Gutachter zu überstellen. Sie entschieden sich für eine Psychiaterin für Kinder und Erwachsene von der Tavistock Clinic in London, Dr. Eileen Vizard. Die Staatsanwaltschaft wurde von dieser veränderten Einstellung informiert und reagierte mit dem erneuten Antrag, daß Dr. Bailey Bobby begutachten sollte. Sie fuhr zu seiner Unterbringung, aber er weigerte sich, sie zu sehen.

Dr. Vizard traf Bobby am Samstag, 16. Oktober, zwei Wochen vor Prozeßbeginn, und fünf Jahre auf den Tag genau, nachdem Bobby senior seine Familie verlassen hatte. Dr.

* etwa: Beweise von Fußbekleidungsabdrücken.

Vizard brachte einen Kollegen mit, Colin Hawkes, einen Bewährungshelfer, der sich darauf spezialisiert hatte, mit heranwachsenden und erwachsenen Mißbrauchern zu arbeiten. Sie brachte auch eine Spielzeugeisenbahn, verschiedene Spielautos und ein paar Puppen mit. Das Gutachtergespräch dauerte vier Stunden, und ihr Bericht, der am fünften Prozeßtag abgeliefert wurde, umfaßte siebenundzwanzig Seiten.

Dr. Vizard hätte das Gespräch gern per Video aufgezeichnet, aber Bobby erhob dagegen Einspruch, und außerdem verlangte er, daß sein Fallbearbeiter von den Sozialdiensten zu seiner Beruhigung dabei sein sollte. Sie versammelten sich um einen niedrigen Tisch im Personalbesprechungszimmer der Unterbringung. Es war warm in dem Zimmer, aber Bobby wollte, daß die Fenster geschlossen blieben für den Fall, daß jemand von den Medien oder sonst jemand lauschte.

Bobby wurde gefragt, ob er wüßte, warum Dr. Vizard und Mr. Hawkes zu ihm gekommen seien. Er sagte: um zu sehen, ob ich verrückt bin ... ob sich irgendwas in meinem Kopf abspielte, als es passiert ist. Ja, das stimmt, sagte man ihm, aber sie wären auch daran interessiert, herauszufinden, ob er Hilfe brauchte angesichts der Tatsache, daß er anwesend war, als James Bulger getötet wurde.

Als offensichtlich wurde, daß Dr. Vizard sich in erster Linie mit ihm unterhalten würde, drehte Bobby seinen Stuhl ihr zu. Sie und Colin Hawkes bemerkten in ihrem Bericht, daß er Augenkontakt mit ihnen hielt und daß er von Zeit zu Zeit mit den Händen auf die Stuhllehne trommelte oder pochte. Das Trommeln beschleunigte sich, wenn die Fragen schwieriger oder beunruhigend wurden, und manchmal begann er ängstlich leise zu summen. Gelegentlich zappelte er im Stuhl herum, oder er kauerte sich im Stuhl zusammen wie ein kleines Kind. Einmal lutschte er am Daumen.

Sie sprachen über die bevorstehende Verhandlung, und Bobby wurde gefragt, wie ihm wegen des Prozesses zumute war. Er wurde zögerlich und schaute zu seinem Sozialarbeiter. Es war, als suchte er eine Rückversicherung. Er sagte, am meisten sei ihm vor der großen Menge bange, aber da die Fenster des Transportwagens undurchsichtig seien, halte sich seine Angst in Grenzen. Er wurde gefragt, was er vor Gericht sagen würde, und er antwortete: nicht schuldig. Er sagte, er wüßte, daß er zurück in diese Unterbringung kommen würde, unabhängig vom Urteil, und er klopfte kräftiger auf die Stuhllehne, als er gefragt wurde, wie lange er glaube, in dieser Sicherheitsunterbringung bleiben zu müssen. Das kann ich nicht abschätzen, sagte er.

Schon jetzt, so hieß es in ihrem Bericht, werteten Dr. Vizard und ihr Kollege den Jungen als einen, der sich klar ausdrücken konnte, von durchschnittlicher Intelligenz, spontan in seiner Rede. Manchmal sprach er schnell, aber auch dann verständlich und vernünftig, und er begriff alle Fragen. Gelegentlich schien es fast so, als hätte er eine mehr als durchschnittliche Intelligenz, da seine Antworten sorgfältig auf die Fragen abgestimmt waren.

Sie sprachen dann über Bobbys Familie und zeichneten einen Stammbaum, weil Bobby alle Namen, Alter und Ereignisse benennen konnte. In dem Bericht wurde erklärt, daß Bobby seinen Vater als feste Kontrollinstanz in der Familie empfunden hatte, bis er 1988 plötzlich gegangen und nicht zurückgekehrt war.

Nach Bobbys Erinnerung waren sie alle campen gewesen, als sein Vater nach einem Kneipenbesuch zurückkam und sagte, daß er ginge. Bobby sah traurig aus, als er sagte, er habe das alles nicht begriffen. Er schien die Erfahrung, von seinem Vater verlassen zu werden, noch einmal zu durchleben, obwohl er dann zu leugnen versuchte, daß der Weggang seines Vaters ihn sicherlich bekümmert habe. Er sagte, die Dinge seien danach in der Familie lockerer angegangen worden, und seine Mutter hätte eine Menge Hilfe von den Sozialarbeitern benötigt, um sich überhaupt zurechtzufinden. Ich bin überrascht, daß sie es überhaupt geschafft hat, mit uns Jungen, und sie ganz allein.

Er schien gern über seine Mutter zu reden und erzählte von ihrem Asthma und dem eingeklemmten Nerv in ihrer Hand, die wohl operiert werden muß. Dr. Vizard sagte, sie habe gehört, daß seine Mutter ein Alkoholproblem gehabt hatte, nachdem sein Vater gegangen war. Bobby fand dieses Thema schwierig und leugnete das Problem zunächst. Dann sagte er, es habe eine Zeit gegeben, da hätte sie getrunken, aber nur an drei Abenden in der Woche, dann sei sie auch gleich ins Bett gegangen, wenn sie von der Kneipe zurückgekommen war.

Bobby schien jetzt in eine Abwehrhaltung zu gehen, und zum erstenmal wich er Dr. Vizards Blicken aus. Er hob einen Stofflöwen auf und spielte damit auf seinem Bein und auf der Stuhllehne. Der Löwe konnte kratzen und attackierte jetzt wütend die Stuhllehne. Bobby sagte, es habe ihn nicht gestört, ob seine Mutter getrunken habe oder nicht, und wie auch immer, jetzt rührt sie keinen Tropfen mehr an.

Sie unterbrachen dann fürs Mittagessen, und das Spielzeug wurde auf dem Tisch aufgebaut. Nachdem sie gegessen hatten, besprachen sie Bobbys Gewicht. Er sagte, er habe eine Menge zugenommen. Er wog jetzt vierundfünfzig Kilo. Verglichen mit mir jetzt, war ich vorher ein Streichholz. Er sagte, daß er sich an dem Fitneßtraining nicht beteilige, weil die anderen Jungen in der Unterbringung viel älter und die Gewichte in der Turnhalle zu schwer seien.

Er schlief recht gut und drückte auf die Klingel, wenn er von Alpträumen geplagt wurde, dann kam jemand vom Personal und tröstete ihn. Er beschrieb einen immer wiederkehrenden Traum, in dem er jemanden über die Straße verfolgte, wo er von einem Auto angefahren wurde. Das Auto erwischte ihn frontal, nein, an der Seite. Während er den Traum beschrieb, begann sich Bobby mit den Händen Luft zuzufächeln, als ob er sich aufregte. Er sah aufgewühlt aus und bat den Sozialarbeiter, die Fenster zu öffnen. Er sagte, wann immer er diesen Traum hätte, könnte er nicht wieder einschlafen, weil er Angst hätte, der Traum könnte wiederkehren. Jetzt wirkte er erhitzt und sah sich ängstlich im Zimmer um.

Dr. Vizard sagte zu Bobby, manchmal seien Alpträume mit schmerzlichen Erinnerungen verbunden, und es könnte helfen, über diese Themen zu sprechen. Bobby sagte, er versuche, nicht an diesen Traum zu denken. Wieder sah er sich im Zimmer um, als ob er am liebsten fliehen wollte. Als Dr. Vizard sagte, es sei hilfreich, über schlechte Erinnerungen zu reden wie auch über schmerzliche Träume, lehnte sich Bobby vor und berührte die Schienen der Spielzeugeisenbahn. Er summte ängstlich vor sich hin und schien irgend etwas zu murmeln.

Auf dem Tisch lagen drei Stoffpuppen neben der Eisenbahn. Dr. Vizard erklärte, daß diese Spielsachen ihm helfen sollten, seinen Bericht über den Tod von James Bulger zu geben. Eine Puppe war Jon, die andere Bobby, die dritte James. Sie fragte, wie Bobby über James dachte. Wie meinen Sie das? Das Baby? Bobby legte die Hände über seine Augen und begann zu weinen. Sie sagten ihm, es sei verständlich, daß er weinte. Es mußten einfach heftige Gefühle im Spiel sein, wenn jemand beim Tod eines Kindes dabei gewesen war oder vielleicht mitgewirkt hatte.

Dr. Vizard sagte, weinen würde helfen, worauf Bobby durch die Tränen hindurch wütend reagierte. Wieso soll mir das helfen? Wenn sie ihm helfen sollten, müßten sie wissen, wie er sich gefühlt hatte, als James Bulger getötet worden war. Bobby weinte bitterlich. Wie soll das helfen, das alles zurückzuholen. Ich will das nicht. Dr. Vizard reichte ihm ein Taschentuch, um die Tränen abzuwischen.

Sie und Mr. Hawkes sagten, es sei ihnen bewußt, wie schwierig es für Bobby sein müsse, über den Mord zu sprechen, aber auf der anderen Seite sei es auch schwierig zu begreifen, was geschehen war, weil Jon sagte, daß Bobby es getan hatte, und Bobby sagte, es sei Jon gewesen. Bobby sagte: Das ist die Wahrheit.

Sie begannen, die Puppen auf den Gleisen zu bewegen. Bobby hielt die Bobby-Puppe, Dr. Vizard hielt die Jon-Puppe und fragte, wohin sie die James-Puppe stellen sollte. Bobby sagte, er hielt Jons Hand, und Jon und das Baby waren etwa fünf Schritte vor ihm auf der Strecke. Dr. Vizard fragte, was dann geschehen sei, und mit einer zuckenden Bewegung seines Handgelenkes sagte Bobby, Jon habe dem Baby die Farbe in die Augen geworfen. Dr. Vizard färbte das linke Auge der James-Puppe mit einem blauen Marker, um deutlich zu machen, wo die Farbe gelandet war.

Zögernd reagierte Bobby auf Bitten von Dr. Vizard, anhand der Puppen zu zeigen, wie Jon das Baby mit einem Stein beworfen hatte. Er demonstrierte mit der James-Puppe, wie das Baby rückwärts gefallen war, in eine sitzende Position. Er zeigte, wie Jon einen weiteren Stein geworfen hatte, als James wieder hatte aufstehen wollen. Er wurde zunehmend darin verwickelt, die Puppen zu bewegen, um die Angriffe zu zeigen, Puppen und Gleis wurden vom Tisch verrückt, er brachte sie in die richtigen Stellungen zueinander, entschlossen, seine Version der Geschehnisse zu demonstrieren. Jon hatte drei oder vier weitere Steine geworfen und dann die Eisenstange.

Gelegentlich brach Bobby ab, er starrte auf die Szene vor ihm, verloren in seinen Gedanken. Er schien von diesem Verfahren, den Gewaltakt noch einmal zu erleben, echt erschüttert zu sein. Manchmal korrigierte er Dr. Vizards Positionen der Puppen.

Bobby bewegte die Puppen, um zu zeigen, wie Jon James über die Schienen gezerrt und dann mit dem Gesicht nach oben auf eine Schiene gelegt hatte. Er sagte, Jon habe weiterhin Steine geworfen, die James an Kopf und Körper getroffen hatten. Dr. Vizard fragte Bobby, wo er gestanden und was er getan hatte. Er sagte: Ich habe versucht, ihn davon abzuhalten, ich habe ihn ein- oder zweimal weggezogen, aber er wurde nur noch wütender. Bobby plazierte die Bobby-Puppe hinter die Jon-Puppe und schlang die Bobby-Puppenarme um den Körper der Jon-Puppe, und dann zeigte er, wie die beiden neben James auf das Gleis fielen. Bobby sagte: Jon stand auf und war noch wütender. Ich weiß nicht, worüber er wütend war. Ich versuchte aufzustehen, nachdem er mich zerquetscht hatte, weil er auf mich gefallen war. Mein ganzer Rücken tat mir weh.

Bobby brauchte dann einige Zeit, um zu demonstrieren, wie Jon die Steine um James' Kopf aufgeschichtet hatte. Die James-Puppe wollte nicht liegenbleiben und ließ sich auch nicht von den Steinen unten halten. Er wurde gebeten, zu zeigen, wie James Bekleidung der unteren Körperhälfte von Jon entfernt worden war. Daraufhin nahm Bobby die James-Puppe zwischen den aufgeschichteten Steinen wieder auf. Bobby sagte, daß Jon die Unterhose von James auf dessen Mund gelegt habe.

Dr. Vizard fragte, was sonst noch geschehen sei, und Bobby sagte: Ich versuchte, ihn nicht zu beobachten. Er hatte bei der Gewaltanwendung nicht mitgemacht, weil er so einer nicht ist. Er hatte mit Jon nicht gesprochen, weil er so geschockt gewesen war, daß er nichts hätte sagen können.

Bobby konnte nicht erklären, wie es zu der angenommenen Verletzung von James' Penis gekommen war, von der Dr. Vizard sagte, daß sie auch keine Erklärung dafür habe. Jon zog ihm die Hosen aus, sagte Bobby, ich versuchte, nicht hinzuschauen. Es kann sein, daß die Steine es verursacht haben, oder auch Jons Tritte, obwohl er die meisten Dinge sah, die Jon tat.

Dr. Vizard fragte, ob Bobby oder Jon mit James' Genitalien herumgespielt oder sie berührt hätten. Bobby schaute weg und sagte nein. Er hörte sich abwehrend an und wütend. Dr. Vizard sagte, es sei schwer zu verstehen, warum zwei Jungen ein kleines Kind entführten, es körperlich verletzten und ihm dann die Hosen auszögen. Sie fragte sich, ob es nicht die Absicht von Bobby oder Jon gewesen sei, den kleinen Jungen sexuell zu mißbrauchen, und ob das nicht schrecklich schiefgegangen war mit dem Ergebnis, daß sie wütend geworden waren und versucht hatten, ihn zum Schweigen zu bringen.

Bobby hörte zu, den Kopf gesenkt, und spielte mit einigen Stofftieren. Er schien weder überrascht noch bewegt von der Vorstellung zu sein, daß es ein sexuelles Motiv gegeben haben könnte. Er sah Dr. Vizard direkt an und sagte wütend: Ich habe ihn nicht angerührt. Er schaute nach unten und hob die Schultern, als Dr. Vizard meinte, Jon habe James vielleicht angefaßt, während Bobby gerade nicht hingeschaut hatte. Das weiß ich nicht, ich hab' nicht gesehen, was er machte, denn ich habe weggeschaut. Ich war schließlich geschockt.

Dr. Vizard sagte, Bobbys Ausführungen ließen Jons Verhalten als sehr seltsam und jenseits aller Erklärungsmöglichkeiten dastehen. Bobby sah auf und sagte: Er ist ein seltsamer Junge. Bobby schien verärgert zu sein, als Dr. Vizard fragte, ob er denn sonst nichts hätte tun können, um Jon aufzuhalten: Ich konnte ihn nicht die ganze Nacht festhalten oder ihn von der Brücke werfen. Ich konnte ihn nicht vom Bahndamm wegzerren.

Bobby sagte, er wüßte nicht, woher das Blut auf seinen Schuhen stammte. Er reagierte irritiert, als Dr. Vizard meinte, es könnte James' Blut sein: Ja, klar, es fing ja nicht plötzlich an, Blut zu regnen. Aber es mußte so viel Blut dagewesen sein, daß es fast wie Regen gewesen sein muß, sagte Dr. Vizard. Bobby nickte und schaute wieder nach unten. Er sagte, der Überfall auf James hätte aufgehört, als Jon, ganz rot im Gesicht, aufhörte und auf das Baby starrte. Sie glitten am Laternenmast hinunter und sprachen nachher nicht miteinander.

Dr. Vizard wies darauf hin, daß Bobby nichts gesagt hatte, was den Abdruck seines Schuhs auf James' Gesicht erklärte. Bobby antwortete, er habe James nicht getreten, und er habe keine Ahnung, wie der Abdruck dorthin gekommen war. Auf Dr. Vizards Bitte hin nahm er noch einmal die Bobby-Puppe und die Jon-Puppe, um seinen Kampf mit Jon zu demonstrieren. Dr. Vizard meinte, er könnte vielleicht beim Kampf auf James' Kopf gestampft sein oder ihn getreten haben. Bobby wußte es nicht: Ich hab' mich nicht konzentriert darauf, was meine Füße tun, ich halt' ihn mit aller Kraft fest, und meine Füße treten überall hin.

Bobby wurde gefragt, was er dachte, als er den Bahndamm verließ. Seine Antwort: Ich habe gedacht, warum, um alles in der Welt, hat er das gemacht, dieser verdammte Bastard. Er dachte, Jon würde für das, was er getan hatte, eine kräftige Tracht Prügel erhalten. Bobby hatte nicht geglaubt, daß er in Schwierigkeiten geraten würde, weil er ja nichts getan hatte.

Weshalb war James' Körper über die Schiene gelegt worden? Bobby gab zur Antwort: Es liegt nicht an mir, zu überlegen, warum er das Baby über die Schiene gelegt hat. Dann fügte er hinzu: Damit es in der Mitte durchgeschnitten wird. Was hatte denn das für einen Sinn? Bobby fühlte sich unbehaglich. Er sagte wiederholt, daß er das nicht wüßte. Dann sagte er: Einige Leute könnten sagen, er hätte was vortäuschen wollen.

Als er gefragt wurde, welche Art Junge der kleine James

gewesen war, antwortete Bobby, alle kleinen Jungen seien nett, bis sie dann größer würden. James war ruhig gewesen, im Gegensatz zu Baby Ben, auch wenn er alle drei Minuten gefragt hatte: Wo ist meine Mum?

Dr. Vizard bemerkte, daß Bobby die Jon-Puppe in der Hand hielt und von einer Seite zur anderen schwingen ließ. Sie fragte Bobby, ob Jon schon früher einmal versucht hätte, ein Baby von seiner Mutter wegzustehlen. Bobby hatte das nie bemerkt. Jon mag nicht in der Nähe von Babys sein, sagte er. Ich wohl. Bobby verließ das Zimmer, um zur Toilette zu gehen.

Als er zurück ins Zimmer trat, wurde er gefragt: Welchen Einfluß, glaubst du, wird der Tod von James Bulger auf dich haben, wenn du älter wirst? Bobby meinte, er könnte vielleicht einsam sein, nie in der Lage sein, auszugehen. Die Leute würden ihre Kinder immer in Sichtweite halten und darauf achten, daß sie nicht verschwänden. Dr. Vizards Kollege fügte hinzu, die Menschen könnten fürchten, Bobby und Jon seien eine Gefahr für Kinder. Bobby seufzte und begann, Arme und Beine der Stoffpuppe zu verknoten, die er in den Händen hielt.

Er sagte, er hätte nie irgendwelche zornigen oder gewalttätigen Gedanken gegenüber Kindern empfunden. Dr. Vizard mutmaßte, er hätte vielleicht Angst, solche Gedanken zu beschreiben. Bobby zog plötzlich die Beine auf den Stuhl und begann, am Daumen zu lutschen, während er die Stoffpuppe gegen die Seite des Stuhls schlug. Er verhielt sich wie ein viel jüngeres Kind. Dr. Vizard sagte, es wäre besser, solche Gedanken herauszulassen, statt sie im Kopf aufzustauen, wo sie ihm nur noch mehr Pein bereiten könnten. Bobby seufzte ein paarmal und gab keine Antwort.

Als das Gespräch sich dem Ende neigte, sagten Dr. Vizard und ihr Kollege zu Bobby, sie glaubten, man könnte ihm in Zukunft helfen, indem man offener über das spräche, was in der Vergangenheit geschehen war. Sie glaubten, daß er mehr über seine Taten und Gefühle zu sagen und daß er ihnen vielleicht wichtige Aspekte zu James' Tod während des Gesprächs noch nicht mitgeteilt hätte. Bobby hätte einige Fakten zurückgehalten, andere hätte er ehrlich dargelegt.

Er reagierte zornig und sagte, er habe ihnen hundertprozentig alles erzählt über das, was er getan hatte und neunundneunzigprozentig über alles, was er fühlte. Er sagte, jetzt empfände er Zorn auf Jon, und er würde ihn gern fragen, warum er James getötet hatte. Er würde ihm gern ins Gesicht schlagen. Dr. Vizard sagte, er käme ihr viel wütender vor, sie wüßte gern, was er wirklich über Jon dachte. Bobby stimmte kichernd zu und sagte, ja er wolle ihm das Gesicht eintreten. Dr. Vizard schlug vor, er solle das mit der Bobby- und der Jon-Puppe machen, und Bobby benutzte die Bobby-Puppe, um die Jon-Puppe zu treten.

Schließlich – was würde er James gerne sagen, wenn so etwas möglich wäre? Was? Etwas zum Baby sagen? Ich weiß nicht. Bobby wurde sehr still und weinerlich. Dann sagte er: Er tut mir leid.

Man sagte ihm, das Treffen sei beendet, und rasch entspannte er sich und spielte unbefangen mit den Puppen und der Spielzeugeisenbahn.

In der Zusammenfassung ihres Berichts sprachen Dr. Vizard und Colin Hawkes zuerst Bobbys gegenwärtige Geistesverfassung an und seine Fähigkeit, dem Prozeß folgen zu können. Sie schrieben, daß er ein Junge von durchschnittlicher Intelligenz sei, der in Zeit und Raum denken könne und keine Anzeichen irgendwelcher mentaler Krankheiten wie Psychose und größere depressive Störungen zeige. Es sei interessant zu beobachten, wie ein Junge, dessen schulische Leistungen unter dem Durchschnitt liegen, bei bestimmten Dingen eine wache Intelligenz zeige und wie er locker und eifrig die Spielmaterialien benutzte.

Seine affektiven Reaktionen – Gefühle – variierten und schienen mehr oder weniger akkurat das zu begleiten, was er beschrieb oder demonstrierte. Er weinte rasch und echt, wenn er nach James gefragt wurde. Als angeregt wurde, daß es hilfreich sein könnte, wenn er seine Gefühle beschriebe, rangierten seine Reaktionen von verbittertem Schluchzen bis zu einem wütenden Wortwechsel.

An mehreren Stellen des Gesprächs wurde deutlich, daß Bobby beabsichtigte, bewußte Erinnerungen und Gefühle an den Mord zu unterdrücken oder zurückzuhalten. Es war auch deutlich, daß dies eine große Anstrengung war und daß seine emotionalen Reaktionen durchbrachen und sich auf irgendeine Weise Luft verschaffen mußten. Was die Körpersprache anging, war Bobby während des Gesprächs sehr aktiv. Wenn er in Not geriet, ging er zur Toilette, zappelte auf seinem Stuhl herum oder zeigte manchmal, daß er sich in die Enge gedrängt fühlte. Trotz solcher Anzeichen von Gefühlen wie Angst oder Wut blieb der Eindruck, daß Bobby in der Lage war, seine Emotionen und Reaktionen über den Mord für sich zu behalten, so daß immer dieselbe Geschichte herauskam. Man hatte nicht wirklich das Empfinden, daß er sich erlaubte, zu entspannen und frei zu erzählen.

Es war ein komplexes Bild, aber Bobbys Gefühle, seine Körpersprache, Schlafstörungen, schlechten Träume und die Besorgnis, Erinnerungen an das Verbrechen zuzulassen, konnten im Sinne von posttraumatischen Streßsymptomen verstanden werden, nachdem er bei der Ermordung von James Bulger anwesend oder an ihr beteiligt war. Dieser Umstand schränkte Bobbys Fähigkeit, zu seiner eigenen Verteidigung auszusagen, ein.

Der Bericht berief sich für die Diagnose von Bobbys Geisteszustand auf die diagnostischen Kriterien DSM-III-R der American Psychiatric Association. Er hatte einen Vorfall außerhalb der Grenzen normaler menschlicher Erfahrungen erlebt (einen Mord), was das definierte Kriterium für posttraumatischen Streß ist, und die Symptome, die Dr. Vizard und ihr Kollege bei Bobby feststellten, stimmten überein mit der Klassifizierung der Störungen, wie sie die Association vorgenommen hatte.

Angesichts der beschränkten Informationen, die ihnen über Bobbys schulischen Hintergrund zur Verfügung standen, und in Ermangelung eines psychologischen Berichts (Bobby hatte sich geweigert, einen Psychologen zu sehen) konnten Dr. Vizard und Colin Hawkes nur die klinische Bewertung vornehmen, daß Bobby schulische Probleme und Verhaltensstörungen hatte.

Ersteres traf zu, weil es keine Geistesstörung gab, um Bobbys schwache Schulleistungen zu erklären. Das schulische Problem schien mit seinen unerlaubten Abwesenheiten von der Schule einherzugehen, was auf der Liste der definierten Verhaltensstörungen, undifferenzierter Typus, als Punkt A 13 in der DSM-III-R aufgeführt wird. Bobby war auch als Dieb bekannt, als Lügner und als jemand, der andere Menschen körperlich verletzte, und auch diese Punkte gehören zu den Definitionen auf der Liste. Im Bericht hieß es, daß Bobbys Gewichtszunahme seit der Ankunft in seiner derzeitigen Unterbringung andeutet, daß er vielleicht Trost in der Nahrungsaufnahme fand – möglicherweise hatte das etwas zu tun mit der großen Besorgnis über sein Verhalten in der Vergangenheit und dessen Auswirkungen auf seine Zukunft.

Im Bericht hieß es, daß man fragen sollte – und nach der Auffassung der Autoren auch fragen mußte, warum ein so junges Kind nach der Verwicklung in ein so schreckliches Verbrechen nicht von einem Psychiater oder Psychologen begutachtet worden war. In Ermangelung solcher Untersuchungen mußten alle Kommentare über Bobbys Geisteszustand zur Zeit des Mordes spekulativ bleiben.

Nun, man könnte argumentieren, daß es schon vor den Straftaten eine Menge von Beweisen gab, die Bobbys Gefühls- und Verhaltensstörungen belegten und die Aufmerksamkeit eines Experten verdient gehabt hätten. Es scheint wahrscheinlich, daß es in Bobbys Kopf Konflikte gab, zweifellos verbunden mit Familien- und Schulleben, die ihn dazu trieben, auf eine sehr berechnende Weise an den Straftaten teilzunehmen.

Zur Bewertung von Bobbys gegenwärtigen und zukünftigen Bedürfnissen merkte der Bericht an, daß Bobbys gefühlsmäßige und körperliche Entwicklung durch die Unterbringung in diesem Sicherheitstrakt beeinträchtigt wurde, weil sie nach der Meinung der Autoren einem so jungen Kind völlig unangemessen war. Er hatte keine Gleichaltrigen um sich, und seine Hauptaktivität bestand darin, sich allein mit Videospielen zu beschäftigen. Die Turnhalle des Trakts war für ältere Jungen eingerichtet, deshalb gab es keine körperliche Betätigung für ihn, und es gab auch keine offenen

Flächen innerhalb der Unterbringung, auf denen er hätte Rollbrett fahren oder sich anders betätigen können.

Dr. Vizard und Colin Hawkes waren besorgt über Bobbys Gewichtszunahme. Das war keine untergeordnete Angelegenheit, betonte der Bericht, sondern hatte Auswirkungen auf seine künftige Gesundheit. Klinischen Erfahren zufolge ging Fettleibigkeit bei Kindern oft einher mit dem frühen Einsetzen der Pubertät. Auch in diesem Punkt sollte Bobby beraten oder therapiert werden.

Die Autoren waren ernsthaft besorgt, weil seit der Verhaftung jede therapeutische Arbeit mit Bobby oder seiner Familie ausgeblieben war. Es mochte sein oder auch nicht, daß es eine Rechtsberatung über die Notwendigkeit gegeben hatte, Bobbys Verteidigung durch eine Therapie vor Prozeßbeginn nicht zu gefährden oder zu kompromittieren, aber Bobbys Interessen mußten auch als angeblicher jugendlicher Straftäter berücksichtigt werden. Nach der Auffassung der Autoren des Berichts hatte Bobbys Fähigkeit, seine Anwälte zu instruieren und zu seiner Verteidigung auszusagen, durch die zurückgebliebenen unbehandelten posttraumatischen Streßsymptome gelitten.

Er war bisher nicht in der Lage, seine Gefühle über die angeblichen Straftaten auszudrücken, und in Zukunft könnte das noch schwieriger sein. Es war auch wahrscheinlich, daß die Haltung der Familie zu Bobby und den Straftaten sich auf eine rechtliche Perspektive fixierte. Auch für die Familie würde es schwieriger werden, dann noch von einer Therapie zu profitieren.

Es war dringend erforderlich, daß Bobby und seiner Familie geholfen wurde, über die Straftaten und über die zu erwartenden Auswirkungen auf den Rest ihres Lebens zu sprechen. Wegen des ernsthaften Risikos großer Gefahr, die Bobby darstellte, empfahl der Bericht auch, daß man Bobby keine unbeaufsichtigten Kontakte mit jüngeren oder schutzlosen Kindern gestattete.

25

Der Montag, 1. November 1993, war nicht der erste Tag, an dem Bobby und Jon im Gericht von Preston waren. Am Sonntag, 3. Oktober, waren sie getrennt in Polizeitransportern zum Preston Crown Court gefahren worden, um sich mit der Umgebung vertraut zu machen, in der wegen Mordes gegen sie verhandelt werden würde.

Im Gericht war man beschäftigt gewesen, dem Alter der Angeklagten und der Infamie der ihnen zur Last gelegten Verbrechen Rechnung zu tragen. Zwei Zimmer waren eingerichtet worden – eines davon war der Ruheraum der weiblichen Belegschaft –, in die sich die Jungen mit ihren Eltern und Sozialarbeitern in den Sitzungspausen zurückziehen konnten. Das Personal hatte jetzt schon damit begonnen, morgens das Licht in diesen Zimmern einzuschalten, damit es später nicht auffiel und von den Pressefotografen draußen vor dem Gebäude nicht mit den Jungen in Verbindung gebracht wurde.

Eine Holzplattform, zwanzig Zentimeter hoch und schwarz angestrichen, war aufgebaut worden. Die Jungen würden auf Stühlen auf dieser Plattform sitzen, damit ihre Sicht von der Messingstange an der Anklagebank nicht behindert wurde.

Die üblichen losen Stuhlreihen im Zuschauerraum waren durch Stühle ersetzt worden, die in den Boden geschraubt waren, damit niemand versucht war, sie als Wurfgeschoß zu benutzen.

Der Besuch der Jungen an diesem Sonntagmorgen war ungewöhnlich verlaufen und ganz anders als ihre späteren täglichen Anfahrten zum Prozeß. Die Transporter waren nicht in den Gerichtskomplex hineingefahren, sondern hatten vor einer Außentür angehalten. Die Jungen waren ein paar Schritte die Straße entlanggegangen, bevor sie das Gebäude betreten hatten.

Der Mittwoch der folgenden Woche war der Tag, an dem der Innenminister Michael Howard seine demagogische Rede über Law and Order vor dem Parteitag der Konservativen Partei gehalten hatte. Der Rede wurde am Donnerstag in den nationalen Zeitungen viel Platz eingeräumt.

Die Titelseite der Donnerstagsausgabe von *The Sun* widmete Michael Howard auf der linken Seite eine Kolumne. SUN SAGTE IHRE MEINUNG. JA, KRIMINAL-MINISTER.

Es war, schrieb *The Sun*, eine Lust, einen Härte zeigenden Innenminister sagen zu hören, es sei ihm verdammt egal, ob noch mehr Leute hinter Gittern landeten. Von wegen dreimal Hurra, für die gestrige Kriegserklärung an Räuber und Vergewaltiger, die unser Leben zur Hölle machten, verdiente er sich einhundertunddrei Salutschüsse. Bewährungsbanditen, junge Rowdies, an die das Gesetz nicht herankam, schuldige Männer, die vor Gericht stumm blieben, sie alle sollten mit einem sehr dicken Stock erledigt werden.

Die übrige Titelseite von *The Sun* nahm neben der Kolumne ein Foto von Jon ein, der einen Lutscher hielt, als er von einem Polizisten, eine Hand auf Jons Schulter, in das Gerichtsgebäude von Preston geführt wurde. Das Bild war am Sonntag zuvor aufgenommen worden. Jons Gesicht war digitalisiert und mit fleischfarbenen Vierecken unkenntlich gemacht worden. Es wäre eine Mißachtung des Gerichts gewesen, wenn man ihn hätte erkennen können. EXKLUSIVES SUN-BILD: *Arm auf Schulter, Lutscher in Hand – der Junge, der beschuldigt wird, Jamie ermordet zu haben. Fortsetzung auf Seite 12.*

Auf Seite 12 wurden einige selektive und falsche Einzelheiten über das luxuriöse Leben der Jungen in ihren Unterbringungen beschrieben, während sie auf ihren Prozeß warteten. Auf Seite 13 waren zwei weitere Bilder aus Preston zu sehen, eines von Bobby und eines von Jon, wieder mit unkenntlich gemachten Gesichtern. Die jeweiligen Bildunterschriften lauteten: *Gutes Leben ... Einer der Jungen, denen Jamies Ermordung zur Last gelegt wird, hier von einem Polizisten begleitet, hat zugenommen. Süße Behandlung ... Der zweite angeklagte Junge hält einen Lutscher, während er in das Gericht geführt wird, um sich seinen Platz auf der Anklagebank anzusehen.*

Es schien, daß *The Sun* vier Tage gewartet hatte, ehe sie diese Fotos zusammen mit dem Kommentar zur Rede des

Innenministers brachte. Man darf wohl spekulieren, daß jemand für seinen Zeitaufwand entschädigt wurde, als er vorab die Information von Bobbys und Jons Reise nach Preston an *The Sun* verriet.

Es gab keine Gelegenheit, am 1. November heimlich Fotos zu schießen, als die Transporter direkt durch die offenen Tore des Preston Crown Court und in den abgeschlossenen Innenhof fuhren. Eine Handvoll Menschen stand still und stumm vor den Toren, als die Transporter hineinfuhren. Es gab eine Legion von Fotografen und Fernsehkameras. Elf Menschen standen Schlange für die Sitze im Zuhörerraum.

Bobby und Jon wurden in ihre jeweiligen Zimmer geführt. Dort saßen und warteten sie. Sie befanden sich nicht auf der Anklagebank, als man sich um zehn Uhr im Gerichtssaal Eins erhob, um zum ersten Mal in diesem Prozeß den Ehrenwerten Richter Morland zu begrüßen.

Who's Who 1993

MORLAND, Hon. Sir Michael, 1989 zum Ritter geschlagen, Hon. Mr. Justice Morland, Richter am High Court of Justice* seit 1989, Vorsitzender Richter des Nördlichen Bezirks seit 1991; *geb.* 16. Juli 1929, ält. Sohn von Edward Morland, Liverpool, und Jane Morland, geb. Beckett, *verh.* 1961 mit Lillian Jensen, Kopenhagen, ein Sohn, eine Tochter. *Ausb.:* Stowe, Christ Church, Oxford (MA). Leutnant Grenadier Guards, 1948–49 in Malaya gedient. 1953 in Anwaltskammer aufgenommen, Anwaltsinnung 1979, Nördlicher Bezirk, Queen's Counsel** 1972, nebenamtlicher Richter auf Zeit 1972–89. Mitgl. d. Bd. Entschädigung von Verbrechensopfern 1980--89. *Adresse* Royal Courts of Justice, Strand, WC2.

Der Lordkanzler hatte vorher eine Pressemitteilung herausgegeben und angekündigt, daß der Richter um zehn Uhr

* High Court of Justice – Höchstes britisches Zivilgericht in erster Instanz

** Queen's Counsel – Kronanwalt

an diesem ersten Prozeßtag zu den Medien sprechen wollte. Es klang wie eine Aufforderung, und so quoll der Gerichtssaal vor Journalisten über. Es gab mehr Medienvertreter als Sitze für die Presse, so mußte man stehen, um der Rede des Richters zu folgen.

Morland, noch nicht in voller Robe, umriß die Anordnungen, die er ausgegeben hatte und die die Berichterstattung beschränkten, um verschiedene Interessen zu schützen und eine Vorverurteilung zu vermeiden.

So hieß es nicht mehr R-v-T und V, Regina versus Thompson und Venables, sondern R-v-A und B (zwei Kinder). Für die Berichterstattung war Bobby Kind A und Jon war Kind B.

Nichts von dem, was im Gerichtssaal in Abwesenheit der Geschworenen gesagt wurde, durfte vor den Urteilen veröffentlicht werden. Die Jungen und auch andere Kinder als Zeugen durften nicht identifiziert werden. Zeugen, Angeklagte oder irgendein Familienmitglied durften bis zu den Urteilen nicht verfolgt, interviewt oder belästigt werden.

Um die Menge der Medienvertreter aufnehmen zu können, wurde Crystal House, ein hoch aufragendes Bürogebäude auf der anderen Seite des Platzes vor dem Gericht zum erweiterten Gerichtssaal. Morland und der Lordoberrichter hatten, die Möglichkeit erörtert, eine Videoleitung vom Gerichtssaal eins ins Crystal House legen zu lassen. Bei einem Strafprozeß hatte es so etwas noch nicht gegeben, und sie entschieden, auch jetzt nicht damit anzufangen. Statt dessen legte man eine Tonleitung. Morland erklärte, daß für Crystal House dieselben Anordnungen galten wie für den Gerichtssaal. Keine Tonbandrekorder, keine Laptops, keine Piepser, keine Mobiltelefone.

Morland entschuldigte sich, wenn er sich schulmeisterlich anhöre. Er sagte, bei Problemen würde er gern helfen.

Jede Verletzung seiner Anordnungen durch irgend jemanden würde diese Person einer beträchtlichen Haftstrafe und einer Geldstrafe aussetzen. Es gab eine kurze Pause, bis jeder seinen Platz gefunden und sich eingerichtet hatte. Der Richter ging hinaus und kam dann zurück.

In Übereinstimmung mit der uralten zeremoniellen Tradition trug Morland jetzt eine lange rote Robe mit schwarzem Schärpenbesatz und einer Pferdehaarperücke. Er trug weiße Handschuhe und einen schwarzen Talar. Er war aus dem gleichen Stoff wie die Mütze, die sich Richter früher aufsetzten, bevor sie ein Todesurteil aussprachen. Es war hundertzweiundsechzig Jahre her, seit John Any Bird Bell in Maidstone zum Tode verurteilt worden war, das letzte Kind das wegen Mordes gehängt worden war. Die Zwanglosigkeit, die sich in modernen Jugendprozessen durchzusetzen begonnen hatte, würde es in diesem Prozeß nicht geben.

Um zwanzig vor elf sagte Morland: »Die Angeklagten mögen heraufgebracht werden.« Bobby und Jon tauchten aus dem Zellentrakt unter dem Gericht auf, es ging eine Treppe hoch, die zur Anklagebank führte. Sie wurden von einem rundköpfigen Gefängniswärter mit Tätowierungen an den Armen geleitet. Auf der zwanzig Zentimeter hohen Plattform standen vier Stühle. Jon setzte sich auf den ersten, sein Sozialarbeiter auf den zweiten. Bobbys Sozialarbeiter nahm den dritten Stuhl, Bobby den vierten. Später an diesem Tag tauschten Bobby und sein Sozialarbeiter die Plätze. Junge, Erwachsener, Junge Erwachsener. Mit einer Ausnahme hielten sie diese Positionen während des ganzen Prozesses ein.

Der Richter wandte sich an die Jungen. »Bist du Robert Thompson?« Bobby hielt einen Finger hoch wie beim Abzählen in der Schulklasse. »Bist du Jon Venables?« Jon nickte.

Es wurde sogleich deutlich, daß der Nutzen der erhöhten Plattform vor der Anklagebank eine zweischneidige Sache war. Die Jungen hatten eine bessere Sicht auf das Gericht, das Gericht eine bessere Sicht auf die Jungen, die in dem messingstangenumrahmten Viereck der Anklagebank wie Tiere in einem Käfig wirkten, in dem sie forschend und prüfend angestarrt werden konnten und wurden.

Beide Jungen waren seit ihrem letzten öffentlichen Auftritt vor Gericht in die Höhe geschossen und in die Breite gegangen. Sie sahen deutlich älter und stämmiger aus als vor siebenunddreißig Wochen, als James Bulger getötet worden war. Jon, das Gesicht aufgedunsen und ängstlich, als ob er kurz vor den Tränen stünde, trug eine schwarze Hose und eine schwarze Jacke mit zwei Schlitzen. Bobby, sein Kopf frisch geschoren, sah wie zur Schule gekleidet aus, tatsächlich trug er seine Schulkrawatte unter einem grauen Pullover mit V-Ausschnitt. Sein Hals war in ein Hemd mit der Kragenweite fünfzig gepreßt worden. Sein Anwalt meinte privat, daß er wie ein Metzgerjunge aussähe, und jemand empfahl, größere Hemden für den Jungen zu kaufen. Morgen würde Bobby ein Hemd mit der Kragenweite zweiundfünfzigeinhalb tragen.

Bobby begann, wie er offenkundig auch weitermachen wollte – nichts von sich geben, wenn er es vermeiden konnte. Sein Gesicht verriet keinen Hauch von Besorgnis, Angst oder irgendeiner Gemütsreaktion. Dies wurde rasch als Teilnahmslosigkeit eines gefühllosen Psychopathen interpretiert, oder als die gelangweilte Gleichgültigkeit.

Neil und Susan Venables waren den Jungen über die Treppe in den Gerichtssaal gefolgt. Ann Thompson war nicht zum Gericht gekommen,weil sie den Gedanken nicht ertragen konnte, dort zu sein. Sie war ernsthaft überfordert, nahm eine ganze Batterie voller Pillen und befand sich seit einiger Zeit bei einer psychiatrischen Krankenschwester in Behandlung. Die Gespräche mit der Krankenschwester hatten alle ihre Qualen der Vergangenheit an die Oberfläche gebracht.

Alle drei Elternteile hatten die Unterstützung von Aftermath gesucht, eine Gruppe von Freiwilligen, die sich gegründet hat, um Familien zu helfen, aus denen jemand eines schweren Verbrechens angeklagt ist. Aftermath hatte versucht, Ann mit Neil und Susan zusammenzubringen, aber seit der Verhaftung gab es wie bei ihren Söhnen mehr gegenseitige Antipathie als das Gefühl, das Leid gemeinsam tragen zu können.

Neil und Susan konnten nicht in dem Viereck bei ihrem Sohn sitzen und traten heraus in den Gang, der bis in den Zuhörerraum führt. Sie schritten auf die andere Seite der Anklagebank und nahmen auf einer Bank gleich neben Jon Platz, wo Shirl Marshall auf sie wartete und Susans Hand in ihre nahm.

Ihr Weg hatte sie an der ersten linken Reihe des Zuhörerraums vorbeigeführt, in der Mitglieder der Bulger-Familie saßen, darunter auch James' Vater. Sie wurden flankiert von den beiden Familien-Verbindungsbeamten der Polizei von Merseyside, Jim Green und Mandy Waller. Neil und Susan Venables, er in einem grau getupften Anzug, sie in Beerdigungsschwarz, hielten die Blicke auf den Boden gerichtet. Sie setzen sich, die Schultern nach vorn gekrümmt, den Kopf gesenkt. Neils Gesichtshaut war skelettartig gespannt. Sie verbreiteten eine Aura elender Demütigung und Schande.

Es gab achtundvierzig Sitze im Zuhörerraum, und nur acht von ihnen waren für die Bulgers vorgesehen. Es war nicht immer voll, aber es gab immer nur wenige Stühle, die nicht besetzt waren.

Viele von ihnen wurden von ausländischen Journalisten und ausgewählten Mitgliedern jener britischen Medien, die nur gelegentlich berichteten, eingenommen. Andere Plätze wurden an Jurastudenten, Dozenten, neugierige Einwohner von Preston und an einen jungen Mann aus London vergeben, der eine schwierige Kindheit erlebt hatte und beabsichtigte, einen Roman zu verfassen, dem dieser Fall zugrunde liegen sollte.

Der Zuhörerraum war vom übrigen Gerichtssaal durch ein Eisengeländer getrennt. Hinter dem Geländer verlief der Gang, hinter dem Gang stand eine lange Bank für die Pressevertreter, sie reichte bis zur Anklagebank. Links saß die Polizei von Merseyside; Albert Kirby und Jim Fitzsimmons saßen in der ersten Reihe auf einem Kissen, das Jim jeden Tag mit ins Gericht brachte.

Hinter Neil und Susan Venables, rechts von der Anklagebank, saßen drei Vertreter des Sozialamts der Stadt Liverpool. Vor Neil und Susan saßen die Anwälte der Verteidigung und deren Gehilfen, und vor ihnen gab es zwei lange Bankreihen mit den Anklagevertretern und ihren Beratern links, Bobbys Anwalt in der Mitte, Jons rechts.

Weiter rechts gab es zusätzliche Presseplätze, und davor, seitlich zum Gerichtssaal, saßen die Geschworenen auf drei gestuften Bänken. Vor der Jury standen zwei kurze Bänke, die letzten sechs Sitze, die das Gericht den Medienvertretern zugestand – insgesamt waren es achtunddreißig. Diese sechs

Plätze waren die begehrtesten; es waren die einzigen, von denen man Bobby und Jon frontal sehen konnte; von dort konnte man jede Regung und jedes Zucken notieren.

Den Geschworenenbänken gegenüber stand die Zeugenbank auf der anderen Seite des Saals, dazwischen befand sich der Tisch des Gerichtsschreibers mit dem Blick zur Anklagebank, und über dem Gerichtsschreiber thronte das Gericht, dessen Bank die gesamte Breite des Saals einnahm, und dahinter, auf einem noch einmal erhöhten Stuhl mit gewaltigem Rücken, saß der Richter. Manchmal ließ der Richter seinen Sekretär neben sich sitzen, wenn er Gesellschaft suchte oder Hilfe brauchte, um in den Akten nachzublättern. Der Sekretär des Richters schwor einige Zeugen ein. Er hatte einen starken schottischen Akzent und einen dichten Bart. Er hätte ein Zwilling von James Robertson Justice in den *Doctor*-Filmen sein können.

Im vorderen Teil des Gerichtssaals standen Mikrophone, Lautsprecher und Videomonitore herum. Diese High-Tech-Gegenstände paßten nicht zu dem altertümlichen Saal mit seinen Eichenpaneelen. Er war erst neunzig Jahre alt, aber er hätte auch schon Jahrhunderte alt sein können.

Prestons Gerichtsberühmtheiten vergangener Zeiten waren in einer Reihe von Ganzportraits an den Wänden des Gerichtssaals dargestellt. Henry Wilson Worsley-Taylor, KC*, MP**; Sir Harcourt Evarard Clare, Kt***; Thomas Batty Addison (›Der Schrecken der Verbrecher‹) – und einer von ihnen hätte auch dieser Mann in Robe und Perücke sein können, der über Bobby und Jon zu Gericht saß.

Die Jury, willkürlich aus Prestons Wählerliste ausgesucht, wurde ohne eine einzige Ablehnung vereidigt. Sie bestand aus neun Männern und drei Frauen, alle weiß, die meisten im mittleren Alter. Es gab zwei jüngere Männer, und nur einer schien nicht dem Anlaß entsprechend gekleidet zu sein. Ein Geschworener hielt sich auffallend gerade, ein Mann in einem

* Kc – King's Counsel (Kronanwalt)
** MP – Member of Parliament (Parlamentsmitglied)
*** Kt – Knight (Ritter)

eleganten Blazer mit einem Ziertuch in der Brusttasche und mit silbernen Haaren. Er sah aus, wie man sich den Sprecher einer Jury vorstellt.

Sobald sie vereidigt waren, wurden die Geschworenen in den Jury- Saal geleitet, so daß der Richter die Anträge der Anwälte hören konnte. Bobbys Verteidiger David Turner erhob sich und beantragte, daß der Prozeß eingestellt werden sollte.

TURNER, David Andrew; QC*; nebenamtl. Richter auf Zeit am Crown Court** seit 1990; *geb.* 6. März 1947; Sohn von James und Phyllis Turner; verh. 1978 mit Mary Christine Moffatt; zwei Söhne, eine Tochter. *Ausb.: King George V Schule*, Southport; Queens College, Cambridge (MA, LLM). In die Anwaltskammer aufgenommen in Gray's Inn 1971; stellv. nebenamtl. Richter 1987–90. Freizeit: Squash, Musik. Adresse: Pearl Assurance House, Derby Square, Liverpool L2 9XX. Tel: 051-236 7747. Club: Liverpool Racquet.

In der Rechtssprache stellte Turner einen Antrag auf Verfahrensmißbrauch. Er sagte, daß er eine Einstellung des Verfahrens anstrebe, weil es jetzt unmöglich wäre, den Angeklagten einen fairen Prozeß zu machen. Die Entführung und der Tod von James Bulger hätten zu dem geführt, was er nur als Medienkampagne bis zur Übersättigung beschreiben könnte. Die Berichterstattung der ersten Tage hätte die übliche Berichterstattung bei Verbrechen bei weitem überschritten. Das hätte daran gelegen, daß die Bevölkerung aufgefordert worden war, sich in die Ermittlungen mit einbeziehen zu lassen. In den Artikeln sei eine höchst emotionale Sprache benutzt worden, und der Fall sei zeitgleich mit einer Regierungsinitiative zur schärferen Behandlung jugendlicher Straftäter geschehen und dadurch Teil der öffentlichen Debatte geworden.

Turner fuhr fort, daß Mißbrauchsanträge gewöhnlich aus einer Verzögerung resultierten, bis das Verfahren vor Gericht

* QC – Queen's Counsel (Kronanwalt)
** Crown Court - Britisches Gericht für Strafsachen höherer Ordnung

kommt. Er bezog sich auf den Bericht von Richter Garland im Fall der drei Polizeibeamten, die wegen Dienstvergehen bei den Ermittlungen gegen die ›Birmingham Six‹ angeklagt worden waren. Obwohl es in diesem Fall in erster Linie um Verzögerungen gegangen war, hatte Richter Garland in seiner Urteilsbegründung gemeint, daß Publicity für sich allein schon ein Grund für eine Berufung sein konnte. Die Bürde, die Unfairneß zu beweisen, läge beim Angeklagten. Es sei eine Angelegenheit, bei deren Entscheidung die Wahrscheinlichkeiten gewichtet werden müßten.

Turner sagte, er würde energisch darauf beharren, daß Umfang, Natur und Qualität der nationalen Publicity so mächtig waren, daß ein fairer Prozeß unmöglich wäre. Er sprach von vier Kategorien der Publicity. In der ersten vertritt die Zeitung in der Schlagzeile, im Kommentar oder auch nur versteckt eine Schuldmeinung. In der zweiten wird die Meinung eines Politikers oder Kirchenführers veröffentlicht, daß die Angeklagten schuldig seien, oder die Formulierungen seien so, daß dies die einzige Schlußfolgerung ist, die man aus dem Artikel ziehen kann. Zur dritten Kategorie gehört, daß Material veröffentlicht wird, das falsch, irreführend oder voreingenommen ist, und in der vierten Kategorie wird sensationelles oder stark voreingenommenes Material veröffentlicht.

Turner begann, aus jedem der zweihundertdreiundvierzig Artikel nationaler Zeitungen Beispiele zu zitieren. Die Sammlung sei bei weitem nicht vollständig, sagte er, und dann zitierte er: Welche Art Ungeheuer könnten dies einem Kind antun; Neues Polizeifoto zeigt die bösen Jungen mit dem ermordeten Kleinkind; Verbrechen jenseits des Bösen; Wie Killer-Kinder in den Käfig gesperrt werden. Turner zitierte aus Leitartikel in *The Daily Telegraph* und *The Times*, er wiederholte Zitate von Kenneth Baker und dem Erzbischof von Canterbury. Er zitierte Unwahrheiten, zum Beispiel, daß James wie eine Spielzeugpuppe herumgeworfen und schreiend und kreischend und blutend in den Tod geschleppt wurde. *Das sind sie*, hatte *The Star* berichtet, bevor die Jungen angeklagt worden waren. *The Express* hatte die Mutter des Kindes ermittelt, das angeblich auch von den Jungen entführt werden sollte, und sie hatte gesagt: Beinahe hätten sie ihn auch geschlachtet.

Turner sagte, nach diesem Sperrfeuer der Medien, größtenteils voller Vorverurteilungen, sei ein fairer Prozeß unmöglich.

Viele Menschen im Gerichtssaal hatten mit diesem Antrag nicht gerechnet. Die Zitate aus den verschiedenen Artikeln verliehen seinen Argumenten beträchtliche Substanz. Albert Kirby saß bald nach vorne gebeugt da, den Ellenbogen aufs Knie gestützt, und kaute an den Nägeln. Es war undenkbar – oder nicht? –, daß nach dieser Zeit und nach all dem Geld und all der Mühe der Prozeß zu Ende sein sollte, bevor er begonnen hatte.

Jons Verteidiger Brian Walsh unterstützte den Antrag. Er war vor dem Prozeßbeginn erkrankt, und es hatte Überlegungen gegeben, daß sein Juniorpartner Richard Isaacson den Fall übernehmen sollte. Der Richter hatte eingewendet, daß dies kein Fall für einen Juniorpartner wäre. Walsh hatte sich einer unangenehmen Operation unterzogen, war lokal betäubt worden und hatte sich rechtzeitig erholt.

WALSH, Brian, QC 1977, nebenamtl. Richter seit 1972; *geb.* 17. Juni 1935, Sohn des verst. Percy Walsh und Sheila, geb. Frais, Leeds; *verh.* 1964 mit Susan Margaret, Tochter des verst. Eli (Kay) Frieze und Doris Frieze; zwei Töchter. *Ausb.*: Sheikh-Bagh-Schule, Strinagar, Kashmir; Leeds Grammar School (Schulsprecher 1954); Gonville and Caius Coll., Cambridge (BA, LLB; MA 1992). Präs. Cambridge Union Soc., 1959. Diente in der RAF (Fliegerleutnant), 1954–56. Anwaltskammer Middle Temple 1961 (Blackstone Scholar, Harmsworth Scholar); Vorstandsmitgl. 1986. Mitgl. Nordöstl. Bezirk 1961; Leiter 1990–. *Mitgl.*: Circuit Exec. Cttee 1980–; Gen. Council of the Bar 1982–84 und 1990–; Mental Health Review Tribunal 1986–; Court, Leeds Univ. 1988–; Cttee. Yorks CCC 1984– (Vors. 1986–91); *Direktor:* Leeds Grammar Sch. 1977–, Leeds Girls' High Sch. 1978–; *Präs.*: Old Leodiensian Assoc. 1983–85. *Freizeit:* Golf, Cricket, Essen. *Adresse.* Park Court Chambers, 40 Park Cross Street, Leeds LSI 2QH. Tel.: Leeds (0532) 433277.

»Der Strom der Gerechtigkeit«, sagte Walsh, »sollte so rein und unverschmutzt fließen wie möglich.« Was in diesem Fall schon veröffentlicht worden war, gab er zu bedenken, vergiftete den Strom. Die Konsequenzen hatten jene zu tragen, die veröffentlicht hatten.

Der Anwalt der Krone, Richard Henriques, sagte, daß nie zuvor in der Geschichte von Strafprozessen ein Verfahren wegen nachteiliger Publicity eingestellt worden wäre. Vor Mordprozessen gäbe es immer gründliche Berichterstattung. Der wirkliche Fall bliebe auf die beiden Angeklagten beschränkt. Zwölf faire Geschworene sähen die beiden elfjährigen Jungen auf der Anklagebank und würden mit diesem Fall ebenso fertig wie alle anderen Juroren mit anderen Fällen auch.

Der Richter sagte, nach seiner Bewertung könnte er keine Verfahrenseinstellung verfügen, bis die Angeklagten nicht bewiesen hätten, daß sie durch Umfang und Art der Publicity vor Gerichtsbeginn so starken Voreingenommenheiten ausgesetzt gewesen wären, daß kein fairer Prozeß stattfinden konnte. Es sei richtig, sagte der Richter, daß er im einzelnen noch auf die Medienberichterstattung zurückkommen müßte.

Bei diesen Ausführungen des Richters gab es einige im Saal, die annahmen, er erwäge ernsthaft eine Einstellung der Verfahrens. Klügere Beobachter vermuteten, daß er das Gegenteil gemeint hatte. Er hatte lediglich erkennen lassen wollen, daß er die wesentlichen Gesichtspunkte des Antrages gewürdigt hatte.

Übersättigung sei das zutreffende Wort für die Medienberichterstattung, fuhr der Richter fort. Meinungen seien seitenweise erörtert worden, und während die Ermittlungen noch im Gange waren, sei die Berichterstattung weit über das hinausgegangen, was normalerweise von den Medien gebracht wird, bevor Anklagen erhoben sind und der Prozeß beginnt. Es sei kein Fall gewesen, der nur lokale Publicity erfahren hätten. Es hätte weitverbreitete Kommentare und Berichte gegeben, die unbewiesene Informationen über den Fall und über den Hintergrund der Angeklagten enthielten. Mr. Turners Vorwurf wiege schwer, daß Redakteure Meinungen und Kommentare veröffentlicht oder auch nur versteckt angedeutet hatte, daß die Angeklagten schuldig seien. Die Publicity sei irreführend, voreingenommen und in einer Reihe von Fällen höchst sensationsheischend gewesen.

Der Richter zitierte dann aus vielen Berichten der zweihundertdreiundfünfzig Seiten umfassenden Sammlung Turners. Er wies darauf hin, daß sich die Publicity nicht nur auf die Zeit des Todes beschränkt hatte. Erst vor wenigen Tagen hatte *The Sun* Fotos der Jungen in der Begleitung von Polizeibeamten veröffentlicht. Ihre Gesichter waren unkenntlich gemacht worden, aber ... Der Richter zitierte die Überschrift zu Jon und seinem Lutscher.

Das Ausmaß und die Art der Publicity vor Gerichtsbeginn habe ihn beträchtlich beunruhigt. Aber ohne Zögern sei er beim Abwägen der Wahrscheinlichkeiten zu dem Schluß gekommen, daß die Publicity nicht dazu geführt hatte, daß einer der beiden Angeklagten ernsthaften Vorurteilen in einem Maße ausgesetzt wäre, das einen fairen Prozeß nicht zuließ. Es handelte sich nicht um einen Fall, in dem die Verteidigung Alibistreitigkeiten geltend machte. Es ging um die Fragen, ob die Staatsanwaltschaft eine gemeinschaftlich begangene Tat nachweisen konnte, ob der eine oder andere Junge als Mörder überführt und ob dem einen oder anderen die erforderliche Tötungsabsicht bewiesen werden konnte.

»Nachdem ich alle diese Dinge in Betracht gezogen habe, bin ich überzeugt, daß es einen fairen Prozeß geben kann.« Antrag abgelehnt. Das Gericht erhob sich zur Mittagspause.

Nach der Pause bat David Turner den Richter, zwei Fotos aus dem Bündel von vierundfünfzig Fotos zu entfernen, das die Staatsanwaltschaft als Beweismittel vorlegen würde. Es handelte sich um eine Sequenz von Fotos, die den Weg beschrieben, den die Jungen mit James gegangen waren, sowie Bilder vom Tatort selbst, einschließlich einiger Nahaufnahmen von James Bulgers Kopfverletzungen. Es war die Aufgabe der Staatsanwaltschaft, diese Bilder als Beweismittel zu präsentieren, aber sie wußte natürlich auch die emotionale Wirkung dieser Bilder auf die Jury zu würdigen – und die Verteidigung wußte das auch. Die Fotos, die Turner zu entfernen bat, Aufnahmen Nr. 47 und 48, zeigten zwei Nahaufnahmen des Kopfes. Der Richter entschied, kein Bild auszulassen.

Dies beendete den Disput zwischen Richter und Verteidiger. Die Geschworenen konnten hereingerufen werden, und plötzlich begann der Prozeß. Richter Morland sagte der Jury, daß der Fall ein beträchtliches Ausmaß an Aufmerksamkeit in den Medien ausgelöst hatte. »Sie müssen daran denken, daß Sie diesen Fall nur nach den Beweisen entscheiden, die vor Gericht vorgelegt werden, ganz allein nach diesen Beweisen.«

Im Vorfeld des Prozesses war viel über die voraussichtliche Dauer spekuliert worden. Schließlich legte man sich auf etwa vier Wochen fest. Bei den vielen Tagen, die vor einem lagen, hatte man damit gerechnet, daß der Prozeß geruhsam beginnen und sich von einer allgemeinen Rechtsdiskussion zu den Fakten des Falles bewegen würde, bevor es um die schwierigen Einzelheiten des Mordes ging.

Jetzt hatte sich Henriques erhoben, um die Anklageeröffnung für die Staatsanwaltschaft vorzutragen. Er sprach mit Ernst und Resonanz in der Stimme und suchte keine Zuflucht zu dramatischen Übertreibungen. Das war auch nicht erforderlich. Es wurde bald deutlich, daß er dem Gericht keine Einzelheit ersparen würde.

HENRIQUES, Richard Henry Quixano; QC 1986, Barrister*; nebenamtl. Richter seit 1983; *geb.* 27. Okt. 1943; Sohn von Cecil Quixano Henriques und der verst. Doreen Mary Henriques; *verh.* mit Joan Hilary, geb. Senior; ein Sohn, ein Stiefsohn; *Ausb.*: Bradford Coll., Berks; Worcester Coll, Oxford (BA). Mitgl. Anwaltskammer Inner Temple 1967. Mitgl. Nördlicher Bezirk, Mitgl. Ratsvers. Rosall School. *Freizeit:* Bridge, Golf. *Adresse:* Ilex House, Woodhouse Road, Thornton-Cleveleys, Lancs FY5 5LQ. *Tel.*: Cleveleys (0253) 82 61 99. *Clubs:* The Manchester (Manchester), North Shore Golf (Blackpool).

»James Bulger war zwei Jahre und elf Monate alt, als er starb. Er war das einzige Kind von Ralph und Denise Bulger.

Die beiden Angeklagten haben ihn von der Seite seiner

* Barrister – Vor den höheren Gerichten plädierender Rechtsanwalt

Mutter in einem Einkaufszentrum in Bootle entführt. Sie sind zweieinhalb Meilen mit ihm quer durch Liverpool nach Walton Village gegangen – eine lange und beschwerliche Reise für einen Zweijährigen.

James wurde dann mit auf einen Bahndamm genommen und war langen und gewalttätigen Angriffen ausgesetzt. Steine, Schlacken und ein Stück Metall wurden offenbar auf James geworfen, er wurde ins Gesicht und gegen den Körper getreten. Er trug viele Schädelbrüche davon.

Der Tod resultierte aus mehreren mit stumpfen Gegenständen beigebrachten Kopfverletzungen. Verschiedene Kratzer wurden festgestellt. Im Laufe der Attacken wurde James' untere Bekleidung entfernt. Sein Körper wurde quer über eine Schiene gelegt, und einige Zeit später wurde er von einem Zug überfahren, der seinen Körper zerschnitt. Der Tod trat ein, bevor der Zug ihn überfahren hatte.

Die Staatsanwaltschaft geht davon aus, daß die beiden Angeklagten James gemeinsam aus dem Einkaufszentrum entführten und daß sie gemeinsam für seinen Tod verantwortlich sind.

Beide Angeklagte sind jetzt elf Jahre alt. Am 12. Februar waren sie zehn Jahre alt; beide sind im August 1982 geboren. Sie beide beabsichtigten, James zu töten oder ihm schwere Verletzungen zuzufügen. Sie beide wußten, daß ihr Verhalten falsch und unrecht war.

Wir gehen nicht nur davon aus, daß sie James entführt und getötet haben, sondern auch davon, daß sie vor James' Entführung versuchten, einen anderen Zweijährigen zu entführen.«

Diese Worte der Eröffnung waren eine Kontur des detaillierten Berichts, den Henriques in seiner Rede gab. Es war der Fall gegen die beiden Jungen, den die Staatsanwaltschaft in den nächsten drei Wochen präsentieren würde. Es war die Version der Staatsanwaltschaft, was James Bulger widerfahren war, mit all den minutiös aufgelisteten Schrecklichkeiten. Der kurze Abriß hatte eine direkte Wirkung auf die Anwesenden im Gerichtssaal, die Angespanntheit an diesem ersten Tag zog an. Neil Venables hielt den Kopf in seinen Händen. Susan hielt ein Taschentuch so hart gepackt, daß ihre Knöchel weiß hervortraten. Es war nicht nötig, die Mitglieder der Familie Bulger anzuschauen, um sich vorzustellen, wie sie sich bei dem fühlten, was bald beschrieben werden würde.

Bobby hatte schon vorher seine Schuhe abgestreift und den Pullover ausgezogen. Jetzt zappelte er herum und seufzte schwer. Jon war bisher nicht in der Lage gewesen, sich dem Geschehen zu stellen. Jetzt kam es, und er hatte keine Wahl. Seine Hände waren ständig in Bewegung. Er sah verzweifelt aus.

Als Henriques' Bericht dort angekommen war, daß die Jungen den Strand verließen und auf die Stanley Road bogen, weinte Jon und barg sein Gesicht an der Schulter seines Sozialarbeiters. Henriques sagte den Geschworenen, daß er die Beweise im Detail vortrüge, weil sie zeigten, daß beide Jungen in den Fall verwickelt waren, daß es eine gemeinschaftlich begangene Tat war. Er sagte, daß der 12. Februar ein gewöhnlicher Schultag gewesen war, an dem alle Zehnjährigen in Merseyside, einschließlich der beiden Angeklagten, in der Schule hätten sein sollen. Dann begann er mit der Beschreibung des Tages der beiden Jungen anhand der verschiedenen Zeugen, die sie gesehen hatten oder ihnen begegnet waren. Er erwähnte Toymaster und die Farbdosen, dann die Farbe, die später an der Kleidung des Jungen und an James Bulger gefunden worden war. Die Farbe war, sagte er, ein wichtiges Beweisstück für die Staatsanwaltschaft.

Er beschrieb den vorausgegangenen Versuch einer Entführung und dann die Entführung von James: »Denise wähnte James noch an ihrer Seite – dann schaute sie hinunter, und er war weg.« Er erwähnte die Sichtungen und die Zeitangaben auf dem Überwachungsvideo des Sicherheitsdienstes im Strand.

Hinaus auf die Stanley Road, Beginn der Tour. Am Reservoir sprach Henriques von einer Neigung. Bobby beugte sich vor und flüsterte mit seinem Sozialarbeiter, der seine Hand in einem Winkel hielt. Das ist eine Neigung.

Weg vom Reservoir, die County Road entlang, in den Häuserdurchgang, parallel zur Eisenbahnlinie. Am Ende des

Durchgangs zur Walton Lane. Eine Zeugin, die einen Jungen gesehen hatte, der ein lachendes Kind trug. Das, sagte Henriques, mag sehr wohl das letzte Mal gewesen sein, daß jemand James Bulger lebend gesehen hat, die beiden Angeklagten ausgenommen.

Es war zwischen 17 Uhr 30 und 18 Uhr 45, als James Bulger gesteinigt und zu Tode geschlagen wurde, bevor man ihn quer über die Schiene legte. Henriques beschrieb, wie die Leiche von vier Jungen gefunden wurde, dann beschrieb er die Szene, die sich den Polizisten auf dem Bahndamm bot. Er erwähnte das gemusterte Mal auf James' Wange, Folge eines schweren Stoßes. Er kündigte der Jury an, sie würde noch mehr über diesen schweren Stoß hören.

Er sprach von dem Blut auf den Schuhen der Jungen und von den forensischen Tests, die belegten, daß es James' Blut war. Da war das Kopfhaar am Schnürsenkel von Bobbys rechtem Schuh und der forensische Test, der bewies, daß es James' Haar war. Da waren die Flecken blauer Farbe, einschließlich des Flecks auf Jons Jacke, dazu die forensischen Tests, die zeigten, daß es der Abdruck einer kleinen, mit Farbe verschmierten Hand sein konnte.

Die Jungen waren sechs Tage später verhaftet und dann vernommen worden. Die Geschworenen würden die Vernehmungen hören.

Damit endete Henriques. Es war das Ende des ersten Prozeßtages. Das Gericht würde jeden Tag von 10 Uhr 30 bis 15 Uhr 30 zusammentreten, morgens und nachmittags würde es kurze Pausen geben, eine Stunde fürs Mittagessen. Dies hatte man aus Rücksicht auf die Aufnahmefähigkeit von zwei elfjährigen Jungen so geregelt. Es entsprach etwa ihrem Schultag.

An diesem Abend war Jon in seiner Unterbringung völlig aufgelöst. Er schrie seinen Vater an. Am anderen Morgen war er hysterisch, bevor er zurück auf die Anklagebank mußte. Sein Gesicht war stark gerötet und aufgedunsen, die Augen waren rot und müde.

Henriques setzte die Anklageeröffnung fort und ging den Inhalt der Vernehmungen für die Geschworenen durch. Er sagte, die Vernehmungen zeigten die geschickte Fähigkeit der Jungen zu lügen. Jeder Angeklagte änderte seine Geschichte, um sie den Umständen anzupassen. So wie die Polizei Beweise zusammentrug, rückten die beiden auch mit Zugeständnissen heraus. Sie zeigten eine Bewegung von völliger Ignoranz des Geschehens zu bestimmtem Teilwissen und schließlich zu Schuldzuweisungen an den jeweils anderen Beschuldigten.

Bobby wurde zitiert. Ich würde doch kein Baby schlagen, ich würde es nicht mal anrühren. Henriques sagte der Jury, wenn sie darüber beriete, ob er gewußt hatte, daß sein Tun schweres Unrecht war, sollte sie sich an diese Worte erinnern.

Jon wurde zitiert. Ich sagte, das ist aber doch eine schlimme Sache, nicht wahr. Henriques sagte der Jury, sie sollte das in Erinnerung behalten, wenn sie zu entscheiden hätte, ob Jon gewußt hätte, daß sein Tun schweres Unrecht war.

Um den Angeklagten einen Mord zu beweisen, fuhr Henriques fort, muß die Staatsanwaltschaft sicherstellen, daß der jeweilige Angeklagte eine Rolle dabei spielte, den Tod von James Bulger zu verursachen. Die Mitwirkung kann variieren vom Ausführen des fatalen Schlags oder einiger der Schläge, bis zu einer viel geringeren Rolle, den anderen allein durch seine Gegenwart absichtlich zu ermutigen. In diesem Fall, trug Henriques vor, hatten beide Angeklagte dabei mitgewirkt, James Bulgers Tod zu verursachen.

Es mußte auch bewiesen werden, daß die Angeklagten wußten, daß sie James den Tod oder schwere Verletzungen zufügten. Weil sie beide unter vierzehn Jahre alt sind, mußte die Jury sicher sein, daß die Jungen ihr Tun als schweres Unrecht erkannten und nicht glaubten, nur einen Streich zu spielen oder ungezogen zu sein.

»Manche kriminelle Akte sind offensichtlich schwereres Unrecht als andere. Diese Verbrechen sind offensichtlich schweres Unrecht, nicht nur für einen Zehnjährigen, sondern auch für ein Kind, das vielleicht halb so alt ist oder noch jünger.«

Zu gegebener Zeit würde die Staatsanwaltschaft den rohen Charakter der Taten darlegen, das Verhalten und Auftreten der Jungen nach den Geschehnissen und während der Vernehmungen. Die Jury würde die Menschen hören, die die Jungen in der Schule unterrichtet hatten, darunter auch einen Lehrer, der Religion unterrichtete und über eine sechzehnjährige Erfahrung im Unterrichten milieugeschädigter Kinder verfügte. Er hatte sie gelehrt, Recht von Unrecht zu unterscheiden.

Die abschließenden Sätze der Anklageeröffnung lauteten: »Sie können aufrichtig versichert sein, daß jeder der beiden wußte, daß es schweres Unrecht war, ein junges Kind von seiner Mutter wegzuholen und einem Kind von einem so zarten Alter diese extreme Gewalt anzutun.«

Die Geschworenen erhielten dann Faltpläne und Karten, die das Einkaufszentrum Strand und die Route heraushoben. Dann erhielten sie einen Ringordner mit Kopien der vierundfünfzig Fotos. Henriques führte sie durch die Fotos, und wieder wurden sie mit auf die Strecke genommen.

Foto 1 zeigte die Rolltreppe im Strand, und auf Foto 24 sahen die Geschworenen die Stufen zum Reservoir. Auch auf Foto 25 waren diese Stufen zu sehen. Foto 38 zeigte die Kapuze von James' Anorak im Baum, wohin Jon sie geworfen hatte.

Nach Foto 43 legte Henriques eine Pause ein. Die restlichen Fotos sind nicht leicht zu betrachten, und ich empfehle Ihnen, sich zu wappnen. Es waren die Bilder vom Tatort, sie zeigten zwei Hälften des Körpers und die Nahaufnahmen von Gesicht und Kopf. Eine Geschworene begann zu weinen. Susan Venables weinte. Jon beugte sich vor, sah seine Mutter besorgt an und fragte, ob sie in Ordnung sei.

Die erste Zeugin wurde aufgerufen, eine der Verkäuferinnen bei Clinton Cards. Sie wurde gebeten, Trolle für diejenigen zu beschreiben, denen sie unbekannt waren. Sie sagte, es handele sich um kleine Puppen mit häßlichen Gesichtern und struppigen Haaren. Sie war eine muntere Frau, und sie trat unerschrocken vor Gericht auf. Als sie ihre Aussage gemacht hatte, stand sie Turner und Walsh fürs Kreuzverhör zur Verfügung. Brian Walsh fragte, ob sie zustimmen könnte, daß der kleinere Junge – Bobby – das Wort während ihrer Unterhaltung mit den Jungen geführt hätte. Sie stimmte zu.

Es dauerte fünf Tage und zweiundvierzig weitere Zeugen, bis die Staatsanwaltschaft ihren Fall von Clinton Cards im Strand bis zum Häuserdurchgang gegenüber der Walton-Lane-Polizeistation gebracht hatte. Jeder bekannte Moment des Tages und der Wegstrecke wurde in Erinnerung gerufen und bis ins kleinste und manchmal quälende Detail vertieft. Die Zeugen waren jung, mittleren Alters und alt, alle normale Menschen aus Bootle, Walton oder sonstwo aus Merseyside. Einige hatten sich offenbar für ihren Auftritt vor Gericht herausgeputzt, andere traten in ihrer gewöhnlichen Bekleidung auf. Einige sprachen klar und selbstsicher. Einige waren so verängstigt, daß sie am ganzen Körper zitterten und ihr Mund trocken wurde. Der Richter war um sie alle bemüht. Möchten Sie ein Glas Wasser? Ist es für Sie angenehmer, wenn Sie Ihre Aussage im Sitzen machen? Er raffte seinen Talar zusammen und schritt zum Zeugenstand, um Hilfe beim Suchen bestimmter Punkte auf den Karten anzubieten, wenn die Zeugen verwirrt waren.

Viele waren sichtlich von Emotionen aufgewühlt. James Bulger war an ihnen vorbeigegangen. Wenn sie doch nur ... hätten sie doch ... Manchmal schien es, daß sie dieses Hätte-ich-doch in ihren Köpfen verwirklicht hatten. Ihre Aussagen wichen weit von dem ab, was sie vor acht Monaten bei der Polizei zu Protokoll gegeben hatten. David Turner und Brian Walsh gaben ihr Bestes, um die Zeugen wieder zu ihren ursprünglichen Aussagen zurückzubringen. Oder sie gaben wenigstens der Jury zu verstehen, daß nicht alles so akkurat war, wie es sein sollte. Besonders Walsh hörte sich oft herablassend an, wenn er dem Zeugen zu verstehen gab, der zeitliche Abstand habe wohl die Erinnerung etwas getrübt.

Ich bin mit meinen einundfünfzig Jahren noch nicht senil, gab eine Zeugin wütend zurück. Es war eine rothaarige Frau in einer großen schwarzweißkarierten Jacke. Sie war sehr nervös, aber sie würde sich nicht vor einem klugscheißerischen Rechtsanwalt ducken. Es gab nicht immer die angemessene erhoffte Ehrerbietung für ihr Amt, die Turner und Walsh wohl auch eher bei Zeugen, die nicht in Liverpool geboren und aufgewachsen waren, hätten erwarten können und dann auch ausgenutzt hätten. Ihre geschliffenen, ausgebildeten Stimmen vertrugen sich nicht mit der plappernden Umgangssprache der Zeugen. Es gab einen unübersehbaren Klassenkonflikt.

Die Mutter des Kindes, dessen versuchte Entführung durch Bobby und Jon auch Gegenstand der Anklage war, sagte vor Gericht aus, daß sie den Eindruck gehabt hatte, daß Jon ihren Sohn habe locken wollen, ihm zu folgen. Das hatte sie bei der Polizei so nicht gesagt. Im Kreuzverhör bat Walsh sie, sich noch einmal ihre ursprüngliche Aussage anzusehen. Als man sie ihre reichte, sagte die Mutter grantig: Soll ich das jetzt vorlesen? Walsh wies darauf hin, daß sie erst vier Tage nach dem Zwischenfall zur Polizei gegangen war. Er unterstellte, wenn sie nicht von James Bulgers Tod erfahren hätte, wäre sie nicht zur Polizei gegangen. Sie sagte, sie hätte sich nicht vorstellen können, daß jemand in diesem Alter jemanden töten könnte. Dann begann sie zu weinen.

Eine andere Mutter sagte aus, daß einer der Jungen ihren Sohn angesprochen habe, als er sich den Jungen näherte, die im Strand mit einem Feuerhydranten spielten. Dies war für die Verteidiger nachteiliger als ihre ursprüngliche Aussage, in der es geheißen hatte, ihr Sohn sei zu den Jungen gegangen und habe sie angesprochen. Sie sagte jetzt, die Jungen hätten sie angestarrt und miteinander geflüstert. Auch das hatte sie in ihrer ersten Aussage nicht erwähnt.

Im Kreuzverhör fragte David Turner, ob sie sicher war, daß der eine Junge mit ihrem Sohn geredet hatte. Nun, sein Mund ging auf und zu, antwortete sie. Es war deutlich zu sehen, daß die Mutter aus der Fassung geriet. Turner stellte weitere Fragen, und als die Frau antwortete, sprach Turner weiter, um ihre Antworten abzukürzen. Henriques erhob Einspruch dagegen. Der Richter sagte: Ich bin sicher, Mr. Turner, daß Sie darauf achten werden, die Zeugen nicht zu unterbrechen. Turner antwortete, daß ihm das nicht bewußt gewesen sei, aber er entschuldigte sich und ging danach behutsamer mit den Zeugen um.

Es war der Taxifahrer, der vor dem Strand gewartet hatte, der die erste Aussage über Gewaltanwendung gegen James machte. Er beschrieb, wie ein Junge in einer senffarbenen

Jacke – Jon – James hochgerissen hatte, um ihn zu tragen. Brian Walsh wollte vom Taxifahrer die Bestätigung hören, daß der Junge in der senffarbenen Jacke nicht wie jemand aussah, der Erfahrung darin hatte, ein kleines Kind hochzuheben. Der Taxifahrer stimmte zu, aber es war nur schwer einsehbar, wie dies Jons Verteidigung helfen sollte.

Brian Walsh nahm einige Zeugen zu geographischen Punkten ins Kreuzverhör, offenbar, um genau festzulegen, wo sie sich aufgehalten hatten, als sie den Jungen begegnet waren oder mit ihnen gesprochen hatten. Auch diese waren verwirrende Interventionen.

Die ganze Auswirkung des Falls – und der Publicity, die ihn begleitet hatte – auf einige der Zeugen wurde in der Aussage einer Frau deutlich, die am Breeze Hill im Bus 67 gesessen und die Jungen gesehen hatte, die James in ihrer Mitte schwingen ließen. Sie hatte der Polizei zehn Tage nach dem Mord gesagt, daß sie ihre Tochter, die im Bus neben ihr gesessen hatte, auf die Aktivitäten der Jungen angesprochen hatte. Sie glaubte, hatte sie der Polizei gesagt, daß der Fahrgast hinter ihr die Bemerkungen zu ihrer Tochter gehört haben könnte.

Vor Gericht sagte sie aus, daß sie gerufen hatte: Was, zum Teufel, tun sie dem armen Kind an? Alle im Bus hätten sich umgewandt und hingeschaut. David Turner wies sie darauf hin, daß nichts davon in ihrer Aussage stünde. Sie sagte, dann hätte die Polizei das nicht aufgenommen. Sie hatte gerufen. Sie würde den Vorfall nie vergessen. Aber Sie haben das nicht zu Protokoll gegeben, wandte Turner ein. Die Frau sagte, sie wüßte nicht, warum es nicht darin stünde. »Ich bin hergekommen, um meine Aussage zu machen, um die Wahrheit zu sagen, und das tue ich auch.« Sind Sie sehr gefühlsgeladen? fragte Turner. »Ich bin gefühlsgeladen wegen dem, was dem kleinen Jungen passiert ist.«

»Rührseliger Liverpoolscheiß«, murmelte jemand – ein Liverpudel, wie man die Einheimischen gern nennt – im Gerichtssaal.

Turner verbrachte beträchtliche Zeit damit, einen Zeugen ins Kreuzverhör zu nehmen, der einen Jungen – Bobby – gesehen hatte, wie er James einen kräftigen Tritt gab. Der Zeuge war gerade mit seinem Lieferwagen vorbeigefahren und hatte in den Spiegel geschaut. Seine Aussage wich nicht sehr von seiner früheren ab, und er ließ sich nicht überreden, nicht das gesehen zu haben, was er gesehen hatte. Turner versuchte alles. Der dichte Verkehr, der Standort der Jungen im Winkel zum Lieferwagen. War es ein flüchtiger Blick in den Spiegel? Eher ein Hineinstarren. Welcher Spiegel? Der Innenspiegel. Ich sage, es gab keinen Tritt. Doch.

Mehr als jeder andere Zeuge schien die ältere Frau, die ihren Hund auf dem Reservoir ausgeführt und dort mit den Jungen gesprochen hatte, mit Schuldgefühlen und dem Hätte-ich-doch beladen zu sein. Sie war schon erheblicher lokaler Publicity zum Zeitpunkt des Mordes ausgesetzt gewesen, als man geglaubt hatte, sie könnte die letzte Person gewesen sein, die James lebend gesehen hatte. Das war sie nicht, aber die Erinnerung lastete auf ihr, und als sie vor Gericht aussagte, sah sie sehr unglücklich aus.

Sie hatte damals bei der Polizei ausgesagt, sie habe die Jungen gefragt, ob sie das Kind kannten. Sie hatten nein gesagt, und sie hatte ihnen aufgetragen, daß die sichtbaren Beulen an seinem Kopf behandelt werden müßten. Die Jungen hatten geantwortet, sie würden das Kind zur Polizeistation bringen, und sie waren auch in diese Richtung gegangen. Vor Gericht wurden die beiden Beulen zu einem ›gewaltig großen Horn, einem entsetzlichen Horn‹. Sie hatte gedacht, die drei Kinder wären Brüder. Sie hatten ihr gesagt, sie gingen nach Hause, und sie hatte ihnen aufgetragen, sich zu beeilen und ihrer Mum das Horn zu zeigen.

Als Turner sich erhob, sagte er sofort zu der Frau: Bitte, Sie müssen verstehen, daß dies ein Kreuzverhör ist. Er deutete nicht an, daß sie etwas anderes als die Wahrheit sagte, aber– Sie bestritt, der Polizei gesagt zu haben, daß sie die Jungen gefragt hatte, ob sie das Kind kannten. Sie bestritt auch, daß sie mit nein geantwortet hatten. Sie war sicher, daß einer der Jungen gesagt hatte, sie gingen nach Hause, und daß sie ihnen gesagt hatte, sie sollten sich beeilen. Turner wies darauf hin, daß in ihrer zu Protokoll gegebenen Aussage ganz andere

Worte stünden. Die hätte sie nicht gesagt, sagte die Frau. Aber es stand in der Aussage, und war nicht eher das Protokoll korrekt? Wie meinen Sie das? War die erste Aussage nicht eher korrekt, weil sie doch kurz nach dem Geschehen protokolliert worden war? Nein, sagte die Frau. Der Richter fragte: Warum nicht? »Weil ich das nicht zu ihnen gesagt habe.« Es wurde herausgehoben, daß sie ihre Aussage als wahren und akkuraten Bericht dessen, was sie gesagt hatte, unterschrieben hatte. Sie hatte sogar eine oder zwei kleine Änderungen unterschrieben. Trotzdem wollte sie jetzt im Zeugenstand nicht bestätigen, was sie ursprünglich über ihre Begegnung ausgesagt hatte.

Auf David Turner folgte Brian Walsh, aber er schnitt nicht besser ab. Er bot der Frau sogar einen Ausweg an: Vielleicht hatte sie ihre eigene Aussage mit der ihrer Freundin verwechselt, die auch eine Zeugin war. Konnte das eine Erklärung sein? »Nein, das glaube ich nicht.«

Staatsanwalt Henriques brauchte seine Zeugen nur durch ihre Aussagen zu begleiten. Die Verteidigung hatte Probleme. Sie machte sich gut, wenn sie den Zeugen deren abweichende ursprüngliche Aussage bei der Polizei vorhalten konnte. Aber das Problem, das bald erkennbar wurde, bestand darin, daß es so gut wie keine Verteidigung gab. Walsh und Turner konnten bei den einzelnen Begegnungen der Zeugen mit den Jungen die geringe Rolle ihres jeweiligen Mandanten herausstreichen und die größere Rolle des anderen Angeklagten betonen. Sonst hatten sie kaum etwas, womit sie arbeiten konnten.

Nach nur einer Handvoll positiver Identifizierungen durch die Zeugen wurden Bobby und Jon vor Gericht kaum noch mit ihren Namen benannt. Bobby war der Kleine, der Pummelige, der Pausbäckige, der im schwarzen Anorak, der mit der Skinhead-Frisur, der, dessen Skinhead-Frisur nachgewachsen war, wie mehrere Zeugen beschrieben, was bewies, wie sehr sie Haarmode beachteten. Jon war der Größere, der mit den längeren Haaren, der mit dem beigen oder senffarbenen Anorak. Manchmal gerieten die Beschreibungen durcheinander, aber das schien nicht viel zu bedeuten.

Niemand sprach mit den Jungen. Abgesehen von kurzen, geflüsterten Wortwechseln mit ihren Sozialarbeitern oder Anwälten – »Wie viele Zeugen kommen noch, Mr. Walsh?« hörte man Jon einmal fragen – schienen sie an dem Verfahren nicht teilzunehmen. Vom ersten bis zum letzten Tag wurde kein Wort, das vor Gericht gesagt wurde, an sie gerichtet. Es war schwer zu glauben, daß sie mehr als nur einen winzigen Teil dessen verstanden oder sich auf das konzentrieren konnten, was um sie herum vorging. Ihr Verständnis schien vor Gericht keine Priorität zu haben. Die abstrakten Beschreibungen der Jungen durch die Zeugen verstärkten noch den Gedanken, daß sie eigentlich gar nicht da waren, auch nicht da zu sein brauchten, als kindliche Teilnehmer an einem Erwachsenentribunal auch nicht da sein sollten.

Man braucht nicht überrascht zu sein, wenn man Männer mit roten Nasen im Gerichtssaal mit Bällen jonglieren sieht, sagte jemand. Es lag nicht nur an der Anwesenheit der Medienvertreter, daß eine zirkusähnliche Atmosphäre aufkam. Es lag an den Männern – es waren alles Männer – in Perücken und Talaren, an den Formalitäten und der theatralischen Art der Sprache und des Verfahrens.

Die Familie von James Bulger hatte einen Anspruch darauf, Gerechtigkeit zu erwarten und ausgeübt zu sehen. Die Vergeltung für den Mord war ein wichtiger Bestandteil des Rituals, aber es war nicht der einzige und nicht einmal der bedeutendste. Es war schwer, das Verlangen nach einem ordentlichen Prozeß, in dem die volle Wucht des Gesetzes zur Geltung kommt, und das Alter der beiden Jungen auf der Anklagebank in Einklang zu bringen.

Der Prozeß wurde verglichen mit einem Fall aus dem Mittelalter – 1386 in der Normandie –, in dem ein Schwein wegen Kindestötung verurteilt und gehenkt worden war. Es hatte den Kopf und die Arme eines Kindes abgerissen, das Kind war gestorben. Das Schwein sah sich einem Tribunal gegenüber und wurde dazu verurteilt, daß ihm vor der Hinrichtung Kopf und Vorderfüße verstümmelt würden. Zum öffentlichen Henken auf dem Marktplatz wurde es in Männerkleidung gesteckt.

Manchmal schienen Bobby und Jon durch die Abfolge der Charaktere im Zeugenstand in Anspruch genommen, wenn man es auch nur an der Entfaltung von Emotion, Anspannung oder Besorgnis erkennen konnte. Gelegentlich, wenn Bobby erwähnt wurde, schaute Jon vorsichtig in Bobbys Richtung, ruckte aber den Kopf sofort zurück, wenn Bobby sich zur Seite wandte, um seinen Blick aufzufangen. Wenn Jon erwähnt wurde, folgte Bobby diesem Muster.

Sie schauten sich nie in die Augen, es gab auch nichts, was sie sich teilten, obwohl es einen Moment gab, nachdem sie beide mit Papiertaschentüchern gespielt und zur gleichen Zeit eine identische Schöpfung zustande gebracht hatten wie zusammengeknüpfte Taschentücher, indem sie sie dann gleichzeitig über ihren Knien wieder glatt strichen. Wie auch ihr übriges Verhalten vor Gericht mochte man das auf die eine oder andere Weise interpretieren. Vielleicht waren die Jungen auch nur zum Nutzen der Medienleute da, die ihre Aktivitäten genau verfolgten, analysierten, überhöhten und erfanden.

Eingeengt von ihrem Prozeß, gefangen auf ihren Stühlen, gab es keinen Platz für ein kindgerechtes Verhalten. Sie konnten nicht mal kurz ausbüchsen, um einen Ball zu treten, konnten sich nicht entschuldigen, weil sie zur Toilette mußten. Kein Stehlen und kein Schwänzen. Statt dessen zappelten Bobby und Jon auf ihren Stühlen, sie rollten ihre Krawatten auf und strichen sie wieder glatt, sie spielten mit Papiertaschentüchern, fummelten mit den Händen herum, rutschten auf den Sitzen hin und her. Dies war besonders nachmittags der Fall, wenn ihre Konzentrationsfähigkeit aufgebraucht war.

Jon fischte in den Taschen seines Jacketts herum und kaute an den Nägeln. Zuerst hatte es so ausgesehen, als wäre er nicht in der Lage, die Qual des Prozesses zu überleben. Aber nach den ersten paar Tagen schien er sich an die Routine gewöhnt zu haben. Er bewegte seine Finger, als ob er im Geiste ein Computerspiel durchging. Er schaute sich besorgt um, besonders zu Mum und Dad, wenn sie Zeichen von Kummer zeigten. Die Anwälte in seiner Nähe bemerkten, daß Jon gern ihren Blick auffing, um ein freundliches Nicken und ein Lächeln zu sehen, was er eifrig erwiderte.

Bobby saß zusammengesackt auf seinem Stuhl und starrte an die Decke. Er seufzte und fragte seinen Sozialarbeiter nach der Uhrzeit, der ihm dann den Blick auf die Armbanduhr ermöglichte. Er krempelte sich die überlangen Ärmel seines übergroßen Hemdes hoch, die vorher wie die Ärmel einer Zwangsjacke von seinen Händen herunterhingen. Er starrte die einzelnen Geschworenen nicht an, wie ein Schreiber einer Boulevardzeitung behauptete. Wie viele andere feststellten, zeigte er keine Emotionen, aber dies wahrscheinlich – obwohl das viele anklingen ließen – nicht, weil er keine Emotionen empfand. Bobby lutschte am Daumen und leckte sich die Finger, und einige, die dies bemerkten, führten es nach ausführlichen Erklärungen auf Störungen in seiner Kindheit zurück. Es gab die Theorie, daß Bobby am Daumen lutschte, weil er sexuell/oral mißbraucht worden war. Wer weiß, vielleicht lutschte er den Daumen und leckte die Finger, weil er verunsichert war. Bei diesen beiden Jungen, die so viel getan und so wenig von sich gegeben hatten, war alles möglich, der Spekulation Tür und Tor geöffnet.

In der Schlange, die sich nach der Mittagspause vor dem Gerichtssaal bildete – alle Journalisten und Zuhörer mußten durch einen Metalldetektor gehen und wurden von einem Scanner abgetastet –, trat ein Reporter durch die Tür und stieß auf zwei Kollegen. Puh, sagte er, draußen habe ich gerade einen Jungen gesehen, der wie Robert Thompson aussah. Das hat mir einen richtigen Schrecken eingejagt. Der Reporter bemerkte nicht, daß die beiden Vertreter des Sozialamtes der Stadt Liverpool hinter ihm standen, die ihre schlimmsten Eindrücke über die versammelten Medienleute in einem Augenblick bestätigt sahen. Sie beschwerten sich beim Gericht, und der Richter hielt eine allgemeine Ansprache über die Notwendigkeit, außerhalb des Gerichtssaals behutsam mit den Namen der Jungen umzugehen. Am Ende eines Sitzungstages beugte sich ein Journalist aus London über das Geländer des Zuhörerraums und sah zu – wie es viele taten –, wie die Jungen hinunter in den Zellentrakt geführt wurden: Zwei pummelige, ungelenke Gestalten, die die Stufen beinahe hinunter watschelten. Er ist so ein netter Junge, dieser eine, sagte der Journalist. Der andere ist ein kleiner Verbrecher, dieser Dicke. Es war nicht viel Sympathie für die Jungen im Umlauf, aber wenn welche da war, dann wandte sie sich Jon zu, der so besorgt wirkte und diese Pein gezeigt hatte, die man als Reue deuten konnte. Erst später, nachdem die Vernehmungen vor Gericht abgespielt worden waren, begannen die Menschen von der Kälte und Grausamkeit zu reden, die sie in Jons Augen zu sehen glaubten.

Nach einer Übereinkunft der Anwälte brauchte Denise Bulger ihre Aussage nicht selbst vorzutragen. Ihre Aussage wurde den Geschworenen am dritten Tag verlesen, und danach wurden die zusammengefaßten Videoaufnahmen der Sicherheitsüberwachung des Strand auf den Monitoren im Gerichtssaal gezeigt.

Das dauerte etwas über zwanzig Minuten, und in dieser Zeit – es war das einzige Mal – herrschte absolute Ruhe im Gerichtssaal. Ein Pfeil zeigte auf die Umrisse, um die Positionen der Jungen und James zu verdeutlichen. Der Pfeil huschte von einer Seite des Monitors zur anderen, und jeder der Anwesenden gab sein Bestes, ihm zu folgen. Die Jungen waren kaum mehr als Farbkleckse. Die Geschworenen baten, die letzten Minuten noch einmal zu sehen. Sie schauten sich an, wie James das Einkaufszentrum verließ, Jon an seiner Seite, Bobby direkt vor ihm, und während er vorwärts ging, schaute er noch einmal zurück.

Andere Zeugen, deren Aussagen nicht anzuzweifeln waren, wurden auch nicht aufgerufen, ihre Aussagen wurden verlesen. Durch eine weitere Übereinkunft brauchte Graham Nelson, der Jon als einen der beiden Jungen identifiziert hatte, die er im Januar im Strand gesehen hatte, nicht aufgerufen zu werden. Seine Aussage wurde auch nicht verlesen.

Nachdem die letzten Zeugen am siebten Prozeßtag aufgerufen worden waren, brachte Henriques die Beweisstücke ein. Während er sie numerierte und bezeichnete, hielt ein Polizeibeamter das jeweilige Exponat in einem dicken Plastikbeutel hoch. Als er bei Beweisstück 34 angelangt war, der

Metallstange der Schienenlasche, bat der Richter, es zu sehen. Hohes Gericht, sagte Henriques, dies ist ein Beweisstück, das wir gern herumreichen würden, wenn wir dürfen.

Der Richter nahm die Stange, und nachdem er ihr Gewicht gespürt hatte, reichte er sie an den Gerichtsdiener weiter, der sie zu den Geschworenen brachte. Der Richter sagte der Jury, daß die Stange äußerst schwer sei. Lassen Sie sie nicht auf Ihren großen Zeh fallen, die könnte einigen Schaden anrichten. Eine Geschworene lehnte das Angebot ab, die Stange zu halten. Die Pressevertreter verfolgten des Geschehen fasziniert und machten sich eifrig Notizen.

Die blutbefleckten Steine, die blutbefleckten Schlacken, die verschiedenen Teile von James' Bekleidung, die am Tatort gefunden worden waren, eine Dose mit Farbe von Humbrol … alles wurde zur Begutachtung hochgehoben, aber es wurde nichts mehr herumgereicht. Die letzten Gegenstände, die in die Liste der Beweisstücke aufgenommen wurden, waren die Sachen, die Bobby und Jon an diesem Tage getragen hatten. Auf Nachfrage des Richters wurde Jons Jacke aus dem Beutel geholt. Sie war senffarben und sehr klein. Sie sah aus, als hätte sie eine Reinigung vertragen können. Der Farbfleck einer Hand, vermutlich James' Hand, war gerade noch sichtbar.

Forensische Experten wurden aufgerufen, um die Rolle zu erklären, die jedes einzelne Beweisstück bei der Ermordung von James Bulger gespielt hatte. Der Pathologe beschrieb die Szene, die er vorgefunden hatte, als er am Sonntag, den vierzehnten, auf den Bahndamm gerufen worden war, sowie die Ergebnisse des *post mortem*. Henriques fragte ihn, ob es sofort offensichtlich gewesen sei, daß der Kopf zahlreiche Verletzungen erlitten hatte. Ja, antwortete Alan Williams, der Pathologe. Er fuhr fort, indem er das Zerschmettern von James' Schädel beschrieb und umriß die zahlreichen Verletzungen, eine nach der anderen. Er konnte keinen bestimmten Schlag als den ausmachen, der den Tod verursacht hatte, weil es so viele gegeben hatte.

Wie er schon in seinem Bericht geschrieben hatte, sagte Williams, daß die Vorhaut von James' Penis abnorm zu sein schien, teilweise zurückgezogen, was bei einem Kind in diesem Alter nicht normal und nur zu erreichen sei, wenn man sie gewaltsam zurückzerre. Dies war der einzige Hinweis auf einen sexuellen Übergriff. Während der Vernehmungen hatte die Polizei angenommen, daß Bobby und Jon die Batterien in James' Rektum eingeführt haben könnten. Die Jungen hatten das nicht bestätigt, und es gab keinen Nachweis irgendeiner Verletzung, die diese Theorie unterstützt hätte. Forensische Untersuchungen der Batterien hatten auch kein Ergebnis gebracht.

Die Anwesenheit der Batterien am Tatort blieb, wie so vieles, was mit dem Mord zusammenhing, ungeklärt. Während des Prozesses waren sie der Quell vieler Gerüchte und spekulativer Theorien. Privat äußerte Albert Kirby die Ansicht, daß die Batterien eingeführt worden seien, und sagte das auch nach dem Prozeß den Sozialarbeitern. Jon hatte sich so ähnlich geäußert, als er seiner Mutter von dem Überfall auf das Kind erzählt hatte.

Das Ausmaß, in dem sexueller Mißbrauch bei der Attacke eine Rolle gespielt oder sogar als Motiv gedient hatte, war ein schwieriges Problem. Es hatte James' Familie vermutlich gequält, aber wenn man den Mord je klären will, darf man es nicht ignorieren oder verstecken. Es ist möglich, daß andere Verletzungen, besonders des Mundes, Anzeichen sexuellen Mißbrauchs sind. Die extreme Reaktion der beiden Jungen auf diesbezügliche Fragen während der Vernehmungen – »Sie wollen sagen, daß ich pervers bin« – ist bezeichnend. Wenn die Jungen dies getan haben, war es beinahe gewiß, daß man es auch ihnen, oder einem von ihnen, zu irgendeinem Zeitpunkt ihres jungen Lebens angetan hatte.

Susan und Neil Venables saßen während dieser widerwärtigen Sitzungen mit den Experten nicht im Gerichtssaal. Ralph Bulger hatte einige Tage früher aufgegeben. Er ließ durch seinen Anwalt wissen, daß es nicht mehr zu ertragen sei. Jeder einzelne Geschworene sah blutleer und gestreßt aus.

Viele Berichte über den Prozeß wirkten lüstern in ihrer Konzentration auf grausame, schauerliche Einzelheiten. Der Lokalsender des BBC-Rundfunks für Merseyside begann seine Hörer zu warnen, daß sie einiges im folgenden Bericht über den Prozeß als zu bedrückend empfinden könnten. In den Zeitungen schrumpften die Berichte und rückten weiter nach hinten.

Bobby und Jon saßen auf der Anklagebank und spielten mit Papiertaschentüchern. Die forensische Beweisführung, die sie mit dem Tatort in Verbindung brachte, war überwältigend. Ihre Anwälte konnten bei den verschiedenen Experten kaum punkten.

Phil Rydeard hatte den Schuhabdruck auf James' Gesicht untersucht. Auf eine Frage des Richters räumte er ein, daß der Abdruck durch einen leichten Tritt verursacht worden sein könnte. Aber er versicherte, daß der Abdruck das Ergebnis einer dynamischen Aktion war. Er glaubte nicht, daß ein Sturz auf den Schuh das Mal verursacht haben konnte.

Der Staatsanwalt hatte beabsichtigt, nach den forensischen Beweisen mit den Lehrern der Jungen fortzufahren. Jim Fitzsimmons hatte viele Stunden damit verbracht, Aussagen der Lehrer über das Verhalten der Jungen in und außerhalb der Klasse einzuholen. Das Material war in die Beweisführung der Staatsanwaltschaft eingegangen.

Am Ende des siebten Verhandlungstages, nachdem der letzte forensische Experte aufgerufen worden war, wurde die Jury hinausgeschickt, und Richter und Anwälte diskutierten über *doli incapax** – der Richter sprach von *doli capax*. Morland sagte, er hielte die vielen Lehreraussagen für nicht zulässig, weil sie auf Hörensagen basierten. Die einzige zulässige Aussage wäre die Gutachtermeinung darüber, ob die Jungen Recht von Unrecht unterscheiden könnten.

Die Krone strukturierte ihren Fall neu, und am nächsten Morgen gab es einige Verzögerungen, so daß der Prozeß erst gegen Mittag fortgesetzt werden konnte. Jetzt wollte der Staatsanwalt nur die Schulleiterin in den Zeugenstand rufen sowie den Mann, der Bobby und Jon in ihrem ersten gemeinsamen Schuljahr unterrichtet hatte. Bobbys Anwälte waren überrascht, daß die Krone auch die Gutachterin Susan Bailey

* doli incapax – unfähig, Unrechtes zu tun

und Eileen Vizard aufrufen wollte. Sie hatten Eileen Vizard für ihre Zeugin gehalten, aber schon beschlossen, sie nicht in den Zeugenstand zu rufen.

Am Morgen des nächsten Tages saßen Bobbys Verteidiger und dessen Kollege mit Eileen Vizard an einem Tisch im Aufenthaltsraum des Gerichtsgebäudes. Im Laufe des Gesprächs schimmerte durch, daß Eileen Vizard der Staatsanwaltschaft eine Kopie ihres psychiatrischen Gutachtens geschickt hatte. Schließlich wurde sie direkt danach gefragt, und sie bestätigte es. Sie hätte vorher Bobbys Rechtsbeistand Dominic Lloyd gefragt, ob sie eine Kopie an den Staatsanwalt schicken könnte, und er hätte nichts dagegen gehabt. Lloyd sagte, seine Zustimmung habe sich auf einen Austausch mit Susan Bailey und den anderen Gutachtern beschränkt, die Jon gesehen hatten. Sie sei nicht autorisiert gewesen, ihren Bericht an die Staatsanwaltschaft weiterzugeben, und diese Genehmigung hätte er auch nie erteilt.

Es war Bobbys zweiter Rechtsbeistand, David Williams, der den Dampf aus einer zunehmend hitzig geführten Diskussion abließ. Er legte fest, daß Eileen Vizard nur darlegen würde, daß Bobby Recht von Unrecht unterscheiden konnte – und das auf der Basis vom Abwägen der Wahrscheinlichkeiten. Sie würde einräumen, daß psychiatrische Einschätzungen nicht auf einer exakten Wissenschaft beruhten. Der Staatsanwalt würde immer noch über jeden Zweifel erhaben beweisen müssen, daß Bobby wußte, daß das, was er getan hatte, schweres Unrecht war.

Im Gerichtssaal herrschte eine aufgeregte Stimmung, alle waren neugierig und verwirrt wegen der Verzögerung, gebannt von dem Auftritt von Bobbys Mutter. Ann Thompson hatte beschlossen, das erste Mal dabei zu sein. Sie wollte die Aussagen der Lehrer hören, besonders die der Schulleiterin, die, wie sie fand, bei ihrem Sohn irgendwie versagt hatte. Ann Thompson hatte an diesem Morgen ein einziges Antidepressivum genommen, bevor sie zum Gericht gefahren war. Es hatte teilweise auch eine beruhigende Wirkung, aber sie sah trotzdem gequält aus, sie zitterte, und ihre Augen blickten wäßrig durch die Tränen. Sie hielt den Kopf hoch, als sie durch den Saal schritt und sich hinter Neil und Susan Venables setzte. Ihnen zur Seite stand eine Frau von Aftermath, Ann wurde von ihrer Krankenschwester der Psychiatrie begleitet.

Eileen Vizard war die erste Zeugin des Tages. Auf die behutsam vorgetragenen Fragen des Staatsanwalts Henriques sagte sie gegen den Jungen aus, zu dem sie von der Verteidigung gerufen worden war. Nach Abwägen der Wahrscheinlichkeiten hatte Bobby im Februar Recht von Unrecht unterscheiden können. Er hatte gewußt, daß es Unrecht war, ein kleines Kind seiner Mutter wegzunehmen, er hatte gewußt, daß es Unrecht war, ein verletztes Kind auf den Schienen zurückzulassen. Es gab keine Anzeichen dafür, daß er zur Zeit von James Bulgers Tod an einer Geisteskrankheit gelitten hatte. Er war in der Lage, dem Prozeß zu folgen.

Im Kreuzverhör durch Turner sagte sie, daß Bobby ihrer Meinung nach an posttraumatischem Streß leide, und obwohl er in der Lage wäre, dem Prozeß zu folgen, könnte sein Verständnis der Vorgänge durch diese Störung beeinträchtigt sein. Es war sein Vertieftsein in die Dinge, die geschehen waren, und die sich daraus ergebenden Nöte, die sie über den Grad seines Verständnisses besorgt sein ließen.

Susan Bailey gab fast identische Antworten auf Fragen, die Henriques über Jon stellte. Sie stimmte Walsh im Kreuzverhör zu, daß Jon in Tränen ausbrach, unkontrolliert weinte und Anzeichen großer Not zeigte, wenn er über James' Tod befragt wurde. Sie war zu der Ansicht gelangt, daß er aus einer Reihe von guten Gründen zur Zeit nicht in der Lage wäre, über die ihm zur Last gelegten Taten zu reden.

Dies war, zusammengefaßt, der Inhalt von zwanzig Minuten. Mehr wurde in den siebzehn Tagen der Beweisaufnahme nicht über den Geisteszustand der Jungen gesprochen.

Die Aussagen der beiden Lehrkräfte wurden ähnlich beschränkt durch behutsam formulierte Fragen. Henriques fragte die Schulleiterin, in welchem Alter ihre Schüler begreifen, daß es Unrecht ist, ein anderes Kind mit einer Waffe zu schlagen. »Ich würde sagen, das wissen sie, wenn sie zur Schule kommen – wenn sie vier oder fünf Jahre alt sind.« Sie hatte keinen Zweifel, daß Bobby und Jon im Februar wußten, daß es Unrecht war, ein Kind von seiner Mutter wegzunehmen, zweieinhalb Meilen durch Liverpool zu führen und das zweijährige Kind mit Steinen zu bewerfen.

Die Schule sah ihre Aufgabe besonders darin, den Kindern beizubringen, wie sie sich gegenüber anderen zu verhalten hatten. Der frühere Klassenlehrer der Jungen sagte aus, daß die Schüler ganz spezifisch über Recht und Unrecht aufgeklärt würden. Er erklärte die Umstände, die dazu führten, daß in der Klasse über dieses Thema gesprochen würde. »Im Laufe eines Jahres kommt zum Beispiel ein Kind zu mir und sagt, der Sowieso hat einem Insekt die Beine ausgerissen oder auf Ameisen getreten, und dies führt dann zu einer allgemeinen Aussprache über Grausamkeiten anderen gegenüber.«

Nach den *doli*-Aussagen begann das Gericht, die Vernehmungen der Jungen bei der Polizei anzuhören. Sie wurden über Lautsprecher hereingegeben. Die Geschworenen, der Richter, die Anwälte sowie Bobby und Jon konnten zu Kopfhörern greifen, die auf ihren Plätzen lagen. An diesem Nachmittag wurde nur Bobbys erste Vernehmung eingespielt, und am Ende des Tages führte David Turner mit Bobby den Probelauf eines Kreuzverhörs durch, um herauszufinden, ob er ihn in den Zeugenstand rufen konnte.

Bobby saß in seinem Zimmer bei Gericht, Turner zugewandt. Seine Mutter, sein Sozialarbeiter und die beiden weiteren Rechtsbeistände waren ebenfalls im Zimmer. Turner sagte, er würde rauh mit ihm umspringen, wollte ihn aber nicht verängstigen. Es begann sanft und ruhig. Bobby sagte, er habe nicht wirklich Angst vor Jon. Jon hatte ihn nie verprügelt, sie hatten nie gegeneinander gekämpft. Mal zum Spaß oder so, aber nicht ernsthaft. Er konnte nicht sagen, ob Jon ein guter Kämpfer war. Auf dem Schulhof hatte Bobby noch keine richtigen Kämpfe gesehen. Er wußte auch nicht, wie er in einem Kampf abschneiden würde.

Am 12. Februar wußte Bobby nicht, ob er Angst vor Jon hatte. Es gab nichts, warum er Angst hätte haben sollen ... Ja, als wir auf dem Bahndamm waren ...

Im Strand hatte es Bobby gefallen. Er hatte nicht bemerkt, daß Jon einen anderen Jungen genommen hatte. Das erste Mal, daß er James bemerkte, war bei TJ Hughes gewesen, als sie sich der Treppe näherten. Er konnte sich nicht daran erinnern, ob sie die Treppe hinaufgegangen waren. Ihm war aufgefallen, daß James ihnen folgte, aber er wußte nicht, wie weit hinter ihnen er war. Er hatte nicht gesehen, wie Jon sich James' bemächtigt hatte, das sah er erst, als sie bei TJ Hughes auf der Treppe standen. Er konnte sich nicht daran erinnern, ob Jon James' Hand gehalten hatte.

Ich habe im Strand ein paarmal gesehen, wie er James' Hand hielt. Ich hab' ihn nicht gefragt, was er da macht.

Warum nicht?

Hab's einfach nicht getan.

Bobby sagte, draußen beim Taxistand habe er James' Hand nicht gehalten. Turner sagte, es lägen Aussagen vor, daß sie beide seine Hand gehalten hätten. Bobby sagte, davon ist einiges wahr. Er habe James' Hand erst am Kanal gehalten. Es sei nicht seine Idee gewesen, zum Kanal zu gehen, er ging einfach dahin. Er war nicht vorausgegangen.

Am Ufer hob Jon das Baby auf und warf es mit dem Gesicht auf den Boden. Ich war geschockt.

Hast du irgend etwas getan?

Nein. Ich habe nicht gedacht, daß Jon ein Junge ist, der so etwas tut.

Weißt du, wie das ist, wenn man geschockt ist?

Ja, ich war fast steif. Es dauerte ein paar Sekunden. Ich ging weiter hoch und ließ Jon mit dem Baby allein zurück.

Hast du irgend etwas gesagt?

Ich fragte: Warum hast du das getan? Er hat mich ignoriert.

Hast du ihn noch einmal gefragt?

Nein. James weinte dann. Ich meine, er weinte richtig. Ich sah einen Kratzer an seinem Kopf.

Bobby hielt das, was Jon gemacht hatte, für Unrecht, aber für kein großes Unrecht.

In dem Zimmer hatte Bobby hochgeschaut und Augenkontakt mit Turner oder einem der anderen gehalten. Jetzt bedeckte er sein Gesicht mit einem Stapel Papiertaschentücher und hielt sie fest. Bei Antworten gab er den Mund frei, dann schrie er die Antworten heraus.

Er sagte, er habe es keinem gesagt, sonst hätte Jon es wieder getan. Ja, er glaubte, wenn er hingegangen und es jemandem erzählt hätte, dann hätte Jon es noch einmal getan.

Er ging einfach davon, aber Jon folgte ihm. Sie gingen die Straße nahe beim Postamt entlang und kamen dann zurück.

Wäre es nicht am besten gewesen, James zurück zum Strand zu bringen?

Ich weiß nicht.

Wäre es nicht am besten gewesen, zum Sicherheitsdienst zu gehen?

Daran habe ich nie gedacht. Ich habe nichts gesagt. Es war ein Schock für mich. Ich hatte noch nie gesehen, daß Jon so etwas getan hat.

Bobby weinte. Er erinnerte sich nicht an den Taxifahrer, der ausgesagt hatte, er habe gesehen, daß Jon den kleinen Jungen getragen hatte. Bobby hatte das nicht gesehen. Er hatte auch nicht gesehen, wie James die Stanley Road überquert hatte. Er hatte nicht darüber nachgedacht, wohin Jon den Jungen bringen wollte, und er hatte auch nicht gefragt.

Gab es etwas, das dich davon abhielt?

Nein. Mir war's egal, daß James bei uns war.

Hast du mit James gesprochen?

Ich habe ihn gefragt, wie er heißt. Er sagte Tony. Er fragte nach seiner Mum. Ich sag' ihm: Ich hab' dich nicht gefragt, ob du zu deiner Mum willst. Ich schätze, er wollte zu seiner Mum.

Bobby sagte, sie seien an der Kirche vorbeigegangen, hätten an der Mons die Straße überquert. Es war viel Verkehr. Er hatte James nicht mitgenommen. Er brauchte sich nicht um ihn zu kümmern. Er hatte keine Ahnung, was Jon auf dem Reservoir wollte. Bobby hatte nie zuvor dort gespielt.

Turner: Kein aufregender Platz zum Spielen, nicht wahr?
Bobby: Nein, ist es nicht.
Turner: Wann hast du James an die Hand genommen?
Bobby: Das war am AMEC.

Turner: Warum?
Bobby (weinte wieder): Ich weiß nicht, warum, wir gingen da so entlang.
Ann: Wenn Sie ihn in den Zeugenstand holen, können Sie ihn beerdigen.
Bobby (weinend): Ich mache keine Aussage. Ich gehe nicht in diesen Kasten.

Er beruhigte sich ein wenig. Er sagte, als sie die schmale Gasse hinter der Polizei gesehen hätten, wollte er, daß James hineinging. Sie kletterten dort nicht auf den Bahndamm, sie gingen zurück zur City Road. Er wußte nicht, was sie taten, sie spazierten einfach herum. Er wußte nicht, warum.

Turner fragte: Warum überhaupt auf den Bahndamm? Bobby begann wieder zu weinen. Ich weiß es nicht. Ich glaubte nicht, daß Jon den kleinen James verletzen würde.

Warum nicht?

Ich bin doch kein Gedankenleser.

Aber du bist auch nicht dumm.

Nein. Ich habe mit Jon nicht gesprochen. Sie hören mir nicht zu. Am Kanal habe ich gefragt: Warum hast du das getan? Er sagte nur: Ich hab's nicht getan. Da hab' ich ihn nicht wieder gefragt.

Warum nicht?

Ich weiß es nicht.

Bobby schrie jetzt wütend und unterbrach Turner, als der etwas sagen wollte.

Ich weiß es nicht. Ich weiß es nicht. Ich weiß es nicht.

Turner fragte nach der Farbe. Bobby seufzte schwer. Er stimmte zu, daß es schrecklich war, so etwas zu tun. Turner fragte, wie James' Kleider ausgezogen wurden. Lesen Sie den Bericht, antwortete Bobby seufzend. Dann: Jon hat sie ihm ausgezogen. Wieder seufzte er. Ich will nicht darüber reden. Meine Mum wird sich darüber aufregen. Turner hielt dagegen: Vielleicht wird es dich aufregen. Bobby schrie: Wenn es mich aufregt, spielt es keine Rolle. Turner wiederholte die Frage nach den ausgezogenen Kleidern. Bobby schrie zurück: Ich habe doch gesagt, daß Jon sie ausgezogen hat. Es hört sich nicht so an, als ob Sie mir zuhören. Er hat es getan? fragte Turner. Ja, aber fragen Sie mich nicht, warum. Bobby seufzte. Ich habe es gesehen.

Auf dem Bahndamm, sagte Bobby, war James von Steinen und mit der Eisenstange getroffen worden. Überall dieses rote Zeug. Er lag bewußtlos da, sagte nichts, lag auf dem Rücken. Bobby wußte nicht, warum er geblieben war und Jon zugesehen hatte. Er hatte Jon nicht nach dem Warum gefragt.

Turner fragte, ob James' Körper quer über die Schiene gelegt worden war, damit es wie ein Unfall aussehen sollte. Bobby antwortete, daß er das nicht wüßte. Er kann schließlich nicht Jons Gedanken lesen. Jon hatte nie was darüber gesagt. Bobby sagte, er hätte Steine auf James' Kopf geschichtet, damit das Blut nicht mehr herauskommen konnte. Bobby sagte, er habe nie gesagt, daß die Steine ein Pflaster wären. Turner fragte, ob Bobby James nicht hätte helfen können. Bobby antwortete: Nein. Sie stellen dämliche Fragen.

Der Probelauf war beendet, Bobby kam hinter seinen Papiertaschentüchern hervor und ließ großspurig wissen, daß die Schuhe, die sie vor Gericht gezeigt hatten, nicht seine waren. Die einzigen Schuhe, die er mit D-Ösen hat, sind Doc Martens.

Bobby würde nicht aussagen.

Es dauerte vier weitere Tage, bis das Gericht die Vernehmungen gehört hatte. Zuerst wurden Bobbys abgespielt, dann Jons. Es machte keinen Sinn, die letzten drei Vernehmungen Bobbys abzuspielen, weil er seiner Version des Geschehens nichts mehr hinzugefügt hatte. Deshalb wurde nur eine Zusammenfassung vor Gericht vorgelesen.

Jons Vernehmungen wurden auch gekürzt, aber sein hysterisches Heulen klang noch sehr in den Ohren nach und hatte auf viele Menschen im Gerichtssaal eine wahrnehmbare Wirkung.

Bobby schien von Jons Äußerung in der ersten Vernehmung betroffen zu sein, als Jon gesagt hatte, Bobby sei wie ein Mädchen, weil er mit Puppen spielte. Bobby starrte Jon lange an. Später in dieser Vernehmung hatte Jon ausgeführt, wie Bobby vorgeschlagen hatte, sie sollten ein Kind in die Irre führen, bis es über die Straße liefe und dort überfahren würde. Jon hatte ausgesagt, daß er zu Bobby gemeint habe, dies sei eine üble Sache, und Bobby habe erwidert: Nein, ist es nicht. Als die Bobby unterstellten Äußerungen vom Band liefen – nein, ist es nicht –, warf Jon einen schuldbewußten Blick in Bobbys Richtung. Es war wahrscheinlich nur eine weitere Lüge, eine von vielen, von beiden Jungen.

Die Staatsanwaltschaft war bemüht, Bobbys Behauptung zu widerlegen, daß er und Jon mit James an der City-Road-Brücke auf den Bahndamm geklettert waren und nicht, wie Jon ausgesagt hatte, am Ende des Häuserdurchgangs gegenüber der Polizeistation an der Walton Lane. Zu Beginn der dritten Prozeßwoche wurde ein Polizeibeamter in den Zeugenstand gerufen, der am Wochenende zur City-Road-Brücke gegangen war und versucht hatte, dort über den Zaun auf den Bahndamm zu klettern. Er war dabei fotografiert worden, damit das Gericht sich davon überzeugen konnte, wie tückisch die Aufgabe war und wie unglaubwürdig, daß die Jungen an dieser Stelle auf den Bahndamm gestiegen sein sollten.

Es war kaum zu erkennen, warum dies so wichtig sein sollte, außer, um zu unterstreichen, daß man Bobby eine weitere Lüge nachgewiesen und Jon die Wahrheit gesagt hatte. Die meisten Kinder von Walton hätten gesagt, daß es kein Problem ist, an der Brücke auf den Bahndamm zu klettern. Der durchhängende Drahtzaun war Beweis genug dafür, daß er häufig überstiegen wurde. David Turner und der Polizeibeamte rieben sich aneinander, weil Turner ohne großen Erfolg versuchte, die Aussage des Polizisten abzuschwächen.

Die Stelle, an der die Jungen auf den Bahndamm geklettert waren, würde die Liste der Geheimnisse verlängern, die diesen Fall umgaben, und das Gericht konnte nicht hoffen, zur Lösung beizutragen, solange die Jungen die Antwort für sich behielten.

Als die Staatsanwaltschaft ihre Beweisführung beendet

hatte, legten David Turner und Brian Walsh keine eigenen Beweise vor. Es blieben nur noch die Plädoyers.

Henriques war schon knapp eine Stunde auf den Beinen, als er sich zum letzten Mal in seinem Schlußplädoyer an die Geschworenen wandte. »Gemeinsam haben sie James von seiner Mutter weggenommen. Der eine hielt seine Hand, der andere ging voraus.

Gemeinsam haben sie ihn zum Kanalufer geführt, wo ihm eine Verletzung zugefügt wurde, und gemeinsam führten sie ihn vom Strand weg, wo sie seine Mutter wußten.

Gemeinsam haben sie ihn geführt oder gezogen, getragen oder geschleppt, vorbei an den Erwachsenen, weg von Hilfe und Unterstützung, die sie fast immer und überall hätten finden können.

Man muß davon ausgehen, daß sie nicht entdeckt werden wollten. Das war ihnen wichtiger als James' Wohlbefinden. Gemeinsam mißbrauchten sie James. Robert Thompson gab ihm einen kräftigen Tritt, und Jon Venables schüttelte ihn kräftig durch. Venables führte ihn aus dem Strand hinaus, und Thompson ging voraus.

Sie tauschten die Rollen. Thompson trug ihn auf den Bahndamm, und Venables ging voraus. Abwechselnd haben sie die Erwachsenen belogen, die ihnen begegneten.

Falls es jemals ein Verbrechen gegeben hat, das gemeinsam und zusammen verübt worden ist, dann war es dieses Verbrechen. Sie waren ohne Zweifel zusammen, als James diese entsetzlichen Verletzungen zugefügt wurden.«

Konnte ein Angeklagter allein James dreißig Schläge zugefügt haben, wenn der andere an den Straftaten nicht teilnahm und keine aktiven Ermunterungen äußerte? Konnte einer der Angeklagten eine Plattform aus Steinen aufbauen, um James' Vernichtung durch einen vorbeifahrenden Zug zu vollenden, ohne daß der andere geholfen hatte? Konnte ein Angeklagter allein James' untere Bekleidung entfernt haben? Würde der nicht am Verbrechen beteiligte Partner so gelassen nach dem Geschehen reagiert und seine Lügen so lange aufrechterhalten haben – durch alle Polizeivernehmungen hindurch? ›Wir behaupten: Ganz gewiß nicht.‹

Beide Angeklagten hatten während der Vernehmungen gelogen, aber Robert Thompson hatte öfter gelogen. Er hatte von Anfang bis Ende der Vernehmungen gelogen, sehr raffiniert gelogen sogar. Sie hatten beide beharrlich gelogen, weil sie die Wahrheit fürchteten. Diese Lügen selbst waren Beweise ihrer Schuld. Ein Schuldspruch, der besagte, daß die Jungen eher des Totschlags als des Mordes verurteilt würden, könnte der Schwere des Verbrechens bei weitem nicht gerecht werden. Nach dem Gesetz handelte es sich um einen mörderischen Angriff auf ein kleines Kind.«

Henriques sprach das Thema der Unfähigkeit an, Unrecht zu erkennen. Wie konnte dieses schwerwiegende Fehlverhalten als ungezogen oder als Streich bezeichnet werden? Er zitierte Jons Aussage: Es war eine sehr böse Sache, das zu tun. Meine Damen und Herren Geschworene, sagte Henriques, das war eine sehr böse Sache.

Es war der Freitag der dritten Woche, der vierzehnte Verhandlungstag. Der Richter schickte die Geschworenen nach Hause und empfahl ihnen, sich übers Wochenende zu entspannen. Sie sollten versuchen, den Prozeß aus ihren Gedanken zu verbannen. Am Montag würden sie die Plädoyers der Verteidiger hören, am Dienstag würde der Richter seine Schlußbemerkungen sprechen, und am Mittwoch würde die Jury mit ihren Beratungen beginnen.

Bobby hatte seiner Mutter gesagt, manchmal sei ihm vor Gericht nach Weinen zumute. Er wollte aber nicht weinen, weil die Leute sonst glauben könnten, er sei ein Baby. Ann sagte ihm, er solle weinen, wenn er wolle.

Am Montagmorgen hatte David Turner gerade mal vor ein oder zwei Minuten seine Rede begonnen, als Bobby sich schon ein Taschentuch vors Gesicht drückte, offenbar in Tränen. Turner hatte mit Walsh die Plätze getauscht, damit er den Geschworenen während seiner Rede näher sein konnte. Seine Notizen standen in einem Ringbuch, das er vor sich auf einen Ablagekasten gestellt hatte. Nach einer Unterbrechung in der achtzigminütigen Rede tauchte Bobby hinter dem Taschentuch wieder auf und nahm Jons Sitz hinter Turner ein — es war das einzige Mal während des Prozesses.

Die Trauer von Denise Bulger und ihrem Ehemann hätten diesen Prozeß beherrscht, sagte Turner den Geschworenen. Jene Geschworene, die selbst Kinder haben, müssen das Ausmaß des Kummers unvorstellbar empfinden. Während er sie ansprach, konnte er nur hoffen, die Würde widerzuspiegeln, die Familie Bulger in diesem quälenden Prozeß gezeigt hatte.

»Dieser Fall ist nicht die Tragödie einer Familie sondern dreier Familien. Ja, eine Tragödie für Familie Bulger, aber auch eine Tragödie für die Familien von Robert Thompson und Jon Venables.

Niemand, der in diesen Prozeß verwickelt ist, wird wieder so sein wie vorher.« Viele Tränen waren vergossen worden, aber auch diejenigen, deren Augen trocken blieben, empfanden Schmerz und Leid.

Turner sagte, der Staatsanwalt hätte zu beweisen versucht, daß ein kleines Kind vorsätzlich mit der Absicht entführt worden war, ihm zumindest schweren körperlichen Schaden zuzufügen.

»Wenn das stimmen sollte, ist dies wirklich ein beunruhigender Fall. Daß Kinder, deren vorausgegangene Straftaten hauptsächlich in Ladendiebstahl und Schuleschwänzen bestanden, einen so diabolischen Plan fassen und ausführen sollten, ist jenseits aller Vorstellungskraft.«

Er fragte, ob es sich nicht doch um einen boshaften Streich handelte, der von einer Sekunde zur anderen außer Kontrolle geriet. »Wenn der Plan darin bestand, das Kind in einen Verkehrsunfall zu verwickeln, wobei es sich verletzen würde, so ist dies nie geschehen. Wenn es den Plan gab, das Kind in den Kanal zu werfen, so ist dies nie geschehen.«

Wenn der Plan darin bestanden hatte, James auf einen einsamen Bahndamm zu entführen und dort zu ermorden, dann hatten sie ihn über eine Strecke von zweieinhalb Meilen über die belebtesten Straßen von Liverpool geführt. Sie hatten mit mindestens zwei Zeugen geredet und ihnen gesagt, sie hätten James gefunden und würden ihn zur Polizeistation an der Walton Lane bringen. Stand da nicht die Absicht dahinter, daß ein Erwachsener sich einschaltete? Falls es einen diabolischen verwerflichen Plan gegeben hatte, ein Kind zu entführen und zu töten, hätten die Jungen doch den Passanten nicht die Wahrheit gesagt.

Wir halten einen anderen Plan für wahrscheinlicher. Diese Jungen waren von ihrem eigenen Fehlverhalten geschlagen, sie hatten ein kleines Kind bei sich, das ebenso erschöpft sein mußte wie sie selbst. Sie hatten sich seit Schulbeginn am Morgen in den Geschäften des Strand herumgetrieben, waren den ganzen Weg mit dem Kleinkind gegangen, wußte nicht, was sie mit ihm anstellen sollten, wollten es nicht allein lassen, konnte es keinem Erwachsenen aufhalsen und hatten nicht den Mut, es auf eine Polizeistation zu bringen, weil sie Angst hatten, dann in Schwierigkeiten zu geraten. Dies ist ein eher wahrscheinlicher Ablauf als das geplante Böse, was die Krone unterstellt.«

Turner sprach die Aussagen der Zeugen an, die Jon in einer führenden Rolle gesehen hatten. Er fragte, ob es einen Zweifel geben könnte, wer das Sagen gehabt hatte. »Es ist unsere traurige Pflicht zu sagen, daß alle Aussagen deutlich auf Jon Venables weisen. Sie wissen, daß Robert Thompson immer ausgesagt hat, der Angriff auf den kleinen James sei von Jon Venables initiiert und ausgeführt worden. Es bereitet uns keine Freude, diese Anschuldigung gegen einen anderen elfjährigen Jungen vorzubringen. Aber wir sagen, daß aus irgendeinem Grund, einem Grund, den niemand jemals kennen wird – Gereiztheit, Erschöpfung, ein plötzliches Umschwingen der Stimmungslage, von der Art, wie sie bei den Vernehmungen zutage traten –, Jon Venables unglücklicher- und tragischerweise den kleinen James plötzlich, aber über einen längeren Zeitraum angriff.«

Turner befaßte sich ausführlich mit den erdrückenden Beweisen gegen Jon. Er unterstrich, daß daß Jon gesagt hatte: Ich habe ihn getötet, nicht wir haben oder Bobby hat es getan. Er erwähnte die wenigen Aussagen von Zeugen über Bobbys aktive Beteiligung. Er sagte, die Aussage des Lieferwagenfahrers über den kräftigen Tritt sollte mit Vorsicht gewertet werden, und er erinnerte an die Aussage, daß ein leichter Stoß eher einen deutlichen Abdruck verursachen könne.

Eine Psychiaterin hatte gesagt, aller Wahrscheinlichkeit

nach habe Bobby gewußt, daß das, was er tat, Unrecht war. Die Geschworenen würden aber in diesem wie auch in jedem anderen Prozeß nach Beweisen suchen, nicht nach Wahrscheinlichkeiten. Es genügte nicht, daß etwas eher denn nicht zutraf, sondern es mußte über jeden begründeten Zweifel erhaben sein.

Es müßte bewiesen sein, daß jeder Junge eine Rolle beim Tod von James Bulger gespielt habe. Das bedeutete eine körperliche Rolle bei der Attacke. Die Krone konnte nicht behaupten, daß Bobby je gesagt habe, beim Angriff mitgemacht zu haben, weil es nicht der Wahrheit entsprach. Er hat es immer bestritten. Er hatte immer gesagt: Ich habe nichts getan. »Hat er aktiv mitgemacht? Was ist auf dem Bahndamm geschehen? Können Sie sagen, wer was getan hat? Jedem der beiden muß nachgewiesen werden, daß der Vorsatz bestand, den Tod oder eine schwere Körperverletzung zu verursachen. Daß es einen Mordvorsatz gab.

In diesem Fall sind Sie aufgefordert, das zu bewerten, was im Kopf eines zehnjährigen Kindes vor sich ging. Wahrscheinlich wird dies Ihr schwierigstes Problem bei diesem Prozeß sein.«

Schließlich sagte er, es sei entsetzlich, daß ein liebes Kind, das von jedem in seiner Umgebung geliebt worden war, so sterben mußte wie James. Aber Robert Thompson hatte den Tod von James Bulger nicht verursacht. Turner setzte sich, und der Rest des Tages gehörte Brian Walsh, der auf seinen Platz zurückkehrte, seine eigenen Notizen gegen den hochkant gestellten Kasten lehnte und über zwei Stunden lang Jons Interessen vertrat. Die meiste Zeit seiner Rede widmete er Bobby.

Wo Turner behutsam mit den gegenseitigen Schuldzuweisungen umgegangen war – ich war es nicht, er war's –, legte sich Walsh keine Hemmungen auf. Er sagte, der Fall habe weitverbreiteten Abscheu hervorgerufen. Es sei leicht für die Jury zu sagen: Verurteilen wir sie beide, dann sind wir beide los. Der Staatsanwalt habe dem Wort ›gemeinsam‹ eine magische Bedeutung zugeschrieben. Aber er sei nach dem Gießkannenprinzip verfahren, das keine Unterschiede zwischen den Angeklagten zulasse.

»Sie haben es mit zwei verschiedenen Seelen zu tun, zwei verschiedenen Gedanken und Gedankenprozessen, und es geht um eine Mordanklage. Die Krone muß beweisen, daß diese zwei verschiedenen Seelen von einem einzigen Gedanken und von einer einzigen Absicht besessen waren – nämlich, James Bulger zu töten oder schwer zu verletzen.

Die beiden Angeklagten sind in der Tat sehr unterschiedliche Jungen. Sie haben einen unterschiedlichen Wortschatz und verschiedene Charaktere. Nichts hätte das deutlicher machen können als die Tonbänder, von denen Sie die beiden Stimmen und die Art und Weise gehört haben, wie sie auf die Fragen reagierten.«

Bei seinen Vernehmungen hatte Robert Thompson bestimmt, herausfordernd und streitlustig gewirkt. In einer beharrlichen Lügenkampagne hatte er in seiner geschickten Art Phantasie und List eingesetzt. Er war ein cooler, gefaßter, unverschämter kleiner Gauner. »Wenn er weinte und dann wirklich Tränen flossen, für wen flossen dann die Tränen? Für ihn.« Er habe die Vernehmungen als Kampf betrachtet, bei dem es Punkte zu verteilen gab, er habe die Polizei aufgefordert, Beweise vorzulegen, und nur dann etwas zugegeben, wenn man ihn dabei erwischt oder gefilmt hatte.

Robert Thompson sei ein streitsüchtiger, frecher kleiner Lügner, er winde sich aus allem heraus und sei falsch und entschlossen, alles zu sagen, nur nicht die Wahrheit, und die lautete: Er hatte Blut an sich, weil er James getreten, geschlagen und verprügelt hatte.

Im Gegensatz zu ihm schien Jon Venables ein trauriger, beinahe schüchterner Junge zu sein. »Ich rede nicht lange um den heißen Brei herum«, sagte Walsh, »ich spreche hier im Namen des Jungen, der die Wahrheit gesagt hat, der schon eine lange Zeit vorher die Wahrheit hatte sagen wollen, das aber nicht hatte tun können, weil er seiner Mutter keinen Kummer bereiten wollte. Er ist der eine Junge, der nicht nur Reue gezeigt hat, sondern echtes Bedauern.

Ich spreche nicht für jemanden, der von Anfang bis Ende gelogen hat, immer und immer wieder.«

Als der beschützende Einfluß, der einschüchternde Einfluß

seiner Mutter nicht mehr da war, hatte Jon sich in der Lage gesehen, der Polizei zu sagen, von dem sie spürten, daß er es ihnen schon lange hatte sagen wollen. Er hatte ihnen gesagt, daß er James getötet hatte, aber die Staatsanwaltschaft schloß daraus nicht, daß er ihn getötet und ein anderer nichts damit zu tun gehabt hatte.

»Er behauptet nicht, daß er blütenrein oder völlig schuldlos ist. Er sagt, er habe die Absicht gehabt, James Verletzungen zuzufügen, einige kleine Verletzungen. Er wolle nicht, daß er getötet wurde.

Wenn diese Behauptung stimmt, und sie mag stimmen, kann er nicht des Mordes schuldig sein, wohl aber des schweren Verbrechens Totschlag.«

Jon habe gute Gründe gehabt, anfänglich zu lügen, denn er habe die Person beschützen wollen, die ihm am meisten bedeutete. »Er wollte die Wahrheit über seine begrenzte, aber schändliche Rolle bei dieser Sache erzählen, aber er brachte es nicht über sich, in Anwesenheit seiner Mutter darüber zu sprechen.«

Die Zusammenfassung des Richters begann am Dienstag und endete am Mittwoch. Er mahnte die Geschworenen, ihr Urteil nur anhand von Beweisen zu fällen, und unter keinen Umständen dürften sie Dinge berücksichtigen, die sie außerhalb des Gerichtssaals gehört, gesehen oder gelesen hatten.

Der Fall habe nie dagewesene Medienbeachtung in aller Welt gefunden, sagte der Richter. Für die Menschen von Bootle und Walton sei es herzzerreißend gewesen. »Die meisten Zeugen gingen an diesem Freitagnachmittag ihren alltäglichen Dingen nach, als sie völlig unerwartet in die letzten tragischen Stunden von James Bulgers tragischem Leben verstrickt wurden.«

Jemand mochte seinen Hund ausführen an diesem Nachmittag, ein anderer unterwegs zur Bibliothek sein. Erst später, als sich die Nachricht verbreitete, erkannten oder glaubten sie, daß sie James Bulger mit zwei älteren Jungen gesehen hatten.

Sie waren einer außergewöhnlichen Anstrengung ausgesetzt gewesen, als sie vor Gericht in das grelle Licht der

Öffentlichkeit treten mußten. Viele hatten sich einer Meute von Fotografen gegenübergesehen, bevor sie in diesen großen Saal gekommen waren, gefüllt bis auf den letzten Platz, um ihre Aussage zu machen. Es sei nicht überraschend, daß einige Zeugen von Emotionen überwältigt gewesen seien und Schwierigkeiten gehabt hätten, laut zu sprechen. Die Geschworenen würden zu entscheiden haben, ob ihre Aussagen genau waren.

Alle, die in diesen Fall hineingezogen wurden, werden von den Umständen, die zu James Bulgers Tod geführt haben, emotional berührt worden sein, aber ich bin sicher, daß jeder von Ihnen die Beweise bewerten und daraus leidenschaftslos und objektiv Schlüsse ziehen wird, und daß Sie nicht zulassen, daß Gefühle Ihr Urteil beeinflussen.

Viele Zeugen müssen gedacht haben: Hätte ich doch nur … ›Hätte ich doch nur erkannt, daß es sich nicht um drei Brüder auf einem Ausflug handelte, oder um zwei Jungen, die einen kleinen Junge zur Polizeistation brachten, sondern daß es ein Fall war, in dem einer Mutter der kleine Junge weggenommen worden war.‹ Sie müssen sich sagen: ›Wenn ich zur Polizei gegangen wäre, hätte James Bulgers Leben vielleicht gerettet werden können.‹ Diese Gefühle sind unvermeidlich.

Sie werden wahrscheinlich zu der Überzeugung gelangen, daß die Zeugen ihre Aussage ehrlich vorgetragen haben. Sie haben ihr Bestes gegeben, die Wahrheit zu sagen. Aber Sie müssen sich fragen: ›Haben sie genau berichtet?‹

Der Richter wies darauf hin, daß Widersprüche zwischen den Aussagen der Zeugen bei der Polizei und vor Gericht durchaus anzeigen könnten, daß eine Aussage unzuverlässig sei.

Als er sich den Anklagen und den beiden Jungen zuwandte, erklärte der Richter das Gesetz und umriß die Punkte, über die sich die Geschworenen einigen mußten. Sie mußten die Beweise gegen jeden Angeklagten getrennt abwägen, und was einer der Jungen in den Vernehmungen über den anderen gesagt hatte, gelte nicht als Beweis.

Die Staatsanwaltschaft gehe davon aus, daß die Jungen die Straftaten gemeinsam begangen hatten. »Wird eine Straftat gemeinschaftlich von zwei Menschen begangen, kann der einzelne unterschiedlichen Anteil haben, doch sie können beide derselben Tat schuldig sein. Um es einfach auszudrücken: Sind Sie sicher, daß sie es gemeinschaftlich getan haben?«

Die Geschworenen könnten die Beweise für erdrückend halten, daß James Bulger rechtswidrig getötet wurde und daß derjenige der Angeklagten, der ihm diese Verletzungen zufügte, dies mit der Absicht tat, ihn zu töten oder schwer zu verletzen. »Die entscheidende Frage ist nicht, welche Absicht sie hatten, als James Bulger aus dem Strand entführt wurde oder auf dem zwei Meilen langen Weg zum Bahndamm, sondern welche Absicht jeder der Angeklagten auf der Eisenbahnstrecke hatte, als ihm die tödlichen Verletzungen zugefügt wurden.«

Um zu entscheiden, ob jeder Junge wußte, daß das, was er tat, schweres Unrecht war, solle die Jury die gesamte Anzahl der Schläge berücksichtigen, die dem Opfer zugefügt worden waren, die Anzahl der Schläge an den Kopf, die Anzahl der Verletzungen am Kopf, sie solle auch die Waffen bedenken – die Steine und eine Eisenstange oder Schienenlasche – sowie bewerten, was sie mit dem Körper anstellten, nachdem sie ihm die tödlichen Verletzungen zugefügt hatten, das Bewegen der Leiche von einem Gleis zum anderen, das Entfernen der Schuhe, Söckchen, von Hose und Unterhose und schließlich das Plazieren der Leiche quer über die Schiene. »Sie werden das Treten berücksichtigen, wenn Sie zu der Überzeugung gelangen, daß es passierte, das Treten eines Kindes, noch nicht drei Jahre alt, das verletzt auf der Schienenstrecke lag, ausgeführt von einem zehnjährigen Kind.«

Die Geschworenen wurden daran erinnert, daß beide Jungen keine Geistesgestörtheiten aufwiesen, sie waren beide von durchschnittlicher Intelligenz, und beide besuchten eine Schule der Church of England, in der man sie den Unterschied zwischen Recht und Unrecht gelehrt hatte.

Dann folgte ein akribisch genaues Resümee der Zeugenaussagen und der Vernehmungen der Jungen. Dabei hob der

Richter verschiedene Erklärungen hervor, die die Geschworenen abwägen sollten.

Zu Bobbys Vernehmungen: »... ist dies (eine Bemerkung Bobbys) ein Hinweis dafür, daß Robert Thompson während der ganzen Zeit der Vernehmungen seine fünf Sinne beisammen hatte? Ist es eine kalkulierte Lüge – vielleicht, weil Robert Thompson wußte, daß es schweres Unrecht war, James Bulger zu entführen? ... Und wieder – sagt er das, weil er wußte, wie schwer ... Ist das die Antwort eines Jungen, der seine fünf Sinne beisammen hat und versucht, sich aus der Wahrheit zu winden? ...Waren das zwei weitere Lügen? ... Sie sind es, die entscheiden müssen, ob das eine kalkulierte Lüge war und was der Grund für diese Lüge sein könnte, wenn es eine war. ...Eine entscheidende Antwort, wenn sie denn wahr ist: ›Ich habe ihn nie angerührt, außer, als ich ihn hochgehoben habe.‹«

Zu Jons Interviews: »...Sie müssen entscheiden, ob das eine absichtliche Lüge war ... ›Du hast uns also zwei Lügen erzählt?‹ Antwort: ›Ja‹ – ist dies die Position, daß Jon Venables Zugeständnisse macht, wenn er sich nicht mehr herausreden kann, dann aber mit anderen Lügen fortfährt ... Er hält an der Unwahrheit fest: ›Ich habe das Baby nie angefaßt‹ ...›Ich habe ihn getötet.‹ – Und nicht, worauf Mr. Turner Sie auch schon aufmerksam gemacht hat, ›wir‹, sondern: ›Ich habe ihn getötet‹ ... Heißt das, Jon Venables gesteht, daß er gemeinsam mit Robert Thompson den kleinen James Bulger aus dem Strand entführt hat? ... Sagt er damit, daß er ihm ein wenig weh tun wollte, bestimmt nichts Schlimmes ... Das ist das Muster, von dem Mr. Turner sprach – etwas gestehen und dann auf Robert Thompson verweisen.«

Wie es zunehmend üblich wird bei komplizierten Prozessen, hatte der Richter eine Liste von zwanzig Fragen entworfen, um die Geschworenen zu ihrem Urteil zu leiten. Er hatte die Fragen vorher den Anwälten ausgehändigt, und sie waren einverstanden gewesen. Nachdem er seine Zusammenfassung beendet hatte, reichte er die Fragen an die Geschworenen.

Jeder Frage, der sich ein Geschworener stellen mußte, ging der Ansatz voraus: Ist jeder einzelne von uns sicher ...

Die Fragen zur ersten Anklage, der versuchten Entführung lauteten:

1. … daß Robert Thompson beabsichtigte, das Kind zu veranlassen oder dazu zu bewegen, ihn zu begleiten, um es der gesetzlichen Kontrolle seiner Mutter zu entziehen?
2. … daß Robert Thompson eine Rolle bei etwas spielte, das mehr war als nur Anstalten treffen?
3. … daß Robert Thompson keine gesetzliche Autorität oder Entschuldigung für den Versuch hatte, das Kind mitzunehmen?
4. … daß Robert Thompson zum Zeitpunkt, als er versuchte, das Kind zu entführen, wußte, daß er schweres Unrecht beging?

   Wenn die Antwort auf jede dieser Fragen ›Ja‹ lautete, war Robert Thompson der versuchten Entführung schuldig. Wenn die Antwort auf eine der Fragen ›Nein‹ lautete, würde das Urteil nicht schuldig heißen.
5. …daß Jon Venables beabsichtigte, das Kind zu veranlassen oder dazu zu bewegen, ihn zu begleiten, um es der gesetzlichen Kontrolle seiner Mutter zu entziehen?
6. … daß Jon Venables eine Rolle bei etwas spielte, das mehr war als nur Anstalten treffen?
7. …daß Jon Venables keine gesetzliche Autorität oder Entschuldigung für den Versuch hatte, das Kind mitzunehmen?
8. … daß Jon Venables zum Zeitpunkt, als er versuchte, das Kind zu entführen, wußte, daß er schweres Unrecht beging?

   Wenn die Antwort auf jede dieser Fragen »Ja«, lautete, war Jon Venables der versuchten Entführung schuldig. Wenn die Antwort auf eine der Fragen »Nein«, lautete, würde das Urteil nicht schuldig heißen.

   Die Fragen zur zweiten Anklage, der Entführung von James Bulger:
9. …daß Robert Thompson eine Rolle dabei spielte, James Bulger zu veranlassen oder dazu zu bewegen, ihn zu begleiten, um ihn der gesetzlichen Kontrolle seiner Mutter zu entziehen?

10. … daß Robert Thompson keine gesetzliche Autorität oder Entschuldigung dafür hatte, James Bulger mitzunehmen?
11. … daß Robert Thompson zum Zeitpunkt der Entführung von James Bulger wußte, daß das, was er tat, schweres Unrecht war?
Wenn die Antwort auf jede dieser Fragen »Ja« lautete, war Robert Thompson der Entführung schuldig.
12. … daß Jon Venables eine Rolle dabei spielte, James Bulger zu veranlassen oder dazu zu bewegen, ihn zu begleiten, um ihn der gesetzlichen Kontrolle seiner Mutter zu entziehen?
13. … daß Jon Venables keine gesetzliche Autorität oder Entschuldigung dafür hatte, James Bulger mitzunehmen?
14. … daß Jon Venables zum Zeitpunkt der Entführung von James Bulger wußte, daß das, was er tat, schweres Unrecht war?
Wenn die Antwort auf jede dieser Fragen »Ja« lautete, war Jon Venables der Entführung schuldig.
Die Fragen zur dritten Anklage, dem Mord an James Bulger:
15. … daß Robert Thompson eine Rolle beim Tod von James Bulger spielte?
16. … daß Robert Thompson zum Zeitpunkt des Mordes wußte, daß es schweres Unrecht war, so zu handeln wie er?
17. … daß es Robert Thompsons Absicht war, James Bulger schwere Verletzungen oder den Tod zuzufügen, als er auf der Eisenbahnstrecke angegriffen wurde?
Wenn die Antworten zu 15 oder 16 »Nein« lauteten, war Robert Thompson nicht des Mordes schuldig. Wenn die Antwort auf beide Fragen »Ja« lautete, sollte Frage 17 abgewogen werden. Wenn die Antwort auf Frage 17 »Nein« lautete, würde das Urteil Totschlag sein. Wenn die Antwort auf 17 »Ja« lautete, war Robert Thompson des Mordes schuldig.
18. … daß Jon Venables eine Rolle beim Tod von James Bulger spielte?

19. ... daß Jon Venables zum Zeitpunkt des Mordes wußte, daß es schweres Unrecht war, so zu handeln wie er?
20. ... daß es Jon Venables' Absicht war, James Bulger schwere Verletzungen oder den Tod zuzufügen, als er auf der Eisenbahnstrecke angegriffen wurde?

Wenn die Antworten zu 18 oder 19 »Nein« lauteten, war Jon Venables nicht des Mordes schuldig. Wenn die Antwort auf beide Fragen »Ja« lautete, sollte Frage 20 abgewogen werden. Wenn die Antwort auf Frage 20 »Nein« lautete, würde das Urteil Totschlag sein. Wenn die Antwort auf Frage 20 »Ja« lautete, war Jon Venables des Mordes schuldig.

Der Richter teilte den Geschworenen mit, daß die Urteile einstimmig sein müßten – »das heißt, jeder einzelne von Ihnen muß zu einem Urteil gelangen« –, später, zur gegebenen Zeit, würde er weitere Instruktionen zu einem Mehrheitsurteil geben. Wenn sie etwas brauchten, Beweisstücke, Tee, Kaffee oder sonst etwas, sollten sie den für die Geschworenen zuständigen Gerichtsdienern Bescheid sagen. Die Gerichtsdiener wurden für ihre neue Aufgabe vereidigt, dann führten sie die Geschworenen hinaus, damit sie mit ihren Beratungen beginnen konnten. Es war 11 Uhr 43 am Mittwoch, 24. November.

Unten, in seinem Zimmer hinter den Zellen, sagte Bobby, er wisse, wie das Urteil lauten werde. Er wußte, daß er des Mordes für schuldig befunden würde. Er saß da und versuchte, für Baby Ben ein Paar Handschuhe zu stricken. Die Anwälte waren da und diskutierten den Preis für Perücken. Jemand scherzte, er wolle seine eigene für 400 Pfund abgeben. Ann begann auch zu stricken, und als die Anwälte nach dem Mittagessen zurückkehrten, saß Bobby in seiner neuen weißen Wollperücke eines Anwalts da.

Im Gerichtssaal hörte sich der Richter Anträge von Anwälten mit richtigen Perücken an. Die Anwälte repräsentierten Associated Newspapers und Mirror Group Newspapers, Associated, Eigentümer der *Daily Mail*, beantragten für den Fall, daß es zu Schuldsprüchen kam, daß der Richter seine Anordnung zurücknahm, die Identifizierung der Jungen zu verhindern.

Der *Mirror* wollte das Opfer der versuchten Entführung und die Mutter des Opfers identifizieren dürfen. Der Richter fragte, ob es einen vertraglichen Zustand zwischen dem *Mirror* und der Familie gebe. Der Anwalt stockte. Eh ... das nehme ich an, ja. Auf den Presseplätzen wurde gelächelt, denn jeder wußte, daß der *Mirror* die Mutter gekauft hatte.

Der Antrag von Associated Newspapers klang nicht sonderlich überzeugend. Man redete von der Notwendigkeit für die Offenheit und von der Tatsache, daß sich die Jungen das alles selbst zuzuschreiben hatten.

Der Richter wies auf eine bestehende Regel hin, daß die Interessen des Kindes Vorrang haben. Die Krone hatte die Rehabilitation des Kindes zu bedenken – eine Aufgabe, die erschwert wurde, wenn die Jungen erst weltweit benannt und bekannt und berüchtigt würden.

»Auf der anderen Seite ist dies nicht nur ein Fall von ghulenhaftem Interesse am Makabren. Dies war ein schreckliches Verbrechen, und es ist unglaublich, daß es von einem oder von zwei Zehnjährigen begangen werden konnte.« Man könnte argumentieren, es sei im öffentlichen Interesse, daß die Umstände – Kinder, die heutzutage Filmen, Radio, Fernsehen, Zeitungen, Video und so weiter ausgesetzt sind – eine Rolle gespielt haben könnten. Dies könnte Anlaß zu einer anerkannten Untersuchung sein, die für wichtige Teile der Öffentlichkeit von Interesse wären.

Der Richter sagte, er würde seine Entscheidung über die Identifizierung sofort nach dem Urteil verkünden. Er würde seine Entscheidung nicht begründen.

Ein Geschworener ließ dem Gericht einen Zettel zukommen. Könnte man dem Kind des Geschworenen eine Nachricht über dessen Abholung von der Schule aushändigen? Dies schien ein Zeichen dafür zu sein, daß die Urteile noch lange auf sich warten ließen. Irgendwann am späten Nachmittag war damit zu rechnen, daß der Richter die Geschworenen zurückrief und – wenn sie dann noch kein Urteil gefunden hatten – für die Nacht in ein Hotel bringen ließ.

Es war nicht lange nach fünf Uhr an diesem Nachmittag, als die Jury hereinkam. Der Richter, die Anwälte und das

Justizpersonal waren offenbar der Meinung, daß die Geschworenen noch berieten. Nach der Formalität, daß man sie fragte, ob sie zu einem Urteil gelangt wären, würde man sie in ein Hotel bringen.

Die übrigen Anwesenden im Gerichtssaal wußten nichts von diesem Procedere, sie warteten auf ein Urteil. Die Zuhörerplätze waren gefüllt. Ralph und Denise Bulger waren da, zum ersten Mal in der ersten Reihe.

Albert Kirby wies einige uniformierte Polizisten an, sich an die Absperrung des Zuhörerraums zu stellen. An den Türen drängten sich die Leute; Anwälte und Gehilfen und andere, die den entscheidenden Schlag miterleben wollten.

Die Jungen kamen die Treppe hoch, gefolgt von Neil und Susan Venables. Ann Thompson blieb am Fuß der Treppe stehen und hielt sich am Geländer fest. Ein Asthmaanfall. Das schien nicht tragisch zu sein, es würde noch kein Urteil geben. Sie ging zurück, an den Zellen vorbei, zu einem der kleinen Zimmer im Sicherheitsbereich.

Die Geschworenen traten ein, und der Gerichtsschreiber erhob sich. Der Sprecher der Geschworenen, der Mann mit dem Silberhaar, stand ebenfalls auf und wandte sich an den Gerichtsschreiber.

»Haben Sie zur ersten Anklage der versuchten Entführung ein Urteil gefunden, dem Sie alle zugestimmt haben?«

Nein. Die Stimme des Sprechers klang in einem brüsken Lancastershire-Tonfall. Er war sehr gehemmt.

»Haben Sie zur zweiten Anklage ein Urteil gefunden, dem Sie alle zugestimmt haben?«

Ja.

»Finden Sie den Angeklagten Robert Thompson der Entführung von James Bulger für schuldig oder nicht schuldig?

Schuldig.

»Und ist dies das Urteil von Ihnen allen?«

Ja.

»Finden Sie den Angeklagten Jon Venables der Entführung von James Bulger für schuldig oder nicht schuldig?«

Schuldig.

»Und ist dies das Urteil von Ihnen allen?«

Ja.

»Haben Sie zur dritten Anklage ein Urteil gefunden, dem Sie alle zugestimmt haben?«

Ja.

»Finden Sie den Angeklagten Robert Thompson des Mordes an James Bulger für schuldig oder nicht schuldig?«

Schuldig.

»Und ist dies das Urteil von Ihnen allen?«

Ja.

»Finden sie den Angeklagten Jon Venables des Mordes an James Bulger für schuldig oder nicht schuldig?«

Schuldig.

»Und ist dies das Urteil von Ihnen allen?«

Ja.

Der Sprecher der Geschworenen setzte sich.

»Ja!« Es war ein Ja, das von einer in der Luft geschlagenen Faust begleitet wurde, und es kam aus der ersten Reihe des Zuhörerraums.

Bobby sah verständnislos drein. Vielleicht der Ansatz eines Schocks. Es dauerte eine Sekunde oder zwei, bevor Jon reagierte, er fuhr sich mit den Fingern über die Augen, dann rannen Tränen. Seine Eltern begannen zu schluchzen.

Albert Kirby ging hinauf zum Zuhörerraum, beugte sich über die Absperrung und gab Denise Bulger einen Kuß auf die Wange. Ihre Augen waren feucht.

Die Jury ging hinaus und versuchte, im Anklagepunkt der versuchten Entführung zu einem einheitlichen Urteil zu gelangen. Die Jungen wurden hinunter zu den Zellen geführt. Anwälte und Sozialarbeiter folgten ihnen. An der Tür zum Sicherheitsbereich entstand ein Stau. Gefangene wurden von den Zellen zum Transporter geführt, deshalb mußte die Tür geschlossen bleiben.

Bobby und Jon standen kaum einen Schritt voneinander entfernt, eingeschlossen von Erwachsenen. Jon weinte hemmungslos, und eine Polizistin drückte ihn an sich. Bobby hielt sich steif, starrte geradeaus und mied es, Jon anzusehen.

Geht denn diese verdammte Tür nicht auf? rief jemand. Dann ging sie auf, und alle drängten durch. Jon hielt auf das

Zimmer zu, daß er im Gerichtsgebäude benutzt hatte. Bobby ging über den Hof in sein Zimmer. Seine Mutter hätte da sein sollen, war sie aber nicht. Bobbys Anwalt Dominic Lloyd fand sie im Zimmer hinter den Zellen. Ein Sozialarbeiter hatte ihr gerade das Urteil mitgeteilt, jetzt lag sie aufgewühlt mit dem Kopf auf dem Tisch.

Schließlich fing sie sich wieder so weit, daß sie zu Bobby gebracht werden konnte. Sie riß ihn zu einer heftigen Umarmung an sich, und sie weinten beide. Die anderen verließen das Zimmer, damit sie allein sein konnten. Nach ein paar Minuten trat Ann an die Tür. Können Sie ihm einen Doktor holen, er kann nicht atmen. So gingen sie alle wieder hinein. Bobby rang nach Luft. Sein Kragen war gelockert. Jemand sagte ihm, er solle tief und langsam atmen.

Dominic Lloyd hielt Bobbys Hand. Er zeigte keine Reaktion, seine Hand lag schlaff in Dominics. Erst als sich Dominic fortbewegen wollte, drückte Bobby leicht. Dominic setzte sich wieder. Schon gut, Junge, in zehn Minuten ist alles überstanden. Bobby sagte nichts.

Dann stand ein Justizbeamter in der Tür und sagte, das Gericht sei bereit. Bobby begann wieder zu weinen, und als sie hinausgingen, sagte jemand: Hier ist deine Krawatte. Was soll ich jetzt noch damit, meinte Bobby.

Als sie alle wieder im Gerichtssaal waren, verkündete der Sprecher der Geschworenen, daß sie zum Anklagepunkt der versuchten Entführung immer noch kein Urteil gefunden hätten. Der Richter verkündete, er befreie sie von weiteren Beratungen, die Anklage würde zu den Akten gelegt.

Der Richter gab bekannt, daß er wegen der außergewöhnlichen Umstände des Falles seine Anordnungen zur Identifizierung abgewandelt habe. Während er redete, eilte ein Gerichtsdiener den Gang zu den Presseplätzen hoch und verteilte ein einziges DIN-A4-Blatt, das die veränderte Anordnung enthielt. Es sah so aus, als ob die Anordnung hastig zu Papier gebracht worden wäre. Bobbys Familienname war in der ersten Zeile schon falsch geschrieben, und einige Wörter waren mißverständlich.

Unter den Medienvertretern herrschte beträchtliche Verwirrung. Können wir sie mit Namen nennen? Nein, sagte der Pressesprecher der Polizei. Ja, sagte der Reporter von Granada Television. Es war anfangs nicht deutlich, aber der Mann von Granada hatte recht.

Der Richter fuhr fort. Er würde das zweite Mal in diesem Prozeß zu den Jungen sprechen. Vorher aber wollte er Kommentare der Verteidiger hören. David Turner hatte nichts zu sagen, aber Brian Walsh erhob sich und erinnerte das Gericht an Jons Worte, die er bei seinem Geständnis gesagt hatte. Was ist mit seiner Mutter? Sagen Sie ihr, daß es mir leid tut.

»Bei einem Älteren mögen diese Worte bemitleidenswert unzulänglich sein, aber für ein Kind in seinem Alter bedeuten sie eine ganze Menge. Jon wollte, als ich ihn vor ein paar Minuten sprach, daß ich die Worte wiederhole.«

Der Richter:

»Robert Thompson und Jon Venables,

der Mord an James Bulger war ein Akt beispielloser Schlechtigkeit und Barbarei. Das Kind von zwei Jahren wurde seiner Mutter weggenommen und nach einer Reise von über zwei Meilen auf dem Bahndamm gnadenlos zu Tode geschlagen. Dann wurde sein Körper über die Schiene gelegt, damit er vom Zug überfahren wurde – ein Versuch, den Mord zu verschleiern. Nach meinem Urteil war euer Verhalten hinterlistig und sehr böse.

Die Strafe, die ich euch beiden auferlege, besteht darin, daß ihr in Haft bleibt, so lange es Ihre Majestät für richtig hält. Der Minister wird den Ort und die Bedingungen für eure Haft festlegen. Ihr werdet dort viele, viele Jahre eingesperrt sein, bis der Innenminister davon überzeugt ist, daß ihr gereift, voll rehabilitiert und nicht mehr länger eine Gefahr seid.

Man bringe sie nach unten.«

Bobby und Jon verließen die Anklagebank, und als sie sich der Treppe zuwandten, gab es einen Ruf aus der ersten Reihe. Wie fühlt ihr euch jetzt, ihr kleinen Bastarde?

Der Richter wandte sich dann an das Gericht. »Wie es dazu kam, daß zwei geistig normale Jungen, zehn Jahre alt, von durchschnittlicher Intelligenz, dieses Verbrechen verübten, ist schwer zu begreifen.

Es steht mir nicht zu, über ihre Erziehung zu urteilen, aber ich vermute, es spielte eine Rolle, daß sie gewaltorientierten Videofilmen ausgesetzt waren.

Die Fairneß gegenüber Mrs. Thompson und Mr. und Mrs. Venables gebietet es, zu erwähnen, daß sie alle Mühe aufgewandt haben, ihre Söhne dazu zu bewegen, die Wahrheit zu sagen.

Die Menschen von Bootle und Walton und alle, die in diesen tragischen Fall verwickelt waren, werden die tragischen Umstände, die zum Tode von James Bulger geführt haben, nie vergessen. Jeder in diesem Saal wird besonders Mrs. Bulger für die nächsten Monate alles Gute wünschen und hoffen, daß ihr neues Baby ihr Frieden und Glück bringen wird. Ich hoffe, daß alle an diesem Fall Beteiligten, Zeugen und alle anderen, den Frieden der Weihnachtszeit finden werden.«

Es war unklar, warum der Richter gewaltorientierte Videos erwähnt hatte. In der Beweisaufnahme war von Videos nicht die Rede gewesen. Hatte er auch die Gerüchte über *Child's Play 3* gehört? Vielleicht dachte er an den Bericht von Dr. Susan Bailey, den er gelesen hatte. Dort war davon berichtet worden, daß Jon Kung-Fu-Filme gesehen hatte.

Falls er eine öffentliche Debatte provozieren wollte, war es doch überraschend, daß er gewaltorientierte Videos als mögliche Erklärung für den Mord herausgepickt hatte, ohne irgendeinen der anderen Faktoren zu erwähnen, die junge Menschen dazu bringen können, ein schweres Verbrechen zu begehen.

Die Zeitungen der folgenden Woche waren voll von Chucky-Puppen.

Warum hatte der Richter zugelassen, daß die Jungen namentlich erwähnt werden durften? Auch dies war unklar, und als Richter war er, wie er selbst auch festgestellt hatte, zu keiner Begründung verpflichtet. Später konnten sie natürlich ihre Namen ändern. Ihre Familien auch. Aber wie konnten Ryan, Baby Ben, Mark, Michelle und die anderen Mitglieder der beiden Familien, die nicht wegen des Mordes an James

Bulger verurteilt wurden, damit fertig werden, daß nun auch ihre Namen und ihre unschuldige Verbindung mit der traurigen Berühmtheit, zu der Bobby und Jon geworden waren, enthüllt waren?

Mary Bell hatte nach ihrer Freilassung versucht, unter ihrem Namen weiterzuleben, aber schließlich hatte sie doch die Hilfe des Gerichts gesucht, ihre Identität geändert und sie aus den Zeitungen herausgehalten.

Nach den Schlußbemerkungen des Richters leerte sich der Saal rasch. Die Medienvertreter hatten Berichte zu schreiben und Namen zu enthüllen, und die Polizei von Merseyside hielt auf der anderen Straßenseite eine Pressekonferenz ab.

Bobby und Jon waren schon in verschiedenen Transportern weggebracht worden, an einer großen schreienden Menge vorbei. Vor ihnen lag eine unbestimmte Haftzeit. Die Anwälte packten ihre Papiere und Ordner in Kästen ein.

Dominic Lloyd und Lawrence Lee trafen sich im sonst verlassenen Korridor des Gerichts.

»Keine Überraschung, was?« sagte Lawrence Lee.

ENDE

Band 13 678

Francoise Hamel

Ida – Notwehr oder Selbstjustiz

Deutsche Erstveröffentlichung

›Eine atemberaubende Geschichte, die unter die Haut geht.‹ *(Marie-Claire)*

Paris. Am 18. Juli 1989, um acht Uhr morgens, erschießt die siebzehnjährige Ida Beaussart mit voller Absicht ihren Vater. Drei Jahre später sagt sie vor Gericht: »Ich bereue nichts. Ich habe das Leben meiner kleinen Schwester retten wollen und auch das meiner Mutter. Mein Vater war ein Tyrann.«
Seine geistige Heimat war die Rechtsradikalenszene von Paris und die PNFE. Er las seinen Töchtern aus ›Mein Kampf‹ vor und erzog sie mit militärischem Drill. Ida machte er ständig zum Vorwurf, daß sie kein Junge war und eine angeschlagene Gesundheit hatte. Sein eigenes Todesurteil aber unterschrieb der hundertdreißig Kilo schwere Koloß, als er von Ida das Unmögliche verlangte: Sie sollte ihre jüngere Schwester verraten und verleumden.

›Mit großer Intensität und Aufrichtigkeit geschrieben.‹ *(Elle)*

BASTEI LÜBBE

Sie erhalten diesen Band im Buchhandel, bei Ihrem Zeitschriftenhändler sowie im Bahnhofsbuchhandel.

TRUE CRIME

Die einzigartige Taschenbuchreihe mit aufregenden wahren Kriminalfällen aus aller Welt

Joe McGinniss
Die Unschuld des Mörders
Wie ein Donnerschlag bricht das Unheil über eine amerikanische Familie herein. Eine schwangere Mutter und ihre beiden Kinder werden in ihrem Haus erstochen und erschlagen. Nur einer kommt mit Stichwunden und einem Schock davon: Jeffrey MacDonald, der Familienvater, der selbst die Polizei ruft.

Auch wenn viele Indizien gegen ihn sprechen – die Nachbarn, die Verwandten, der Gerichtspsychologe sind sich einig: Dr. Jeffrey Mac Donald –, Arzt und Angehöriger der Green Berets, kommt als Täter nicht in Frage. Er ist immer ein treusorgender Familienvater gewesen, tatkräftig, hilfsbereit und charmant dazu. Wie kein zweiter hat er den amerikanischen Traum gelebt. Warum sollte er selbst diesen Traum mit Blut besudelt haben?
Kein Verbrechen in den letzten Jahren hat Amerika mehr bewegt als dieses. Kein Buch hat die amerikanische Bestsellerliste länger angeführt als dieses.

Joan Barthel
Tod in Kalifornien
Stellen Sie sich vor, Sie sind einunddreißig Jahre alt, blond und atemberaubend hübsch. Sie sind die Verlobte eines erfolgreichen amerikanischen

Werbeagenten, bei dem die Schauspielerprominenz ein- und ausgeht. Sie verbringen mit ihm ein Wochenende auf dem Lande. Mitten in der Nacht werden Sie durch unheimliche Geräusche wach. Ihr Verlobter ist ermordet worden. Und der Mörder bedroht Sie. Später will er Ihr Liebhaber werden – und das Schlimmste von allem: Sie müssen sich eingestehen, daß er eine schreckliche Faszination auf Sie ausübt . . .
Ein Alptraum? Nur ein weiterer Kriminalroman? Leider nein. Es ist bittere Realität, was sich da abgespielt hat unter der Sonne Kaliforniens.

Shelley Sessions
Peter Meyer
Dunkle Begierde
Zwölf Millionen Frauen, so schätzt man, wurden allein in Amerika in ihrer Kindheit und Jugend von ihren Vätern sexuell belästigt und mißbraucht. Und auch in Deutschland liegt die Dunkelziffer gerade dieses Verbrechens alarmierend hoch. Denn nur wenige Töchter wagen es, das Schweigen über ihr Leiden zu brechen.

Die wahre Geschichte der Shelley Sessions ist für all diese Fälle ebenso exemplarisch wie ungewöhnlich. Aufgeweckt und allseits beliebt, lebt das texanische Mädchen eine scheinbar sorglose Kindheit. Ihr Stiefvater, ein steinreicher Unternehmer, hat Shelley seit jeher vergöttert. Doch seine Liebe schlägt um in sexuelle Forderungen, die immer gröber werden . . .

Ken Englade
Wo alles Mitleid endet
Werden manche Menschen als Mörder geboren? Darüber werden Sie lange nachdenken, wenn Sie den

eindringlichen Bericht über die Reise dieser beiden jungen Leute ins Böse gelesen haben.
Elzabeth Haysom und Jens Soering, Sohn eines deutschen Diplomaten, sind kein gewöhnliches Pärchen. Beide sind überdurchschnittlich intelligent, beide stammen sie aus bestem Haus, beide, besonders Jens, sind gefühlsmäßig stark gehemmt.
Was kann die beiden bewogen haben, den brutalen Mord an Elizabeths Eltern eiskalt vorzubereiten und durchzuführen? Das Verlangen, an das große Geld der Eltern heranzukommen? Dunkle Triebe? Blutrausch? Drogeneinfluß?

Barry Siegel
Die Stadt, die nicht vergessen konnte
Nach ihrer Heirat hatte Lois Jurgens nur noch einen Wunsch – Kinder in die Welt zu setzen und großzuziehen. Doch dieser Traum wurde ihr nicht erfüllt. Was lag näher, als ein Kind zu adoptieren? Und da Lois Wohlstand und gesicherte Verhältnisse bieten konnte, vertrauten die Sozialarbeiter ihr den kleinen Dennis an. Vier Jahre später war dieses Kind tot: eine schlimme Bauchfellentzündung, sagt der Leichenbeschauer. Aber es finden sich auch Spuren seltsamer Verletzungen an dem Jungen.
Dennoch durfte Lois Jurgens ein zweites Kind adoptieren. Erst fünfzehn Jahre später wird das Verfahren über den mysteriösen Tod des kleinen Dennis neu eröffnet. Und es kommen schreckliche Dinge ans Licht . . . über die neurotische Frau, die um jeden Preis Mutter sein wollte, über ihren teilnahmslos-passiven Ehemann, über leichtgläubige Verwandte, die die vielen dunklen Zeichen nicht sehen wollte . . .

Joe McGinniss
Quälende Zweifel
Bonnie von Stein ist eine Frau, die nie aufgibt. Nach dem Scheitern ihrer ersten Ehe zog sie ihre Kinder allein groß – bis sie in Lieth von Stein den idealen Ehemann fand: vermögend, fürsorglich und verläßlich. Aber ein brutaler Überfall ließ dieses späte Familienglück jäh zerschellen:

Bonnie kam mit schweren Verwundungen davon, ihr Ehemann jedoch erlag seinen Verletzungen. Wer war der Eindringling? Oder stammte der Täter aus dem Haus? Zwei Jahre lang ermittelte die Polizei. Gegen Bonnie selbst, gegen Angela, ihre scheinbar gefühlskalte Tochter, und schließlich gegen Chris, den Sohn, der sich in eine Ersatzwelt geflüchtet hat – eine Ersatzwelt aus abenteuerlichen Horrorspielen und Drogen. Als Bonnie von Stein niemandem mehr vertrauen konnte, weder der Polizei noch ihrer Familie, wandte sie sich an Joe McGinniss, Amerikas berühmtesten True-Crime-Autor *(Die Unschuld des Mörders)*. Und sie bat ihn, Licht in das Dunkel ihrer Familientragödie zu bringen.

Ann Rule
Wenn du mich wirklich liebhast

Detective Fred McLean hatte schon eine ganze Reihe von Mördern verhaftet. Aber dieses junge Mädchen, das seit mehreren Stunden in kalter Dunkelheit in ihrem eigenen Erbrochenen gelegen

hatte, war die bemitleidenswerteste mutmaßliche Täterin, der er jemals begegnet war. McLean entrollte den rosafarbenen Streifen aus Pappkarton, den Cinnamon in ihrer rechten Hand gehalten hatte. In dem schwachen Licht konnte er die Druckbuchstaben auf dem Karton entziffern: ›Lieber Gott, bitte verzeih mir, aber ich wollte sie nicht verletzen‹.

TRUE CRIME
Taschenbücher
gibt es überall
im Buchhandel

Jack Olsen
Wie unter einem stummen Zwang
Mac Smith ist ein Mann, der sich ganz von seinen sexuellen Fantasien beherrschen läßt. Seit seiner Pubertät schon träumt er von einer Frau, die er demütigen kann. Eines Tages liest er in einem Magazin, daß in den USA jede drei Minuten eine Frau vergewaltigt wird. Doch nur jeder zehnte Täter sieht je ein Gefängnis von innen. Mac Smith, der Geborgenheit nie gefunden hat, bereitet sich darauf vor, seine Vergewaltigungsträume auszuleben . . .
Jack Olsen, zweimaliger Preisträger des *Edgar-Award*, stellt mit diesem Buch auf beispielhafte Art die Entwicklungsgeschichte eines Sexualverbrechers dar.

Ken Englade
Schülerliebe
Die hübsche Pam Smart ist eine Frau mit vielen Gesichtern. An der Seite ihres karrierewilligen Mannes führt sie ein geselliges Leben, als ehrgeizige Pädagogin arbeitet sie in sozialen Brennpunkten. Gleichzeitig nennt sie sich

stolz eine ›Heavy-Metal-Braut‹ und ertränkt all ihre Sehnsüchte und Jugendträume in schrillen Hard-Rock-Klängen.
Als sie Billy Flynn, den von ihr betreuten fünfzehnjährigen Schüler, mit einem aufregenden Striptease verführt, tobt im Hintergrund die rauhe Musik von Van Halen, und über die Mattscheibe flimmern die erotischen ›9 1/2 Wochen‹. Drei Monate nach dem Erwachen diese verbotenen Leidenschaft, es ist der 1. Mai 1990, wird Pams Ehemann von einer Kugel tödlich verwundet. Aber die Rolle der trauernden Witwe scheint Pam Smart nicht zu liegen.

Joyce Lukezic
Ted Schwarz
Ich will dich sterben sehen

Vier Menschen und ein Drama, das das Leben schrieb:
Joyce Lukezic: Die naive Hausfrau aus Arizona kam vom Supermarkt zurück, als die Polizei sie festnahm und des Mordes verdächtigte. Der Geschäftspartner ihres Mannes war hinterrücks erschossen worden.
Ron Lukezic: Joyce' Ehemann war lange Zeit mit dem Ermordeten befreundet – bis es in einer Geschäftssache zum Zerwürfnis kam. Natürlich versicherte Ron seiner Ehefrau, daß er sie trotz ihrer Verhaftung weiterhin liebe und zu ihr halte – doch plötzlich war er unauffindbar.
Eden Dow: Joyce' Tochter versuchte lange Zeit, die Unschuld ihrer Mutter zu beweisen, streckte aber schließlich doch die Waffen.
Dan Ryan: Schon zu Beginn der Ermittlungen schwor der polizeiliche Untersuchungsbeamte Joyce Lukezic: »Ich will dich in der Gaskammer sterben sehen!«

Vincent Bugliosi
Wen die See verrät

Für das Ehepaar Graham soll es die Traumreise ihres Lebens werden. Mit ihrer eleganten Yacht Sea Wind segeln sie zu einer wunderschönen, einsamen Insel in der Südsee. Doch die Idylle trügt. Vor ihnen hat der Ex-Sträfling Buck mit seiner Freundin Jennifer auf Palmyra Island festgemacht. Mißtrauisch beobachten die Grahams das zügellose Treiben des seltsamen Pärchens, dessen Vorräte so schnell zur Neige gehen, daß es mit seinen gefährlichen Hunden zu wildern beginnt. Dann sind die

Grahams eines Tages spurlos verschwunden, und Buck und Jennifer verlassen Hals über Kopf die Insel. Doch erst sieben Jahre später findet man zufällig den Schädel eines Menschen auf Palmyra Island. Buck und Jennifer werden festgenommen. Die Anklage lautet: Mord.

Robert J. Dvorchak
Lisa Holewa
Wer ist Jeffrey Dahmer?

Mit seiner Verurteilung im Februar 1992 ging einer der schaurigsten Prozesse der amerikanischen Rechtsgeschichte zu Ende: Jeffrey Dahmer hatte die Ermordung und grausame Zerstücklung von siebzehn jungen Männern gestanden. Bei seiner Verhaftung waren im Kühlschrank seines Apartments mehrere Schädel entdeckt worden. Jeffrey Dahmer ist verurteilt, aber der Fall hinterläßt viele Fragen: Wer ist dieser Mann, der auf die meisten seiner Opfer harmlos, ja nett wirkte? Was trieb Dahmer zu seinen unfaßbaren Taten an? Warum hat die Polizei ihn – trotz zahlreicher Verdachtsmomente – nicht schon lange vorher gestoppt?

Robert J Dvorchak und Lisa Holewa, zwei der angesehensten Reporter Amerikas, durchleuchteten den Fall Dahmer, seine psychologischen Verästelungen und politischen Folgen.

Joe Mc Ginniss
Blindes Vertrauen

Rob Marschall lebte wie ein König auf dem Boulevard der Träume. Mit fünfundvierzig Jahren hatte er so viel erreicht, daß die Einwohner von Tom River, einer beschaulichen Stadt in New Jersey, sich nur noch fragten, was man diesem Mann mehr neiden müsse: seinen Reichtum,

seinen erlesenen gesellschaftlichen Umgang oder seine attraktive Frau, mit der er drei Kinder hatte, die zu den schönsten Hoffnungen berechtigten.
Aber in einer turbulenten Septembernacht nahm das Leben dieses Mannes eine ungeheuerliche Wende. Nach dem schrecklichen Tod seiner Frau sieht sich Rob Marschall um sein Lebensglück gebracht. Sind es absurde Verdächtigungen, die ihn ins Straucheln bringen, oder ist es nur die Maske des schönen Scheins, die Aura des gesellschaftlichen Erfolgs, die er verloren hat? Niemand braucht dringender eine schlüssige Antwort auf diese Frage als seine drei Kinder, die sich aus allen Träumen gerissen sehen.